Anonymus

Archiv für Buchdruckerkunst und verwandte Geschäftszweige

Anonymus

Archiv für Buchdruckerkunst und verwandte Geschäftszweige

ISBN/EAN: 9783741166129

Hergestellt in Europa, USA, Kanada, Australien, Japan

Cover: Foto ©Andreas Hilbeck / pixelio.de

Manufactured and distributed by brebook publishing software (www.brebook.com)

Anonymus

Archiv für Buchdruckerkunst und verwandte Geschäftszweige

Archiv

für

Buchdruckerkunst

und

verwandte Geschäftszweige.

Herausgegeben von

Alexander Waldow.

[illegible] Band.

Leipzig 1891.

Druck und Verlag von Alexander Waldow.

Inhalt des 28. Bandes.

Spalte

Grössere Aufsätze.

Elemente, neue, im Freiornamentieren von C. Kolbe, Leipzig 163
Hand in Hand arbeiten von Setzer und Drucker von Heinrich Schwarz, Leipzig 169
Korrekturenlesen von H. Eisengarten, Leipzig 295
Lebensbilder berühmter alter Buchdrucker 1 41 113 185 257
Linienbiegen, Anleitung zum, von Hermann Hoffmann, Berlin . 122 153 198 221 274 319 364
Matrizen-Setzmaschine »Linotype« . 313
Numerierverfahren, ein neues . . . 227
Scotts Maschine zum Biegen von Galvanos und Stereotypplatten . . 77
Typographische Ornamentik, Einführung in die, von Friedr. Bauer 351
Unsere Lehrlinge, von Hermann Hoffmann, Berlin 5 42

Kleinere Aufsätze.

Angabe des Herausgebers einer Druckschrift 197
Anzeigenteil, der, der Tagespresse. 193
Drehbank, neue, zum Abdrehen von Galvanos, Stereotypen u. s. w. . 357
Engelens typenlose Setzmaschine . 52
Farbenfabrik, die, von Berger & Wirth von A. M. Watzulik. . . 358
Herstellen, das, gebogener Formen 116
Holztypen kleinen Grades 241
Ignaz Fuchs' Fächerbildner 241
Kempes kleiner Stereotypierapparat 19
Merkmanns Bogen-Geradeleger . . 186
Massenwalzen, Ausbessern der . . 186
Ligaturen, die 59
Musteraustausch, internationaler, des deutschen Buchdruckervereins 55
Schnellpresse, neue, mit doppelt wirkendem Zylinder von Klein, Forst & Bohn Nachf. in Johannisberg a. Rh. 165
Titelschriften, Schutzmittel für . 321
Tonplatten-Material, ein neues, für Buchdruck 261
Werkzeugbrett und Walzenhalter für Schnellpressen von Moritz Wunder, Braunschweig 49
Zeitungs-Provision der Post, die . . 400

Jubiläen und Auszeichnungen.

Benjamin Krebs Nachfolger in Frankfurt a. M., 75jähriger 265
Unterstützungsverein deutsch. Buchdrucker 243
Sonstiger Bericht über Jubiläen und Auszeichnungen 25 97 208 243 297

Geschäftliche Notizen.

97 208 242 297 334 369

Todesfälle. 59 97 242

Zeitschriften und Bücherschau.

Almanach für Buchdrucker 1891 von Heinrich Fabel. Wien, Genossenschafts-Buchdruckerei . . 59
American Dictionary of Printing and Bookmaking 211
Bericht, erster, der Innung Dresdner Buchdruckereibesitzer 203
Bibliotheca Polytechnica von Fritz Szczepanski. St. Petersburg und Leipzig, F. von Szczepanski . . 134
Brockhaus' Konversations-Lexikon, 14. neu bearbeitete Auflage . . 368
Buch, das. Handbuch für Autoren von J. H. Weble. Wien, Pest, Leipzig, A. Hartlebens Verlag. . 205
Druckschrift der vereinigten Farbenfabriken Berger & Wirth und Frey & Sening in Leipzig . . . 168
Eilgutabelle, internationale, von Louis Runge, Berlin 169
Erfindung, die, der Buchdruckerkunst von Prof. Karl Faulmann. Wien, Pest, Leipzig, A. Hartlebens Verlag 133
Essai sur la Mise en train typographique par Motteroz. Paris, Librairies-Imprimeries Réunies . 368
Export-Verzeichnis von E. Steiger & Co., New-York 334
Formulare zur technischen Buchführung in Druckereien von M. Wunder. Braunschweig, Selbstverlag des Verfassers 333
Gesetze, die, über das Urheberrecht etc. Leipzig, G. Hedeler . . . 168
Gutenberg und die Buchdruckerkunst im Elsass von F. A. Ihme. Strassburg, C. F. Schmidt . . . 59
Handbuch, ausführliches, der Photographie von Dr. Josef Maria Eder. Halle, Wilhelm Knapp 25
Hegewald, die Vorzüge der deutschen Sprache. München, Litter. Institut Dr. M. Huttler, Konrad Fischer . 407
Hieroglyphische Schriftzeichen der Ägypter von Georg Ebers. Leipzig. Breitkopf & Härtel 25
Jahrbuch für Photographie und Reproduktionstechnik v. Dr. Josef Maria Eder. Halle, Wilhelm Knapp 204
International Bogudstilling Katalog von Nielsen & Lydiche. Kopenhagen 134
Kempe, Wegweiser durch die Stereotypie. Nürnberg, Selbstverlag des Verfassers 407
Köhlers Kompendien-Katalog Leipzig, K. F. Köhler. 334
König, der, von Sion von Hamerling. Hamburg, Verlagsanstalt und Druckerei-Aktien-Gesellschaft . . 131
Kortfattet haandbog for typografer, af H. Schmidt. Kristiania, Marius Lund 167
Kunstakademie und Kunstgewerbeschule, die königliche, in Leipzig. Festschrift und amtlicher Bericht von Hofrat Prof. Dr. L. Nieper . 132
Kürschner, gekrönte Häupter. . . 296
Meisterwerke der Holzschneidekunst, Leipzig, J. J. Weber 25 240
Mitteilungen aus den Monatsversammlungen des fachtechnischen Klubs in Wien 59
Monatsschrift für Buchbinder und verwandte Gewerbe, von Paul Adam. Berlin, Friedrich Pfeilstücker 169
Murets encyklopädisches Wörterbuch der englischen und deutschen Sprache. Berlin, Langenscheidtsche Buchhandlung 265
Notizkalender und Zeitungskatalog von Haasenstein & Vogler. . . 169
Photographie, Geschichte der, von C. Schiendl. Wien, Pest, Leipzig, A. Hartlebens Verlag. 204
Rechts-Lexikon für Kaufleute und Gewerbtreibende von Dr. jur. Julius Engelmann. Erlangen, Palm & Enke 205 333
Wie richtet man einen Journal-Lesezirkel praktisch ein? von H. Blumenthal. Iglau, Selbstverlag des Verfassers 296
Wortteilungen, die, des Buchdruckers von Alexander Link. Wien, Selbstverlag des Verfassers 244

Mannigfaltiges.

I. Technisches.

Spalte

Buch- u. Papiergewerbe-Ausstellung, internationale, zu London . . . 27
Eisenteile, kleine, vom Rost zu befreien 27
Farbenherstellung durch Mischen . 335
Galvanos, leichtes Reparieren von . 204
Glanz, erhöhter, für Druckfarben . [illegible]
Glanzweiss von Berger & Wirth . 205
Höhe und Länge des blinden Satzmaterials 299
Illustrationen, neue Herstellung von, in England 171
Metallrahmleistenfabrik von Anton Reche in Dresden-Plauen . . . 206
Messinglinien von Grünspan zu befreien 97
Mittel gegen die nachteilige Einwirkung feuchter Temperatur auf Buchdruckwalzen 371
Mittel zur Verhütung des Verschiebens und Durcheinanderfallens von Leisten und Schrift . . . 171
Musiknotensatz, ein neues Verfahren 409
Plakatbuchstaben zu reparieren . 298
Schrifthochmachen der Platten . . 170
Smaragdgrün, lackierbares, von Kast & Ehinger, Stuttgart 59
Stereotypplatten zum Druck schrifthoch zu befestigen 371
Walzenmasse, englische, von C. A. Lindgens in Köln 60
Woher stammt der harte Zylinderaufzug? 208
Zeilenmesser, ein einfacher, praktischer 170 204
Zinkographie, Vortrag über 135
Zugkraft bei Buchdruckwalzen . . 408
Zusammenhaften, übermässiges, des Satzes zu beseitigen 27

II. Allgemeines.

Annahme von Lehrlingen durch Nicht-Innungsmitglieder 297
Beilage von Schelter & Giesecke . 296
Beilage von C. A. Lindgens in Köln 168
Bibliographie und Buchgewerbe im Auslande 207
Blades, W., Fachbibliothek 409
Briefcouverts, Entstehung der . . 335
Briefumschläge, Farbe der . . . 170
Bucharbeiter, Zahl der, in Paris . 372
Buchdruckerfachschule in Leipzig, Aufschwung der 207
Chromokarten, Verwendung der . 410
Denkmal des franz. Buchdruckers Firmin Didot in Sorel-Moussel . 335
Depeschentaxe für Zeitungen . . 61
Druckprobe von Beit & Philippi in Hamburg 26 169 298
Eigentumsrecht, litterarisches . . . 243
Elektrizität als Kontrollmittel . . 243
Entscheidung des Reichsgerichts . 61
Ermässigung der Portotaxe für Drucksachen 61
Firmennamen, allzulange 372
Französische Nationaldruckerei, zur Geschichte der 61
Friedrich König-Denkmal, Enthüllung des, in Eisleben . . . 243
Geschäft in kopflosen und Plattenzeitungen in Amerika 336
Graphische Anstalt, die grösste Schwedens 207
Hauptkrebsschaden des Gewerbes, nach der Meinung eines französischen Fachmannes 209
Hygiene, über die Pflege der, in grösseren Offizinen Amerikas . 62
Jahresbericht des Vereins Leipziger Buchdrucker 243
Illustrations- und Merkantilfarben von Beit & Philippi in Hamburg . 298
Illustrationsfarben von Kast & Ehinger in Stuttgart 170
Kalender, gotischer, und Almanach national de Jeanne d'Arc von Dr. M. Huttler, München . . . 97
Kanzleifeis, verschiedenartige, des Altmeisters Gutenberg 370
Kupons, Brief- und Stempelmarken als Zahlung 21
Kuriosum, buchhändlerisches . . 97
Made in Germany 63
Mustertausch, internationaler . 242
Musterbuch von Berger & Wirth in Leipzig 60
Musterbuch der Hartguss-Schriftgiesserei Edm. Koch & Co. in Magdeburg 28
Musterbücher des Fabrikpapierlagers von Moritz Enax in Berlin 297
Nationaldenkmal der Buchdruckerkunst, über die Errichtung des, in Leipzig 60
Neujahrskarten und Kalenderschau 89
Papierprobe von Moritz Enax in Berlin 369
Papierfabrikation in China . . . 61
Papierfabrikation, ein neuer Rohstoff für dieselbe 409
Papierindustrie, über den Aufschwung der amerikanischen . . 408
Petit Journal, über die Auflage desselben 400
Porträt Kaiser Wilhelm II. Leipzig, Richard Hahn 99
Preisausschreiben der Bibliothek der Gesamtlitteratur, Halle, Otto Hendel 334
Preiskurant von Carl Derlon in Leipzig 170
Preiskurant von Gebr. Jänecke & Fr. Schneemann in Hannover . 96
Preiskurant der Schriftgiesserei Flinsch in Frankfurt a. M. . . . 97
Preisliste von C. Kempe in Nürnberg 369
Preisliste von Klein, Forst & Bohn Nachf. in Johannisberg a. Rh. . 208
Probe präparierter Illustrations-Druckpapiere von Bosdorff & Mohle, Harzburg 304
Probeblätter bunter Farben von Kast & Ehinger in Stuttgart . . 298
Prospekt über den Breslauer General-Anzeiger 60
Prospekt über die neue Auflage von »Waldows Lehre vom Accidenzsatz«, bearbeitet von Friedrich Bauer 298
Rechnungsabschluss des Comités zur Errichtung des König-Denkmals in Eisleben 297
Reichspostmarken, deutsche, auf ihre Echtheit zu prüfen 335
Reklamemittel 410
Reklame, Verhältnisse der . . . 63
Richters Buch- und Kunstdruckerei in Würzburg, Festschrift . . . 407
Riesengebäude des Journals New-York World in New-York . . . 372
Rotationsmaschinen des »Standard« 136
Schreibmaschinen, über die Verbreitung der 370
Schriftgiessereien, amerikanische . 207
Spielkarten, wertvolle, ... 63
Stereotypfundamente, Prospekt über 135
Stiftung eines Menschenfreundes in Leipzig 371
Tableau von M. DuMont-Schauberg in Köln 60
Vierteljahrsversammlung der Innung Dresdner Buchdrucker 135
Xylographisches Kunstblatt ersten Ranges 407
Zeitungsdruck mit elektrischer Kraftübertragung 408
Zeitungswesen in den Vereinigten Staaten 299
Zirkular und Druckproben von Fischer & Wittig in Leipzig . . 408
Zwei interessante typographische Werke, aus dem Verlage von Alexander Waldow, Leipzig . . 99

Schriftprobenschau.

21 96 129 165 198 233 291 331 362 404

Satz u. Druck der Probeblätter.

23 64 98 131 168 203 239 293 333 367 405

Briefkasten.

29 99 138 172 244 300 336 373 410

ARCHIV FÜR BUCHDRUCKERKUNST
UND VERWANDTE GESCHÄFTSZWEIGE.
HERAUSGEGEBEN VON
ALEXANDER WALDOW.

28. Band. 1891. Heft 1.

Lebensbilder berühmter alter Buchdrucker.

1. Die Familie der Manutio.

Aldo Pio Manutio, der bedeutendste Buchdrucker seiner Zeit, wurde zu Bassiano im Herzogtum Sermonetta unweit der pontinischen Sümpfe um 1447 geboren, studierte

Aldo Pio Manutio.

Paolo Manutio.

in Rom die lateinische Sprache und in Ferrara das Griechische bei den berühmtesten Lehrern seiner Zeit und ward hierauf Erzieher des Fürsten Alberto Pio zu Carpi. Um das Jahr 1490 gründete er in Venedig eine Buchdruckerei, welche bald einen Umfang und eine Berühmtheit erlangte, die sämtliche Offizinen Italiens in Schatten stellte. Vor Allem waren es die Werke der Alten, denen er die sorgfältigste Pflege angedeihen liess. Seine ersten Drucke waren die »Erotemata« des Constantin Lascaris und der »Musaeus« von 1494. Alle, vornehmlich die Pergamentdrucke, zeichneten sich durch ihre Eleganz und Korrektheit aus. Aldo führte zuerst das Kolon und Semikolon ein; die gotische und semigotische Schrift wurde von ihm abgeschafft, die griechische Type sowie die Antiqua vervollkommnet und später eine neue Schrift, die sogenannte Kursiv oder Italic, erfunden. Mit letzterer ist der Virgil von 1501 gedruckt. Obgleich allgemein geachtet, wurden ihm seine letzten Lebenstage durch mancherlei Störungen, besonders durch kriegerische Ereignisse, die ihn zu wiederholtenmalen aus Venedig vertrieben, verkümmert. Er starb am 6. Februar 1515 infolge eines meuchelmörderischen Überfalls.

Sein Sohn *Paolo Manutio* erbte mit der Gelehrsamkeit seines Vaters den Ruhm desselben. Wie dieser für die griechische, so wirkte er hauptsächlich für die lateinische Sprache und lieferte zahlreiche Kommentare und andere Schriften, die allgemein geschätzt und bewundert wurden. Im Jahre 1556 wurde er zum Direktor der Druckerei der Academia veneta ernannt und 1561 von Pius IV. nach Rom berufen, wo er die Typografia Pio-Manutiana begründete und im Jahre 1574 starb. Am 20. April 1571 verlieh ihm Maximilian II. von Österreich den

Adelsbrief und das Recht, den kaiserlichen Adler in sein Wappen einzufügen.

Der letzte Sprosse dieses berühmten Geschlechts war der Sohn Paolos mit Namen *Aldo*. Dieser, ein eminentes wissenschaftliches Talent, war schon in seiner frühesten Jugend als Schriftsteller aufgetreten, und hatte in der Folge als Professor der schönen Wissenschaften an den Universitäten zu Bologna, Pisa und Rom die alten Sprachen gelehrt. 1507 berief ihn Klemens VIII. zum Direktor der von Sixtus V. begründeten Typografia Vaticana. Doch starb er schon in demselben Jahre und mit ihm erlosch zugleich der Name dieses Geschlechts, welches durch anderthalb Jahrhunderte (1447—1507) der Buchdruckerkunst ihre Dienste gewidmet.

Unsere Lehrlinge.

Von

Hermann Hoffmann in Berlin.

Eltern, welche sich die Schuljahre und voraussichtlich 4—5 Lehrjahre hindurch mühen müssen, einen Knaben aufzuziehen, besitzen darin ein Kapital, das verständig angelegt werden sollte. Wenn man guten Eltern [illegible] Mark ([illegible] pro Jahr) bieten wollte für ein wohlgeratenes Kind, so würden sie — von sentimentalen Regungen ganz abgesehen — dieses »Geschäft« als nicht dem Risiko, den Sorgen und den Opfern entsprechend finden, welche das Kind bis zu seinem 18. Jahre verursacht hat. Tritt Das hinzu, was wir Eltern- oder Kindesliebe nennen, dann kann von einer objektiven Wertschätzung nicht mehr die Rede sein.

Aldo Manuzio.

Leider können wir sehr oft beobachten, dass eine viel geringere Summe baren Geldes mit grösserer Vorsicht untergebracht wird, als ein Kind, wenn es in die Lehre treten soll, und zwar nur deshalb, weil man sich des Zahlenwertes bei dieser Begebung nicht bewusst ist und weil man auf die Ehrlichkeit der Menschen, auf die gute Natur des Kindes und andere Glücksumstände allzusehr vertraut. Einen Verlust infolge mangelhafter Lehrausbildung oder an Charakter pflegt man kaum in Rechnung zu ziehen oder doch lange nicht in dem Masse, wie einen Generalverlust durch Tod. Wenn aber ein Kind Wert hat, so liegt derselbe weniger in der Hülle von Haut und Knochen, als in der angehäuften Zahl von Fähigkeiten und guten Eigenschaften. Ein wohlgeratenes Kind verzinst sich überreich, ein schlechtes garnicht.

Derjenige Lehrherr, der nicht seine volle Pflicht an dem ihm anvertrauten Lehrling thut, ist gewiss ein abgefeimter Spitzbube an der Zukunft des Kindes und an dem Kapitalbesitz der Eltern. Trotzdem kommt Dergleichen vielfach vor und für die Eltern besteht daher die Pflicht, sich den Lehrherrn bezüglich dessen, was er an dem Kinde thun will und kann, genau anzusehen.

Beklagenswert ist die Art, den Beruf zu wählen nach der Höhe der Kostgelder, welche darin gezahlt werden. Die ärmere Klasse, welche 14 Jahre lang gezwungen war, den Unterhalt ihrer Kinder ohne eine Beihülfe zu bestreiten, will nun etwas von denselben haben. »Der Junge muss mit verdienen helfen, je mehr, desto besser.« Mag auch die Frage, ob es denn nicht möglich war, einen Knaben noch 3—4 Jahre länger zu erhalten, eine offene bleiben — die Erwägung, wieviel der Beruf in der Lehrzeit abwirft, ist ein Unrecht an der Zukunft des Kindes und eine ausser allem Verhältnis grosse Schädigung des in demselben verkörperten Anlagekapitals.

Während manche Gewerbe, die eine einträgliche Folgezeit und gesicherte Existenzen gewährleisten, sich Lehrgelder zahlen lassen, ist in der Buchdruckerei und andern Berufszweigen das Gegenteil der Fall. Der Lehrherr sieht sich infolgedessen genötigt, zunächst das gewährte Wochengeld nebst Risiko und Gewinn aus dem Jungen herauszuschlagen und demselben darum soviel beizubringen, dass dies möglich ist. Auf solche Weise kommen in das Verhältnis vom Lehrherrn zum Lehrling, das ein väterliches sein sollte, geschäftliche Beziehungen zum Nachteil des Knaben.

Diese und andere offenbare Übelstände schädigen das Gewerbe, denn sie vergrössern das Heer der Unwissenden, Untüchtigen. Dagegen erfolgreich anzukämpfen ist dem Einzelnen unmöglich. Wie aber den Eltern daran liegen muss, ihre Kinder gut zu versorgen, so hat auch jeder anständige Druckereibesitzer ein starkes Interesse daran, die geistig oder körperlich Unzureichenden von der Schwelle des Berufes fernzuhalten.

Wenn nun beide Teile verpflichtet und des eigenen Nutzens wegen gewillt sind, in dieser Frage streng gewissenhaft zu verfahren, so müsste eine Verständigung bei der ausgesprochenen Wichtigkeit derselben doch ausnehmend leicht sein. Statt dessen wird das Buchdruckgewerbe für gut genug erachtet, alle Elemente in sich aufzunehmen, die für andere Berufszweige unpassend sind. Gehen wir dieser Erscheinung auf den Grund, so finden wir eine Unterschätzung der Eigenschaften, welche das Gewerbe von seinen Jüngern fordert, und eine übertriebene Erwartung bezüglich der Einträglichkeit desselben.

In diese Verworrenheit der Ansichten Klarheit zu bringen will ich in Folgendem versuchen.

Es wird sich eine Scheidung des Gehilfenstandes in einfache Hilfs- und Lohnarbeiter und in Leute, welche die Aufsicht führen, unaufhaltsam vollziehen. Beide Parteien werden Klassen für sich bilden; während aber die erstere zu ewigem Frohndienst verdammt ist mit erschwerter Aussicht, in die andere Klasse überzuspringen, wird diese letztere ungleich besser bezahlt sein und bezüglich des Fortkommens keine andere Schranke gesetzt finden, als die eigenen Fähigkeiten sie bilden.

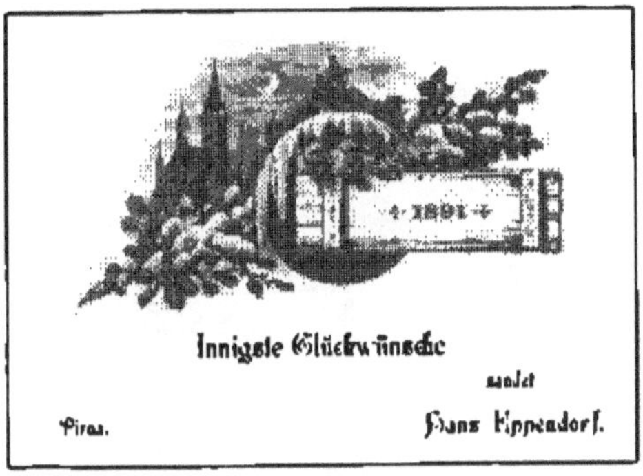

Vignette von J. G. Schelter & Giesecke in Leipzig. Schrift von Gustav Reinhold in Berlin.

Winke für die Eltern.

Mittellose Eltern mögen bedenken, dass ein Buchdrucker, von Glücksumständen abgesehen, nicht selbstständig werden kann. Ehe man seinen Liebling dazu verurteilt, sein Leben lang Gehilfe zu bleiben, möge man sich diese Punkte genau überlegen.

Je mehr der Fabrikbetrieb sich des Buchdruckgewerbes bemächtigt, wird die schon jetzt sehr weit gediehene Arbeitsteilung bis zum Äussersten durchgeführt werden. Infolgedessen wird es später nur wenige Gehilfen geben, welche von Allem etwas verstehen. In der Regel wird ein Mann eine ganz bestimmte Sache gelernt haben und sonst weiter Nichts. Die Folge davon ist, dass die Möglichkeit, eine Stelle zu erhalten, sich für den Einzelnen in Zukunft ungemein verringern wird, was gleichbedeutend ist mit gedrückter Bezahlung bei einer für denkende Menschen uninteressanten, geistlosen Beschäftigung.

Vielleicht wird sich eine weitere Trennung in technische und kaufmännische Beamte einleiten. Das kommt hier aber nicht in Betracht. Zweck des Vorstehenden war, darauf aufmerksam zu machen, dass ein Buchdrucker hinfort zweierlei werden kann: Arbeiter oder Beamter.

Denjenigen Eltern nun, welche ihren Sohn unserem Gewerbe zu übergeben willens sind, ist Folgendes zu raten:

Unparteiische Prüfung daraufhin, ob der Knabe die Vorbedingungen des nachfolgenden Lehrprogramms erfüllt.

Gute Wahl der Lehrdruckerei. Ganz grosse Geschäfte sind nur dann für die Ausbildung von Lehrlingen geeignet, wenn sie sich auf unser Programm verpflichten. In diesem Falle kann ein Knabe in den mit allen Arbeits- und Hilfsmaschinen ausgerüsteten Grossbetrieben selbstverständlich mehr lernen, als in Mittel- und Kleinwerkstätten. Leider geschieht heute die Ausbildung in grossen Geschäften durchweg nach dem System der Arbeitsteilung, also einseitig. Junge Leute, die aus derartigen Lehrdruckereien in kleinere Geschäfte übergehen, sitzen an jeder Stelle fest.

Kleine Druckereien, namentlich solche, die mit einer grösseren Anzahl von Lehrlingen und wenigen oder gar keinen Gehilfen arbeiten, sind Eltern, denen das Wohl ihrer Kinder am Herzen liegt, nicht zu empfehlen. Die Arbeitsteilung pflegt hier oft strenger durchgeführt zu sein als sonstwo. Hier muss schnell verdient werden, damit dem Prinzipal, der meist sehr billig arbeitet, noch Verdienst bleibt.

Bedingung würde sein: Die Druckerei muss auf jeden Lehrling mindestens zwei gute Gehilfen beschäftigen, sie muss zum Wenigsten eine Schnellpresse, eine Tiegeldruckpresse und möglichst viele Hülfsmaschinen im Betrieb haben. Die Werkstätte muss hell und luftig sein.

Gegen den letzten Punkt wird viel gesündigt, namentlich in Städten, wo die Platzfrage das Konto „Miethe“ stark belastet. Die Buchdruckerei ist ein staubiges Gewerbe; wer das nicht glauben will, der möge einmal zusehen, wenn ein Setzkasten ausgeblasen wird, oder wie das Staubgewoge in ein-

Vignette von J. G. Schelter & Giesecke in Leipzig, Schrift „Name“ von Genzsch & Heyse in Hamburg

Auf die Einzelausbildung kann also nicht viel Zeit verwendet werden. Mitunter entspriessen solchen Druckereien ganz brauchbare Leute, die es im Beruf ziemlich weit bringen. Das ist indessen kein Zeugnis für die Güte der betreffenden Anstalt, sondern für die Tüchtigkeit der Naturen. Derart Befähigte hätten es eben in besseren Geschäften noch weiter gebracht.

Allerdings kommt die Hast, mit welcher in Schnelldruckereien gearbeitet wird, den Lehrlingen sehr zu Gute. Jung gewöhnt, alt gethan! In der überaus grossen Zahl der Mittel- und kleineren Geschäfte ist ein fixer Durchschnittsarbeiter stets gern gesehen. Ich halte eine selbst mangelhafte Ausbildung in einer Anstalt, die den Lehrling scharf herannimmt und ihn in allen Berufszweigen thätig sein lässt, für besser, als die Erziehung in grossen, berühmten Geschäften, wo mit der Lehrzeit oft recht verschwenderisch umgegangen wird.

fallendem Sonnenlichte flimmert. Dass die Strahlen sich in der Luftlinie so scharf von dem Dunkel abheben, liegt allein an beleuchtetem Staube.

Darum sollten Setzereien nur in hohen, gelüfteten Räumen untergebracht werden; den Staub, den Träger aller Krankheitskeime, müsste man im Sommer und im Winter durch fortwährend verdunstendes Wasser unschädlich machen, so gut es geht.

Ob die Eltern in dieser Hinsicht Einfluss haben werden, steht dahin, ebenso ob Fragen nach derartigen Einzelheiten nicht übel aufgenommen werden. Das Vorstehende ist daher auch mehr an die Prinzipale gerichtet, die ein Herz für ihre Leute haben müssen, und an die Gehilfen, die oft selbst viel dazu thun können, sich gesunde Arbeitsräume zu schaffen.

Die neueren Forschungen des berühmten Bakteriologen Robert Koch haben ergeben, dass auch die Schwindsucht, die Berufskrankheit der Buchdrucker, durch Lebewesen entsteht, die sich in die Lungen der Betroffenen einnisten. Es ist auch erwiesen, dass diese schlimme Krankheit durch staubige Luft auf gesunde Personen übertragen werden kann. Während aber bisher angenommen wurde, das die Ausathmung Lungenkranker gefährlich sei, hat sich herausgestellt,

Programm-Vorschläge

für die Annahme und Ausbildung von Lehrlingen.

Vorbedingung. Die Eigenschaften des Aspiranten betreffend.

1. Gesunde, weite Brust, kräftiger Nährzustand. Scharfe Augen.

Einfassungen, Schriften und Linien von diversen Giessereien.

dass dieselbe ganz unschädlich ist. Dagegen wirkt der auf Fussböden, Treppen und Gängen ausgeworfene Speichel Brustkranker, dessen Keimpilze nach dem Trocknen mit in die Luft und in die Athemwege anderer gelangen, in höchstem Grade infizierend. In allen Druckereien sollten daher Töpfe oder kleine Eimer mit etwas Wasser stehen und Niemand dürfte, seinen Auswurf anders als dahinein entleeren.

2. Mittelmass. Lang aufgeschossene Knaben verwachsen leicht und werden brustkrank. Kleine Knaben wachsen meist schief (hohe Schulter).

3. Gute Allgemeinbildung, beste Schulzeugnisse. Klugheit und Schnelligkeit im Auffassen von Ideen.

Besonders gute Kenntnisse im Deutschen, im Rechnen und im Zeichnen. Die Prüfung im Deutschen darf sich nicht allein beschränken auf Rechtschreiben und richtige Zeichenstellung. Zu empfehlen ist das zweimalige Vorlesen und das freie Nachschreibenlassen eines Aufsatzes, dessen Sinn dem Kinde verständlich sein muss. Besser noch ist die Bearbeitung eines Themas aus dem täglichen Leben, z. B. »die Jahreszeiten«, »die Steinkohle, deren Gewinnung, Verarbeitung und Bedeutung für die Menschheit«, »Petroleum und Gaslicht«, »die Entstehung eines Schmetterlings« u. dgl. m. Man lasse den Knaben eine dieser Aufgaben selbst wählen und man wird sich aus der Bearbeitung derselben, die unter Abschluss nach Aussen erfolgen muss, besser über die Fähigkeiten eines Kindes unterrichten, als aus Zeugnissen, Schreib- und Aufsatzheften.

Die Prüfung im Rechnen hat sich zu erstrecken auf Schnelligkeit in den Antworten über das kleine Einmaleins, im Addieren, Subtrahieren, Multiplizieren und Dividieren, sowohl mit einfachen als mit Bruchzahlen. Vollständiges Beherrschen der Dezimalbrüche. Man gebe Aufgaben, welche die *Fassungsgabe* und die *Lebensklugheit* betreffen. Z. B.: Ein Bote trägt 1 Gramm von X nach Y und erhält dafür 10 Pf. Wieviel bekommt derselbe, wenn er 10 g, und wieviel, wenn er 10 kg an dieselbe Stelle schafft? Ein Knabe, der für den letzten Fall 1000 Mark herausrechnet und nicht von selbst auf den Gedanken kommt, dass eine solche Bezahlung unmöglich ist, muss entweder faselig oder dumm sein.*)

Im Zeichnen muss der Knabe möglichst weit vorgebildet sein. Soll er Setzer werden, so ist Schrift und Ornament, überhaupt *Formgefühl* in die Prüfung zu ziehen. Man lasse etwas abzeichnen. Drucker bedürfen einer genauen Kenntnis der Schattenlehre mehr als man denkt. Ein Drucker, der nicht gut schattieren kann, wird auch ein schlechter Zurichter von Illustrationen sein.

4. Der Junge muss schnell in seinen Bewegungen sein. Man lasse ihn etwas holen oder forttragen und beobachte, wie er das anstellt. Träge, ungelenke Buchdruckerlehrlinge gereichen dem Lehrherrn selten zur Freude.

5. Liebe zum Gewerbe ist gut, doch nicht gerade sofort nötig. Nur darf keine Abneigung gegen dasselbe bestehen. Junge Leute von 14 Jahren sind selten so klug, dass sie sich die Folgen einer Berufswahl lediglich ihrer Neigung nach ganz klar zu machen verständen. Eltern oder Erzieher müssen verkehrte Schritte beizeiten zu verhindern suchen.

(Fortsetzung folgt.)

*) Der Pädagog dürfte solche Aufgaben überhaupt verwerfen. Red. d. Archiv.

Kempes kleiner Stereotypieapparat.

Kleine Stereotypieen sind schon längst als ein dringendes Bedürfnis mittlerer Druckereien empfunden worden, und hat leider das bisherige Angebot im Bau kleiner Apparate den Ansprüchen solider Arbeitsleistung nicht immer entsprochen. Wenn daher ein erfahrener Fachmann, wie Carl Kempe in Nürnberg, den Bau rationeller, kleiner Stereotypieen in den Rahmen seines umfangreichen Geschäfts mit aufnimmt, so entspricht er damit einem wirklichen Bedürfnis, dem die Nachfrage auf dem

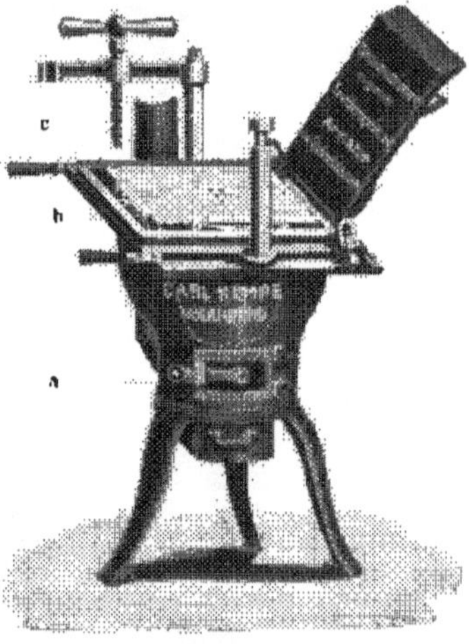

Fusse folgen wird. Vorstehend abgebildeter Stereotypieapparat besteht aus kleinem, festen Ofen aus einem Stück, ohne jede weitere Zusammensetzung, der im Innern mit einem Schmelzkessel für 25 kg. Stereotypmetall versehen ist. Der Oberbau des Ofens enthält das Giessinstrument mit schmiedeeisernen Säulen und schmiedeeiserner Spindel, gebaut nach gleichem Modell wie die grössten Giessinstrumente, also praktisch in jeder Beziehung: ein Versagen oder Ausbiegen des Bügels, wie bei der bisherigen Klammerkonstruktion, ist bei dieser Einrichtung, welche eine effektive Plattengrösse von 22 × 28 cm zu giessen gestattet, vollständig ausgeschlossen.

Antiquaschriften der Schriftgiesserei Ludwig & Mayer in Frankfurt a. M.

Nonpareille No. 139

Welche Schwierigkeiten mit der Errichtung einer neuen und leistungsfähigen
Schriftgiesserei verbunden sind, davon können sich nur Diejenigen einen Begriff machen, welche ein solches
12345 BREMEN MANNHEIM TRIER GIESSEN 67890

Colonel No. 140.

Welche Schwierigkeiten mit der Errichtung einer neuen und leistungsfähigen
Schriftgiesserei verbunden sind, davon können sich nur Diejenigen einen Begriff machen.
12345 BERLIN HELGOLAND LONDON 67890

Petit No. 141.

Welche Schwierigkeiten mit der Errichtung einer neuen
und leistungsfähigen Schriftgiesserei verbunden sind, davon können sich nur Diejenigen
12345 AMERIKA AFRIKA 67890

Borgis No. 142

Welche Schwierigkeiten mit der Errichtung einer neuen
und leistungsfähigen Schriftgiesserei verbunden sind, davon können sich nur Diejenigen
12345 COBLENZ MAINZ DRESDEN 67890

Korpus No. 143.

Welche Schwierigkeiten mit der Errichtung einer neuen
und leistungsfähigen Schriftgiesserei verbunden sind, davon können sich nur
12345 BALTIMORE STRASSBURG 67890

Cicero No 144.

Welche Schwierigkeiten mit der Errichtung einer
neuen und leistungsfähigen Schriftgiesserei verbunden sind, davon
12345 BERN BREMEN ROM 67890

Mittel No. 145.

Welche Schwierigkeiten mit der Errichtung
einer neuen und leistungsfähigen Schriftgiesserei verbunden
12345 KASSEL WORMS 67890

Monumental der Schriftgiesserei Ludwig & Mayer in Frankfurt am Main.

Nonpareille No. 279. Min. 4 kg à M. 10.

[illegible]

Petit No. 280. Min. 4 kg à M. 8.

Buchhandlung Meinold Bremen Mauritius
Erwähnungen Drohne Griechenland

Korpus No. 281. Min. 5 kg à M. 8.50.

85 Schleswig Lüneburg Mirabeau 36
Heidelberg Köln Stuttgart

Cicero No. 282. Min. 6 kg à M. 8.

Nordpol Dogenpalast Gelände

Mittel No. 283. Min. 7 kg à M. 7.50.

Albert 9 Rußland 8 Lenau

Tertia No. 331. Min. 8 kg à M. 7.

Georg Hühnerhof Sebald

Text No. 285. Min. 9 kg à M. 6.50.

Odin 86 Jakarandaholz 42 Thor

Doppelcicero No. 285a. Min. 9 kg à M. 6.50.

31 Mammut Garibaldi Schwarm 90

Doppelmittel No. 286. Min. 14 kg à M. 6.

Rügen Trenck Hallein

Corps 48 No. 287. Min. 16 kg à M. 5.50.

Zug Großherzog See

Corps 60 No. 289. Min. 18 kg à M. 5.

Eichstätt Rußland

Von dieser „Monumental" sind noch weitere 3 Grade vorhanden.

Fette Renaissance von Wilhelm Woellmers Schriftgiesserei in Berlin.

Nonpareille No. [illegible] Min. [illegible] kg à M. [illegible]

Gebrauchsgegenstände aus Porzellan

HOLZAHN 46 OELSNER

Petit No. 1081. Min. [illegible] kg à M. [illegible]

Plan des Domturmes in Speyer

90 MECKLENBURG 40

Korpus No. [illegible] Min. [illegible] kg à M. [illegible]

Tiber Elbe Donau Rhein

Cicero No. 1083. Min. [illegible] kg à M. [illegible]

Karlsruhe Frankfurt

Mittel No. [illegible] Min. [illegible] kg à M. [illegible]

Hummer 9 Karpfen

Tertia No. 1085. Min. [illegible] kg à M. [illegible]

Emden 3 Bergen

Text No. [illegible] Min. 10 kg à M. [illegible]

Schnitzer LEO Pinzette

Doppelmittel No. 1087. Min. 12 kg à M. [illegible]

Lug 8 HERD 9 Boa

Kleine Kanon No. [illegible] Corps 28. Min. 12 kg à M. [illegible]

4 Rudel Denar 6

Verzierte Schwabacher von Wilhelm Woellmers Schriftgiesserei in Berlin.

Text No. [illegible] Min. 10 kg à M. [illegible]

Hannover Bananenbäume Annaberg

Doppelmittel No. [illegible] Min. [illegible] kg à M. [illegible]

25 Möbelfabrik 90

Kanon No. [illegible] Corps 36. Min. [illegible] kg à M. [illegible]

Berliner Rind Heinrich

Missal No. 1088 Corps 48. Min. [illegible] kg à M. [illegible]

23 Arbeiter 56

Mikado von der Schriftgiesserei Flinsch in Frankfurt a. M.

Cicero No. 1700 [illegible]

2 Auf den Jagdgründen im wilden Westen 3
Durch die Prairien der Union

Tertia No. 1701. [illegible]

Zweites Ruderfest zu Offenbach a. M.

Text No. 1702. [illegible]

Chemische Fabrik von Dietze

Doppelmittel No. 1703. [illegible]

Fritz Reuters Werke

Canon No. 1704 Corpo 36 [illegible]

Karl Herzog von Pfalzburg

Missal No. 1705 Corpo 48 [illegible]

Montenegro Herzegowina

Vignetten von Paul Leutemann in Leipzig.

Serie K, 15 Stück M. [illegible] 10 Stück nach Wahl M. 12, einzeln M. [illegible]

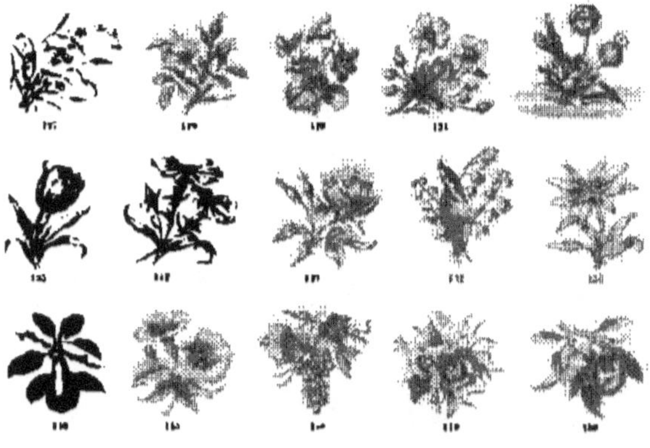

Der Ofen entwickelt schnell die erforderliche Hitze und kann bereits 30 Minuten nach angefachtem Feuer das Giessinstrument als Trockenpresse verwendet werden und nach 15 Minuten Trockendauer ist jede Matrize gussfertig. Diese praktische Stereotypieeinrichtung, welche die Nr. VI führt, zum Unterschied von den grösseren Einrichtungen Nr. V, IV, III, II und I, kostet incl. aller notwendigen Stereotypiematerialien M. 175.

Die Gesamteinrichtung Nr. VI, für Gas und Kohlen oder andere Heizmittel eingerichtet, kann zum Originalpreise auch von *Alexander Waldow in Leipzig* bezogen werden.

Die Einrichtung umfasst folgende Gegenstände: Schmelzofen für Gas- und Kohlenfeuerung nebst 30flammigen englischen Doppelgasbrenner, Giessinstrument mit der gleichen Spindeljustierung wie bei den grössten Einrichtungen, also praktisch in jeder Weise, Ciceropiesswinkel mit facettierten Seitenrändern, so dass die Hobellade für kleinen Betrieb erspart werden kann, da die Stereotypen bereits an zwei Seiten mit Facettenrand versehen aus dem Guss kommen, Gusslöffel, Gusskeile, eine breite Kantenfeile, zwei Flachstichel, einen Satz schrifthohe Stereotypiestege mit abgeschrägtem Rand, einen Schliessrahmen aus Schmiedeeisen, zwei Trockenfilze, 50 Matrizentafeln, ½ Ries Deckpapier, ½ Ries Trockenfliesspapier, eine Klopfbürste mit Stiel, eine Talkierbürste, einen Bunzenstreicher mit Kautschukzunge, drei Büchsen Matrizenpulver und eine Büchse Talkum.

Schriftprobenschau.

Unter den uns in Originalguss zugegangenen Schriften, die wir im Text dieses Heftes abdrucken, sind zuerst die neuen *Antiquaschriften* der *Schriftgiesserei Ludwig & Mayer* zu erwähnen. In breitem, dabei im Kegel niedrig gehaltenen, höchst eleganten Schnitt ausgeführt, zeigen diese Schriften bei aller Zierlichkeit in den Formen doch die dem Auge so erwünschte und notwendige *Deutlichkeit*, so dass man sie mit Recht zu den schönsten Antiquagarnituren der Neuzeit zählen kann. Der Schnitt ist bis auf einige Zeichen in allen Teilen ein höchst exakter und gediegener.

Eine zweite Schriftengarnitur derselben Firma bildet die *Monumental*, eine moderne Gotisch in gefälliger Form und ebenso gefälliger und gediegener Ausführung, für die wir alle Anerkennung haben müssen. Die Reichhaltigkeit dieser Monumental in nicht weniger als 16 Graden, also von Nonpareille bis zu Corps 108, machte es uns wegen Mangel an Raum in dem vorliegenden Heft nicht möglich, alle Grade derselben abzudrucken. Wir hoffen jedoch, die grösseren derselben unseren Lesern noch in *praktischerer* Form, angewendet zu dem Satz des Textes einer Gedenktafel zeigen zu können. Bei Vorführung einer solchen Anwendung haben wir auch Gelegenheit, die schönen, gefällig gezeichneten und bei *allen*, bis auf die zwei kleineren *Grade* vorhandenen *Initialen* für Golddruck verwenden zu können und sprechen im Voraus die Erwartung aus, dass uns die Firma Ludwig & Mayer das erforderliche Material für diesen Zweck zur Verfügung stellen wird.

Von *Wilhelm Woellmers Schriftgiesserei* erhielten wir eine *Fette Renaissance* und *Verzierte Schwabacher*, beides gleich brauchbare und praktische Schriften, die sicher Eingang und häufige Verwendung in den Druckereien finden werden. Insbesondere ist die Fette Renaissance eine Schrift von grosser Deutlichkeit, die sie auch zum Inseratensatz sehr geeignet macht und sie durch ihre praktischen Formen selbst bei grossen Auflagen vor frühzeitiger Abnutzung schützen wird. Solche Schriften kann man mit Recht zu dem *eisernen Material* einer Druckerei rechnen, das sich in dankbarster Weise für lange Jahre ausnutzen lässt und sich vorzüglich bezahlt macht.

Eine Zierschrift in 6 Graden, *Mikado* genannt, übersendet uns die *Schriftgiesserei Flinsch*. Die Formen dieser Schrift lehnen sich in recht gelungener Weise denen der japanesischen Schriftzeichen an und da man gegenwärtig viel Meinung für das japanesische Genre hat, so dürfte diese Zierschrift gewiss viele Liebhaber finden.

Kleine hübsche *Accidenzvignetten* in Form von Blumen und Früchten übergibt uns die Firma *Paul Leutemann* in Leipzig. Wir drucken einen Teil dieser Vignetten im Text des heutigen Heftes ab, die niedlichen Sachen der Aufmerksamkeit unserer Leser empfehlend.

Eine Probe mit *Vignetten* aller Art, darunter auch sehr gefällige *Glückwunschvignetten* und eine grössere Anzahl rechts- und linksseitige *Eckverzierungen* legt *Wilhelm Gronaus Schriftgiesserei* dem heutigen Heft bei. Auch diese renommierte Giesserei ist sonach bemüht, hübsches, leicht verwendbares Accidenzmaterial im Geschmack der Neuzeit zu bieten und es dem Accidenzsetzer zu ermöglichen, seinen Arbeiten eine geschmackvolle Ausstattung zu geben.

Die Schriftgiesserei *C. Kloberg* vereinigt auf der beigelegten Probe 4 Garnituren *Schwabacher Schriften*, jede derselben in einer grösseren Anzahl von Graden und in klarem, gefälligem, modernisiertem

Schnitt. Wir finden eine gewöhnliche, eine halbfette, eine fette und eine verzierte Schwabacher auf dem Blatt abgedruckt, daneben auch gleich ganz *einheitlich* aus diesen vier Schriften gesetzte Inseratbeispiele, die eben durch diese Einheitlichkeit, durch die vorzügliche Deutlichkeit und durch den eleganten Schnitt der Schrift einen sehr guten Eindruck machen.

Eine neue Einfassung, *Sgraffito-Einfassung* benannt, finden wir von der Firma *Paul Leutemann* in Leipzig diesem Heft in *Vorprobe* beigegeben. Schon diese Vorprobe wird unseren Lesern beweisen, dass es sich um eine sehr reiche, prächtig gezeichnete Einfassung im grossen Stil handelt, die sowohl für kleinere, wie für ganz grosse Arbeiten bestens geeignet ist. Wir behalten uns eingehende Besprechung nach Erhalt der in Arbeit befindlichen *Hauptprobe* vor, möchten aber noch an dieser Stelle darauf hinweisen, dass auf der heutigen Probe die grössten und effektvollsten Ecken nicht mit abgedruckt sind.

Von der Schriftgiesserei *Julius Klinkhardt* erhielten wir den II. Band ihrer *Oktav-Probe*. Derselbe umfasst zirka 400 Seiten gr. Oktav und vereinigt auf denselben alle die zahlreichen und *schönen Novitäten*, welche die Firma in den letzten Jahren geschaffen hat. Bei Durchsicht des Bandes wird man der Giesserei das Zeugnis geben müssen, dass sie in rastloser, unermüdlicher Thätigkeit eine Fülle des Schönen, Gediegenen und Praktischen schuf und dafür alle Anerkennung verdient. Ein herrlich komponierter Haupttitel und zahlreiche Abteilungstitel, zu deren Satz schöne Einfassungen, Ornamente, Schriften und Linien in kunstvoller Weise verwendet wurden, schmücken den Band. Wir beglückwünschen die Firma Julius Klinkhardt zu dieser vortrefflichen Arbeit und wünschen ihr auch ferner gute Erfolge.

Zum Schluss wollen wir noch bemerken, dass die Messinglinienfabrik von *Hermann Berthold* uns durch Lieferung der zur Einfassung der *Schriftproben* benutzten doppelfeinen Nonpareillelinien in den Stand setzte, diese Proben *gleichmässig* und einheitlich auszustatten. Wir danken der genannten Firma verbindlichst für die dem Archiv zugewendete *schöne* und *solide* Gabe.

Satz und Druck unserer Probeblätter.

Der diesem Heft beigegebene *Jahrestitel* des nun beginnenden 28. Bandes unseres Archiv ist, wie der vorjährige nach einer Skizze des Herrn *A. Walzulik* in Altenburg in unserer Offizin gesetzt und gedruckt worden; seine Ausführung beweist wiederum die Begabung des Genannten für derartige Entwürfe und glauben wir wohl mit Recht sagen zu können, dass sich dieser Titel durch einfache aber höchst geschmackvolle Komposition auszeichnet und seinem Urheber alle Ehre macht.

Zur Verwendung kamen hauptsächlich neue schöne Materialien der Firma *J. G. Scheller & Giesecke*, so die in Heft 12 des vorigen Jahrganges in vollständiger Probe abgedruckte *Gotische Ranken-Einfassung*, wie die neuen *Gotischen Reihen-* und *Spitzen-Einfassungen*; ferner fanden die neuen *Züge* und sonstiges Material (Initial, Verzierung unter der Hauptzeile, Linien etc.) der genannten Firma Verwendung. Die *Strichlinien* lieferte *Zierow & Meusch*.

Gedruckt wurde der Titel in *chamois*, *blauem* und *braunem Ton*, *Bronzebraun*, *Schwarz* und *Gold*. Sämtliche Farben hierzu lieferten *Kast & Ehinger* in Stuttgart.

Unsere *Neujahrsgratulation* wurde von Satz und gestalen Platten gedruckt, die uns ebenfalls die Firma *J. G. Scheller & Giesecke* in freundlichster Weise überliess; die Zeilen in dem oberen Rande sind aus neuen *Zierschriften* dieser Firma, der Text aus der höchst gefälligen und klaren *Zirkularschrift* von *Ludwig & Mayer* gesetzt.

Gedruckt wurde das Blatt in *grünlichem* und *blauem Ton*, in *blauem Lack*, *Rot*, *Holzschwarz*, *Schwarz*, *Gold* und in *grauem* und *gelbem Ton*. Sämtliche Farben hierzu lieferte uns *Hermann Gauger* in Ulm.

Blatt Dd eine *Adresskarte* der Schriftgiesserei von *Gustav Reinhold* in Berlin ist in ihrer gesamten Ausführung eine Arbeit der *Piererschen Hofbuchdruckerei*, *Stephan Geibel & Co.*, in Altenburg, und speziell bezüglich des Satzes eine solche des Herrn *A. Walzulik*, der hier die Reinholdsche *Kartuschen-Einfassung* in höchst gefälliger Weise zur Geltung brachte und so den besten Beweis für deren Verwendbarkeit gab. Das ansprechende Kolorit verdankt diese Karte ebenfalls dem geläuterten Geschmack des Herrn Walzulik und der Kunstfertigkeit ihres Druckers.

Wir sprechen der Firma *Gustav Reinhold* unsern verbindlichsten Dank dafür aus, diese vortreffliche Arbeit der Piererschen Hofbuchdruckerei für unser Heft überlassen zu haben.

Blatt D enthält zwei *Karten*, zu deren hauptsächlichstem Schmuck *Vignetten* von *Paul Leutemann* in Leipzig, Brüderstrasse 21, verwendet wurden. Diese Vignetten zeichnen sich durch schöne und saubere Zeichnung wie durch vortrefflichen Schnitt aus, der alle die Feinheiten in wahrhaft künstlerischer Vollendung wiedergibt. Die Textschrift zu Karte 1 lieferte uns *Wilhelm Gronaus Schriftgiesserei* und die zu Karte 2 *Genzsch & Heyse*. Beide Schriften gehören zu den gefälligsten Erzeugnissen der Neuzeit und erfreuen sich mit Recht besonderer Vorliebe in Buchdruckereien.

Gedruckt wurde das Blatt mit einem *Grünschwarz* von *Hermann Gauger* in Ulm.

Zeitschriften- und Bücherschau.

— Eine interessante Veröffentlichung, eine Gabe des berühmten *Georg Ebers*, hat soeben die Pressen der Firma *Breitkopf & Härtel* in Leipzig verlassen. Es sind die *Hieroglyphischen Schriftzeichen der Ägypter*, ein höchst wertvoller Beitrag zur Schriftenkunde, dem die ausführende Firma auch ein gediegenes, stilvolles Gewand bezüglich der gesamten Ausstattung, wie bezüglich der der einzelnen Teile desselben gegeben hat. Wenn der erste Teil des Werkes von besonderem Wert für den Gelehrten ist, so wird der Fachmann grosses Interesse dem angefügten »Verzeichnis der Hieroglyphentypen im Besitz der Buchdruckerei Breitkopf & Härtel zu Leipzig« schenken und dieses ihm einen Begriff davon geben, welche Schätze die altberühmte Offizin birgt.

— *Meisterwerke der Holzschneidekunst* aus dem Gebiete der Architektur, Skulptur und Malerei. 133/144. Lieferung zu je 1 Mark. Verlag von J. J. Weber in Leipzig. Die Meisterwerke der Holzschneidekunst haben mit der 144. Lieferung ihren zwölften Band vollendet, und ist derselbe in seiner glanzvollen Ausstattung und mit seinem gediegenen Inhalt ein ebenbürtiger Genosse der früher erschienenen Bände. Einer besonderen Würdigung der in dem Bande enthaltenen 69 mustergültig ausgeführten Blätter bedarf es hier wohl nicht. Was der Titel verspricht, das bestätigt der Inhalt: »Meisterwerke der Holzschneidekunst«. Der Inhalt ist wie in den früheren Bänden möglichst ein vielseitiger und gegenständlich durch Nachbildung der vorzüglichsten Werke der Baukunst, Bildhauerkunst und Malerei bestimmt. Die Künstler, welche ihre Werke so trefflich vervielfältigt sehen, müssen der Verlagsanstalt dafür zu Dank verpflichtet sein, und der deutschen Holzschneidekunst erwächst eine willkommene Förderung damit, dass ihr Gelegenheit zu so ausgedehnter Thätigkeit geboten wird. — Der Preis für das einzelne Heft stellt sich auf 1 Mark. Die Verlagshandlung hat auch für den soeben vollendeten Band eine Einbanddecke anfertigen lassen, welche reichen Gold- und Schwarzdruck auf Deckel und Rücken zeigt und 4 Mark kostet. Es beginnt der dreizehnte Band der »Meisterwerke«, welchem in nicht geringerem Masse wie den früheren das Interesse der kunstliebenden Welt, wie insbesondere der *Buchdrucker* als Kenner und Würdiger gediegenen Illustrationsdruckes sicher ist.

— *Ausführliches Handbuch der Photographie* von Dr. Josef Maria Eder, Direktor der k. k. Lehr- und Versuchsanstalt für Photographie und Reproduktionsverfahren in Wien. Zirka 40 Lieferungen à 1 Mark mit über 1000 Holzschnitten und 5 Tafeln. Halle, *Wilhelm Knapp*. Dieses gediegene Werk des rühmlichst bekannten Verfassers stellt das Gesamtgebiet der wissenschaftlichen und praktischen Photographie in erschöpfender Weise ebenso eingehend als übersichtlich dar und ist unentbehrlich als Ratgeber für den praktischen Photographen und Photochemiker, sowie für den Konstrukteur von photographischen Apparaten und für jene Forscher, welche selbständig den Weg des Experimentierens betreten wollen. Das Buch, dessen vorige Auflagen nach wenigen Jahren vergriffen waren, liegt uns in einer neuen Auflage vor uns und ist völlig umgearbeitet und vermehrt worden, so dass man mit Recht sagen kann, der auf diesem Gebiet reiche Verlag der Firma Wilhelm Knapp bietet hier wieder ein Werk von hervorragendem Wert und grossem Interesse.

Mannigfaltiges.

— *Jubiläum.* 25jähriges. Am 1. Oktober feierte Herr Buchdruckereibesitzer *Friedrich Jasper* in Wien das fünfundzwanzigjährige Bestehen seines Geschäftes, hochgeehrt an diesem Tage von seinem Personal und seinen zahlreichen Geschäftsfreunden. Herr Jasper ist nicht nur einer der *hervorragendsten Buchdrucker* der Gegenwart, er gehört auch zu den Fachgenossen, welchen das Gedeihen unserer Kunst in jeder Hinsicht wahrhaft am Herzen liegt und für das er unermüdlich thätig ist. Der verehrte Herr Jubilar möge uns gestatten, dass wir ihm, bisher ohne Kenntnis von diesem festlichen Ereignis, noch nachträglich unsere besten Glückwünsche übermitteln, seinem Geschäft weiteres Blühen und Gedeihen und seiner Thätigkeit im Dienste unserer Kunst reichen Segen wünschend.

— Einen neuen Preiskurant in gefälliger Ausstattung versandte die Farbenfabrik von *Gebr. Jänecke & Fr. Schneemann* in Hannover. Die Erzeugnisse dieser Firma sind bezüglich ihrer *Güte* so bekannt, dass wir es deren Empfehlung nicht weiter zu sagen brauchen. Die Fabrik versendet diesen Preiskurant auf Verlangen gern an alle diejenigen unserer Leser, welche noch nicht in den Besitz desselben gelangt sind.

— Die Farbenfabrik von *Beit & Philippi* in Hamburg-Stassfurt legt dem heutigen Heft eine Probe ihres *Bremerblau* und *Hamburger Rot* bei. Diese brillanten Farben sind nach den Angaben der Fabrik lichtecht, leicht ausgiebig und lackierfähig, dürften sich also ganz besonders für Farbendruck eignen. Die Herren Beit & Philippi bringen auf dem Probeblatt zugleich ein neues Fabrikat, ihren *Glanzfirnis* zur Verwendung, dessen vielfache Vorzüge auf dem Musterblatt ersichtlich sind. Die eine Hälfte der darauf abgedruckten Plakatbuchstaben ist nämlich mit diesem Glanzfirnis überdruckt und gibt den Farben einen wirkungsvollen, lackartigen Glanz. Dieser Firnis druckt ganz gleichmässig (ohne Blasen) bricht nicht und behält dauernd seine Frische. Da seine Anwendung ausserdem eine sehr einfache ist, so dürfte er bald allgemeine Verwendung finden.

— Von der Messing- und Hartguss-Schriftgiesserei *Edm. Koch & Co.*, vorm. Alb. Falckenberg & Co. in Magdeburg erhielten wir das reichhaltige Musterbuch einer hervorragenden Neuheit ihrer Anstalt, die in der That alle Beachtung verdient. Es sind dies *Plakatschriften* in *Grab- und Hohlschnitt* zur Herstellung von Reklamekarten, Reklameschildern und Schaufensterplakaten in höchst gediegener Ausführung und von *prächtiger Wirkung*. Die meist auf dickem schwarzem Kartonpapier hergestellten Schilder zeigen die in Blattgold gedruckte Schrift hochglänzend und echt vertieft geprägt in ansprechender und auffälliger Weise unde erfüllen ihren Zweck, die Aufmerksamkeit des Publikums zu erregen, bestens. Wir machen unsere Leser auf diese Novität genannter Firma hiermit besonders aufmerksam.

— Das *Litterarische Institut* Dr. M. Huttler (Konrad Fischer) in München übersendet uns einen in ihrem Verlage erschienenen »Christlichen Kalender« und einen »Almanach national de Jeanne d'Arc«, beide für 1891 bestimmt und in altem Stil gedruckt. Beigefügt ist ein farbiges Plakat für den Volksgarten in Nymphenburg-München, dessen schöne Zeichnung und reiches Kolorit die Bewunderung jedes Beschauers erregen wird. Alle diese Arbeiten lassen die Sorgfalt erkennen, welche die genannte renommierte Offizin ihren Druckerzeugnissen angedeihen lässt.

— *Internationale Buch- und Papiergewerbe-Ausstellung.* Die bereits vor einigen Monaten angekündigte »Internationale Ausstellung des Buch- und Papiergewerbe und verwandten Zweige« in der königlichen *Agricultural Hall in London* ist nunmehr auf den Zeitraum vom 16. bis 31. März 1891 festgesetzt worden. Für Deutschland und Oesterreich-Ungarn ist eine besondere Meldestelle bei G. Hedeler in Leipzig, Poststrasse 3 errichtet, von welcher Zirkulare und Anmeldungsformulare mit deutschem Text erhältlich sind.

— § *Messinglinien* werden in der Regel dann Grünspan ansetzen, wenn deren Aufbewahrung an einem wenn auch nur wenig feuchten Orte geschieht, oder wenn sie beim Ablegen nicht von der anhaftenden Nässe befreit worden sind. Um den Grünspan zu beseitigen, legt man die Linien eine oder zwei Stunden in ein zur Hälfte aus Wasser und zum anderen Teile aus Essig bestehendes Bad. Hierauf werden sie mit reinem Wasser abgespült, gut abgetrocknet und an einen warmen Ort zum Trocknen gebracht. Sollten sich dennoch Spuren von Unsauberkeit zeigen, so ist dieselbe Prozedur zu wiederholen. Keinesfalls darf aber das Bad eine zu starke Dosis Essig enthalten, da in diesem Falle die Bildfläche der Linien lädiert würde.

— § Das übermässige *Zusammenhaften der Bilder* beseitigt man dadurch, dass man die betreffenden Formen mit Glycerin einpinselt. Nach mehrstündigem Aufweichen der Farbe erfolgt ein Waschen der Form mit lauwarmem Wasser und sodann ein Abspülen mit klarem Wasser.

— § Um kleine, leicht zu erwärmende Eisenteile von Rost zu befreien, gibt die Pap.-Ztg. folgendes Mittel an: Man nehme ein Stück Bienenwachs, binde es in einen nicht zu dichten Lappen und verreibe es auf dem warmen Eisen, welches infolgedessen einen feinen Wachsüberzug erhält. Mit einem zweiten Lappen, den man in pulverisiertes Kochsalz getaucht, reibe man das Wachs und Eisen ab, und die Wirkung wird eine augenfällige sein.

— § Ein französisches Fachblatt erzählt seinen Lesern von folgendem buchhändlerischen Kuriosum: Vor kurzem erschien im Verlage einer bekannten Firma ein Werk, das vermöge seiner sonderbaren Gestaltung in nicht geringem Masse die Aufmerksamkeit der Autoren und Bücherliebhaber auf sich lenkte. Es ist dies ein Band Novellen in Miniaturformat mit dem Haupttitel »double face«. Beim Erfassen des Buches gewahrt man zunächst auf der Vorderseite den Titel des Buches und beim Blättern den schwarz gedruckten Text, was ja an und für sich nichts Absonderliches wäre, wenn nicht plötzlich bei Seite 110 ein auf dem Kopfe stehendes, blau gedrucktes Inhaltsverzeichnis mit einem ebenfalls blau gedruckten und verkehrt stehenden Textseiten folgte. Auf den ersten Blick wird man hier ein Versehen des Buchbinders vermuten, dem ist aber nicht so, der Verleger hat ganz einfach etwas Neues bieten wollen, und wer möchte wohl behaupten, dass diese Idee nicht neu wäre. Fängt man von vorne an zu lesen, hat man ein Werk für sich in schwarzem Druck, dreht man dasselbe herum, wieder ein solches in blauem Druck, beide Werke aber mit gänzlich verschiedenem Inhalte, und was die Hauptsache ist, beide von vorne anfangend. Obgleich wir eine häufige Nachahmung dieser Methode bezweifeln, wird man doch zugeben, dass sie ein originelles Genre der buchhändlerischen Thätigkeit ist.

Briefkasten.

Herrn A. K. in Stuttgart. Es freut uns, dass Sie sich wieder einmal [illegible] und uns mit einigen Ihrer gediegenen Arbeiten beschenken. Nehmen Sie verbindlichsten Dank dafür; wir werden nicht verfehlen [illegible] Erfolg [illegible] — Herrn F. in [illegible]. Nehmen Sie ebenfalls unseren Dank für die übersandten Arbeiten, die uns durch ihre vortreffliche Satz- und gediegene Druckausführung sehr erfreuten. Die für den Kalender verwendeten Tonfarben hätten wir etwas kräftiger und wärmer gewünscht, die Arbeit würde dadurch sehr gewonnen haben. Das [illegible] Einfassung ist ganz besonders hübsch. — Herrn J. O. in [illegible]. Ihre beiden Arbeiten [illegible] Gratulation [illegible] zu bieten. — Herrn A. B. in [illegible]. Die [illegible] Ihrer Einsendungen [illegible] ist, wenn auch nicht neu, doch immerhin eine ganz originelle und zulässige. [illegible] »Reise und Führer« durch die dafür verwendete geeignete Platte. Wir würden uns zu Dank verpflichtet fühlen, wenn Sie uns mitteilen, welcher Art diese Platte war. [illegible] Tonplatte, oder machten Sie für diesen Zweck einen Abguss von Chamoispapier oder Leinwand, oder druckten Sie direkt von diesen Materialien? Das »Waldmeisterfest« zeigt übrigens einen sehr gefälligen Satz und sauberen Druck. — Herrn H. W. in [illegible]. Wir empfingen Ihre [illegible] und gütige [illegible] und danken Ihnen bestens dafür. Es freut uns, durch dieselbe gleich die [illegible] Neuheiten Ihrer [illegible] kennen zu lernen. — Herrn A. K. in [illegible]. Ebenfalls [illegible] wie [illegible] zu und kamen [illegible] zu [illegible]. Senden Sie das Besste, was Sie haben. Nicht [illegible] folgt zurück.

Inhalt des 1. Heftes.

Lebensbilder berühmter alter Buchdrucker. — [illegible] — Schriftgiessereien [illegible] — Satz und Druck unserer Probeblätter. — Zeitschriften- und Bücherschau. — Mannigfaltiges. — Anzeigen. — Briefkasten [illegible] — 1 Tafel. — Beilagen: 1 Blatt Titel. — 1 Blatt [illegible] — 1 Blatt Adresskarte. — 1 Blatt Karten [illegible] von Wilhelm Gronau [illegible] — 1 Beilage von C. Kloberg. — 1 Beilage von Paul Leibmann. — 1 Beilage von F. M. Weiler's Liberty Machine Works. — 1 Beilage von Kast & Ehinger.

Das Heft enthält im Ganzen 8 Beilagen. Für das Beilegen der fremden Beilagen kann jedoch wegen oft unzureichender Anzahl nicht garantiert werden.

Bezugsbedingungen für das Archiv.

[illegible]

[illegible] Frankfurt a. M. [illegible] Leipzig [illegible] London [illegible] Paris [illegible] Johannesberg u. Ma.

Annoncen.

C. F. Rühl

Leipzig

C. A. Lindgens, Cöln a. Rh.

Fabriken

von

schwarzen und bunten Buch- und Steindruckfarben, Russ, Firnis, Etikettenlack, Seifenlauge, Walzenmasse

„the Excellent" C. A. Lindgens.

Die Messinglinien-Fabrik von

Gebr. Brandt in Quedlinburg

C. Rüger, Leipzig

Messinglinien-Fabrik

Fach-Tischlerei. Mech. Werkstätte.

Messinglinienfabrik

ZIERROW & MEUSCH

LEIPZIG

Galvanoplastik

Verlag von Alexander Waldow in Leipzig.

Wunder: Preisberechnung von Druckarbeiten

Zweite Auflage.

Diese zweite Auflage der höchst verdienstvollen Arbeit des Herrn Wunder ist **ganz bedeutend** vermehrt und genauest revidiert, sie sucht deshalb an Vollständigkeit ihresgleichen in der Fachlitteratur aller Länder. Von besonderem Interesse sind die Angaben von bewährten Preissätzen für **Werke und Accidenzarbeiten** jeder Art, so dass man, wenn man nach ihnen rechnet, nicht lange zu kalkulieren braucht **und wirklich etwas verdient.** Preis M. 3,50.

Ferd. Theinhardt

Berlin SW.,

Schriftgiesserei

Maschinenmeister möchte sich hauptsächlich im Farben- u. Illustrationsdruck weiter ausbilden und sucht sofort oder später Stellung als **Volontär.** Zeugnisse über bisherige Thätigkeit stehen zur Verfügung. Offerten erbittet **Heinrich Harjes**, Maschinenmeister, **Hamburg**, Theilfeld 17, II.

Setzer! — Drucker!

Die zahlreichen und anerkannt wertvollen Werke meines typographischen Verlages eignen sich ganz besonders zu

Weihnachts-Geschenken.

Ich empfehle dieselben der ganz besonderen Beachtung der Herren Buchdruckereibesitzer für ihre strebsamen Lehrlinge, Volontäre und Gehilfen, sowohl Setzer wie Drucker und versende auf Wunsch Kataloge sofort gratis und franko. Der Katalog sei hiermit auch allen Angehörigen der graphischen Künste empfohlen.

Leipzig. *Alexander Waldow.*

Walzenmasse Victoria und Victoria Bianca.

Berger & Wirth gegründet 1823

Farben-Fabriken

1870 gegründet Frey & Sening

Leipzig-Schönefeld

Filialen: Berlin, London, New-York, Moskau.

GASMOTOREN-FABRIK DEUTZ in Köln-DEUTZ.

Otto's neuer Motor, liegender und stehender Anordnung.

33000 Exemplare
mit über 120000 Pferdekraft
im Betrieb.

Otto's Zwillingsmotor

Otto's Petroleummotor (Benzin) ... Betrieb unabhängig von Gasanstalten. — Gleiche Vorteile wie bei gewöhnlichem Gasmotorenbetrieb. — Ohne weitere Abänderung für Leuchtgas verwendbar. —

HAMPEL'S
Plattenformen und die besten Unterlagen z. Plattendruck.
Zu beziehen von der
Schriftgiesserei Flinsch in Frankfurt a. M.
Otto Hampel in Hannover

Lehrzeugnisse
in Buchform in eleganter Ausführung und mit entsprechendem Text auf den inneren Seiten, liefere in haltbarer Enveloppe für M. 1.50 incl. Porto.
Alexander Waldow, Leipzig.

Edm. Gaillard
in Berlin SW., Lindenstr. 69
empfiehlt sein für den Grossbetrieb eingerichtetes
photolypisches Institut
zur guten, billigen und schnellen Ausführung von Phototypien, Autotypien, Chemigraphien u. Chromotypien. Druckfertige photolithographische Uebertragungen in Strich- und Halbtonmanier. Exempl., Muster und Kalkulationen franko.

HOLZ-SCHNITTE
Alexander Waldow, Leipzig.

Ch. Lorilleux & Cie.
16 rue Suger Paris rue Suger 16
gegründet 1818
auf den Weltausstellungen mit 2 Ehrendiplomen und 9 Medaillen ausgezeichnet, empfehlen ihre
schwarzen und bunten
Buch- u. Steindruckfarben
anerkannt bester Qualität.
Farbenproben und Preislisten stehen auf Verlangen gern zu Diensten.

Holzschnitte & Cliches fertigt CARL ABEL, Leipzig

C. KLOBERG, LEIPZIG
Schriftgiesserei

Gebrüder Brehmer,
Plagwitz-Leipzig.
Draht-Heftmaschinen

Messinglinien-Fabrik
und
mechanische Werkstätte
für
Buchdruckerei-Utensilien.
Berlin, SW., Belle-Alliance-Str. 88.
H. Berthold.

Erklärung.

Mit Bezug auf die vielfachen Anpreisungen von Tiegeldruckpressen unter den Namen System Liberty, verbessertes System der Original Liberty, verbess. amerik. Offiziel Original-Liberty etc. etc., erklären wir hiermit, dass alle solche Maschinen mit der F. M. Weilers Liberty-Maschine nichts gemein haben. Es sind das zum Teil nur Nachahmungen unserer Original-Maschinen, zum Teil Machinen, welche in nichts an die Konstruktion der unserigen erinnern.

Alle unsere Original-Maschinen tragen auf der Hauptwelle unsere Firma eingestempelt und ausserdem auf dem Schwungrad oder auf dem Hauptgestell unsere Firma eingegossen.

New-York
54 Frankfort Street.
Gegründet 1859

F. M. WEILERS
LIBERTY MACHINE WORKS
Erfinder der Liberty-Presse.

Berlin W
Kronenstrasse 8.
Gegründet 1859.

Stahlfröschchen
mit oder ohne Lippe offeriert
Alexander Waldow, Leipzig.

Wer neue Werk- oder Zeitungs-Schriften anschaffen will, versäume nicht, sich franco Proben der

Bismarck-Fraktur

von
Benjamin Krebs Nachfolger
in Frankfurt a. M.
kommen zu lassen.

Gustav Reinhold, Schriftgiesserei

Berlin W.
6 Lützowstrasse 6

empfiehlt angelegentlichst seine reiche und gediegene Auswahl von Schriftgiesserei-Erzeugnissen aller Art. Durch die Aufstellung von 16 neuen franz. Complett-Giessmaschinen, sowie durch den Besitz von 34 Handgiess- und allen erforderlichen Hülfsmaschinen bin ich im Stande, weitgehendsten Ansprüchen schnell und gut zu genügen, neue Einrichtungen und Umgüsse in kürzester Zeit zur vollsten Zufriedenheit der Herren Auftraggeber auszuführen.

Proben und Preiscourante stehen gern zu Diensten.

Waschbürsten
liefert billigst
Alexander Waldow, Leipzig.

Waldows Wörterbuch der graph. Künste

und der verwandten Zweige, mit 2798 Artikeln und 381 Illustrationen, wird hiermit als wertvolles Handbuch empfohlen. Preis brosch. 23 Mk. 50 Pf., eleg. geb. in Halbfranzband 26 Mk. 50 Pf. Auch in Serien und Heften in beliebigen Zeiträumen durch alle Buchhandlungen und vom Verleger. Probeheft gratis.

Alexander Waldow, Leipzig.

Gegründet 1846.

Klein, Forst & Bohn Nachf.

Johannisberg im Rheingau

liefern

Schnellpressen für Buch- und Steindruck

bester Konstruktion und Ausführung.

Preislisten stehen auf Wunsch gratis zur Verfügung.

Preislisten und Farbenproben gratis und franko.

Preislisten und Farbenproben gratis und franko.

Preislisten und Farbenproben gratis und franko.

Preislisten und Farbenproben gratis und franko.

Alexander Waldow

Leipzig.

Tiegeldruckmaschine „Liliput" mit Handbetrieb.

Verbesserte Konstruktion.

Verbesserte Konstruktion.

[illegible]

Lieferung erfolgt sofort.

Ludwig & Mayer

Gravieranstalt — **Schriftgießerei** — Galvanoplastik

[illegible] **Frankfurt a. M.** [illegible]

empfehlen ihre neugeschnittene und mit vielem Beifall aufgenommene

Monumental

in 16 Graden mit Initialen.

Auch ist eine neue elegante Antiqua (im Hause geschnitten) erschienen.

Probeblätter versenden auf Wunsch gratis und franco.

Beste konzentrierte Seifenlauge

in einzelnen Dosen und in Kisten zu 10 Dosen verkauft

Alexander Waldow, Leipzig.

Die besten Glückwünsche
beim Jahreswechsel
Leipzig
Die Redaktion des Archiv
für
Buchdruckerkunst

Originalsatz und Druck der Pierer'schen Hofbuchdruckerei Stephan Geibel & Co., Altenburg i. S.
Bl. Archiv für Buchdruckerkunst. 29. Band. Verlag von Alexander Waldow, Leipzig.

Vorläufige Probe

der

Sgraffitto-Einfassung

(Gesetzlich geschützt.)

Vorliegende Einfassung,

entworfen im Stile italienischer Renaissance, besteht in ihrer Gesammtheit aus 9 Reihen-Einfassungen und 21 Eck- und Ansatzstücken, letztere, um ihre Haltbarkeit zu erhöhen, in galvanischen Niederschlägen.

Alles Weitere wolle man aus dem in einigen Wochen zum Versandt fertigen grossen Anwendungsblatte mit vollständigen Verzeichniss der Figuren und Angabe der Preise ersehen, welches ich seiner Zeit zu verlangen bitte.

Paul Leutemann

21 Brüderstrasse LEIPZIG Brüderstrasse 21

[illegible]

[illegible]

Sgraffito-Einfassung
Speisen-Folge
Krebs-Suppe
Huhn mit Spargel
Rehbraten
Salm mit holländ. Sauce
Gefüllter Truthahn
Pudding mit Mandeln
Dessert

Figur **W.** Original-Erzeugnisse.

Verzierte Schwabacher

mit Ziffern

Handelsbank
Gelegenheitsdichtung
Berlin 234 Leipzig

Schriftgießerei
Taschen-Reisebuch
12367890

Quedlinburg
Ermstedt

Geranium
Bernau

wabacher

C. L

Schriftgi

auf allen Stufen
r wiederkehrende
67890

prach Lehrheft

Geschäfts

s Eröffnung

M. Sch

Deidesheim

Porzellanfabr

im Thorn

Kurprinzstr. 27 Lei

Besondere

nburg

Glasu

Großartig

lfeier

Wichtig für Porzel

Morgen So

Hamburg. **Beit & Philippi.** Stassfurt.

Die obere Hälfte dieser Buchstaben ist mit unserm Glanzfirniss bedruckt.
Glanzfirniss giebt der Farbe durch Ueberdruck einen lackartigen Glanz und bricht nicht.

Preis M. 3.— pr. Kilo.

B P

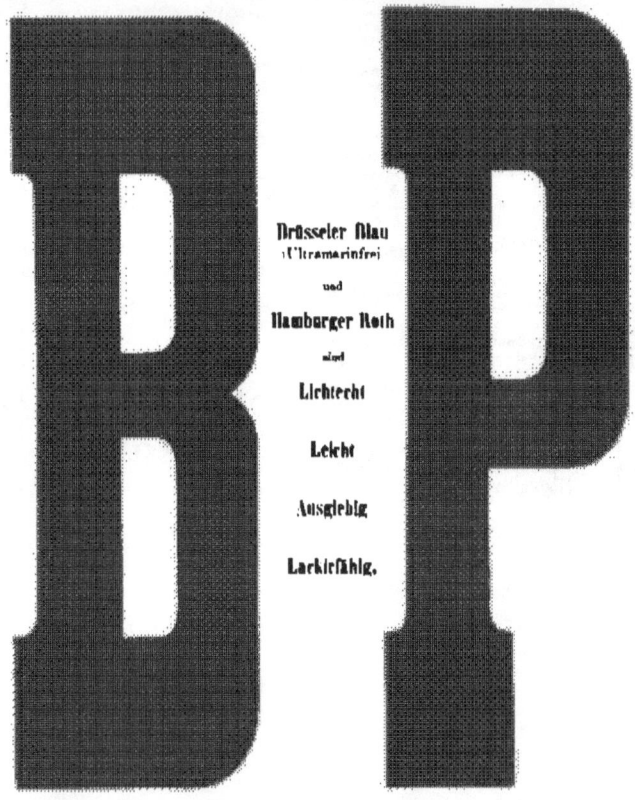

Brüsseler Blau
(Ultramarinfrei)

und

Hamburger Roth

sind

Lichtecht

Leicht

Ausgiebig

Lackirfähig.

Brüsseler Blau. **Hamburger Roth.**

Preise per 1 Kilo.

NEW YORK
54 Frankfort Street.

BERLIN W.
Kronen-Strasse 8.

F. M. Weiler's

LIBERTY MACHINE WORKS

Gegründet 1850.

MEDAILLEN
auf den
AUSSTELLUNGEN
LONDON
PARIS
WIEN
PARIS
MANCHESTER
SANTIAGO
PHILADELPHIA

MEDAILLEN
auf den
AUSSTELLUNGEN
NEW-ORLEANS
ANTWERPEN
STOCKHOLM
BARCELONA
BRÜSSEL
MELBOURNE
KÖLN

„AMATEUR"

Tiegeldruckpresse für Handbetrieb

verbesserte Construction.

In kurzer Zeit über 6000 Stück verkauft.

Preise.

No. 5. Satzgrösse 10 x 15 cm
Mk. 75.—

No. 7. Satzgrösse 15 x 23 cm
Mk. 135.—

No. 8. Satzgrösse 20 x 30 cm
Mk. 200.—

Incl. Emballage und allem
Zubehör, ab Lager.

Zubehör.

2 umgossene Walzenspindeln
1 gewöhnlicher Rahmen
1 Schrauben-Rahmen
1 Giesshülse mit Fuss und Stern
1 Schraubenschlüssel
1 Schraubendreher
2 Schliessleisten

werden gratis zu jeder
Maschine

Senkrechtes, feststehendes Fundament. — Selbstfärbend mit 2 Walzen.
600—800 Abzüge pro Stunde. — Solideste Bauart. — Bequeme und leichte Handhabung.
Klarer und reiner Druck.

Alle Grössen stets druckfertig und zum Versandt bereit.

Für Baar hoher Rabatt.

Gedruckt auf einer Amateur No. 8

Alexander Waldow,

ARCHIV FÜR BUCHDRUCKERKUNST
UND VERWANDTE GESCHÄFTSZWEIGE
HERAUSGEGEBEN VON
ALEXANDER WALDOW.

28. Band. 1891. Heft. 2.

Lebensbilder berühmter alter Buchdrucker.

2. Christoph Plantin.

Geboren 1514 zu Montlouis bei Tours in Frankreich, gestorben am 1. Juli 1589 zu Antwerpen. Plantin, einer der hervorragendsten Buchdrucker in alter Zeit errichtete im Jahre 1555 in Antwerpen eine Druckerei, nachdem er die Kunst vermutlich in Paris erlernt hatte. Bald war seine Offizin eine der grössten und ausgezeichnetsten ihrer Zeit, und ihre Einrichtung mit fremdsprachlichen Lettern machte es ihr möglich, Werke in allen damals in Europa bekannten Sprachen zu drucken und diesen Drucken eine vorzügliche typographische Ausstattung zu geben, der man vor allen Dingen Eleganz und Korrektheit nachrühmen konnte. Unter der grossen Masse seiner Druckerzeugnisse ist das hervorragendste die »Biblia polyglotta« (8 Bde.), welche unter der persönlichen Aufsicht des Hofkaplans Philipp II. von Spanien, Arias Montana hergestellt wurde.

Christoph Plantin

Während des spanisch-niederländischen Krieges wendete sich Plantin mit einem Teil seiner Antwerpener Druckerei nach Leyden und überliess die Leitung des zurückgebliebenen Teiles seinem Schwiegersohne Franz Raphelengh, diesen jedoch, als er sich selbst später wieder nach Antwerpen zurückwandte, nach Leyden sendend, um die dort errichtete Druckerei weiter zu führen.

Plantin hinterliess seinen drei Töchtern die bei seinem Tode existierenden drei Druckereien in Antwerpen, Leyden und Paris. Die erstere erhielt der Gatte der zweiten Tochter, Johann Mourentorff (Moretus), die zweite Raphelengh und die dritte der Gatte der jüngsten Tochter Gilles (Aegidius) Bey.

Das Druckerzeichen Plantins ist eine Hand, die einen ausgebreiteten Zirkel und die Inschrift »Labore et constantia« trägt. Die Stadt Antwerpen hat im Jahre 1875 das Haus Plantins und das von seinen Nachfolgern angelegte Museum käuflich erworben.

Unsere Lehrlinge.

Von
Hermann Hoffmann in Berlin.

(Schluss.)

Das erste Lehrjahr.

Aus dem Zustande der Freiheit heraus, die ein Schulkind geniesst, darf der Knabe nicht sofort längere Zeit nacheinander an den Kasten gestellt oder an der Maschine beschäftigt werden. Man lasse den Lehrling oftmals kleine Botengänge machen, damit die Brust voll frische Luft gepumpt wird. Auch ist es nur von Nutzen für den Knaben, wenn er ab und zu in anderen Betriebszweigen kleine Handreichungen thun muss.

Setzerlehrlinge dürfen sich das Fehlermachen nicht angewöhnen, sie müssen namentlich gehalten werden, nichts zu setzen, was sie nicht selbst verstehen — von fremdsprachlichem Satz natürlich abgesehen. Die billige Ausgabe von Heyses Fremdwörterbuch (M. 3.50) muss jeder Lehrling sich anschaffen und bei jedem fremden Ausdruck gebrauchen; man lasse beim Korrekturlesen den Lehrling vor- oder nachlesen und frage bei Fremdwörtern nach deren Bedeutung. Schlechte Ausschliessung und andere Pfuscherei muss gerade im ersten Jahre streng verpönt sein. Unarten gewöhnt man sich leichter an als ab.

Man gebe dem Lehrling Gelegenheit, die erworbenen Fähigkeiten zu äussern. Er bedarf der Anregung wie jeder andere Mensch. Vorhandener Ehrgeiz muss geweckt werden, derselbe ist ein vorzügliches Mittel, vorwärts zu kommen. Das Auge Dessen, der eine Druckerei leitet, muss auf Lehrlinge besonders wachsam ruhen. Strenge ist nur dann von erziehlichem Werte, wenn sie nicht der Laune unterliegt, sondern sich mit Gerechtigkeit paart.

Man soll das Tadeln nicht lassen, aber man darf auch verdientes Lob nicht unterschlagen, beides, wo es am Platze ist. Der Tadel sei nicht roh und äussere sich nicht in lauten Schimpfworten. Wer sich nicht gehen lässt, der trifft mit einigen missbilligenden Worten tiefer als ein Anderer mit den gröbsten Superlativen. Der Zorn muss aus dem Verkehr mit Lehrlingen verbannt werden, denn er führt zu lächerlichen Übertreibungen. Ich kannte einen gutmütigen Drucker, der, wenn ihm ein Lehrling etwas nicht recht machte, sich also äussern konnte: »Ich breche Dir die Knochen im Leibe kaput!« Man soll nie etwas androhen, was man nicht auch auszuführen vermag und Willens ist.

Als Antriebsmittel habe ich das Prämiensystem erfolgreich angewandt. In die Hand des Faktors muss es gelegt sein, für gute Einzelleistungen oder eine gute Gesamtführung kleine Prämien — bis zu 50 Pfg. pro Woche und Lehrling — zu gewähren. Der Ausfall derselben trifft faule oder störrische Knaben empfindlicher als die härteste Strafe, die man sonst wohl verhängen könnte. In den Lehrjahren bedeuten 50 Pf. ein Kapital. Die Prämien müssen von Fall zu Fall, also nicht ein für alle Mal gewährt werden.

Bei diesem ganz vortrefflichen Mittel, das mit lautloser Sicherheit wirkt, fährt der Prinzipal am besten. Wohlerzogene, fleissige Lehrlinge sind ein Segen für das Haus und verdienen die geringe Wochenprämie zehnfach wieder. Man sei in diesem Falle nicht engherzig, oder man ist es zu seinem eigenen Schaden.

Die Macht des Faktors wird mit dem Prämiensystem ungemein gehoben. In Geschäften mit 4—5 Lehrlingen ist es dem Leiter oft sehr schwer, die Ordnung aufrecht zu erhalten; ein nichtsnutziger Junge verdirbt die anderen mit. Auch hier wirkt der Prämienausfall Wunder — gegen dieses Strafmittel können weder überzärtliche Eltern etwas einwenden, noch kann man die Polizei dagegen anrufen.

Wird ein Knabe unter Aufsicht von Abteilungsvorstehern oder von Gehilfen gestellt, so muss man tägliche Berichte über das Verhalten des Lehrlings einfordern.

In den folgenden Lehrjahren

ist das Arbeitspensum nach den Fähigkeiten des Lehrlings zu bemessen. Bestimmte Vorschriften können dafür nicht gegeben werden. Man sollte nun aber anfangen, dem Lehrling Aufgaben zu stellen. Für Setzer kann die Berechnung von Formatbreiten nach vorliegenden Manuskripten, die Einteilung von Tabellen und manches Andere als Erziehungsmittel dienen. Später sollte man fortgeschrittenen Lehrlingen das Fertigstellen von kleinen Werken, Zeitschriften u. dgl. überlassen, unter Zuteilung der dafür nötigen Hilfskräfte. So gibt es tausend Arten, in denen an das Fassungsvermögen des Lehrlings, an die Fähigkeit desselben, eine Arbeit zu übersehen, starke Anforderungen gestellt werden können.

Dabei darf der Lehrling nicht in einer Abteilung bleiben, sondern er muss an alle Arbeiten, auch die schwierigsten, herangenommen werden. Die einseitige Ausbildung als Werk-, Zeitungs-, Anzeigen- oder Accidenzsetzer, ebenso die dauernde Arbeit eines Druckerlehrlings an einer und derselben Maschine liegt zwar im geschäftlichen Interesse des Prinzipals, ist aber ein grober Vertrauensbruch.

Schon im zweiten Lehrjahre sollten die Lehrlinge in passenden Stunden mit in den anderen Berufszweigen beschäftigt werden. Setzerlehrlinge gebe man vielleicht an zwei halben Tagen in jeder Woche oder wie es sich sonst einrichten lässt, in den Maschinensaal. Druckerlehrlinge stelle man ab und zu an den Kasten. Nicht dass ein Buchdrucker, wenn er ausgelernt hat, Alles wissen soll — er muss Eins gründlich verstehen und in den anderen Fächern sich zur Not helfen können. Wie unendlich schwer ist es mir und Anderen geworden, den Sprung zu machen vom Setzer zum Faktor! Und wie manche, die nicht den Mut haben, einen Fehlschlag zu verwinden, scheitern an dieser Klippe!

Der Farbendruck wird, soweit die Lehrlinge damit zu thun haben, immer nur en passant behandelt. Nicht allein die Anordnung und rationelle Ausnützung der Farben in einer Drucksache, auch die drucktechnische Behandlung derselben ist für Setzer wie Drucker wissenswert, für den letzteren natürlich mehr als für den Ersten. Über die »Gesetze« der Farbenharmonie ist, seit die Physiker sich der Sache bemächtigt haben, ein völliges Dunkel gebreitet.

Das Licht, welches einer der Herren Professoren aufsteckt, wird von einem andern Gelehrten als Irrlicht bezeichnet. Infolgedessen kann man an den Wert oder Unwert der Komplementärfarben glauben, an drei, vier oder sieben Grundfarben u. dgl. mehr, je nachdem man zur Fahne des einen Doktors und Professors der Physik schwört oder zu der des andern. Die Malkunst hat sich um diese Widersprüche nie gekümmert und sie hat sehr wohl daran gethan. Aber in den technischen Künsten hat die Verwirrung infolgedessen einen hohen Grad angenommen. Ich komme an anderer Stelle darauf zurück.

Nicht allein in den beiden Hauptabteilungen sollte ein Lehrling unterrichtet werden, er muss mit Allem bekannt gemacht werden, was ihn dereinst befähigen kann, eine Druckerei zu leiten. Besonders wichtig ist für beide Gruppen, Setzer wie Drucker, die Kenntnis der Papiere. Es ist viel wert, wenn man nach Durchsehen, Reinheit und »Griff« den Wert eines Papieres beurteilen kann oder wenn man weiss, wie die Papiere sich im Gebrauch verhalten.

Sind Spezial- oder Hilfsmaschinen im Geschäft vorhanden, so muss der Lehrling, gleichviel ob Setzer oder Drucker, damit bekannt gemacht werden. Ein Ausgelernter muss Papier schneiden, perforieren, drahtheften können u. dgl. mehr. Er soll auch etwas von der Buchbinderei verstehen. Diese weitergehenden Kenntnisse muss man natürlich nicht Knaben aufbürden, die aus Phlegma oder Beschränktheit sich niemals über eine Mittelstufe erheben werden. An geistig hervorragenden Lehrlingen aber würde man eine Sünde begehen, wollte man dieselben nicht in einer Zeit in diese Dinge einweihen, wo der Mensch aufnahmefähig und lernbegierig ist.

Accidenzsetzer sind namentlich im zweckmässigen Arrangement von Drucksachen auszubilden. Als zweckmässig zu erachten ist die beste Verwirklichung der Wünsche des Bestellers, die geschickteste Wahrung seiner Interessen.

Das Augenmerk junger Accidenzsetzer ist auch auf diejenigen Hilfsverfahren zu richten, die einfach und billig genug sind, um eine allgemeine Einführung zu sichern. Neben der Herstellung von Tonplatten aus Papier und Mäsers Kreideplatten muss der Messerholzschnitt ein obligatorischer Lehrgegenstand in Druckereien werden. Kenntnisse im Stereotypieren, in Zinkätzung und anderen Hilfsverfahren würden, wenn sie nicht zu weit gehen, keinem Buchdrucker schaden, sei es auch nur, um seinen Gesichtskreis zu erweitern.

Druckerlehrlinge müssen nicht nur im Gebrauche der vorhandenen Druckmaschinen unterrichtet und mit den Funktionen der einzelnen Teile derselben bekannt gemacht werden, man sollte auch diejenigen Druck- und Hilfsmaschinen mit in den Kreis der Betrachtung ziehen, welche man aus Abbildungen oder sonstwie kennen gelernt hat. Die Waldowsche Encyklopädie bietet hierfür reiches Material und die Fachschriften, besonders die amerikanischen, aus dem klassischen Lande des Druckmaschinenbaues, erhalten den Lehrer fortwährend auf dem Laufenden. Ich bezweifle jedoch selbst, ob sich überall Jemand finden wird, der neben den nötigen Kenntnissen das Lehrtalent für dieses schwierige Fach besitzt. Dann aber sollte man den Lehrlingen das Material in die Hände geben.

Neben der eigentlichen Maschinenkunde ist eine kleine Praxis in der Behandlung der Metalle, also ein kurzer Kursus in der Geschäftsschlosserei, sehr zu empfehlen. Leute, denen man die teueren Druckmaschinen anvertraut, dürfen nicht ganz ohne diesbezügliche Kenntnisse sein.

Wer es kann, der möge seine Druckerlehrlinge frühzeitig daran gewöhnen, sich selbst zu helfen. Wie oft ist es mir und Andern passiert, dass der Drucker ratlos vor einer Erscheinung stand, die er sich nicht erklären konnte. Dann heisst es: »Die Sache geht nicht!« Der Prinzipal oder Faktor ist übel daran, der in solchen Fällen nicht weiter sehen kann, als sein Drucker.

Über gewisse Vorkommnisse, wie z. B. dass die Form nicht ausdruckt oder schmitzt, dass die Walzen nicht Farbe nehmen oder ungleich abgeben, dass an Schnellpressen die Bogen nicht in die Höhe kommen oder an Tiegeldruckpressen, die mit Greifern statt Rähmchen arbeiten, die Anlage nicht genau wird, u. s. w., lasse man die Lehrlinge nachdenken und den Grund ermitteln.

Ein Setzer, der sich zum Faktor ausbilden will, muss dergleichen auch wissen, aber er wird diese Dinge nicht in seiner Lehrzeit lernen können, sondern durch Selbststudium. Zweierlei hilft in manchem kritischen Fall: Augen offen halten und nachdenken!

Ich will noch einer Unsitte gedenken, die sich in den meisten Druckereien eingebürgert hat — die Fachblätter, soweit solche gehalten werden, fein säuberlich einzuschliessen, damit sie ja nicht schmutzig werden. Druckereien, die Lehrlinge haben, sind moralisch verpflichtet, 2—3 Fachblätter zu halten, damit die jungen Leute sehen, wie es draussen zugeht. Die schön gebundenen Bände alten Datums werden, auch wenn sie später zugänglich sein sollten, nie gelesen und haben darum keinen Zweck. Welche Hilfe gibt man aus der Hand, wenn man auf die Unterstützung durch die Fachpresse in der Erziehung der jungen Leute verzichtet! Die Hefte müssen sofort nach Einlauf in Deckel gebunden und erst den Lehrlingen, dann den Gehilfen gegeben werden. Wichtige Artikel müssen seitens der Geschäftsleitung angestrichen und mit angehängten Bemerkungen versehen werden. Über besonders interessante Aufsätze müssten die Lehrlinge schriftliche Gutachten und eigene Äusserungen abgeben. Die beste Beantwortung würde nach vorgedachter Art zu prämiieren sein.

Die Prüfung würde eine mündliche sein müssen und den Gehilfen, den Eltern, vielleicht auch dem grossen Publikum zugängig sein können.

Die vorstehenden Auslassungen werden gewiss manchen Nutzen stiften, aber sie werden auch offenen und geheimen Widerspruch erfahren. Der letztere ist der schlimmste, denn man kann ihn nicht widerlegen und es bleibt beim Alten. Aber ich würde es schon als Gewinn betrachten, wenn man sich

Vignette von J. G. Schelter & Giesecke, Schriften und Einfassungen aus deren Giesserei.

Allmonatlich können Lehrlingskonferenzen einberufen werden, denen die Geschäftsleitung präsidiert. Bei diesen Zusammenkünften würden zurückgelegte Themata aus Fachblättern oder aus dem Geschäftsbetriebe erörtert werden können. Tüchtige Lehrlinge könnte man vertretungsweise präsidieren lassen und damit besonders auszeichnen.

In grossen Geschäften würden alljährlich Lehrlingsprüfungen abzuhalten sein, zu denen schriftliche Arbeiten oder Entwürfe gefertigt werden könnten.

manchenorts seiner Pflichten gegen die Lehrlinge wieder erinnerte.

Dass die auch nur oberflächliche Kenntnis der von mir geforderten Dinge für einen Buchdrucker unnötiger Ballast sei, wird dennoch Niemand behaupten wollen, nur wird man einwenden, dass dadurch die Hauptausbildung in einer Richtung vernachlässigt werde.

Die reine Technik des Setzens oder des Druckens aber ist schnell gelernt und wo hätte man, ausser in der Lehrdruckerei, Gelegenheit sich die geforderten weiteren Kenntnisse anzueignen? Mögen selbst diejenigen Spezialisten, die ihr beschränktes Fach gründlicher gelernt haben, als die nach meinem Rezept Ausgebildeten, in einem augenblicklichen Vorteil sein, sobald es sich um eine gut bezahlte Lebensstellung handelt, sind diese mit ihrer Summe von Allgemeinwissen jenen gegenüber gewaltig vor und nicht wieder einzuholen. Bekanntermassen wird auch die Selbstausübung des Berufes seitens eines Faktors sehr selten verlangt — es genügt schon, wenn derselbe die Fähigkeiten seiner Leute zu schätzen weiss.

gewaschen werden. Nach dem Waschen kann man dieselben nicht sofort wieder in die Maschine legen, und da wohl selten ein bestimmter Ort dafür angewiesen ist, so lehnt man sie eben dahin, wo Platz ist: mit dem einen Spindelende an die Wand, an die Maschine etc., während das andere auf dem Fussboden ruht. Die natürliche Folge ist zunächst eine Beschädigung der Wand oder der Maschine sowie des Fussbodens, sodann gleiten die Walzen leicht aus und beschädigen sich dabei und schliesslich versperren sie den Weg, ganz abgesehen von dem unschönen Anblick, den es gewährt, wenn die Walzen in allen Ecken und Winkeln herumliegen.

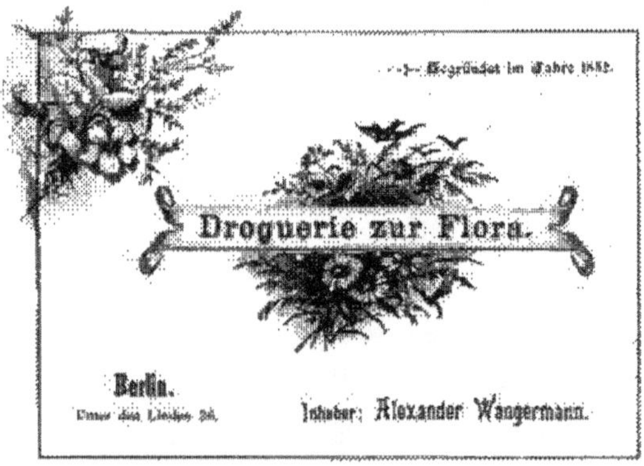

Vignetten von Paul Leutemann in Leipzig. Schriften von diversen Giessereien.

Wir haben Regeln über alle möglichen Dinge, möchten die Typographischen Gesellschaften oder die Prinzipalvereine auch dieses Thema in Angriff nehmen. Dazu sollte das Vorstehende den Anlass bieten.

Werkzeugbrett und Walzenhalter

für Schnellpressen.

Von Moritz Wunder in Braunschweig.

Bekanntlich müssen die in der Schnellpresse, also in Gebrauch befindlichen Walzen auch bei Verwendung englischer Masse im Laufe der Woche öfter, am Schlusse derselben aber jedenfalls

Ganz ähnlich ist es mit den zu der Maschine gehörigen Schraubenschlüsseln, Hammer, Klopfholz etc. Auch sie haben keinen bestimmten Platz, und man sieht sehr häufig allerlei Vorrichtungen an den Maschinen, die sich die Maschinenmeister zurecht gemacht haben, um dem Mangel wenigstens einigermassen abzuhelfen.

Viel zweckmässiger ist aber ein Werkzeugbrett, welches am besten links vom Anleger mittels zweier Schrauben an das Seitengestell befestigt wird. Versieht man dasselbe etwas vom oberen Rande entfernt mit einer schmalen Leiste, so kann man durch Einschnitte und ausgemeisselte Löcher alle Schraubenzieher etc. leicht und bequem fassbar unterbringen; gleichfalls wird durch eine am unteren Rande anzubringende zweite Leiste Raum zum Aufstellen des Klopfholzes, eventuell der Waschbürste und des Ausschlusskastens geschaffen, letzterer zur Aufnahme der Quadraten etc. bestimmt, welche die Maschinenmeister bei Regelung der Formen auf dem Fundament gern zur Hand haben.

Was nun die Unterbringung der Walzen betrifft, so wird sich dieselbe je nach der Konstruktion der betreffenden Schnellpresse etwas anders gestalten. An den König & Bauerschen einfachen Maschinen z. B. ist der freie Raum des Seitengestells links vom Anleger, also unterhalb des Werkzeugbrettes sehr gut zum Anlegen der Reibwalzen geeignet, da die Länge derselben mit der Breite dieses Raumes übereinstimmt. Es bedarf nur des Anschraubens zweier Haken an den Verbindungsstellen der Seiten- mit den Quergestellen.

federnden J-Haken oder durch einfache Schlitzleisten gebildet werden. Wir wenden einen der Form der Schlitzleiste nachgebogenen Eisendraht an, der durch zwei Verbindungsstangen an dem Seitengestell befestigt wird. Letzterer erhält an der inneren Seite zwei ⎍-förmige Halter angeschraubt, in welche die Stangen geschoben werden, die natürlich an der betreffenden Stelle eine Verdickung erhalten, damit sie nicht weiter rutschen. Da sowohl der Halter wie das Brett leicht entfernt resp. angebracht werden können und die Walzen senkrecht stehen mit einer ganz geringen Neigung nach der Maschine zu, so beschränken sie weder den Platz, noch kann durch sie die Maschine oder Sonstiges beschädigt werden.

Bei kleineren Accidenz-, namentlich aber Tiegeldruckmaschinen, deren Seitengestell ein Anbringen einer solchen Vorrichtung nicht zulässt und die auch

— Holzsatz muss an trockenem Orte aufbewahrt und darf nicht mit Lauge gewaschen werden. Gust. Maack.

Hergestellt mittels Engelens typenloser Setzmaschine.

Die anderen Walzen erhalten einen guten Platz in dem toten Winkel zwischen dem verlängerten Seitengestell der Antriebseite und dem Vorgelege und hat man bei Maschinen dieser Konstruktion noch den Vorteil zur Anbringung des Walzenhalters die obere Schraube benutzen zu können, welche Seiten- und Quergestell verbindet. Da die Walzen hier gestellt werden, so ist der Fussboden für jede Walze durch einen kleinen eisernen Teller zu schützen, der gleich auf dem Fussboden aufgeschraubt werden kann, weil die Stelle nicht begangen wird.

Ist dieser tote Winkel nicht vorhanden, so kann man sich dadurch helfen, dass man die Walzen links vom Anleger vor dem Werkzeugbrett aufstellt, jedoch ist es dann nötig, den Walzenhalter so anzubringen, dass er nach dem Gebrauch leicht entfernt werden kann. Die Walzenteller bringt man auf ein gemeinschaftliches Brett, welches ebenfalls abzunehmen ist. Wir haben eine derartige Einrichtung seit Jahren an König & Bauerschen Zweifarbenmaschinen, und sie hat sich durchaus bewährt.

Der zur Aufnahme der einen hochgestellten Spindel der Walzen dienende Walzenhalter kann durch einen sogenannten Revolverhaken, durch einen

zumeist nur 50—60 cm lange Walzen haben, werden diese in ein freistehendes Gestell gelegt, dessen Rückwand das Werkzeugbrett bildet. Die beiden vorderen Seitenstangen sind wieder schlangenförmig gebogen und bilden auf diese Weise die Lager. Das Gestell hat eine Höhe von 1 m; die erste Walze liegt 5 cm unter der oberen Querleiste und tritt gleich den anderen so weit hervor, dass das Werkzeug nicht davon berührt wird. Befestigt wird das Gestell mit Schrauben auf dem Fussboden dicht an der Maschine, so dass dasselbe überall nicht im Wege ist.

Engelens typenlose Setzmaschine.

Im 26. Jahrgange, Heft 5 von 1889 machten wir unsere Leser mit der höchst interessanten Erfindung des Herrn Engelen bekannt, die Worte und Zeilen eines glatten Satzes gleich auf Zeilenlänge in *Holz zu stanzen* und dann zum Druck zu verwenden.

Wir gaben in dem fraglichen Heft Abbildung der Maschine und Proben ihrer Leistungsfähigkeit, wiesen auch darauf hin, auf welche Weise der Erfinder den komplizierten Mechanismus der kostspieligen Setzmaschine durch diese nur 400 M. netto ab Fabrik kostende, höchst einfache Maschine ersetzt hat. Wegen der Erfindung selbst und der Konstruktion der Maschine müssen wir unsere Leser auf das fragliche Heft zu spezieller Informierung verweisen.

Seit der von uns angegebenen Zeit nun haben Erfinder und Erbauer, die Maschinenfabrik *Gustav Maack* in Köln-Ehrenfeld, eifrig an der Vervollkommnung der Maschine gearbeitet und uns jetzt die *vorstehend abgedruckte Probe* übersandt. Ein Blick auf dieselben gibt allerdings den Beweis, dass die Vervollkommnung des Stanzmechanismus ein ganz wesentlich besseres Resultat erzielt wie früher, denn das Aussehen der Buchstaben, selbst dieser grossen Egyptienne ist ein schärferes und reineres wie früher, die Zeilenlänge und deren Brechung ist eine exaktere, so dass man allerdings kaum den Typensatz vermisst. Die Fabrik liefert, wie erwähnt, die Maschine zum Preise von 400 M., 1000 Holzzeilen 44 Cicero lang zum Preise von 20 M. inkl. Kiste, andere Längen zu entsprechendem Preise.

Internationaler Musteraustausch

des deutschen Buchdruckervereins.

Von diesem verdienstvollen Unternehmen des deutschen Buchdruckervereins ist vor Kurzem der zweite Jahrgang zur Ausgabe gelangt. Ein Vergleich mit dem vor Jahresfrist erschienenen ersten Bande erweist einen Fortschritt in der Entwickelung dieses Unternehmens in mehr als einer Beziehung. Zunächst hat sich die Teilnehmerzahl von 103 auf 223 erhöht und hat an dieser Vermehrung auch das Ausland verhältnismässigen Anteil; gegen 40 ausländische Beiträge im vorigen enthält der zweite Band deren 72, von welchen 20 auf Österreich-Ungarn, je 13 auf England und Russland, 10 auf die Schweiz, je 2 auf die Niederlande und Kalifornien und je 1 auf Belgien, Dänemark, Finnland, Frankreich, Norwegen und Pennsylvanien entfallen.

Fassen wir zunächst die in *Buchdruck* ausgeführten Beiträge näher ins Auge, so ist bezüglich der Ausstattung ein Fortschritt unverkennbar. Wir werden gewiss nicht fehlgehen, wenn wir annehmen, dass die eingehende Besprechung und Würdigung, welche der erste Band allseitig gefunden, einen Anteil an dem Erfolge des zweiten Bandes hat. So sind die im vorigen Jahre noch vielfach zu tadelnden Verstösse gegen die einfachsten Regeln der Ornamentik fast gänzlich verschwunden und gewagte Kompositionen mit unzureichendem Material vermieden. Es ist eine erfreuliche Thatsache, dass die Bestrebungen unserer technischen Fachpresse in solcher Weise ihre Anerkennung finden. Die Satzausführung der Arbeiten zeigt mit wenigen Ausnahmen eine sich immer mehr befestigende solide Technik, welche mit dem vorhandenen Typenmaterial nur das erreichen will, was ihr die Eigenart des letzteren gestattet und das ist jedenfalls die einzig richtige Auffassung des modernen Accidenzsatzes. Mehr wie in früheren Jahren finden wir die Verwendung bildlichen Schmuckes, aber doch nicht in dem Masse, wie es die massenhafte Produktion an derartigem Material vermuten lassen könnte. Man kann daraus schliessen, dass sich die Buchdrucker gegen das allzu aufdringliche Angebot von Vignetten einigermassen ablehnend verhalten, worin sie nach unserer Meinung nicht ganz unrecht handeln; ein Missgriff in der Wahl einer Vignette ist leichter gethan, als in anderem Zierrat und rächt sich ungleich schwerer.

Wir müssen es uns leider für diesmal versagen, auf einzelne Beiträge näher einzugehen, es würde uns zu weit führen, wollten wir alle die wirklich vortrefflichen Arbeiten namentlich hervorheben, wollen es aber nicht unterlassen, auf eine aus Leicester (England) stammende Reihe von Arbeiten aufmerksam zu machen und dem *deutschen* Accidenzsetzer zum Studium zu empfehlen. In diesen sind mit dem einfachsten Material besonders durch originelle Gruppierung wirklich gediegene Effekte erzielt.

Die *Druckausführung* der Beiträge des Musteraustausches verrät fast durchgehend eine Entwickelung des Farbensinns und die Neigung zu lebhaften Farbenzusammenstellungen; die Verwendung des Goldes spielt dabei eine Hauptrolle. Selten ist das Mass des Schönen hierin überschritten, soweit es sich um die farbige Ausstattung von Ornamentkompositionen handelt, dagegen ist die Kolorierung von naturalistischen Vignetten ein Gebiet, auf welchem unsere Farbendrucker noch viel lernen können. Das Grün der Blätter, das Rot und Blau der Blumen und die Färbung der Gewänder wurde in vielen Fällen noch in unnatürlichen und deshalb unschönen Tönen wiedergegeben. Als Muster für solche Arbeiten können viele der *lithographischen* Beiträge dienen. Unter diesen befinden sich, freilich auch neben mittelmässigen, viele hervorragende Leistungen, von welchen nur mit höchster Bewunderung gesprochen werden kann. Um nur eine zu nennen, wollen wir das Blatt der Wiener Staatsdruckerei erwähnen, ein chromolithographisches Meisterstück. Bei Betrachtung dieses Blattes kommt dem Referenten der Gedanke, warum in dem vorliegenden Bande wohl die *deutsche Reichsdruckerei* fehlen mag, deren Beiträge im vorigen Bande und in den früheren Jahrgängen des englisch-internationalen Musteraustausches doch immer Meisterwerke typographischen Farbendrucks waren. Das Blatt aus der deutschen Reichsdruckerei wird jeder Teilnehmer ungern vermissen.

Der *Lichtdruck* ist in dem Bande mit nur wenigen, bescheidenen Arbeiten vertreten, was zu dem bedeutenden Fortschritte, welchen gerade dieser graphische Kunstzweig während der letzten Jahre zu

Satz und Druck unserer Probeblätter.

Im 1. Heft des diesjährigen Jahrganges unseres Archiv besprachen wir den II. Teil der Oktavausgabe der *Klinkhardtschen Schriftproben* und wiesen insbesondere auf die *wahrhaft gediegene und ansprechende Komposition und das Kolorit* des Haupttitels und der Abteilungstitel dieser Proben hin.

Es freut uns, unseren Lesern heute den einen dieser Abteilungstitel, von dem *Originalsatz* gedruckt,

Einfassungen und Schriften [illegible]

verzeichnen hatte, nicht recht in Einklang steht; die Ursache davon liegt aber wohl mehr in dem Charakter des Musteraustausches, welcher zur Hauptsache doch immer ein *typographischer* bleiben wird.

Im allgemeinen ist also vom neuesten Bande des Musteraustausches nur Gutes zu berichten. Möge man das vorliegende Gute als Lernstoff und als Antrieb für immer noch bessere Leistungen dienen, so wird das Unternehmen des deutschen Buchdruckervereins seinen Zweck aufs beste erfüllen. Wir wünschen dem Musteraustausch auch für die Zukunft die Unterstützung aller dem Fortschritt huldigenden Fachgenossen — zu ihrem eigenen Besten.

F. B. A.

als Blatt I unserer Beilagen vorführen und so am besten beweisen zu können, dass das ihnen erteilte Lob ein *wohl verdientes* ist und dass jene Titel den Accidenzsetzern wie -Druckern der Klinkhardtschen Offizin zu grosser Ehre gereichen. Wir danken der Klinkhardtschen Schriftgiesserei verbindlichst, uns diese schöne Arbeit ihrer Druckerei überlassen zu haben.

Blatt C der heutigen Beilagen gibt eine *Tanz-Ordnung* und ein *Programm* zum Zusammenlegen, gedruckt in Gold, Braun und Rot auf blaues Chromopapier wieder. Den Hauptschmuck dieser Arbeit bilden *Einfassungen, Leisten* aus zweifarbigen Einfassungen und *Ecken*, sämtlich neuere sehr verwendbare Erzeugnisse der *Schriftgiesserei Flinsch*.

Blatt K endlich zeigt ein *Menu*, dem zur Hauptsache einfach schöne *Schriften* und gefällige *Vignetten* zur Zierde gereichen sollen. Wir möchten die Leser unseres Archiv immer wieder auf *diese* Art der Ausstattung von Druckarbeiten hinweisen, denn eine solche verdient entschieden durch ihre einfach gefällige, elegante und dabei doch höchst billige, weil schnell auszuführende Satz- und Druckausführung die allgemeinste Beachtung und wird sich sicher den Beifall der Auftraggeber *mehr* erwecken wie eine komplizierte teure und umständliche Arbeit, zu der oft nicht einmal die nötige Zeit vorhanden ist. Wir wandten auf diesem Menu zwei zierliche *Vignetten* von *Paul Leutemann* (Leipzig) an und benutzten die eine zur Ausschmückung der *anderen*, rechten Ecke in der Weise wie dies heut zu Tage mit Vorliebe geschieht. Wenn der eigentlich zur Ausschmückung einer oberen Ecke bestimmte Strauss in dieser Lage auch vielleicht nicht so ganz richtig schattiert erscheint, so mag damit der Beweis geführt sein, dass uns eigentlich noch derartiges Material fehlt, welches sich für *jede Art* der Anbringung eignet.

Von den heute im Text gegebenen Beispielen sind besonders hervorzuheben, der mit einer Vignette von *J. G. Schelter & Giesecke* geschmückte Titel eines *Preiskurantes*, eine *Adresskarte*, verziert mit *Leutemannschen* Vignetten, eine *Tanzordnung*, auf der eine gefällige Einfassung der *Schriftgiesserei Gronau* zur Bildung von Leisten Verwendung fand und ein *Briefkopf* von der Firma *H. Berthold*, aus prächtigem Material ihrer Messinglinienfabrik gesetzt.

Das gesamte *Linienmaterial* auf unseren Probeblättern und den Beispielen im Text lieferten uns *Zierow & Meusch* in bester und gediegenster Weise.

Zum Druck der Blätter wurden mit Ausnahme des *Gaugerschen Rot* Farben von *Berger & Wirth* verwendet.

Briefkopf aus Messinglinien und Ecken von Hermann Berthold in Berlin.

Bezugsquellen

der angewendeten Schriften, Einfassungen etc.

Blatt L Originalsatz der *Klinkhardtschen Schriftgiesserei*. Schriften, Einfassungen und Vignetten sämtlich Erzeugnisse des eigenen Hauses. Blatt C. Spitze um beide Seiten von *Naumann & Ko.* Nonpareilleeinfassung der oberen Seite, die vier oberen und unteren zweifarbigen Leisten, beide Aufsatzstücke des Mittelschildes, die inneren Füllstücke desselben, sowie die Ecken rechts und links auf beiden Seiten stammen sämtlich aus der *Schriftgiesserei Flinsch*. Die acht Ecken im oberen und unteren Mittelteil von *Wilhelm Woellmers Schriftgiesserei*. Vierteleinfassung — von *Ferd. Theinhardt*. Von den Schriften lieferten uns Winterfest und Programm *Ludwig & Mayer*, Urania und Textschrift zum Gedicht *Benj. Krebs Nachf.*, Krystall-Palast zu Leipzig *Rust & Jung*, Rheinland und Tanzfolge *Genzsch & Heyse*; die Mediaeval-Antiqua und -Egyptienne zum Programm, sowie die Kursiv zur Tanzfolge sind von *Bauer & Marhenke*. Blatt K. Beide Vignetten von *Paul Leutemann* in Leipzig. Der Schwarzdruck in der oberen rechten Ecke, sowie die drei Schwalben am Schluss von *J. G. Schelter & Giesecke*. Zeile Menu und Datum von der *Schriftgiesserei Flinsch*. Textschrift von *Genzsch & Heyse*.

Zeitschriften- und Bücherschau.

— § Die in einem mit No. 1 (1890) bezeichneten Hefte weiteren Kreisen zugänglich gemachten »*Mitteilungen und Vorträge aus den Monatsversammlungen des fachtechnischen Klub der Beamten und Faktoren der k. k. Hof- und Staatsdruckerei*« in Wien dürften das Interesse der Fachgenossen im hohen Masse erregen, denn sie geben in erster Linie Aufschluss über die lebhafte Thätigkeit des fachtechnischen Klubs und bringen im ferneren eine längere Reihe technisch-wissenschaftlicher, instruktiver Abhandlungen zum Abdruck, deren Kenntnisnahme entschieden eine nutzbringende Erweiterung des fachtechnischen Wissens zur Folge haben wird. Von den abgedruckten Vorträgen seien folgende erwähnt: »Reform der deutschen Schreibweise«, von Dr. Anton Ritter von Beck, k. k. Hofrat, »Über die Anwendung der römischen Ziffern«, von *Friedrich Strass*, Ober-Korrektor, »Über Mikrophotographie«, von Dr. H. Kowalsky, k. k. Regimentsarzt, »Über Aluminiumdruck«, von Dr. Wilhelm

Stadt. Frankfurt, »Über Schreibmaschinen«, von Paul Reich. »Über Numeriermaschinen und Numeriermethoden«, von Georg Fritz, k. k. technischer Inspektor der Staatsdruckerei in Wien.

— *Almanach für Buchdrucker 1901*, herausgegeben von Heinrich Fahns, IV. Jahrgang. Druck und Verlag der Genossenschafts-Buchdruckerei in Wien. Auch in diesem Jahr ist das praktische Notizbuch wieder in bester Ausstattung und mit sehr wertvollen Nachrichten und nützlichen Notizen ausgestattet erschienen. Geschmückt ist dasselbe mit den Porträts von F. Mayer und H. Kleiber, Männer, die sich um die Genossenschaft Verdienste erworben haben.

— § Als Nachläufer zur 500 jährigen Jubelfeier der Erfindung der Buchdruckerkunst ist im Verlage von C. F. Schmidts Universitätsbuchhandlung in Strassburg i. E. zum Preise von 80 Pf. ein Werkchen unter dem Titel *»Gutenberg und die Buchdruckerkunst im Elsass«* von F. A. Bonn erschienen, das wie bereits der Titel besagt, in der Hauptsache die Thätigkeit Gutenbergs im Elsass und besonders in Strassburg schildert und dann einige interessante Daten über die chronologische Entwickelung des Buchdruckes darstellen gibt. Besonders empfehlenswert dürfte das Büchelchen für solche sein, die das Elsass ihre Heimat nennen, während es andererseits auch geeignet erscheint, als willkommene Ergänzung der geschichtlichen Abteilung von Fachbibliotheken zu dienen.

Mannigfaltiges.

— In Prag starb am 11. Dezember Herr Buchdruckereibesitzer etc. Ignaz Fuchs im 67. Lebensjahre. Die zahlreichen schönen und gediegenen Arbeiten, welche seine Offizin seit Jahren geliefert hat, sichern ihm ein ehrendes Gedenken seiner Verdienste um unsere Kunst seitens seiner österreichischen und deutschen Kollegen.

— Am 10. Januar starb der verdiente Prokurist und leitende technische Vorsteher der Schriftgiesserei J. G. Schelter & Giesecke in Leipzig, Herr *John K. Fetzer* aus Philadelphia nach mehrwöchentlichem Leiden. Aus einem warm empfundenen Nachruf der Chefs genannter Firma ersieht man, welche vorzüglichen Eigenschaften der Verstorbene besass und welcher hohen Wertschätzung er sich erfreute.

— Die Farbenfabrik von *Berger & Wirth* in Leipzig sendet uns ein Musterbuch ihrer *bunten Farben* und gibt uns dadurch Gelegenheit, uns ein Bild von der reichen und gediegenen Auswahl zu machen, welche ihr Lager bietet. Da die genannte Firma die einzelne Farben nach unserer Wahl zur Verfügung stellt, so haben wir Gelegenheit, unseren Lesern die vorzügliche Güte derselben durch Vorführung auf unseren Musterblättern zu beweisen.

— Ein lackierfreies *Zinnoberrotgrün* legen *Kast & Ehinger*, die rühmlichst bekannte Stuttgarter Farbenfabrik unserem heutigen Heft bei. Wir machen unsere Leser auf diese schöne Farbe hiermit noch besonders aufmerksam, dabei zugleich erwähnend, dass uns die Fabrik ein höchst gediegen ausgeführtes, schön gezeichnetes Empfehlungstableau in Lithographie zusandte, das in seiner Farbenpracht so recht anschaulich die Güte der bunten Farben der genannten Firma beweist. Gedruckt ist das Tableau in der berühmten lithographischen Anstalt von Meissner & Buch in Leipzig.

— Seit Einführung der so überaus brauchbaren, so mannigfache Vorteile bietenden sogenannten *Englischen Walzenmasse* ist es besonders die Firma *C. A. Lindgens* in Köln a. Rh., deren Empfehlungskarte dem heutigen Heft beiliegt, welche sich seit einer langen Reihe von Jahren durch ein paar vorzügliches, andauernd gutes Fabrikat das vollste Vertrauen ihrer zahlreichen Abnehmer erworben hat. Die Lindgens'sche Masse zeigt alle die Eigenschaften, welche man an eine vollkommene Walzenmasse stellen muss, sie ist fett, dabei doch elastisch, andauernd im Gebrauch und nimmt die Farbe ganz vorzüglich an, so dass man besonders in dieser so höchst wichtigen Hinsicht nie einen Anstand hat. Die Fabrik liefert ausser der Masse für gewöhnliche Schnellpressen auch solche für Rotationsmaschinen und versieht ihre Kunden mit einer sehr guten Zusatzmasse, mit welcher diese jede ältere Walze wieder brauchbar und arbeitsfähig machen können. Diejenigen unserer Leser, welche die Lindgens'sche Masse noch nicht verwendeten, werden uns nach einem Versuch gewiss Dank wissen, sie auf dieselbe aufmerksam gemacht zu haben.

— § Die bei Gelegenheit der in Leipzig stattgehabten 500jährigen Jubelfeier der Erfindung der Buchdruckerkunst von Herrn Dr. Oscar von Hase angeregte Denkmalsfrage nimmt nach verschiedentlichem Meinungsaustausch in Fachkreisen jetzt greifbare Gestalt an und zwar versandte der endgültig zusammengetretene »Gutenberg-Ausschuss« einen Separat-Abdruck der s. Z. von Herrn Dr. Oscar von Hase gehaltenen *Festrede*, begleitet von dem »Aufruf zur Errichtung eines allgemeinen deutschen Ehrendenkmals zur Erinnerung an die Erfindung und Vervollkommnung der Buchdruckerkunst« nebst dem »Plan der Organisation des Gutenbergpfennigs zur Beschaffung der Mittel für ein in Leipzig zu errichtendes grosses Nationaldenkmal der Buchdruckerkunst«. Da sich der grösste Teil der Fachpresse bereits eingehend mit dem Gegenstande beschäftigt hat, beschränken wir uns darauf, zur Kenntnis zu bringen, dass jedwede auf diese Angelegenheit Bezug habende Frage oder Mitteilung an den Vorsitzenden des Gutenberg-Ausschusses Herrn Dr. Oscar von Hase in Firma Breitkopf & Härtel in Leipzig oder an den Sekretär des Ausschusses, Herrn Ernst Wiener in Leipzig, Gutenbergstrasse 3 zu richten, Geldspenden an den Schatzmeister des Ausschusses, Herrn Bruno Klinkhardt in Firma Julius Klinkhardt in Leipzig einzusenden sind.

— Ein grosses, prachtvoll ausgestattetes Tableau, Arbeiten in Buchdruck und in Lithographie enthaltend, übersandte uns die Offizin *M. DuMont-Schauberg* in Köln durch gütige Vermittelung ihres Oberfaktors Herrn Robert Anhalt. Zahlreiche, in jeder Hinsicht schöne und gediegene Arbeiten beider Schwesterkünste, geschmackvoll gruppiert, ziehen den Blick und sprechen in beredtester Weise für den wahrhaft gediegenen Geschmack und die Kunstfertigkeit ihrer Mitarbeiter. Bewunderungswürdig ist für den *Buchdrucker* insbesondere die markige Ausführung des Satzes und des ebenso markigen, dabei doch harmonischen und keineswegs zu bunten Kolorits des Blattes, das allerdings, wie uns scheinen will, auch für die Buchdruckarbeiten in Steindruck ausgeführt wurde. Wir beglückwünschen die DuMont-Schauberg'sche Druckerei, deren obersten Leiter Herrn Anhalt und die beteiligten Mitarbeiter zu dieser Meisterleistung.

— Der Verlag des *Bochumer General-Anzeiger* (F. A. Wurle) hat jüngst einen Prospekt versandt, auf welchem derselbe dem allgemeinen Publikum Mitteilungen über die Lokalitäten und die maschinellen Einrichtungen seiner Druckerei macht. Deutlich gezeichnete Pläne geben einen Begriff von ersteren und die Abbildung einer Rotationsmaschine erleichtert das Verständnis für letztere. Wir entnehmen diesem Prospekt, dass neben anderen gewöhnlichen Maschinen und Pressen drei grosse neue *Rotationsmaschinen*, eine Dynamomaschine, eine Dampfmaschine von 25 Pferdekräften und ein Dampfkessel mit sieben Atmosphären Druck und zwei Sicherheitsventilen für die Druckerei im Betrieb sind, gewiss ein Beweis für die praktische Einrichtung derselben. Die Auflage des Breslauer General-Anzeigers beträgt nach diesem Prospekt gegenwärtig 42150 Exemplare.

— § Nach einer neuen *Entscheidung des Reichsgerichts* ist der Verleger einer Zeitschrift, welcher einen verantwortlichen Redakteur angestellt hat, bei einem vorkommenden unberechtigten Nachdruck wegen fahrlässiger Veranstaltung eines solchen neben dem Redakteur mit strafbar.

— § Bezüglich der vor kurzem erfolgten *Ermässigung der Portotaxe für Drucksachen* ist zu erinnern, dass die fragliche Bestimmung, laut welcher Drucksachen im Gewicht bis zu 100 g zum Satze von 5 Pf. expediert werden können, sich nur auf das Gebiet des deutschen Reiches erstreckt; Sendungen nach Österreich-Ungarn unterliegen nach wie vor den früheren Bestimmungen.

— *Die Depeschentaxe für Zeitungen* wurde vom ungarischen Handelsminister vor kurzem auf 1 kr. pro Wort für jene Blätter herabgesetzt, welche jährlich mindestens 120000 Worte in Anspruch nehmen und 1200 Gulden im vorhinein erlegen. Nunmehr hat der Minister die Wortzahl auf 60000 und die Sicherstellungssumme auf 600 Gulden herabgemindert.

— § Die vor kurzem erfolgte Einrichtung der ersten *Papierfabrik* in grossem Massstabe in *China* hat daselbst nicht geringes Aufsehen erregt und bemerkenswert vor neuem den bisher sich nur mit einheimischen Fabrikationszweigen befassenden kaufmännischen Unternehmungsgeist der Chinesen. Die von englischer Seite und nach englischem Muster eingerichtete Fabrik firmiert: »Papier-Manufaktur-Co. zu Canton« und ist ausschliesslich Eigentum eines Konsortiums Eingeborener. Selbstverständlich findet das mit allen modernen Verbesserungen versehene Etablissement die vollste Bewunderung der in unzähliger Menge herbeiströmenden Besucher, und dürfte der Papierfabrikation in China noch ein weites Absatzgebiet offen stehen. Die aufgestellte Papiermaschine liefert pro Woche 30 Tonnen Papier (aus Reisstroh), besitzt 15 Trockenzylinder und produziert ein fertiges Papier von 80 engl. Zoll Breite mit einer Schnelligkeit von 250 engl. Fuss pro Minute. Ausserdem besitzt die Fabrik 10 grosse Zerkleinerungsmaschinen, eine Bleich- und chemische Abteilung und eine Dampfmaschine von 400 Pferdekraft. Die Einrichtungskosten betragen insgesamt ca. 30000 Pfd. St. Beschäftigung finden in dem ausgedehnten Betriebe ca. 100 Personen.

— § Zur Geschichte der *französischen Nationaldruckerei* in Paris enthält die »Typ.-Techn.« folgende beachtenswerte Notizen: Trotz aller Abgeschlossenheit vom öffentlichen Verkehr ist die französische Nationaldruckerei eines der interessantesten und merkwürdigsten Institute der Seinehauptstadt, dessen Gründung bis in die Zeit Franz I. zurückreicht. Um diese Zeit schnitt man die von Robert Estienne zum Bücherdruck verwandten Typen. Später, unter Ludwig XV. goss man chinesische und tatarische Schriften, zu welchem Zeitpunkt auch die Umwandlung von Staatsdruckerei sich anfing und welcher zu beschreiben sein sollte, sich einzuschalten, zu entfalten und auszubreiten. Nach vielerlei Sitzveränderungen im Laufe von zweieinhalb Jahrhunderten befindet sich das Etablissement zur Jetztzeit im früheren Hotel Rohan, rue Vieille-du-Temple No. 87, woselbst es einen Komplex von 10000 [illegible] einnimmt. Der Personalbestand beziffert sich auf 1200 Personen, wovon 400 weibliche. Die Druckerei selbst befasst sich nur in den Fällen mit der Anfertigung von Privatarbeiten, wo eine nur durch das Material der Nationaldruckerei zu erzielende Ausstattung Bedingung ist. Unter ihrem Schriftenbestande befinden sich allein 148 verschiedene fremdländische Schriftcharaktere, welche ein Gewicht von ca. 62000 kg repräsentieren. Desgleichen befinden sich in den Lagerräumen über 10000 druckfertige, zur Herstellung der laufenden Arbeiten bestimmte Satzformen. Die Einnahme der Nationaldruckerei erfolgt in der Weise, dass jedes staatliche Institut, Verwaltung, Bureau etc., einen von einer bestimmten Kommission festgesetzten fixen Jahresbetrag für die gesamten herzustellenden Arbeiten entrichtet. — Für Drucksachen im Werte von jährlich 30000 Frcs erhält die Nationaldruckerei keine Vergütung, sie dienen den verschiedenen Instituten der Wissenschaften u. s. w.; desgleichen hat sie jährlich für 20000 Frcs von einer bestimmten Kommission ausgewählte Werke unentgeltlich herzustellen.

— § Über die *Pflege der Hygiene in den grösseren Offizinen Amerikas* geben einige der »Impr.« entnommenen Notizen Aufschluss: »Reinigungsräume mit komfortabler Einrichtung stehen den Arbeitern in grösserer Zahl zur Verfügung, desgleichen dient ein bestimmtes Zimmer als An- und Auskleideraum für die Beschäftigten. Ein weiterer, in Gestalt eines Speisesaales eingerichteter Raum dient den Arbeitern als Aufenthaltsort bei der Einnahme ihrer Mahlzeiten, die je nach der Dringlichkeit der vorliegenden Arbeiten zeitweilig nicht unregelmässig eingenommen werden. — Ein Hauptaugenmerk ist speziell mit der Entfernung des sich in den Fächern der Schriftkästen ansammelnden Staubes beschäftigt, welcher bekanntlich auf den menschlichen Organismus viel nachteiliger einwirkt als das an den Fingern haftende schwarze Bleioxyd. Unzählige Ratschläge, welche zu beachten sich auch jeder nichtamerikanische Buchdrucker zur Pflicht machen sollte, befinden sich in Plakatform an den Saalwänden. Einige davon mögen auch hier Platz finden: »Führet Euch stets vor Augen, welch ungeheures Kapital in den zahlreichen vorrätig umherliegenden und sich allmählich zu Zwiebelfischhaufen ansammelnden einzelnen Buchstaben und Linienstücken steckt und ein wertloses Dasein fristet! Welch enormen Aufwand von Zeit und Mühe ihr verschwendet durch das Suchen verstellender, sich nicht an Ort und Stelle befindender Bestandteile der Setzerei und ihr werdet finden, dass die Abstellung derartiger Missstände durch Euch selbst zu Eurem Nutzen ist. — Überreste von Zigarren wirken nichts weniger als desinfizierend auf den an und für sich schon mit schädlicher Luft durchschwängerten Arbeitsraum. Abgetragene Kleidungsstücke und Schuhe stempeln den Arbeitsraum zu einer »Schusterbude« und vermeide man daher einen möglichen Vergleich seines Platzes mit einer solchen. Der Arbeitsraum ist kein Speiseraum, und verbinde man daher niemals das Essen mit der Arbeit, denn es ist an und für sich widerlich einen mit Speiseresten belegten Arbeitsplatz zu betrachten, geschweige denn die aus ersteren entstehenden Gerüche einzuatmen. Ausserdem trägt dieses Gebahren vielfach dazu bei, [illegible] Mineralöl [illegible], welches, [illegible] angeborenen [illegible] nicht verschmäht. [illegible] auf Euren Plätzen, denn das würde den Arbeitsplatz einer »Trinkbude« gleichmachen. Viel Flaschen, wenig Arbeit! Viel [illegible], wenig [illegible]! [illegible] dieser, so grundverschiedenen Objekte, wirft ein schlechtes Licht auf das gesamte Personal einer Buchdruckerei, und nicht zum kleinsten Teile auf den Leiter oder Faktor derselben. Jeder »Former« sollte sich bewusst sein, dass Reinlichkeit und Ordnung die Grundbedingungen zu einem geregelten Betriebe ist.« Zum Schlusse ist noch ein Ratschlag für Prinzipale angefügt, der wenn auch nicht neu, an dieser erwähnenswert erscheint: »Seid verschwiegen in Euren Geschäftsangelegenheiten, vertraut Eurem [illegible] Freunde auch nicht [illegible] an, dass der Geschäftsgang ein flauer ist und Ihr über kurz oder lang der Kunst Valet sagt, denn er wird Kapital aus den Andeutungen schlagen, indem er Eure Kundschaft [illegible] und an sich reisst. Nach einiger Zeit wird dann der betreffende Kunde Euch mit Euren eigenen Worten Aufschluss über sein Wegbleiben geben.«

— § In welchem Gegensatze sich das *Verhältnis der Zeitungen* in den europäischen Staaten gegenüber dem in den Vereinigten Staaten Amerikas befindet, dürften folgende Angaben beweisen: So erzielt z. B. die »Tribune« in Chicago jährlich durchschnittlich [illegible] Frcs. aus einer einzigen Spalte, die »Tribune« in New-York [illegible] Frcs.; der »New-York-Herald« erzielt aus der billigsten Spalte jährlich [illegible] Frcs., aus der teuersten dagegen 174000 Frcs.

— § Der Gebrauch bei Zahlungen jeder Art im Privat- und Geschäftsverkehr *Kupons*, *Brief- und Stempelmarken* zu verausgaben, ist schon des öfteren verurteilt worden. Die Verwaltung der preussischen Staatsschulden weist neuerdings wieder auf das Vorkommen falscher Zinsscheine hin und erklärt dabei, dass hierfür in keiner Weise Ersatz geleistet wird. Der einzige Schutz besteht darin, dass man deren Annahme verweigere. Die Zinsscheine seien kein Zahlungsmittel für den Verkehr, sondern hätten lediglich den Zweck, von den betreffenden Kassen eingelöst zu werden.

— § Es muss wiederholt darauf hingewiesen werden, dass jedwede in Deutschland produzierte und nach England zu exportierende Drucksache oder Papierware die Bezeichnung »*Made in Germany*« zu tragen hat, sollen nicht unangenehme Eingriffe der englischen Zollbehörden Absender und Empfänger wesentlich schädigen. So unterliess vor kurzem ein belgischer Fabrikant diese Signierung bei einem grösseren Posten nach Glasgow bestimmter Papiere, und musste infolgedessen der Empfänger die unliebsame Wahrnehmung machen, dass jeder Bogen auf der Grenze die Bezeichnung »Made in Belgium« aufgedrückt ward, welcher Umstand das Papier in seinem Preiswerte wesentlich verringerte.

— *Ein Spiel Karten*, und noch ein bereits »abgespieltes« ist dieser Tage in München für den Preis von [illegible] Francs verkauft worden; allerdings handelt es sich dabei nicht um eine gewöhnliche Whistkarte, sondern um eine Seltenheit allerersten Ranges. Nach dem Börsenblatt für den deutschen Buchhandel ist die 17 Blatt starke, sogenannte Mantegna-Spielkarte des Baccio Baldini aus dem fünfzehnten Jahrhundert, ein [illegible] aus der Zeit der Erfindung des Kupferstichs, von seinem bisherigen Besitzer, dem Antiquar Ludwig Rosenthal in München für den genannten Preis verkauft worden. Es wird allseitig bedauert, dass dies Kabinettstück der Sammler seinen Weg nicht in ein deutsches Museum, sondern ins Ausland genommen hat.

Sprechstelle.

Geehrter Herr Redakteur!

Mit Bezug auf Ihr Referat in Band 33, Heft 1 Ihres geschätzten Blattes »Glanzfirnis zum Drucke betreffend«, erlauben wir uns zu bemerken, dass dieser Glanzfirnis schon seit über 4 Jahren von uns fabriziert und vielfach von unseren Kunden zu deren vollster Zufriedenheit verwendet wird.

Es ist somit der Glanzfirnis der Hamburger Firma nichts Neues*), und wenn unsere Konkurrenz denselben jetzt ebenfalls herstellt, so ist dies für uns eine erfreuliche Bestätigung seiner Brauchbarkeit.

Hochachtungsvoll

Kast & Ehinger, Farbenfabrik Stuttgart.

*) Dies ist von uns auch nicht behauptet worden; [illegible] die Fabrik [illegible] Philipp [illegible] Firnis [illegible] Leipzig [illegible]. Red. des Archiv.

Die Besprechung der eingegangenen *Neujahrskarten und Kalender* erfolgt in Heft 3 des Archiv.

Die Redaktion des Archiv.

Inhalt des 2. Heftes.

Lebensbilder berühmter alter Buchdrucker. — Unsere Lehrlinge. — Werkzeugbrett und Walzenhalter für Schnellpressen. — [illegible] — [illegible] — Satz und Druck unserer Probeblätter. — Bezugsquellen. — Zeitschriften- und Bücherschau. — Mannigfaltiges. — Sprechstelle. — Annoncen. — Beilagen: [illegible] Titel. — 1 Karte. — 1 [illegible] — 1 [illegible] — Beilage von Kast & Ehinger in Stuttgart. — 1 Beilage von C. A. Lindgens in Köln.

Das Heft enthält [illegible] Beilagen. [illegible]

Bezugsbedingungen für das Archiv.

[illegible]

Verantwortlich [illegible] Leipzig. [illegible]

Annoncen.

Ein tüchtiger

Graveur und Stempelschneider,

der in den grössten Schriftgiessereien thätig war und im Besitz guter Zeugnisse, sucht Stellung.

Offerten unter [illegible] an Haasenstein & Vogler A.-G. in Elberfeld.

Correctur-Abzieh-Apparat.

[illegible]

[illegible]

ALEXANDER WALDOW, Leipzig

[illegible]

Der Ausschuss des Bulgarischen Typographen-Vereines in Sophia bringt hiermit den löbl. Schriftgiessereien, Maschinen- und Papier-Fabriken, sowie sämtlichen Buchdrucker-Utensilien-Anstalten, die Herausgabe des ersten

Bulgarischen Buchdrucker-Almanachs 1891

zur Kenntnis, der in ganz Bulgarien sowohl unter den Buchdruckereibesitzern, wie Arbeitern verbreitet wird, und werden für denselben *Inserate* zum Preise von Francs 30 per Kolumne aufgenommen.

Diesbezügliche Annoncen etc. wolle man in deutscher oder französischer Sprache verfassen und an den Präsidenten des Vereines Herrn Theodor Tscholakoff, Staatsdruckerei in Sophia, samt dem Einschaltungsbetrage per Post-Mandat, senden.

Seltene Gelegenheit

zur Erwerbung einer

Buchdruckerei

nebst Papierfabrik

in günstigster Lage Sachsens.

Der Besitzer, weil selbst nicht Fachmann, wünscht das Etablissement an einen geeigneten Unternehmer unter den für den Käufer denkbar vorteilhaftesten Bedingungen abzugeben; ausser dem Grundstück selbst kann auch noch ein grosses Areal mit zur Verfügung gestellt werden. Nähere Auskunft wird bereitwilligst erteilt auf Anfragen, die unter [illegible] an Rudolf Mosse in Leipzig zu richten sind.

Empfehlenswerte Lehrbücher

aus dem Verlage von

Alexander Waldow in Leipzig.

[illegible]

Ludwig & Mayer

Gravieranstalt — Schriftgiesserei — Galvanoplastik

[illegible] **Frankfurt a. M.** [illegible]

empfehlen ihre neugeschnittene und mit vielem Beifall aufgenommene

Monumental

in 16 Graden mit Initialen.

Auch ist eine neue elegante Antiqua (im Hause geschnitten) erschienen.

Probeblätter versenden auf Wunsch gratis und franco.

Ferd. Theinhardt

Berlin SW.,

[illegible]

Schriftgiesserei

[illegible]

Verkauf.

Eine im günstigsten Betriebe befindliche

Papierwaarenfabrik

verbunden mit

graphischem Institut

in vortheilhaftester Lage, 5 Minuten vom Bahnhof, an Chaussee und Wasser, soll unter sehr erleichternden Bedingungen an einen fachmännischen Unternehmer verkauft werden. Nähere Auskunft wird auf Anfragen sub A 4196 von Rudolf Mosse in Leipzig ertheilt.

Wichtig für Verlags- und Accidenz-Druckereien.

Im unterzeichneten Verlage ist soeben erschienen:

Anleitung zum Messerholzschnitt

(D. R. P. 50183)

von HERMANN HOFFMANN, Buchdruckerei-Faktor.

Kl. 4°. 66 Seiten Text, mit 62 Abbildungen und 28 theilweise farbigen Kunstblättern und Vorlagen aus allen Gebieten des Accidenzdruckes.

[illegible]

Preis der Anleitung . . . . M. 10.—
Preis des Einrichtungs- und Werkzeugkastens . . . . M. 30.—
Preis einer Holzplatte mit ca. 1536 □cm. Schneidefläche M. 4.75.

Mir unbekannte Besteller bitte ich, Referenzen anzugeben. Auf Bestellungen, denen der Betrag beigefügt ist, erfolgt Franko-Zustellung.

Max Krause,
Berlin SW. 19, Beuthstrasse 7.

C. F. Rühl

Leipzig-Reudnitz

Schriftgiesserei, Stereotypie [illegible]

LONDON 1891.
Internationale Ausstellung
der
Buch- und Papiergewerbe
in der Königlichen „Agricultural Hall" zu London
vom 16. bis 30. März 1891.

[illegible]

Ch. Lorilleux & Cie.

16 rue Suger **Paris** rue Suger 16

gegründet 1818,

auf den Weltausstellungen mit 7 Ehrendiplomen und 9 Medaillen ausgezeichnet, empfehlen ihre

schwarzen und bunten

Buch- u. Steindruckfarben

anerkannt bester Qualität.

Farbenproben und Preislisten stehen auf Verlangen gern zu Diensten.

C. A. Lindgens, Cöln a. Rh.

Fabriken

von

Schwarzen und bunten Buch- und Steindruckfarben, Russ, Firnis, Etikettenlack, Seifenlauge, Walzenmasse

„the Excellent" C. A. Lindgens.

Die Messinglinien-Fabrik von

Gebr. Brandt in Quedlinburg

empfiehlt als Specialität

Messinglinien in allen Mustern, [illegible] unter Garantie für besten Metall [illegible] Arbeit. [illegible]

C. Rüger, Leipzig

Messinglinien-Fabrik

[illegible] Werkstätte.

[illegible]

GASMOTOREN-FABRIK DEUTZ in Köln-DEUTZ.

Otto's neuer Motor,

30000 Exemplare
mit über 130000 Pferdekraft
im Betrieb.

Otto's Zwillingsmotor

Otto's Petroleummotor

Im Jahr 1890 erhaltene Auszeichnungen:

Nordwestdeutsche Gewerbe- und Industrie-Ausstellung, Bremen
Goldene Medaille
Ehrenpreis für den besten Gasmotor, Ehrenpreis für den besten Petroleummotor.

Stahlfröschchen
mit oder ohne Lippe offeriert
Alexander Waldow, Leipzig.

Wer neue Werk- oder Zeitungs-Schriften anschaffen will, versäume nicht, sich franco Proben der

Bismarck-Franklin-

von
Benjamin Krebs Nachfolger
in Frankfurt a. M.
kommen zu lassen.

Gustav Reinhold, Schriftgiesserei
Berlin W.

Proben und Preiscourante stehen gern zu Diensten.

Wilhelm Woellmer's
Schriftgiesserei
BERLIN

Waschbürsten
liefert billigst
Alexander Waldow, Leipzig.

Schriftgiesserei
J. G. Schelter & Co., LEIPZIG.

Erklärung.

Mit Bezug auf die vielfachen Anpreisungen von Tiegeldruckpressen unter den Namen System Liberty, verbessertes System der Original-Liberty, verbess. amerik. Offiziel Original-Liberty etc. etc., erklären wir hiermit, dass alle solche Maschinen mit der F. M. Weilers Liberty-Maschine nichts gemein haben. Es sind das zum Teil nur Nachahmungen unserer Original-Maschinen, zum Teil Machinen, welche in nichts an die Konstruktion der unserigen erinnern.

Alle unsere Original-Maschinen tragen auf der Hauptwelle unsere Firma eingestempelt und ausserdem auf dem Schwungrad oder auf dem Hauptgestell unsere Firma eingegossen.

New-York
54 Frankfort Street.
Gegründet 1859

F. M. WEILERS
LIBERTY MACHINE WORKS
Erfinder der Liberty-Presse.

Berlin W
Kronenstrasse 8.
Gegründet 1859.

Preislisten und Farbenproben gratis und franko.

Gegründet 1843.

DRUCKFARBEN-FABRIK

17 Preis-Medaillen

GEBR. JÄNECKE & FR. SCHNEEMANN

HANNOVER.

Lager und Vertretung

Preislisten und Farbenproben gratis und franko.

Waldows Wörterbuch der graph. Künste

und der verwandten Zweige, mit 2794 Artikeln und 361 Illustrationen, wird hiermit als **wertvolles Handbuch** empfohlen. Preis brosch. 23 Mk. 50 Pf., eleg. geb. in Halbfranzband 26 Mk. 50 Pf. Auch in Serien und Lieferungen in beliebigen Zeiträumen durch alle Buchhandlungen und vom Verleger. Probehefte gratis.

Alexander Waldow, Leipzig.

Gegründet 1846.

Klein, Forst & Bohn Nachf.

Johannisberg im Rheingau

liefern

Schnellpressen für Buch- und Steindruck

bester Konstruktion und Ausführung.

Preislisten stehen auf Wunsch gratis zur Verfügung.

Messinglinienfabrik
ZIEROW & MEUSCH
LEIPZIG
Galvanoplastik
Stereotypie.
Zierlinien
Bogenwegplatten
Accidenzsätzen
Klammern
Kreise

Verlag von Alexander Waldow in Leipzig.

Wunder: Preisberechnung von Druckarbeiten

Zweite Auflage.

Diese zweite Auflage der höchst verdienstvollen Arbeit des Herrn Wunder ist **ganz bedeutend** vermehrt und genauest revidiert, sie sucht deshalb an Vollständigkeit ihresgleichen in der Fachlitteratur aller Länder. Von besonderem Interesse sind die Angaben von bewährten Preisansätzen für **Werke und Accidenzarbeiten** jeder Art, so dass man, wenn man nach ihnen rechnet, nicht lange zu kalkulieren braucht **und wirklich etwas verdient.** Preis M. 3.60.

HAMPEL'S
Plattenformen und die besten Unterlagen z. Plattendruck.
Zu beziehen von der
Schriftgiesserei Flinsch in Frankfurt a. M.

Weilhaus & Scheidig
Aschaffenburg a. M.
Buch- und Steindruckfarben.
Firnis- und Russbrennerei.

Erste Mannheimer
Holztypen-Fabrik
Sachs & Cie.
Mannheim (Baden)
Holzschriften und Holzutensilien
The White
Buch- und Steindruckereien.

HOLZ-SCHNITTE

Emil Gaillard
in Berlin SW., Lindenstr. 69
empfiehlt sein für den Grossbetrieb eingerichtetes
photolypisches Institut
zur guten, billigen und schnellen Ausführung von Phototypien, Autotypien, Chemigraphien u. Chromotypien. Druckfertige photolithographische Uebertragungen in Strich- und Halbtonmanier. Prospekte, Muster und Kalkulationen franko.

Gebrüder Brehmer,
Maschinenfabrik
Plagwitz-Leipzig.
Spezialität:
Draht-Heftmaschinen

Den Herren Buchdruckereibesitzern empfehle ich angelegentlichst meine
Messinglinien-Fabrik
und
mechanische Werkstätte
für
Buchdruckerei-Utensilien.
Berlin, SW., Belle-Alliance-Str. 88.
H. Berthold.

Titelschriften
Schriften
Zierschriften

Menu

Sonnabend, den 28. März 1891.

Königinsuppe.

Roastbeef mit Allerlei.

Rheinlachs.

Salmi von frischen Waldschnepfen.

Rehrücken.

Salat und Compot.

Eis.

Torten. Früchte. Dessert.

ARCHIV FÜR BUCHDRUCKERKUNST

UND VERWANDTE GESCHÄFTSZWEIGE.

HERAUSGEGEBEN VON

ALEXANDER WALDOW.

28. Band. 1891. Heft 3.

Scotts Maschine

zum Biegen von Galvanos und Stereotypplatten.

Um flache hintergossene Galvanos für die Rotationsmaschine verwendbar zu machen, müssen dieselben entsprechend zilindrisch gekrümmt werden. Stereotypplatten, welche mittelst Papierstereotypie für Zwecke des Rotationsdrucks hergestellt werden, pflegt man zwar gleich im Rundgiess-Instrument zilindrisch gekrümmt zu giessen, doch kann es vorkommen, dass man für Flachdruck bestimmte Stereotypen nachträglich für Rotationsdruck verwenden möchte, ohne erst von Neuem zur Papierstereotypie seine Zuflucht zu nehmen; auch kann es vorkommen, dass man Stereotypplatten, welche für grosse Zilinder gegossen wurden, für Zilinder von kleinerem Durchmesser benutzen möchte, indem man sie nachbiegt. Solche Platten zilindrisch zu biegen ist aber so ohne Weiteres nicht leicht zu bewerkstelligen; es werden dabei leicht die feinen Linien auf der Platte beschädigt und es ist oft schwierig, wegen der ungleichen Stärken an verschiedenen Teilen der

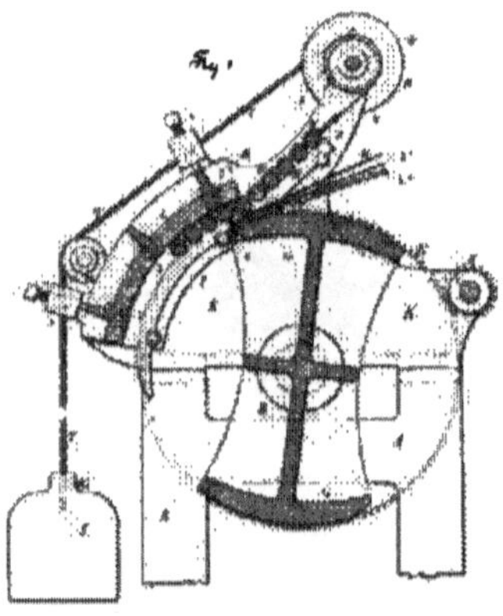

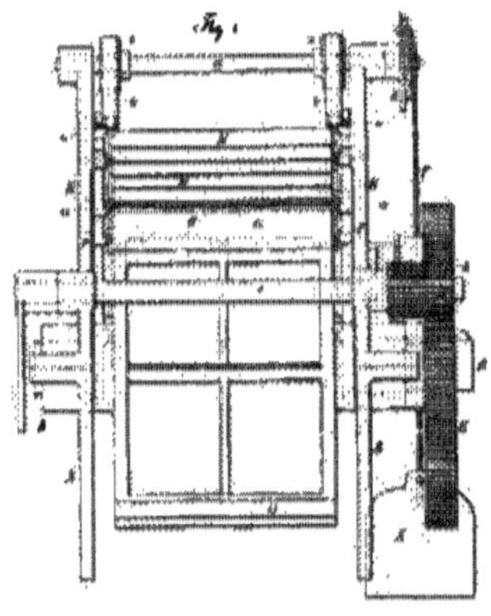

Vertikalschnitt. Scotts Biegeapparat. Seitenansicht.

Platten eine genaue Kurvenform zu erzielen. Der amerikanische Maschinenbauer Walter Scott verwendet neuerdings zum Biegen, wie Vertikalschnitt Fig. 1 andeutet, einen Zilinder (oder das Segment eines solchen) von etwas kleinerem Durchmesser als der Zilinder (oder das Segment), worauf eine Druckplatte aufgesetzt werden soll und legt über die flache Platte einen starken Bogen Pappe oder anderes nachgiebiges Material, sowie eine dünne Metallplatte, vorzugsweise aus Stahl. Dann wird der Zilinder gedreht und die Papp- und Metallplatte in ein festliegendes Segment oder hohles Gehäuse eingeführt, wobei eine aus einer Reihe paralleler Walzen gebildete Kette zwischen die nach aussen liegende Fläche der Stahlplatte und die nach innen liegende Fläche des festliegenden Segments eingeführt wird, um die Stereotypplatte möglichst genau zu biegen. —

Der aus kleinen, auf genannten Flächen hinrollenden Walzen gebildete Walzenzug vermindert die Reibung und drückt mit gleichmässiger, sich allmählig steigernder Kraft gegen die Platte, während das zwischengelegte Papier die feinen Linien schützt, indem dieselben sich in das Papier eindrücken und hierdurch der Druck auf die eigentlichen Flächen der Platte übertragen wird, so dass die Linien sich nicht breit drücken. —

Das festliegende Segment ist, um verschiedenen Plattenstärken angepasst werden zu können, einstellbar angeordnet und am Maschinengestell sind Führungsstangen für die Walzen des Walzenzuges und Gegengewichte mit Schnüren vorgesehen, um die Walzen in ihre normale Stellung zurückzuführen. Mit der Maschine nach vorliegender Erfindung können Metallplatten aller Art, mit oder ohne aufgelegte Stahl- und Papiertafel, umgebogen werden. —

Unsere Fig. 2 gibt eine Seitenansicht vorstehend gekennzeichneter Biegmaschine. Auf dem Maschinengestell A K ist die Querwelle B gelagert, die durch geeignete Räderübersetzung in Drehung versetzt wird. Zu letzterem Zwecke dient die Querwelle C, sowie das kleine Zahnrad D und das mit letzterem in Eingriff stehende Rad E.

Zilinder oder Segment G ist von geeignetem Durchmesser, aber etwas kleiner als die Innenfläche der gebogenen Stereotypplatte, damit letztere mit dem Durchmesser des Zilinders in der Druckpresse, in welche die gebogene Platte eingesetzt werden soll, oder sonst mit dem Durchmesser des auf genannten Druckzilinder gesetzten Blockes zur Aufnahme der dünnen Stereotypplatte übereinstimmt. —

An dem einen Ende des Segments G ist mittelst einer geneigt stehenden Querschiene 2 und Befestigungsschrauben, die am besten aus Stahl bestehende Platte H so befestigt, dass die Befestigungsvorrichtungen innerhalb eines Kreisbogens liegen, der mit der Umfläche der gebogenen Stereotypplatte zusammenfällt und sich über dieselbe erstreckt, so dass die Befestigungsvorrichtungen für die Platte H mit den das Biegen bewirkenden Walzen nicht zusammenkommen. Die Blechplatte H muss, damit sie wegen des Biegens der Stereotypplatte nicht dauernd gebogen bleibt, sehr dünn sein, damit sie nach erfolgtem Umbiegen wieder ihre flache Lage annimmt, um die umgebogene Stereotypplatte zur Herausnahme freizulegen. Am Gestell K des Unterteiles A ist ein hohles Segment L angeordnet, das durch die durch Schlitzen hindurchgehenden Bolzen 3 mit dem Gestell verbunden ist und mittelst der durch die an letzterem angegossenen Augen 5 gehenden Stellschrauben 4 eingestellt werden kann. —

Die kleinen Walzen N sind aus Stahl; sie erstrecken sich über die Maschinenbreite und sind länger als die zu biegende Platte. Die Enden der Walzenachsen sind durch Gelenke O unter einander verbunden, welche Verbindungsketten für die Walzen in Form von Gliederketten bilden. Es empfiehlt sich, auf den Innenflächen des Gestells K Führungsschienen P für die Walzen anzuordnen und denselben eine solche Form zu geben, dass die Ketten O mit den von ihnen getragenen Walzen richtiges Auflager finden, wodurch die Walzen bei allmählicher Drehung des Segments G mit der Welle B zwischen dem Segment L und Blechplatte H hindurchgeführt werden. Die Gliederkette für die Walzen N liegt in normaler Stellung und beim Einführen der Stereotypplatten h^1, Fig. 3, ausserhalb der Bahn der letzteren.

Im Oberteil der Maschine ist eine Welle Q mit den Scheiben 8 und den nach dem Walzenzug O führenden Riemen oder Bändern 9 gelagert. An dem einen Ende der Welle Q sitzt eine Seilscheibe R mit spiralförmiger Seilrille; das in letzterer liegende Seil T ist mit einem Gewicht S belastet. Durch das Gewicht wird die Walzenkette immer nach oben gezogen, so lange letztere nicht in anderer Weise bethätigt wird. Das Moment des Gewichts nimmt mit Zunahme der Aufwickelung des Riemens der Walzen ab und ist daher je nach der Stellung des Walzenzuges während des Biegens verschieden gross.

Die Wirkungsweise dieser Maschine ist also folgende: Die Stereotypplatte h^1 wird zunächst auf die Oberfläche des Zilinders oder Segments G aufgelegt, wobei das Vorderende der Platte gegen die Querschiene 2 anliegt, und wird dann am besten zwischen Platte H und der Oberfläche der Stereotypplatte ein Blatt dickes Papier oder Kartonpapier h^2 eingelegt, worauf der Zilinder oder das Segment G in Drehung versetzt und die Platte H mit dem Walzenzug N in Berührung gebracht wird.

Bei weiterer Drehung biegen die Walzen die Stereotypplatten H', wobei die Walzen sich gegen die hohle Fläche des Segments L und die Aussenfläche der Platte H anlegen.

Nach vollendeter Biegung der Stereotypplatte wird die Welle C in entgegengesetzter Richtung gedreht und dadurch der Zilinder G in die aus Fig. 1 ersichtliche Stellung zurückgeführt, oder es wird der Zilinder so lange weitergedreht, bis die Platte H von den Walzen N freigegeben ist, und die gebogene Platte behufs Einsetzens einer neuen Platte weggenommen werden kann. In beiden Fällen werden die Gliederketten O durch Gewicht S wieder in die aus Fig. 1 ersichtliche Stellung zurückgeführt. Die Einstellung des hohlen Segments L durch die Stellschrauben t macht sich nötig, um die Maschinen den zu biegenden stärkeren oder dünneren Platten bezw. dem aufgelegten Papierbogen anpassen zu können, damit die Oberfläche der Platte ohne Gefahr des Zerstörens der Druckfläche mit dem richtigen Druck gepresst werden kann. Es empfiehlt sich, das hohle Segment L an der Eintrittsstelle der Walzen abzurunden, wie aus Fig. 1 ersichtlich, damit der Biegevorgang je nach dem Eintritt der Teile in das hohle Segment nur allmählich anfängt.

Macht man den Bogen der gekrümmten Flächen des in Fig. 1 ersichtlichen Bogenzilinders von verschiedenen Radien, so kann letzterer für solche Platten Verwendung finden, die an der einen Seite stärker als an der anderen sind; durch Auswechselung des Walzenzuges durch einen Zug von Walzen mit kleinerem oder grösserem Durchmesser kann die Biegemaschine für verschieden starke Platten Verwendung finden.

Aus Fig. 1 ist zu ersehen, dass, wenn Zilinder G zurückgedreht wird und das Gewicht S die Gliederketten O hochgezogen hat, die untersten Walzen N sich immer noch unterhalb des hohlen Segments L befinden; wird demnach Zilinder G wieder vorwärts gedreht, und kommt die Platte H mit einer der Walzen in Berührung, so dreht sich diese Walze auf der Innenfläche von L sowie auf der Aussenfläche der Platte H und ist die hierbei auftretende Reibung so gross, dass die Gliederketten mit fortgezogen werden und das Gewicht S emporgehoben wird. Dieses Gewicht dient nur als Gegengewicht, das schwer genug ist, um die Gliederketten mit den Walzen N wieder emporzuziehen, wenn Segment G mit Platte H nach dem Biegen der Stereotypplatte zurückgedreht wird und sich von dem feststehenden Segment L entfernt.

Übrigens bauen unsere heimischen Maschinenfabriken ebenfalls gute Biegemaschinen, so z. B. die Maschinenfabrik „Augsburg“, sowie C. Hummel.

—Z.

Neue Elemente im Freiornamentieren.

Von C. Kulbe, Leipzig.

Wie sich in der gesamten Ornamentierung unserer modernen Drucksachen eine bedeutende Umwandlung vollzogen hat und noch vollzieht, wie ein Streben nach Freiheit im Arrangieren und Schmücken und deshalb ein Emanzipieren von beengenden Regeln und Gesetzen sich im gesamten Äussern unserer modernen Ausstattungsweise immer mehr bemerkbar macht, wurde notgedrungen manche alte Grundlehre auch im sog. *Freiornamentieren**) längst über Bord geworfen. Das sich immer mehr einbürgernde zwanglose Anordnen und Gruppieren der einzelnen Teile einer eleganten Drucksache überhaupt, sowie speziell das die strengen Titelregeln vollends über den Haufen werfende Verschieben und Schrägstellen einzelner Zeilen verlangt eine *luftigere* und *flottere* Behandlung des Freiornaments als der streng titelförmige Satz.

Freilich wird durch die jetzt häufig angewandten Vignetten figuralen und landschaftlichen Genres manche sonst notwendige Linienornamentierung ersetzt, es bleiben aber noch genug Fälle, wo gerade die willkürlichen Zeilenverschiebungen eine eigenartige flotte Belebung oder künstlerische Befestigung und Ausgleichung durch Linienornamente verlangen.

Wenn beim streng titelförmigen Satz (den gleichmässig untereinander stehenden Zeilen) sich das Freiornament stets regelmässig von der Mitte nach den beiden Seiten oder auch umgekehrt entwickelte und links und rechts genau die gleichen Stücke angeordnet wurden, so entsprach dies eben ganz dem Wesen dieser Zeilenanordnung selbst. Bei dem *verschobenen Zeilenfall* — wie wir ihn kurz bezeichnen wollen — mit seinen einseitig angebrachten Initialen, seinen Unterstreichungen, seinem kecken Vermischen von einfachen und verzierten, stehenden und Kursivschriften etc. kommen wir naturgemäss mit dem nach beiden Seiten *regelmässigen* Aufbauen von Ornamentierungen nicht mehr aus.

Hat der streng titelförmige Satz stets *in der Mitte* seinen Ruhepunkt, wo dann auch der Schwerpunkt seiner Freiornamentierung liegt, so kann dies naturgemäss für nach rechts und links verschobene Zeilen keine Geltung haben. Von einem in der Mitte liegenden Schwerpunkt zu reden, wäre in solchen Arrangements

* Siehe hierzu die Beispiele der Beilage M dieses Heftes.

nicht widersinnig: oft haben einzelne Zeilen derselben gerade das Wichtigste — vielleicht eine Initiale — vorn resp. nicht in der Mitte, so dass ein gewisses Gleichgewicht und der notwendige äussere Zusammenhang der Zeilen erst durch eine geschickt angebrachte Freiornamentierung hergestellt werden muss.

Dem Freiornament wird in solchen Fällen neben seinem eigentlichen Zwecke zu schmücken, auch noch die Aufgabe zufallen, das Ungleichmässige und Unruhige, wie es verschobener Zeilenfall in der Regel zeigt, auszugleichen und die verschiedenen Zeilen also künstlerisch zu *befestigen*. Je nachdem nun, ob diese Ornamentierung neben dieser zweiten Aufgabe: zu erste Zeile, denn hier liegt am ehesten die Gefahr nahe, bei einem ungebildeten Leser den Irrtum zu erregen, als fehlten in der betreffenden Zeile einige Worte, da sie wohl vorn anfängt, aber rechts noch freien Raum zeigt. Sieht jedoch selbst ein ungebildetes Auge ein abschliessendes Ornament hinter dem letzten Wort der ersten Zeile, so wird es hierdurch gleichsam mit deren offiziellem Ende bekannt gemacht und auf die nächste Zeile verwiesen. Der innere Grund aber, weshalb ein solches Füllstück notwendig, besteht darin, dass das immerhin harte und plötzliche Aufhören des Zeilenbildes einer künstlerischen Auflösung, einer »freien Endigung« bedarf.

Deutsche Messingwerke

Markgraf & Rauch

DEUTSCHE MESSINGWERKE

MARKGRAF & RAUCH

Beispiel 1.

DEUTSCHE MESSINGWERKE

MARKGRAF & RAUCH

Beispiel 2.

binden, auch mehr oder weniger schmücken soll, wird die Auswahl der zu verwendenden Ornamente und die Art und Weise der Anbringung zu geschehen haben.

Auf eine sehr einfache Weise werden z. B. *zwei* verschobene Zeilen durch das Anbringen *eines* oder auch *zweier sogenannter Zeilenfüllstücke* oder auch langgestreckter grösserer Ornamente verziert. Bei Verwendung von zwei derartigen Figuren würde dann jede Zeile nur *eins* erhalten, und brauchen die beiden Verzierungen deshalb auch nicht gleich zu sein, müssen aber einander ähnlich sehen (Beispiel 1).

In der Regel bringt man also nicht auf *beiden* Seiten einer Zeile ein Ornament oder Füllstück, sondern nur nach der sozusagen »offenen«, und wählt man vorteilhaft das Füllstück der oberen Zeile etwas grösser als das der zweiten. Will man aber nur *ein* Füllstück anbringen, so erhält dieses stets die

Will man an Stelle von grösseren Figuren kleine Linienornamente zusammenbauen, wären dieselben vielleicht wie folgt auszuwählen und anzubringen:

Bei der Auswahl dieser Ornamente ist streng auf die *Grösse* und vor allem auf die *Konstruktionsrichtung* derselben zu achten. Als grösste Figur wird die der Zeile am nächsten zu setzende betrachtet, die nächste muss dieser schon untergeordnet sein und so fort, damit eine von der ersten Figur nach dem äussersten Ausläufer gezogene schwach gebogene Linie a—b die dazwischen liegenden Teile der Ornamentgruppe nur schwach streift.

Die Richtung oder Bewegung der beiden Ornamentgruppen muss stets so gewählt werden, dass dieselben der Zeile, welcher sie beigeordnet sind, gleichsam *entgegenwachsen*, wie dies auch das zweite Beispiel zeigt. Trotzdem muss jedoch jede Gruppe an und für sich abgeschlossen sein, was durch die richtige Auswahl der letzten Ausläufer erzielt wird. Wäre die Richtung der Ornamente im Beispiel 2 *nicht* den betreffenden Zeilen entgegenwachsend gewählt, würde von einer künstlerischen Befestigung nicht gesprochen werden können. Zwei derartige Zeilen erregen stets die Empfindung, als wollten sie — die doch eng zu einander gehören — fortrennen: eine nach rechts, die andere nach links. Soll aber diese Unruhe durch

Nachdem nun wohl Klarheit darüber sein wird, was wir unter einseitigem modernem Freiornamentieren zu verstehen haben, mögen einige Betrachtungen uns noch weitere Eigentümlichkeiten desselben vorführen.

Wie schon aus den erwähnten kleinen, noch mehr aber aus den grösseren Beispielen auf Beilage M zu ersehen, ist gerade bei dem einseitigen Freiornamentieren auch in der Bestimmung der Anzahl und der Grösse der einzelnen Figuren äusserst vorsichtig und feinfühlend zu verfahren. Je mehr eine genau

DEUTSCHE MESSINGWERKE

MARKGRAF & RAUCH

Beispiel 4

DEUTSCHE MESSINGWERKE, HANAU.

Beispiel 1

die Ornamentierung belebt werden, muss diese eine aufhebende, paralysierende Bewegung zeigen und deshalb wie beschrieben ausgeführt werden.

Auch wenn man reicher ornamentiert, bleibt die wagerechte Bewegungsrichtung dieselbe: einander entgegenlaufend; kommt jedoch noch eine *senkrechte* Ornamentierung hinzu, wie bei den Beispielen 3 und 4 (nach Art von offenen markierten Kästchen), so sind die Ornamente *hierzu* stets aufstrebend zu wählen und anzuordnen, da dieselben die Thätigkeit des Tragens und Zusammenhaltens ausdrücken müssen. Die Eckenbildung kann in solchen Fällen sehr willkürlich geschehen: entweder diagonale Figuren oder irgend eine passende grössere Figur mit senkrechter oder wagerechter Bewegung, nur muss im letzteren Falle sich die entgegengesetzte Ornamentierung glatt und fliessend anschliessen.

abgewogene Mässigkeit und bei allem eigentlichen Schwung eine elegante Ruhe im Gesamteindruck zu Tage tritt, um so schöner wird die betreffende Ornamentierung genannt werden können. Man hüte sich vor Überladungen, wie sie bei den früheren gleichmässigen Ornamentierungen gern verbrochen wurden und leider noch immer werden. Man setze nicht Ornament an Ornament, sondern stelle eines so weit vom andern, dass es in Rücksicht auf seine Grösse und Konstruktion richtig zur Geltung kommen kann, ohne von seinem Nachbar erdrückt zu werden oder selbst irritierend zu wirken.

Das moderne Ornamentieren legt vielmehr gerade auf das vorteilhafte und mannigfache Verwenden der *Linie selbst* — als dem einfachsten Ornament — grossen Wert, so dass die äusserst reiche Anwendung namentlich der *feinen Linie*, oft bis drei- und vierfach unter einander, als charakteristisches Element gelten kann. Durch die abtönende Wirkung derartiger Linienanordnungen können oft sehr reizende Effekte erzielt werden, und namentlich ist es eine vornehme Ruhe, welche an denselben am meisten gefällt.

Aber noch andere neue Elemente zeigt uns das moderne Freiornamentieren. So wird heute die *fette* Linie mehr als früher angewandt, namentlich in senkrechter Stellung und in dieser alsdann oben mit einer stilisierten Blüte oder einem Blatte, unten aber durch eine Spitze oder einen Spiess abgeschlossen (Beisp. 4 und auf Beil. M Beisp. 6). In wagerechter und schräger Anwendung wird indes die achtel- oder viertelpetitfette Linie auch zugespitzt, so dass sie durch die übliche Ornamentspirale abgeschlossen werden kann. Weiter spielen auch die *schraffierten* und allerdings erst in letzter Linie auch die gemusterten Linien eine immer bedeutendere Rolle.

Es wirkt überraschend für den, welcher das erste Mal solche Kombinationen versucht, auf welche leichte Art sich mannigfache und interessante, zierliche und elegant kräftige Ornamentierungen herstellen lassen. Namentlich dadurch, dass man durch entsprechende Linien- und Ornamentanordnungen allerlei Formen und Flächen bildet oder einschliesst, bei denen sich dann in der Regel der Innenraum mit der Schrift recht wirkungsvoll heraushebt, erregen solche Arbeiten Lust und Liebe zu weiterem Üben darin und die Phantasie des Setzers kann sich gerade auf diesem Gebiete sehr zeigen und nützlich machen.

Das typographische Ornamentieren ahmt darin namentlich lithographische Vorbilder nach, welche gerade durch ihre effektvollen Abtönungen in der Zeichnung das Auge gefangen nehmen. Und dieses Abtönen und kecke Auflösen und Verschwindenlassen von Leisten, Kartuschen, Bändern etc. wird vom Accidenzsetzer um so lieber versucht, als er durch dasselbe manche technischen Schwierigkeiten umgehen und sich deshalb auch im Entwurf freier bewegen kann. Das Ornamentieren wird dadurch fruchtbarer und in der Auswahl der Motive ein weit grösserer Spielraum geboten. Gesimse, Friese und die mannigfachen Formen der Wandstuckarbeiten, Kreise (offene), gekröpfte offene Rahmenecken, fliegende markierte Bänder und plastisch wirkende Schilder etc. etc. liefern denn auch eine äusserst reiche Anregung zum Nachbilden. Freilich ist der Setzer durch unsere leidige Technik oft gezwungen, die gebotenen Motive zu vereinfachen, doch lässt sich — wie schon gesagt — in vielen Fällen durch das geschickte Auflösen eines Rahmens, Bandes oder einer Leiste manche Satzschwierigkeit umgehen und zugleich ein origineller Effekt erzielen.

Hierbei wäre allerdings ein Hindernis in den Linien vorhanden, für welche wir in unserem Ornamentmaterial keine Endigungsstücken besitzen, so für die fetten, schraffierten und gemusterten Linien. Doch da ist bald geholfen, indem man sich event. selbst die Linien durch Stichel und Schnitzer zurecht schneidet und sie entweder in einzelne Punkte oder in Schraffierungen auflöst. Erwähnt muss hierbei werden — und die gesamten beigegebenen Beispiele sollen dies zeigen — dass es durchaus nicht notwendig ist, jede Linie mit einem Schlussornament zu versehen. Zudem würde sonst in vielen Fällen hierdurch ein Überladen gerade der Stellen stattfinden, welche am zartesten erscheinen und verlaufen sollen.

Wie indes unsere Beispiele weiter zeigen, begnügte sich das moderne Ornamentieren nicht mit der Verwendung von allerlei Linien, es verlangte vielmehr auch nach figuralen Schmuckstücken, nach Blättern, Blüten, Zweigen, nach Gestalten, fliegenden Vögeln etc. Unsere Giessereien sorgten denn auch für das entsprechende Material. Wir erinnern nur an den »Typographischen Zierrath« und an die vielen Sächelchen, welche auch einzeln von verschiedenen Giessereien auf den Markt kamen und immer noch kommen. Der Accidenzsetzer hat übrigens in dieser Hinsicht auch entsprechende Schule machen können und thatsächlich gemacht an dem neuerdings so beliebten Japanischen Stil, den wir ja auch in unserem typographischen Material vertreten finden und so recht geeignet ist, den Sinn für die besprochene Art Ornamentation zu heben und zu beleben. —

Man könnte allerdings einwerfen, dass solche grössere Ornamentierungen, wie die auf der Beilage gezeigten Beispiele 5, 6 und 7, eigentlich mehr ein Übergangsstudium zur Rahmenornamentik bildeten; dennoch aber können wir hier von einem faktischen *Freiornamentieren* sprechen. In Anbetracht dessen übrigens, dass durch die Fülle der sich in diesem Genre bietenden Motive gewiss jeder Setzer erfreut ist, vermag jene rein akademische Frage keinen Kummer zu bereiten.

Wenn wir für heute mit diesem Thema schliessen wollen, geschieht dies in der Hoffnung, dass der geehrte Leser manche hier nicht erwähnte Eigentümlichkeiten der einseitigen Ornamentierung aus den Beispielen selbst ersehen wird. Wir versagen uns auch, auf die Druckausführung solcher Arbeiten für diesmal näher einzugehen; dieselben sind für das Anbringen von Tönen — speziell der verlaufenden — besonders geeignet. Hiervon ein ander Mal!

Neujahrskarten- und Kalenderschau.

Wenn die der Redaktion des »Archiv« gelegentlich des Jahreswechsels in mannigfacher Gestalt zugegangenen, zum Teile mit schmeichelhaften Glückwunschschreiben begleiteten Beweise des Wohlwollens und der Freundschaft einen die Vorjahre bedeutend übersteigenden Umfang angenommen haben, so kann wohl der Herausgeber des »Archiv« darin, neben dem Zeichen der [illegible] gleichzeitig eine wohlthuende Genugthuung für seine während einer langen Reihe von Jahren entfaltete Thätigkeit zu Nutz und Frommen des gesamten Buchgewerbes erblicken, und sei auch auf diesem Wege für die vielen Liebeszeichen den Einsendern der wärmste Dank ausgesprochen.

Bei dem regen Interesse, das den Erzeugnissen der graphischen Künste allseits entgegengebracht wird, dürfte es wohl ebenso den Intentionen der Einsender als denen der Hersteller entsprechen, wenn wir, allerdings nur in Kürze, die gesamten Einsendungen eine Revue passieren lassen und hier und dort ein jedenfalls auch für unsere geehrten Leser Interessantes bietendes kritisches Wort einfügen.

Fast ausnahmslos treten die gesamten Arbeiten in geschmackvollem farbigen und stimmungsvollen Gewande auf, eine Erscheinung, die uns so erfreulicher ist, als das ganze Streben der Jetztzeit dahin zielt, den Farbendruck sowohl wie auch die mit Geschick ornamentierte Accidenz im vollsten Masse eingebürgert zu sehen.

Vorausschicken müssen wir, dass die von uns bei allen Arbeiten gewählte Reihenfolge als eine rein zufällige zu betrachten ist und keinesfalls als Massstab für die Vorzüglichkeit dieser oder jener Arbeit gelten soll, und zwar um so weniger, da viele Eingänge gleichwertig sind.

Wir eröffnen den Reigen mit den [illegible] und müssen konstatieren, dass auch in diesem Jahre allenthalben das Bestreben herrschte, dieser Art Druckarbeit die [illegible], sich selbst empfehlende Sorgfalt in bezug auf künstlerische Herstellung angedeihen zu lassen.

Die Karten lassen sich durch eine besonders interessante Erscheinung im Entwurfe in zwei Arten teilen, und zwar in eine in der Anzahl grössere, welche im vollsten Masse die Eigentümlichkeiten der durch die neuen Giesserei-Erzeugnisse hervorgerufenen »freien« Richtung dokumentiert, und in eine weniger vertretene, welche mehr älteren Grundsätzen, der sogenannten »Flächenfüllung« huldigt.

Eine besonders exakt und sauber in Buchdruck ausgeführte Aufklappkarte, bei welcher hauptsächlich die angewendete tadellose Schreibschrift überrascht, macht nicht allein ihrem künstlerischen Absender, Herrn *Hermann Smalian* vom Hause Gustav Reinhold in Berlin W., sondern auch dem Drucker derselben (Wohlfeld, Magdeburg) alle Ehre. Die Karte von *Ferd. Theinhardts Schriftgiesserei* in Berlin zeigt in einem aus [illegible] Materiale gesetzten Rahmen neben einem [illegible] im Geiste der mittelalterlichen Wandmalereien kolorierten [illegible] noch weitere Erzeugnisse der best eingeführten Firma. Satz und Druck sind gut zu nennen. Durchaus abweichend von vorstehenden Karten ist diejenige der ebenfalls durch ihre sehr brauchbaren Erzeugnisse renommierten Schriftgiesserei *Ludwig & Mayer* in Frankfurt a. M.; eine in gotischer Federzugmanier gehaltene Kunstvignette lässt die Schönheit des neuesten Erzeugnisses der Firma, die von uns bereits vorgeführte »[illegible]« zur vollsten Geltung gelangen. Die Schriftgiesserei *Bauer & Co.* in Stuttgart liess ihre Karte unter den Händen unseres bewährten Mitarbeiters Herrn [illegible], in der Hofbuchdruckerei Altenburg entstehen. Die in reichstem Farbendruck auf einem durch Unterdrucktypen erzielten [illegible] Goldfond liegende Karte führt in geschicktem Satzarrangement eine Anzahl der vorzüglichen Erzeugnisse der rührigen Giesserei vor Augen. In wirkungsvollem Entwurfe präsentiert sich die auf feinstem Glacékarton und in dezenten Farben gedruckte Glückwunschkarte der Schriftgiesserei *Benjamin Krebs Nachf.* in Frankfurt a. M. Neben dem angewendeten schönen gotischen Materiale ist es besonders die reizende »Serviette«, die unsern Beifall findet. Die Schriftgiesserei *Müller & Hölemann* in Dresden hat in glücklicher Weise aus ihrer Zeitungseinfassung Serie II eine durch geschickte Satzkombination und guten Farbendruck wirkungsvolle Karte herstellen lassen. Von ausländischen Giessereien oder deren Vertretern verzeichnen wir Eingänge von *Richard Gans* in Madrid, *C. [illegible]* in Rom und *[illegible] Caballero & Comp.* in Bilbao, deren Herstellung ohne Ausnahme Anerkennung verdient. Eine in Satz und Druck viel Fleiss verratende Glückwunschkarte in Hochformat aus der Emil Bergerschen Renaissance-Einfassung liess sich die Maschinenfabrik *Klein, Forst & Bohn Nachf.* in Johannisberg anfertigen (s. unsere Beilage [illegible]). Die Karte der Maschinenfabrik *Andreas Hamm* in Frankenthal wurde aus der Victoria-Einfassung von Numrich-Leipzig in dem ihr eigenen etwas kräftigen Satzarrangement in der Offizin von Schreiner & Mahlau in Frankfurt hergestellt. Satz und Druck sind lobenswert. *Albert [illegible]* in Berlin erfreute uns mit einem gut gedruckten eleganten [illegible]kärtchen. Das von der Buchdruckerei *Carl [illegible]* in [illegible] komponierte Satzbild ist in seiner Anordnung ganz lobenswert, wohingegen uns der Text als Hauptsache des Ganzen bei einem so grossen Formate bedeutend zu klein erscheint. Freundlichere Farben würden die [illegible] etwas gemildert haben. Die vollständig aus [illegible] von Schelter & Giesecke in [illegible] Satzgruppierung hergestellte Karte der *Schellenbergschen Hofbuchdruckerei* in Wiesbaden liefert den Beweis, dass guter Geschmack und saubere Technik in dieser Offizin keine fremden Gäste sind. In geschicktem Entwurfe ist die Karte von *Herm. Hampel's Buchdruckerei* in Züllichau hergestellt. Etwas zu reich im Ornament erscheint uns die sonst gut ausgeführte Karte von *J. [illegible] Buchdruckerei* in Mainz. Eine sehr geschmackvoll ausgeführte Karte in Buntdruck lieferte *F. [illegible] Buchdruckerei* in [illegible] (Schweiz). *Domels Erben* in Waldenburg i. Schl. setzten aus Woellmers Rokokoeinfassung einen recht effektvollen, hübsch kolorierten Rahmen mit aufgelegter Karte; im ferneren liegen noch einige Karten derselben Offizin (durch [illegible]) vor, welche durch ihre schön gedruckten landschaftlichen Vignetten gemütliche Stimmung machen. *[illegible]* in Hamburg liess seine sauber gedruckte Karte durch eine in schönem Kolorit erscheinende orientalische Landschaft schmücken. Ein besonders nobles, in Satz und Druck tadelloses Kärtchen sandte der durch seine Arbeiten vorteilhaft bekannte Accidenzier der Hoffmannschen Buchdruckerei in Stuttgart, Herr *A. Kirchhoff*. Herr *Chr. [illegible]* (Buchdruckerei Greiner & Pfeiffer in Stuttgart) hat auf alle Fälle eine gute Idee geschickt zu Papier gebracht, indem er den Jahreswechsel an der vom gestirnten Himmel beleuchteten Kirchturmuhr zu veranschaulichen versucht hat. Weitere Karten in effektvoller Ornamentierung und lobenswerter Druckausführung sandten noch: die

Drucker- und Maschinenmeister-Klub München, Herr *Otto Krüger* in Neustadt a. H., *Ulrich Tobler* in Bülach (Schweiz), *Carl Meyer* in Frankfurt, *F. Schwarck* in Züllichau, sowie Herr *Emil Winter* in Breslau.

In Zirkularform sandten ihre Neujahrswünsche die *Brühlsche Buchdruckerei* in Giessen: effektvolles Satzarrangement in schöner farbiger Ausführung; *k. und k. Hofbuchdruckerei Josef Feichtingers Erben* in Linz (anerkennenswerte Leistung), sowie *C. Rammelt(?) & Sohn* in Oldenburg. Letztere Arbeit kann als ein ganz vorzüglicher, farbiger Bronzedruck gelten, und wollen wir den Herstellern unser Lob nicht vorenthalten.

Unter den uns vorliegenden *Kalendern* eine Wahl zu treffen, wäre selbst für den Fachmann ein Kunststück, zeigt sich doch in ihnen unverkennbar, dass thatsächlich in der Lieferung des [illegible] das Wahrzeichen unserer Zeitperiode liegt. Beginnen wir mit der Durchsicht der Abreisskalender:

Als gern gesehenen Gast begrüssten wir auch dieses Jahr den unter der Mitwirkung des unerschöpflichen Fachliteraten Theodor Goebel von der Farbenfabrik *Gebr. Jänecke & Fr. Schneemann* in Hannover in Buch- und Abreissform herausgegebenen, äusserst instruktiven Kalender. Derselbe besteht aus zwölf japanisch gehaltenen, stimmungsvollen Monatsbildern, deren farbenfreudiges Kolorit für jeden Monat verschiedenartig gewählt wurde. Ausser mit der Datum- und Monatsangabe sind die einzelnen Blätter mit praktischen Notizen jeder Art sowie mit den hauptsächlichsten bei der 400jährigen Jubelfeier der Erfindung der Buchdruckerkunst verfassten dichterischen Gedenksprüchen(?) versehen. Im ganzen genommen gibt der Kalender nicht allein beredtes Zeugnis von dem künstlerischen Geschmack der seit Jahren mit ihren Produkten der Farbenbranche auf der Höhe der Zeit stehenden Firma, sondern ist auch in der gewählten Form dazu angethan, die eingewandten(?) Erzeugnisse in äusserst günstiger Weise vorzuführen. Die äussere Ausstattung beider Kalender lässt nichts zu wünschen übrig. Das Begleitschreiben zum Kalender ist eine äusserst effektvolle Satzarbeit im Stile des «Mikado», welche in einer solchen Ausführung nur einzig(?) wirken kann. Die Buch- und Kunstdruckerei von *Förster & Borries* in Zwickau hat es verstanden, durch die Wahl eines stimmungsvollen Jahreszeitenmotives in Amorettenform ihrem äusserst praktisch angelegten Abreiss- und Notizkalender ein in jeder Weise schönes Gepräge zu geben. Die farbige Ausführung ist wie den Arbeiten von Förster & Borries stets eigen, vorzüglich. *Robert Wapplers(?) Buchdruckerei* in Magdeburg hat ihren Kontorkalender in origineller(?) Ausführung angefertigt. Das gewählte lebhafte Kolorit trägt nicht wenig dazu bei, die Arbeit zu einer ansprechenden zu gestalten. Als stilvoller Wandschmuck muss der Abreisskalender der *L. Schellenbergschen Hofbuchdruckerei* in Wiesbaden bezeichnet werden. Derselbe veranschaulicht auf Vorder- und Rückseite in zwei von Schultz v. Strahl(?) im altdeutschen Stile entworfenen Zeichnungen beide Geschäftshäuser der Offizin. In wirklich sinnreicher Weise erfolgte gleichzeitig die Empfehlung des Wiesbadener Tageblattes, und wir können behaupten, dass der in Münchener Art erfolgte Farbendruck ein äusserst gelungener ist.

Eine in jeder Beziehung künstlerisch originelle farbige Buchdruckleistung ist der von E. Tetschak(?) entworfene und mit Zuhilfenahme der Klinkhardtschen Mikado-Dekoration in durchaus einheitlichem Gepräge, die Dekorationsweise der Japaner vorzüglich charakterisierende Notizkalender in Buchform der auf dem Gebiete des orientalischen Druckes äusserst tüchtigen Offizin *W. Drugulin* in Leipzig.

Von den Wandkalendern ist besonders der von *R. v. Waldheim* in Wien hergestellte hervorzuheben. In äusserst sinnreicher Weise finden wir auf ihm die «Zeit» illustriert. Die Ausführung dieser äusserst geschmackvollen Arbeit erfolgte in tadellosestem Kupferdruck und Buchdruck. Als ganz gediegenen Zimmerschmuck müssen wir auch den von C. Alters entworfenen Kalender der rühmlichst bekannten Buch- und Steindruckfarbenfabrik *Beit & Philippi* in Hamburg und Stassfurt bezeichnen. Die in schönster Farbenharmonie erscheinende Arbeit ist eine kunstvolle Chromolithographie von Wezel & Naumann in Leipzig und dürfte in hohem Masse zur Empfehlung der Fabrikate obiger Firma beitragen. Eine recht glückliche Verbindung von Buch- und Steindruck zeigt der Wandkalender der Hofbuchdruckerei und Hofsteindruckerei von *Gebr. Jänecke* in Hannover. Je zwei prächtige Pflanzenmotive auf Vorder- und Rückseite in übereinstimmender Farbenzusammenstellung charakterisieren die zwei in Fächerform gruppierten Halbjahre in wirkungsvollster Weise. Der Kalender ist einer der effektvollsten. Der illustrativen Richtung ebenfalls entsprechend, wurde der Kalender von *Otto Elsners* Buchdruckerei in Berlin hergestellt. Die zum Druck verwandten, dem bekannten Institute entstammenden Platten lassen an Schärfe nichts zu wünschen übrig, so dass der Kalender durch das dezente Kolorit einen sehr feinen Gesamteindruck macht. *Wilhelm Greves Buchdruckerei und Schriftgiesserei* in Berlin stattete ihren Kalender einfach aber geschmackvoll gesetzt und gut gedruckt aus. Als recht hübsche Neuheit erscheint uns die angewandte Kartuscheneinfassung. Die Buchdruckerei *Gebr. Grunert*, sowie die *Lessingsche Buchdruckerei* in Berlin haben zwei Prachtleistungen des typographischen Farbendruckes mit ihren Wandkalendern hervorgebracht. Die Begleitschreiben entsprechen der Ausführung der Kalender ebenfalls. Als sehr schöne Arbeit ist der Kontorkalender mit originell angefügtem Notizkalender von *Max Lichtwitz*, Buch- und Steindruckerei in Berlin, zu bezeichnen. Zum grössten Teil aus Material von Schelter & Giesecke gesetzt ist der Satzbau ein sehr geschickt und exakt komponierter zu nennen, so dass wir nicht umhin können, dem Kalender unsere Anerkennung zu zollen. Wir finden kein Moment, welches geeignet wäre, die vom Einsender, Herrn Max Lichtwitz selbst auf den Kalender angewandte Bezeichnung «Augenprodukt»(?) zu rechtfertigen, sondern können im Vergleich zum Vorjahre unser Lob nur erhöhen. Die Arbeiten der *Buchdruckerei Lindner* in Breslau tragen bekanntlich das Signum originell, was auch bei dem diesjährigen Kalender zur Wahrheit wird. «Mikado» war auch hier die Parole und ist es dem Setzer und Drucker gelungen unter Verwendung der Klinkhardtschen Dekoration und entsprechender Farben, ein recht effektvolles Erzeugnis hervorzubringen. In recht schöner chromolithographischer Ausstattung erscheint der uns durch Herrn Faktor Karl Bayer zugesandte Kalender der *A. v. Hagenschen Buchdruckerei Weber & Kölblin* in Baden-Baden. Besonders ist es die aufgelegte, geschmackvolle Wandkarte(?), die unseren Beifall findet und den Kalender zu einer recht gediegenen Arbeit stempelt. In rein gotischem Gewande (Material von Schelter & Giesecke) erscheinen die Kalender der Firmen *Louis Bauer*(?), graphisches Institut in Stettin, sowie der *Stämpflischen Buchdruckerei* in Zürich. Exakter Satz, sowie exaktester

Enge fette Steinschrift von J. G. Schelter & Giesecke in Leipzig.

Garnitur.

Petit No. 1270. Min. ca. 2½ kg

12 [illegible] 84

Strassburg Braunschweig DEUTSCHLAND Aschaffenburg Mannheim

Korpus No. 1271. Min. ca. 3 kg

56 Neue Ausgabe klassischer Werke 78

Halle Vereinigte Staaten FRANKREICH Spanien Österreich Bern

Cicero No. 1272. Min. ca. 3½ kg

67 Freud und Leid aus der Jugendzeit 90

ERZÄHLUNG Schiller Goethe Lessing Werther DICHTUNG

Mittel No. 1273. Min. ca. 4 kg

7 Leipzig Vereinigung Saxonia 3

SIEGFRIED Festzuhe Bilder ohne Worte KRIEMHILD

Tertia No. 1274. Min. ca. 5 kg.

Besitzungen 0 NORDAMERIKA 5 Reichsland

Text No. 1275. Min. ca. 6 kg.

Liederhain 2 HARMONIE 4 Connewitz

2 Cicero No. 1276. Min. ca. 5½ kg.

DEUTSCHES 18 Bundesschiessen 79 FRANKFURT

Doppelmittel No. 1277. Min. ca. 6½ kg

Thüringen 1234 HANDEL UND VERKEHR 5678 Schlesien

3 Cicero No. 1278. Min. ca. 7½ kg

FRÜHJAHR 82 Weihnachtszeit 60 SOMMERRUH

3½ Cicero No. 1280. Min. ca. 7½ kg

Reisebriefe 13 EISENBAHNEN Länderkunde

4 Cicero No. 1281. Min. ca. 10 kg

MEIER 6 Waldesrauschen 9 KRONE

Von dieser Schrift sind noch zwei grössere Grade zu haben.

Druck sind die Kennzeichen dieser stilvollen Arbeiten. Unter den noch verbleibenden Kalendern nimmt der des *Artistischen Instituts L. V. Enders* in Neutitschein (Mähren) in Bezug auf originellen Entwurf eine hervorragende Stelle ein. Die Ausführung erfolgte in tadellosem lithographischen Farben- und Buchdruck und verdient alle Anerkennung. Aus Holland liegen uns vier Kalender in ganz verschiedenem Genre vor. *Blikman & Sartorius* in Amsterdam lieferten einen Prachtkalender in moderner Ausführung (Entgegenkommen [illegible]), als Mittelgruppe eine [illegible] Autotypie (Ansicht aus der Nähe des k. Palais in Amsterdam) benutzend. Setzer und Drucker haben mit vereinten Kräften etwas Gediegenes geliefert. Der Kalender von *De Bussy's Grond* in Amsterdam führt eine Gruppierung der holländischen Tageszeitungen in einem schön ausgeführten Liebhaberdruck vor Augen, so dass der im Satz und Druck gut ausgefallene Kalender neben seinem praktischen Zweck des Interessanten nicht entbehrt. *Th. A. van Zegeden* in Amsterdam schmückte seinen Kalender mit einer ausgezeichnet wirkenden, autotypischen Zeichnung, eine teils symbolische und teils landschaftliche Darstellung wiedergebend. Der Gesamteindruck ist ein vorzüglicher. *H. C. Thieme* in Nijmegen baute wie im Vorjahre seinen Kalender aus Schelter & Giesecke'schem Material und hat durch Verwendung der Reliefeinfassung, sowie durch die gezielte effektvolle Farbenharmonie ein künstlerisches Erzeugnis geschaffen.

Bevor wir unsere Revue schliessen, wollen wir noch mehrere Arbeiten erwähnen, welche uns durch Herrn *Hans Berger, Leipzig* aus Anlass der mit diesem Jahr erfolgten Einverleibung des Fachblattes *Graphische Künste* in das Archiv, übermittelt wurden. Es ist dies zunächst ein ausserordentlich eleganter Salonkalender in reicher Buchbinderarbeit. Zwölf einzelne Monatsblätter, deren Rückseite eine Anzahl der innerhalb des Geschäftshauses des Einsenders Herrn *Hofbuchbinder Gustav Fritzsche* in Leipzig angebrachten Stuckarbeiten vorführen, sind in einem feinen Umschlage, der eine Preisleistung der Buchbinderkunst (Prägung) genannt werden kann, auf zierliche Weise durch eine seidene Quastenschnure zu einem Ganzen vereinigt. Diese Arbeit stellt der Leistungsfähigkeit und dem in diesem Etablissement vorherrschenden Kunstgeschmack ein vortreffliches Zeugnis aus. *C. T. Wiskott*, Kunst- und Verlagsanstalt in Breslau, wählte zu seinem Wand- und Abreisskalender ein reizendes Motiv: eine mit Rosen und Weinlaub umgebene Gartenlaube. Während sich auf dem unteren Teile das Kalendarium befindet, versinnbildlichen zwölf hinter- und nebeneinander gruppierte, allerliebste Kindergestalten in entsprechendem Kolorit die Hauptmerkmale jedes einzelnen Monats. Die farbige chromolithographische Ausführung ist eine überraschend schöne und wirkungsvolle. Der auf dem Tableau angebrachte Miniatur-Abreisskalender mit ausgewählten Sprüchen nimmt sich sehr apart aus und macht den Kalender recht ansprechend. Der nochmals vorliegende Kalender von *De Bussy's Grond* in Amsterdam lässt bereits weiter oben Erwähnung. — *Max Krause*, Papierausstattungsgeschäft in Berlin W., sandte seinen Geschäftsfreunden als Festgruss eine Folge der regelmässigen Mitteilungen über die Papierwarenbranche in Gestalt eines sich in einem mit hübschem Winteridyll geschmückten Umschlage befindlichen Heftchens. Der Inhalt desselben bietet manches Interessante und führt eine besonders umfangreiche Kollektion Menukarten vor Augen. Der Druck erfolgte in sehr sauberer Ausführung im eigenen Hause des Herrn Max Krause.

Wir können unsere Besprechung nicht schliessen, ohne nochmals den Herstellern für das bei der Entstehung der Arbeiten entfaltete Streben nach künstlerischer Vollendung unsere Anerkennung auszusprechen, den Wunsch daran verknüpfend, dass auch das begonnene Jahr in jeder Weise für die graphischen geschäftlichen Verhältnisse ein recht gedeihliches sein möge und die künstlerische Thätigkeit in dem bewährten Rahmen mit lohnendem Erfolge fortschreite. S

Schriftprobenschau.

Die in dem Text des Heftes abgedruckte Steinschrift ist ein Erzeugnis der Schriftgiesserei von *J. G. Schelter & Giesecke*. Solche Schriften sind dem Buchdrucker immer willkommen und bilden für den Schriftgiesser ein dauernd verwertbares Material, für das er unter allen Umständen Abnehmer findet. Trotz des schmalen Schnittes exakt, deutlich und leserlich, bilden solche Steinschriften insbesondere ein höchst verwendbares Material für den Inseratensatz, sind jedoch auch für den Titel- und Accidenzsatz ein brauchbares Material, wenn es gilt, Zeilen mit vielem Texte in entsprechender Breite zu bilden. Diese neue Steinschrift der Giesserei J. G. Schelter & Giesecke dürften deshalb wohl mit Sicherheit ihren Weg machen und bald in allen Druckereien Eingang finden.

Satz und Druck unserer Probeblätter.

Blatt L, eine Neujahrs-Gratulationskarte der rühmlichst bekannten Schnellpressenfabrik von Klein, Forst & Bohn Nachf. in Johannisberg a. Rh. ist eine Arbeit der *Piererschen Hofbuchdruckerei*, Stephan Geibel & Co. in Altenburg und speziell ihres vortrefflichen, unseren Lesern durch viele vom Archiv früher gebrachte hübsche Proben wohlbekannten Accidenzsetzers Herrn *A. Wutzdilk*. Auch von der Komposition dieser Karte lässt sich nur Anerkennendes sagen und die *Bergersche Renaissanceeinfassung* kommt auf derselben zu bester Geltung. Wir hätten nur gewünscht, dass die obere Bekrönung etwas höher und reicher gehalten worden wäre, denn sie tritt gegenüber den angefügten beiden, die Gehänge tragenden Verzierungen zu sehr zurück. Die Druckausführung des Blattes ist, wie die aller Arbeiten der Piererschen Hofbuchdruckerei, eine *höchst gediegene*.

Blatt M soll die Art und Weise der Ornamentierung erklären, für welche Herr *Kulle* in seinem heutigen Artikel auf Spalte 82 u. f. eintritt. Das Blatt ist eine Arbeit der *Klinkhardtschen Druckerei* in Leipzig und repräsentiert zugleich den in dieser renommierten Offizin gepflegten Geschmack. Es unterliegt wohl keinem Zweifel, dass diese Art der Satzausführung eine erhebliche Kunstfertigkeit von dem ausführenden Accidenzsetzer verlangt, denn er kennt, wie man sieht, keine Hindernisse, sucht vielmehr mit grosser Gewandtheit alle die Schwierigkeiten zu überwinden, welche unser ungefügiges Material uns sonst in den Weg legt. So gediegene Resultate, wie wir sie hier vor Augen haben, dürften allerdings nicht allzu vielen Accidenzsetzern erreichbar sein, dazu gehören ausser der Kunstfertigkeit des Ausführenden selbst oft noch die zahlreichen Hilfsmittel einer wohleingerichteten Schriftgiesserei, Messinglinienfabrik, Zinkographischen und Gravier-Anstalt, die da eintreten, wo die Hilfsmittel des Accidenzsetzers nicht mehr ausreichen. Wir glauben unseren Lesern in diesem Blatt eine interessante Illustration zu dem Artikel des Herrn Kulbe und der in der Klinkhardtschen Offizin geübten Geschmacksrichtung geboten zu haben, danken deshalb dem verehrten Chef der Offizin, Herrn Bruno Klinkhardt, seinem Accidenzfaktor Herrn Böhme, der sich gerade um diese Art der Satzausführung grosse Verdienste erworben hat, wie dem ausführenden Setzer, Herrn Kulbe selbst, verbindlichst, uns dieses gefällige Blatt überlassen, resp. für unseren Zweck angefertigt zu haben.

Herr Klinkhardt war auch so gütig, uns die in dem Artikel angewendeten Miniatur-Verzierungen für unsere Druckerei zu überlassen.

Mannigfaltiges.

— Am 26. Januar starb in Köln nach kurzer Krankheit Herr Doktor *Nicolaus August Otto*, Mitglied der Direktion der Gasmotorenfabrik Deutz. Die Direktion verliert in dem Verstorbenen den bahnbrechenden Erfinder des Gasmotoren und den Begründer der Fabrik.

— In den ersten Wochen des Januar feierte die Offizin von *C. G. Naumann* in Leipzig hier ihr 25. Stiftungsfest und wurde dieses Fest durch Tafel und Tanz begangen. Ungefähr 250 Personen befanden sich aus diesem Anlass im Kaisersaal der Centralhalle und wechselten die Tänze mit gediegenen Vorträgen in bunter Reihe ab. Auch zeigte sich hierbei wieder einmal das gute Einvernehmen, welches zwischen Chef und Arbeitern der genannten Firma besteht. Wir können nur wünschen, dass die Firma C. G. Naumann fortblühen möge, zum Wohle ihrer Inhaber und zum Wohle der Arbeiter.

— Die Schriftgiesserei *Flinsch* übersandte uns die Quartalsausgabe 1890 ihres *Preiskouranten* über Maschinen und Utensilien. Das höchst sauber ausgestattete, vortrefflich illustrierte und ausgezeichnet gedruckte Heft gibt eine Übersicht über alle Maschinen und Utensilien, welche die Firma führt, sowie über deren Preise und Bezugsbedingungen.

— Im Verlage von *Richard Hahn*, Buchdruckerei und Verlag in Leipzig ist ein Porträt *Kaiser Wilhelm II.* in ganz vorzüglich ausgeführtem Holzschnitt und ebenso vorzüglicher Druckausführung erschienen. Es ist dieses Kunstwerk eine Arbeit des rühmlichst bekannten Holzschneiders *Martin Hoenemann* in Berlin, von dessen Hand bereits die Porträts des Kaiser Friedrich, Bismarcks und Moltkes hervorgingen und der in nächster Zeit diese gediegene patriotische Porträtsammlung noch um das ebenso gelungene Porträt Ihrer Majestät der Kaiserin Augusta Viktoria vermehren wird. Das stattliche Format 51 : 66 cm und der billige Preis von Ausgabe A à 3 M. und Ausgabe B à 4 M. machen es jedem Patrioten möglich sich diese Porträts als einen wertvollen und ansprechenden Zimmerschmuck zu erwerben. Sämtliche Sortimentsbuchhandlungen nehmen Bestellungen darauf an.

— Um Druckfarben einen schönen *Glanz* zu verleihen, füge man denselben beim Gebrauche etwas Firniss zu, ein Mittel, das nebenbei noch deren Bindekraft erhöht.

— Im Verlage von *Alexander Waldow* in Leipzig erscheinen im Laufe dieses *Jahres zwei interessante typographische Werke* und zwar 1. der III. Teil des *Hilfsbuch für Maschinenmeister an Buchdruckschnellpressen*, die *Rotationsmaschinen* behandelnd, 2. *Die Lehre vom Accidenzsatz* von Alexander Waldow in zweiter bedeutend vermehrter und vollständig umgearbeiteter, dem jetzigen Standpunkt entsprechender *Auflage*. Beide Werke sind bereits in Druck und wird die Lehre vom Accidenzsatz in *Heften* erscheinen, wodurch die Anschaffung allen Accidenzsetzern möglich wird.

Briefkasten.

Herrn Otto M. in Schweidnitz. Die von Ihnen hergestellte Mustermappe enthält ... Arbeiten, ... [illegible]

— Herrn Chr. M. in Stuttgart. Wir können ... [illegible]

... Herrn A. M. in Stuttgart. Die gesandte Karte ist bezüglich des Entwurfs ... [illegible]

Re-

[illegible]

Inhalt des 3. Heftes

[illegible] Maschine zum Biegen von Galvanos und Stereotypplatten. — Neue Elemente im Pressenmaterial. — [illegible] und [illegible]. — Schriftprobenschau. — Satz und Druck unserer Probeblätter. — Zeitschriften und Bücherschau. — Mannigfaltiges. — Annoncen. — Beilagen: 1 Blatt [illegible] — 1 Blatt Beilage zum Artikel »Neue Elemente im Pressenmaterial«.

Das Heft enthält im Ganzen [illegible] Beilagen. Für das Beiliegen der fremden Beilagen kann jedoch wegen oft unzureichender Anzahl nicht garantiert werden.

Bezugsbedingungen für das Archiv.

[illegible]

[illegible]

Annoncen.

Gesucht

wird für die Schriftsetzerei-Abteilung unserer Anstalt eventuell zur sofortigen Besetzung:

Ein Obmann der gleichzeitig [illegible] [illegible] kann;

Drei [illegible] Schriftsetzer, die namentlich für Werke [illegible] und slavischer Sprachen verwendbar sein sollen.

[illegible] Angabe ihrer Ansprüche melden, die gute Zeugnisse mehrjähriger Leistungen in grossen Anstalten aufweisen können.

Dauernde und angenehme Stellung [illegible].

Bucarest, Januar 1891.

[illegible] & Co.

Holzschnitte & [illegible] Cliches [illegible] CARL ABEL Leipzig [illegible]

Vorteilhafte Offerte:

Eine täglich erscheinende Zeitung gut eingeführt, mit sehr guten Chancen ist anderer Unternehmungen wegen billig baldigst zu verkaufen. Offerten sub. A. G. 14 erbeten an die Ann.-Exp. von G. L. Daube & Co., Frankfurt a. M.

C. A. Lindgens, Cöln a. Rh.

Fabriken

von

schwarzen und bunten Buch- und Steindruckfarben, Russ, Firnis, Etikettenlack, Seifenlauge, Walzenmasse

„the Excellent" C. A. Lindgens.

C. Rüger, Leipzig

Messinglinien-Fabrik

Fach-Tischlerei [illegible] Mech. Werkstätte.

[illegible] 1888.

Ein junger im Maschinenfache und Schriftgiesserei sehr vertrauter

tüchtiger Zurichter,

[illegible] ... Frankfurt a. M. ... T. W. 363.

Eine in der Provinz Sachsen gelegene, seit 1797 bestehende

Buchdruckerei

mit täglich erscheinender Zeitung — [illegible] Auflage — ist für den festen Preis von [illegible] M. zu verkaufen. Adressen unter L. M. nimmt die Exp. d. Bl. entgegen.

Autographische Tinte

[illegible]

C. F. Rühl

[illegible]

Holztypen-Fabrik

Sachs & Cie.

Mannheim (Baden)

[illegible]

Holzschriften und Holzutensilien

[illegible]

The White

[illegible]

Buch- und Steindruckereien.

HOLZ-SCHNITTE

[illegible]

Stereotypie! [illegible] Carl Kempe, Nürnberg.

Erhielt den einzigen ersten Preis in Melbourne | **Colt's Armory** | welcher auf Tiegeldruckpressen vergeben wurde.

TIEGELDRUCK-SCHNELLPRESSE

mit Cylinder-Farbewerk und Druckregulirung.

4 Grössen. 20 33 35 x 61 cm Tiegelgrösse. Für Fuss- und für Motoren-Betrieb.

Im Konstruktionsprinzip ähnlich [illegible] Universalpresse, ... zu der leistungsfähigsten der jetzt vorhandenen Tiegeldruckpressen wird.

Der Hauptwert der neuen Colt's Armory Tiegeldruck-Schnellpresse liegt in deren [illegible] Konstruktionsprinzip, der durablen Bauart und dem vorzüglichen Material. Die Kombination des Cylinder-Farbewerks, welche die vorzüglichste Farbeverreibung und exakteste Regulirung der Farbeverteilung gewährt, der genaue parallele Druck, durch welchen die Schrift geschont wird, sichern dieser Presse [illegible] Stellung als ausgezeichnetste Tiegeldruckschnellpresse für den feinsten Accidenzdruck.

[illegible] kommen noch die folgenden Vorzüge: schnellste Druckregulirung, sofortige Druckabstellung und Abstellbarkeit der Auftragwalzen während des Druckes. — Genügende Ruhelage des Tiegels beim Einlegen resp. Anlegen, sowie der sichere ruhige Gang der Presse garantiren genaues Register auch ohne Zuhilfenahme von Punkturen. — Beseitigung der Tiegelfedern und Ersatz durch eine Führungskurve. — Die Schnelligkeit des Druckes hängt lediglich von der Befähigung des Einlegers ab und verträgt die kräftig, durchaus widerstandsfähig gebaute Presse den schnellsten Gang.

Für die Pressen No. 3 und 4 empfiehlt sich in solchen Fällen, wo [illegible] ist, die Zuhilfenahme eines Kurbelmechanismus, der so abgeändert wird, dass der Dreher dem Einleger gleichzeitig beim Treten beizustehen vermag.

Ausführlichere Beschreibungen mit Grössen- und Preisangaben, sowie Verzeichnis der Firmen, welchen wir Pressen lieferten, senden gern zu Diensten.

General-Vertretung für das Deutsche Reich, Österreich-Ungarn, Donaufürstentümer, Holland, Belgien, Dänemark, Norwegen, Schweden, Russland:

J. G. SCHELTER & GIESECKE in LEIPZIG.

Wellhaus & Scheidig
Frankfurt a. M.
ff. Buch- und
Steindruckfarben.
Firnis- und Rußbrennerei.

Ch. Lorilleux & Cie.
schwarzen und bunten
Buch- u. Steindruckfarben

Em. Gaillard
in Berlin SW.
empfiehlt sein für den Kreisbetrieb eingerichtetes
photolypisches Institut
zur guten, billigen und schnellen Ausführung von Phototypien, Autotypien, Chemigraphien u. Chromotypien. Druckfertige photolithographische Uebertragungen in Strich- und Halbtonmanier. Prospekte, Muster und Kalkulationen franko.

Die Messinglinien-Fabrik von
Gebr. Brandt in Quedlinburg

Ludwig & Mayer
Graveranstalt — Schriftgießerei — Galvanoplastik
Frankfurt a. M.
empfehlen ihre neugeschnittene und mit vielem Beifall aufgenommene
Monumental
in 16 Graden mit Initialen.
Auch ist eine neue elegante Antiqua (im Hause geschnitten) erschienen.
Probeblätter versenden auf Wunsch gratis und franko.

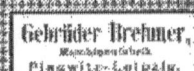

Lehrzeugnisse
Alexander Waldow, Leipzig.

Gebrüder Brehmer,
Plagwitz-Leipzig.
Spezialität:
Draht-Heftmaschinen

Messinglinienfabrik
ZIEROW & MEUSCH
LEIPZIG
Galvanoplastik

Messinglinien-Fabrik
und
mechanische Werkstätte
H. Berthold.

C. KLOBERG, LEIPZIG

GASMOTOREN-FABRIK DEUTZ in Köln-DEUTZ.

Otto's neuer Motor,

35000 Exemplare mit über 130000 Pferdekraft im Betrieb.

Otto's Zwillingsmotor

Otto's Petroleummotor

Im Jahr 1890 erhaltene Auszeichnungen:

Nordwestdeutsche Gewerbe- und Industrie-Ausstellung, Bremen

Goldene Medaille

Ehrenpreis für den besten Gasmotor, **Ehrenpreis** für den besten Petroleummotor.

Köln — Landwirthschaftl. Ausstellung — Silb. Staatsmedaille. Stuttgart — Ausst. f. Gewerbe- u. Kunstgewerbe — Ehren-Diplom.
Wien — Allg. Land- u. Forstwirthschaftl. Ausst. — Ehren-Diplom. Leipzig — Ausst. f. Drechsler u. Holzbildhauer — Ehren-Diplom.

Wilhelm Woellmer's Schriftgiesserei und Messing-Linien-Fabrik BERLIN SW., Friedrich-Str. 240.

Waschbürsten liefert billigst Alexander Waldow, Leipzig.

A. Numrich & Co. LEIPZIG. Schriftgiesserei.

Gustav Reinhold, Schriftgiesserei

Berlin W.

8 Lützowstrasse 8

empfiehlt angelegentlichst seine reiche und gediegene Auswahl von **Schriftgiesserei-Erzeugnissen aller Art.** Durch die Aufstellung von **16 neuen franz. Complett-Giessmaschinen**, sowie durch den Besitz von **34 Handgiess- und allen erforderlichen Hülfsmaschinen** bin ich im Stande, weitgehendsten Ansprüchen schnell und gut zu genügen, neue **Einrichtungen und Umgüsse** in kürzester Zeit zur vollsten Zufriedenheit der Herren Auftraggeber auszuführen.

Proben und Preiscourante stehen gern zu Diensten.

Stahlfröschchen mit oder ohne Lippe offeriert **Alexander Waldow**, Leipzig.

Wer neue Werk- oder Zeitungs-Schriften anschaffen will, versäume nicht, sich franco Proben der

Bismarck-Fraktur

von

Benjamin Krebs Nachfolger *in Frankfurt a. M.*

kommen zu lassen.

Klein, Forst & Bohn Nachf.

Johannisberg im Rheingau

liefern

Schnellpressen für Buch- und Steindruck

Waldows Wörterbuch der graph. Künste

und der verwandten Zweige, ... wertvolles

Handbuch ...

Alexander Waldow, Leipzig.

Preislisten und Farbenproben gratis und franko.

Preislisten und Farbenproben gratis und franko.

Beste konzentrierte Seifenlauge
in einzelnen Dosen und in Kisten zu 10 Dosen verkauft
Alexander Waldow, Leipzig.

Erklärung.

Mit Bezug auf die vielfachen Anpreisungen von Tiegeldruckpressen unter den Namen System Liberty, verbessertes System der Original-Liberty, verbess. amerik. Offizial Original-Liberty etc. etc., erklären wir hiermit, dass alle solche Maschinen mit der F. M. Weilers Liberty-Maschine nichts gemein haben. Es sind das zum Teil nur Nachahmungen unserer Original-Maschinen, zum Teil Maschinen, welche in nichts an die Konstruktion der unserigen erinnern.

Alle unsere Original-Maschinen tragen auf der Hauptwelle unsere Firma eingestempelt und ausserdem auf dem Schwungrad oder auf dem Hauptgestell unsere Firma eingegossen.

New-York
54 Frankfort Street.
Gegründet 1859

F. M. WEILERS
LIBERTY MACHINE WORKS
Erfinder der Liberty-Presse.

Berlin W
Kronenstrasse 8.
Gegründet 1859.

Walzenmasse Victoria und Victoria Blanca.

Berger & Wirth
gegründet 1823

Farben-Fabriken

1870 gegründet
Frey & Sening

Leipzig-Schönefeld

Filialen: Berlin, London, New-York, Moskau.

Redigiert und herausgegeben von Alexander Waldow in Leipzig. — Druck und Verlag von Alexander Waldow in Leipzig.

Originalsatz und Druck der Pierer'schen Hofbuchdruckerei Stephan Geibel & Co., Altenburg i. S.
[illegible] Archiv für Buchdruckerkunst. [illegible] Band. Verlag von Alexander Waldow, Leipzig

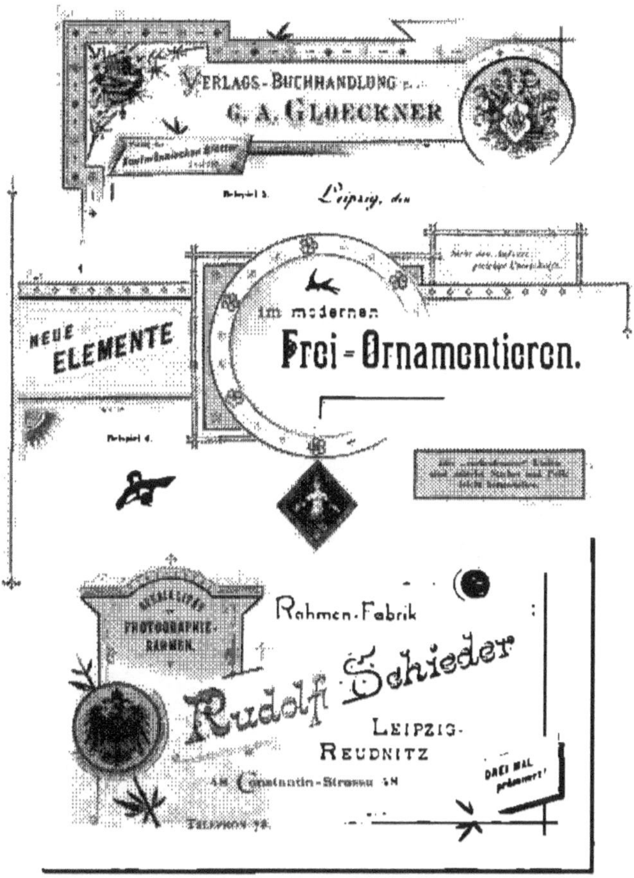

Verlags-Buchhandlung
G. A. Gloeckner
Beispiel 5.
Leipzig, den
Neue Elemente
im modernen
Frei-Ornamentieren.
Beispiel 6.
Rahmen-Fabrik
Photographie-Rahmen.
Rudolf Schieder
Leipzig-Reudnitz
48 Constantin-Strasse 48
Telephon 78.
Drei Mal prämiiert!

Beispiel 7.

ARCHIV FÜR BUCHDRUCKERKUNST
UND VERWANDTE GESCHÄFTSZWEIGE.
HERAUSGEGEBEN VON
ALEXANDER WALDOW.

28. Band. 1891. Heft 4.

Lebensbilder berühmter alter Buchdrucker.

3. Die Familie Breitkopf.

Die Familie Breitkopf ist eine der berühmtesten und ältesten Buchdrucker- und Buchhändlerfamilien Deutschlands und der Welt, die zu Leipzig ihren Sitz hat und durch den aus Klausthal im Hildesheimschen stammenden Buchdrucker *Bernhard Christoph Breitkopf*, geboren am 2. März 1695, im Jahre 1719 begründet und schon durch diesen in der Buchdruckerei sowohl wie in der Schriftgiesserei zu nicht unbedeutendem Ruf und Ansehen gebracht wurde. Das berühmteste Glied der Familie Breitkopf aber ist der Sohn des vorigen, der als Buchdrucker und als Gelehrter gleich bedeutende *Johann Gottlob Immanuel*, geb. zu Leipzig am 23. November 1719. Schon frühzeitig legte er einen hohen Grad wissenschaftlichen Eifers an den Tag, hörte, während er nebenbei im väterlichen Geschäfte arbeitete, akademische Vorlesungen über historisch-litterarische und philologische Disziplinen und widmete sich später besonders dem Studium der Mathematik. Albrecht Dürers Werk »Unterweisung der Messung mit dem Zirkel«, in welchem der berühmte Meister auch die Buchstaben auf mathematische Grundlehren zurückführen wollte, übte auf den jungen Breitkopf eine besondere Anziehungskraft aus und wandte ihn bald ausschliesslich dem Geschäft seines Vaters zu, das er in der Folge zu einem eminenten Ansehen erhob. Durch die Verbesserung des Schnittes der als geschmacklos verschrieenen deutschen Lettern rettete er diese vor dem Untergange, und er gilt daher mit Recht als der Regenerator und Erhalter der *deutschen Frakturschrift*. Mehrere der wichtigsten Erfindungen im Gesamtgebiet der Typographie, wie die Kunst, musikalische Werke, mathematische Figuren, Landkarten u. s. w. mit beweglichen Typen zu drucken, ferner chinesische Bücher statt mit festen Holztafeln, durch eigens geschnittene Metallcharaktere zu vervielfältigen, sind sein Verdienst. Mit der von seinem Vater geerbten Offizin, welche über 400 Alphabete aus den verschiedensten Sprachen besass und eine Schriftgiesserei von 12 Öfen zur Verfügung hatte, verband er eine Musiknotendruckerei, mit welchem neuen Zweige er den Grunde legte zu dem heute in allen Ländern der Erde geschätzten grossartigen Musikverlag des Hauses; ferner legte er eine Spielkartenfabrik und eine Tapetendruckerei an. Diesen Erweiterungen auf technischem Gebiet folgte in kurzer Zeit durch Errichtung einer Buch- und Musikalienhandlung der Anfang zu den spätern Schöpfungen auf kommerziellem Gebiete. Um diese Zeit (Ende des 17. und Anfang des 18. Jahrhunderts)

Bernhard Cristoph Breitkopf

waren gegen 150 Personen in Breitkopfs verschiedenen Etablissements beschäftigt. Nicht weniger bedeutend ist Johann Immanuel Breitkopf durch seine gediegenen historischen Forschungen auf dem Gebiete der Typographie, durch die er sich um deren Entwicklung ein unschätzbares Verdienst erworben hat. Aus der zahlreichen Reihe seiner typographisch-litterarischen Werke ist vor allem sein Werk »Über die Geschichte der Erfindung der Buchdruckerkunst, Leipzig, 1779« hervorzuheben, sowie das für die damalige Zeit epochemachende »Über den Druck der geographischen Karten, Leipzig 1777«, welchem Werkchen die in beweglichen Typen gesetzte Karte der Gegend um Leipzig beigegeben war; ferner sein »Versuch, den Ursprung der Spielkarten, die Einführung des Leinenpapiers und den Anfang der Holzschneidekunst in Europa zu erforschen, Leipzig 1784«; »Exemplum typographiae sinicae, figuris characterum e typis mobilibus compositum« zur Erläuterung seiner chinesischen Typen, Leipzig 1789; »Über Bibliographie und Bibliophilie, Leipzig 1793«; endlich das von 1780—1782 herausgegebene »Magazin für Kunst- und Buchhandel«. Behufs der Herausgabe eines grösseren Werkes über die Buchdruckerkunst im Allgemeinen war er bereits seit Jahren mit den hervorragendsten Gelehrten, u. a. mit *Lessing*, in regen Briefwechsel getreten, als ihn der Tod am 28. Januar 1794 überraschte. Johann Immanuel Breitkopfs Verdienste um die Buchdruckerkunst können nicht hoch genug geschätzt werden; ausser *Didot* dürfte es kaum noch einen Buchdrucker geben, der ihm gleichgestellt werden könnte. — Sein Sohn *Christoph Gottlob* verband sich mit *Gottfried Christian Härtel*, am 27. Januar 1763 zu Schneeberg geboren, so dass von nun an die Firma die noch heut bestehende Firma *Breitkopf & Härtel* erhielt, und erweiterte das Geschäft durch eine Zinn- und Steindruckerei und eine (später wieder aufgegebene) Musikinstrumentenfabrik, begründete auch die erste musikalische Zeitschrift in Deutschland. Nach Breitkopfs bereits im Jahre 1800 erfolgenden Tode wurde Härtel alleiniger Besitzer der Firma Breitkopf & Härtel, und im Besitz seiner Söhne *Hermann* (geb. 27. April 1803, gest. 4. August 1875) und *Raymund* (geb. 9. Juni 1810, gest. 10. November 1888) vereinigte das Geschäft eine Musikalienverlagshandlung, Buchhandlung, Buchdruckerei, Schriftgiesserei mit Stereotypie und Galvanoplastik, Steindruckerei, Notenstecherei und Notendruckerei in sich und hat eine hoch bedeutende Ausdehnung erlangt. Die gegenwärtigen Inhaber und Leiter des Geschäftes sind die Herren *Wilhelm Volkmann* und Dr. *Georg Oskar Immanuel von Hase*.

Johann Gottlob Immanuel Breitkopf

Das Herstellen gebogener Formen.

Durch einen neuen patentierten Bieg- und Geraderichtapparat, »Spiralin« genannt, welcher schon in vielen Druckereien des In- und Auslandes eingeführt ist, wird die Herstellung der jetzt so beliebten gebogenen Formen sehr vereinfacht und können die Linien nach Benutzung auch wieder in die gerade Richtung zurückgebracht werden, um in ihrer ersten Form wiederholt Verwendung zu finden.

Nachstehend wollen wir unsere geehrten Leser mit dem neuen Apparat »Spiralin« (Patent Hentschel), welcher von der bekannten Firma *Reinhardt & Bohnert* in Leipzig in den Handel gebracht wird, näher bekannt machen (s. Fig. 1).

Der Apparat wird entweder auf einen Tisch oder eine angebrachte Erhöhung so angeschraubt, dass das vordere Ende des Fusses mit dem Tischrande oder dergleichen abschneidet und die Kurbel bequem bewegt werden kann. Um gebogene Formen herzustellen legt man die Linie, mit der Bildfläche nach rechts, auf den mit einer kleinen Schraube versehenen, zum An- und Abstellen eingerichteten Führungstisch, öffnet die Walzen durch Linksdrehen der am hinteren Ende angebrachten Stellschraube, führt die Linie ein und klemmt dieselbe durch Anziehen der besprochenen Stellschraube leicht fest.

Hierauf macht man die Linie durch Zurückdrehen der Kurbel wieder frei, stellt die Richtschiene vermittels Drehung an dem links angebrachten Hebel, auf die an der Skala angegebenen Ziffern, doch so, dass erst eine kleine Biegung entsteht, führt die Linie

Fig. 1

wieder zwischen die Walzen ein und dreht dieselbe durch.

Die jetzt entstandene gebogene Linie kann man nun zu irgend welchem Radius durch fortgesetztes Durchdrehen derselben und allmähliches Nähern der Richtschiene an die obere Walze verkleinern. Der Apparat reinigt zugleich die zu biegenden Linien von allem Schmutz.

Kreise, Halbkreise u. s. w. werden, nachdem die Richtschiene gestellt und die Linie in vorgeschriebener Weise eingeführt ist, vermittelst der Kurbel durchgedreht, wobei die Richtschiene der unteren Walze nach und nach genähert wird, bis der Kreis u. s. w. entstanden ist (s. Fig. 2).

Ovale sind sehr leicht herzustellen, indem man den Zeiger wiederholt verstellt und vermittelst Durchdrehen der Linie den grossen und kleinen Radius derselben hintereinander biegt. Die Linie wird hierbei nicht aus der Maschine herausgenommen (s. Fig. 3).

Geknickte Bogenformen. Die zum Biegen zu verwendende Linie wird genau in gleiche Teile

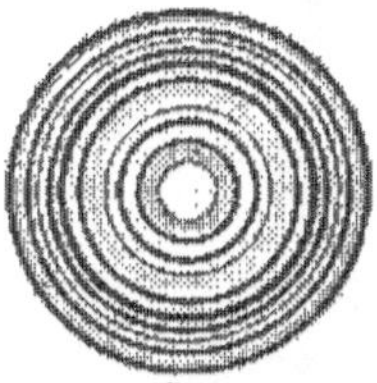

Fig. 2

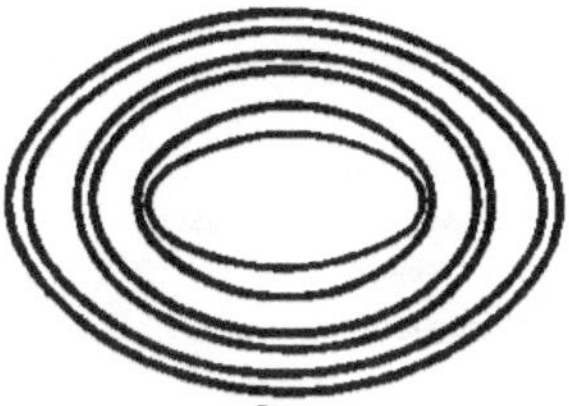

Fig. 3

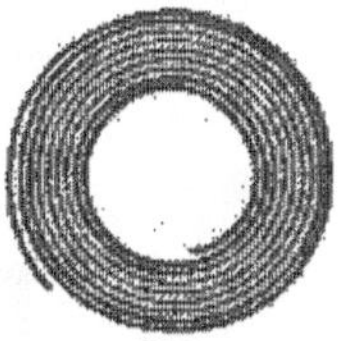

Fig. 6

Fig. 4

Fig. 5

Fig. 7

Fig. 8

eingeteilt und bei den Abschnitten tief eingeritzt, unter Berücksichtigung des Bildes. Die Richtschiene wird auf den entsprechenden Radius gestellt, die Linie eingeführt und zwar so, dass die Einschnitte nach unten zeigen. Jetzt wird an der Kurbel gedreht und die Linie, wenn dieselbe die Richtschiene passiert unten. Die Richtschiene ist ganz, oder auf nur wenig Druck abgestellt. Die Linie wird durchgedreht und vermittelst des Gegendruckes gestreckt. Ist sie noch nicht ausgerichtet, so stelle man die Richtschiene etwas an und lasse die Linie nochmals durch den Apparat laufen.

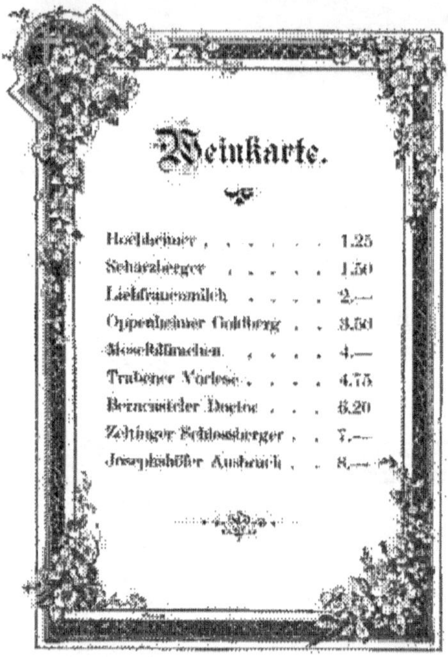

Weinkarte.
Hochheimer 1.25
Scharzberger 1.50
Liebfrauenmilch 2.—
Oppenheimer Goldberg 3.50
Moselblümchen 4.—
Trabener Vorlese 4.75
Berncastler Doctor 6.20
Zeltinger Schlossberger 7.—
8.—

Vignette und Schriften von Ludwig & Mayer.

hat, bei den Einschnitten leicht zurück gebogen und entsteht jetzt eine Biegung, wodurch eine äusserst gefällige und dankbare Form geschaffen wird (s. Fig. 4).

Geraderichten der Linien. Die gebogene Linie wird, wenn nötig, etwas auseinander gezogen, damit sie bequem zwischen die Walzen eingeführt werden kann und festgeklemmt. Das Ende hängt jetzt nach

Fortgesetzte Wellenlinien. Die Richtschiene wird auf den Radius des gewünschten Bogen gestellt, die Linie durch Striche in gleiche Teile eingeteilt und jeder für sich durchgedreht (s. Fig. 5).

Spirale Formen. Die Richtschiene wird soweit an die obere Walze herangestellt, dass die durchzuführende Linie den Mittelradius der Spirale ergibt.

Der Anfang der gebogenen Linie wird nach der ersten Umdrehung über die obere Walze gehoben und fortgesetzt an der Kurbel gedreht. Die Linie wickelt sich spiralförmig auf so lang sie ist. Die Richtschiene bleibt von Anfang bis zu Ende in derselben Stellung (s. Fig. 6 und 7).

Kombinierte Linien. Durch Selbstkombination kann man unter Berücksichtigung des Vorhergesagten eine undenkbar grosse Anzahl von gebogenen Formen herstellen und so die Brauchbarkeit und Leistungsfähigkeit des Apparates vollständig ausnützen. Bei jedem Versuche wird man immer wieder Neues

finden und dadurch zu weiteren Arbeiten veranlasst werden (s. Fig. 8).

Schon nach einigen Versuchen wird Jeder im Stande sein, ohne Schwierigkeit den Apparat praktisch zu verwenden und zu verwerten. Alle verbogenen, ungeraden Linien können wieder brauchbar gemacht werden und erwächst schon hieraus jeder Buchdruckerei ein grosser Nutzen. Diese Maschine ist eine äusserst praktische zeitgemässe Neuerung und wird sich sehr bald überall einführen.

Wir bemerken hiermit, dass wir zu eigenen Versuchen auf der Maschine noch keine Gelegenheit hatten, dass wir uns aber solche vorbehalten.

Red. des Archiv.

Anleitung zum Linienbiegen.

Von Hermann Hoffmann, Berlin.

Bei dem heutigen Stande der Typographie muss die Vorfrage, ob man die gerade Linie im Accidenzsatze unter gewissen Bedingungen verändern dürfe, entschieden bejaht werden. Indem ich dies ausspreche, hoffe ich nicht missverstanden zu werden. Man weiss, dass ich ein Feind der ziellosen Satzklempnerei bin, und wenn ich der Linienbiegerei das Wort rede, werde ich meiner Vergangenheit dennoch treu bleiben.

Mein Ideal eines Accidenzsetzers ist ein Universalgenie in typographischer Beziehung. Er muss alles verstehen, sich um alles kümmern und vor keiner Schwierigkeit zurückschrecken. Die 25 Lettern müssen ihm eine angenehme Zugabe sein, nicht seine einzige Habe. Wer an dem Erbe Gutenbergs teilnehmen will, der übernimmt zugleich die Pflicht, dasselbe zu verbessern und, wenn es angeht, zu vermehren. Wer aber meint, es sei alles wohlgemacht und müsse so bleiben, der hat nicht das Zeug zum modernen Accidenzsetzer in sich.

Kein Gesetz verbietet uns, Druckformen anders zu bilden, als aus gegossenen Einzeltypen. Im Gegenteil werden wir dem Gebote der Pietät gegen den Meister besser genügen, wenn wir uns bemühen, seine kostbare Erfindung nach Kräften zu erweitern. Wir werden in Holz schneiden, in Zink ätzen, in Kreide gravieren, in Karton arbeiten, werden aus Glas und Eisen Formen bilden lernen und die Wissenschaften, insbesondere die Chemie, in den Dienst der schwarzen Kunst stellen. Der Accidenzsetzer wird nach und nach aussterben, um dem Accidenzformer Platz zu machen.

Verfahren, welche seiner typographischen Natur nahe liegen, wird der Buchdrucker bei Herstellung von Druckformen bevorzugen. Bietet sich ihm in der »Linie« ein Mittel, durch Federzüge, Ornamente und Randformen seinen Drucksachen besondern Reiz zu geben oder mit der Linie Bilder, Landkarten u. s. w., namentlich aber aussergewöhnliche Konturen für den Buntdruck herstellen zu können, so wird er zu solchem Verfahren um so lieber greifen, wenn dasselbe weder besondere Einrichtungen noch Spezialisten erfordert, das Material billig ist und die Arbeitszeit auf ein Minimum beschränkt werden kann.

Ein solches Verfahren ist mein System des Zinkstreifen-Satzes.

Zuvor jedoch werde ich den Linien-Bogensatz besprechen. In Verbindung mit entsprechenden Erzeugnissen der Schriftgiessereien, z. B. Kreis-Abschnitten, Halb- und Viertelkreisen, hat diese einfache Form des Linien-Kunstsatzes eine Menge von Pikanterien im Accidenzsatze ergeben, auf welche Verzicht zu leisten Thorheit wäre.

Damit soll kein General-Pardon versichert werden für jene unsinnige Vergeudung von Material und Zeit, deren sich grausame Linienkünstler befleissigen, gleichsam als wollten sie uns weismachen, es sei ein besonderes Verdienst, die Dinge auf den Kopf zu stellen. Wenn auch die Veränderung der »Geraden« im allgemeinen erlaubt sein muss, so wird der einsichtige Accidenzsetzer sich doch in jedem Einzelfalle gewissenhaft zu prüfen haben, ob und wie weit das nötig ist. Er wird nie des puren Vergnügens wegen biegen, sondern nur da, wo die erforderliche Wirkung auf einfachere, billigere Weise nicht erreichbar war.

Vernünftig denkende Setzer erzielen mit einigen vorrätig gehaltenen Kreisen, Segmenten oder dergl. oft bessere Effekte, als andere irregeleitete Köpfe, die nicht von Säge und Hobel kommen und alles zerschneiden, was ihnen vor die Finger gerät, Schrift und Durchschuss eingeschlossen.

Leute letztgedachter Art sind gemeingefährliche Individuen, die der Kunst schaden, indem sie schlechte Beispiele geben, und dem Prinzipal, dessen Material sie dezimieren. Die Sucht, originell zu wirken, verführt sie nicht selten zu Scheusslichkeiten.

So gewiss nun aber das Falsche verdient, bekämpft zu werden, so wenig ist jene Pedanterie am Platze, welche mit dem Unkraut auch das aufkeimende Talent ausrottet. »Na, wenn ich in meiner Druckerei einen Linienkünstler entdeckte«, sagte kürzlich ein bekannter Faktor zu mir, »der sollte fliegen!« Dieser Standpunkt ist überstreng. Der ins Kraut schiessende Accidenzsetzer ist eine ehrgeizige Natur, seine gelegentlichen Fehlgeburten sind Folgen des unklaren Dranges, *Grosses zu thun.*

Langsam denkenden Setzern werden solche »Verrücktheiten« nicht leicht passieren, dafür fehlt deren Arbeiten aber auch die köstliche Frische einer überschäumenden Jugend. Gereifte Anschauungen sind in der Regel nur bei ältern Setzern zu erwarten, doch gar zu leicht geht mit den Jahren auch der kecke Wagemut verloren. Man leite den ungestümen Wildbach in die rechten Wege, und man wird finden, dass er Mühlen treibt. —

Solchen Anschauungen ist die vorliegende Arbeit entsprungen. Dieselbe nimmt den Idealismus unbedingt in Schutz und wird sich bemühen, demselben ein guter Führer zu sein. Allen bärbeissigen Fachphilistern sei ein frischer, fröhlicher Krieg erklärt. Der grämliche Ordnungsmann soll unsern Ideenflug nicht hindern.

Allen Bedenken brechen wir von vornherein die Spitze ab: Wir wollen keine schrankenlose Freiheit. Wir werden uns in die herrschenden Anschauungen über Stil und Ästhetik fügen und wollen besonders die Zweckmässigkeit zu Worte kommen lassen. Den Wert des Geldes wissen wir sehr wohl zu schätzen. Wir werden das Material schonen und mit der Zeit geizen. Bringt uns das Linienbiegen nichts ein, dann lassen wir es bleiben.

Die teure Messinglinie werden wir für Biegereien nur da verwenden, wo kein anderes Material zur Stelle, wo die Auflage sehr hoch ist oder die gebogenen Teile (Kreise, Schriftzüge) aufgehoben und wiederholt benutzt werden können. Niemals werden wir zu solchen Arbeiten systematisch geschnittene Linien, sondern die billigeren Linienbahnen verwenden.

Uns guten Setzern ist der System-Linienkasten sozusagen ans Herz gewachsen, wir sind bekümmert, wenn die überhandnehmenden Blessuren darin vom Alter predigen. Andere hingegen bleiben davon ungerührt, ja sie verwüsten mit Hobel und Feile mehr, als der Zahn der Zeit es je vermöchte. Auf jene Barbaren wollen wir mit Fingern weisen.

Vorbereitendes.

Bevor wir in die eigentliche Technik eintreten, müssen wir uns klar darüber werden, wie wir Linienbogensätze und andere Arbeiten, welche mit gewöhnlichem Ausschluss nicht sicher befestigt werden können, zu einem dauerhaften Ganzen vereinigen wollen.

Über die Art, derartige Sätze durch hineingeklemmte Regletten, sowie kleine und kleinste Ausschlussstückchen auszuflicken, ist der heutige Accidenzsetzer längst hinaus. Ebenso findet das Papierkauen bei der schlechten Beschaffenheit des Zeitungspapiers und der zweifelhaften Herkunft moderner Zeitungsfarbe nur noch wenige Anhänger. Statt dessen knetet man aufgeweichtes Löschpapier, bis es jede Steifigkeit verloren hat, und stopft die betreffenden Löcher damit aus. Bei nur wenigen Flickstellen mag dieses Verfahren am Platze sein, kommen aber viele und grosse auszufüllende Löcher vor, dann greift man besser zu Gyps. Messinglinien, die guten Zusammenschluss haben sollen, z. B. Kreise, werden bisweilen gelötet. Man kann auch wohl fliessenden Siegellack in Lücken hinein tropfen lassen, das geschieht namentlich, wenn Linienteile oder dergl. mit Holzstücken verbunden werden sollen und Ausstopfen unthunlich ist. Im Grunde aber sind jene drei Verfahren — Papierpfropfen, Gyps und Löten — diejenigen, welche sich bis auf den heutigen Tag die Gunst des Accidenzsetzers erhalten haben und die daher nachstehend einzeln beschrieben werden sollen.

a. Das Ausstopfen.

Wer die frühere Mode des Papierkauens mitgemacht hat, der wird sich erinnern, dass die Pfropfen beim Ablegen des Satzes sehr hart und fest geworden waren. Das kam von dem im Papier enthaltenen Leim her. Wenn man nun Löschpapier, d. h. schwach oder gar nicht geleimtes Papier zu diesem Zwecke benutzt, so muss man zum Aufweichen desselben Klebwasser nehmen. Man taucht das Papier in eine Dextrinlösung ein und verarbeitet es zwischen den Fingern, bis es genügend geschmeidig geworden ist, um in kleinen Stücken mit einer stumpfen Ahle in die betreffenden Löcher gestopft zu werden. Je nach dem Gummigehalt werden die Füllstücke nach dem Austrocknen eine solche Festigkeit und einen Zusammenhalt angenommen haben, der sie befähigt, aufgehoben und wiederholt verwandt zu werden. Von Gyps kann man das bekanntlich nicht sagen, denn sehr leicht springt die spröde Masse schon beim Anschliessen der Druckform und kann später nicht mehr benutzt werden.

Unter Umständen kann man also das Ausstopfen als sicherer und dauerhafter dem Ausgiessen vorziehen. Doch darf nicht vergessen werden, dass es oft nicht möglich ist, sehr empfindliche Sätze, die sich bei rauher Behandlung nach allen Richtungen hin verziehen, durch Stopfen fest zu bekommen. Man muss sich also die Sache daraufhin ansehen. Kommt man mit Stopfen aus, dann möge man das Gypsen lassen.

b. Das Ausgiessen mit Gyps.

In der Schnellpresse erleidet der hin- und hergeführte Satz Stösse und Vibrationen, welche bei nicht genügend ausgefüllten Hohlräumen komplizierter Sätze leicht immerwährendes Steigen des Ausschlusses zur Folge haben. Der verzagende Drucker wird vergeblich sein ganzes Arsenal kleiner Hilfsmittelchen erschöpfen, solange der Herd jener Erscheinungen nicht durch Ausgiessen beseitigt ist, hört die Unruhe nicht auf. Zu dem Zwecke muss aber die Form aufgeschlossen werden, denn der Gyps trocknet etwas zusammen und man hat sonst die alte Geschichte aufs Neue. Ehe fortgedruckt wird, muss der Gyps genügend erhärtet sein. Versäumt man diese Vorsicht, dann bröckelt die Masse auseinander und man sieht noch schwereren Verdriesslichkeiten entgegen.

Gyps muss schnell und so dick angerührt werden, dass er eben noch in die mittleren Hohlräume des Satzes zu fliessen vermag. Man lässt die Masse über eine vorgehaltene Linie abfliessen, da man dann den Strom besser leiten kann. Will der Brei nicht in feine Fugen dringen, dann sticht man mit einem Kartenspahn oder einer Achtelpetitlinie einigemale hinein und lenkt die noch flüssige Masse an Ort und Stelle.

Zu sehr grossen Hohlräumen kann man ganz dicken Gyps anrühren, der kaum noch fliesst. Auch hier muss man mit einer Linie nachhelfen, damit alle Ecken gefüllt werden.

Hat man dagegen viele kleine Löcher auszugiessen, so muss der Gyps fliessen etwa wie Mehlsuppe. Man schütte das Gemenge, wenn das Vollwerden der kleinen Räume zu viel Zeit erfordern sollte, ohne Rücksicht über den ganzen in Rede kommenden Satzteil, sodass auch das Bild bedeckt wird. Nun muss man aber gut aufpassen. Sobald der Gyps anfängt zu erhärten, wischt man mit einem trockenen Schwamm den Überfluss von oben ab, drückt den Schwamm in Wasser aus, wischt wieder ab und so fort, bis das Satzbild rein und klar hervortritt. Nach dem völligen Hartwerden, aber nicht eher, kann man den Satz noch einmal mit Bürste und vielem Wasser behandeln. Denn sobald der Gyps fest geworden ist, schadet ihm Wasser nicht mehr.

Doch hüte man sich, mit dem Gyps unnütz herum zu schleudern. Kein Tropfen dieses Materials sollte anderswohin kommen, als beabsichtigt war.

Man muss nicht jedes Gerät damit beschmutzen, die Kleider, den Fussboden und alle Gegenstände einen Meter in der Runde mit Gyps bespritzen. Wessen Gasse nach dem Gypsen aussieht wie der Hausflur eines Neubaues, der beweist nur Mangel an Fertigkeit.

Der unrichtigen Anwendung von Gyps ist auch die grosse Abneigung zuzuschreiben, die manche Geschäftsleiter gegen dieses bequeme, billige, allezeit bereite sichere Hilfsmittel hegen. Wird der Gyps mit Vorsicht gebraucht, dann gibt es kein schnelleres, reinlicheres Verfahren, beliebige unsystematische Hohlräume zuverlässig genau zu füllen.

Damit man beim Ablegen weniger Mühe habe, den Gyps von der Schrift zu lösen, kann man diese vor dem Ausgiessen mit einer Mischung von 2 Teilen Petroleum zu 1 Theil Schmieröl behandeln. Man schüttet dieses Gemenge gut durch und bläst es mittelst eines sogen. Zerstäubers auf und in den Satzteil.

(Fortsetzung folgt.)

Schriftprobenschau.

In Form eines stattlichen Oktavbandes von gegen [illegible] Seiten hat *Wilhelm Gronaus Schriftgiesserei* kürzlich ihr sämtlichen Erzeugnisse veröffentlicht. Das recht sauber gedruckte und gediegen gebundene Buch enthält in übersichtlicher Folge das seit länger als fünfzig Jahren angesammelte, überaus reichhaltige Material von Original- und anderen beachtenswerten Erzeugnissen, durch welches sich die Firma Gronau von jeher den Ruf einer soliden und mit der Zeit vorwärtsstrebenden Schriftgiesserei zu erhalten wusste. Es kann nicht unsere Aufgabe sein, auf den Inhalt des Probebuches einzeln einzugehen, doch wollen wir bemerken, dass dasselbe eine selten reiche Auswahl von Brotschriften, als auch von eleganten Titel- und Zierschriften enthält, die den weitgehendsten Wünschen genügen kann. Auch die Abteilungen über Initialen, Kursiv-, Schreib- und Rundschriften, Russische und Griechische Schriften, Zeichen, Musiknoten sind äusserst reichhaltig ausgestattet. An Einfassungen und anderen Ornamenten, wie sie der moderne

Geschmack fordert, als auch an Kopfleisten und Schlussverzierungen, hat Gronaus Schriftgiesserei dem Buchdrucker manches schnell und mit Recht beliebt gewordene Originalerzeugnis geboten. Vignetten für die verschiedensten Zwecke enthält das Buch auf ca. 150 Seiten, ohne damit den Schatz an derartigem Material der Firma zu erschöpfen. Eine Beilage in grossem Plakatformat enthält noch eine weitere Anzahl Vignetten und eine andere eine Auswahl von Schriften und Einfassungen für Plakate. Das ganze Buch ist sehr wohl geeignet, von der Leistungsfähigkeit der herausgebenden Firma eine äusserst günstige Meinung zu erwecken und als beste Empfehlung für dieselbe zu dienen. —

Zwei Serien neuer *Einfassungen* veröffentlicht im vorliegenden Hefte die Schriftgiesserei *Nies Nachfolger*. Die Serie 35 umfasst Stücke auf Nonpareille, Cicero und 3½ Cicero. Die beiden kleineren Einfassungen eignen sich sowohl zur Umrahmung kleinerer Drucksachen ganz vorzüglich, wie sie auch als Begleitformen in Gemeinschaft mit der grösseren verwendet werden können. Die Anwendung dieser neuen Einfassungen ist eine sehr einfache und durch Aneinanderreihung der zusammengehörigen Stücke gegeben. Nur bei der 3½ Cicero Einfassung erscheint uns die glatte Rahmenbildung etwas gewagt, obwohl nach dem vorhandenen Eckstücke und dem ausgegebenen Probeblatte zu urteilen, diese Art von Verwendung ausschliesslich vorgesehen ist. Der im übrigen sehr schönen Zeichnung nach lässt sich diese Einfassung korrekt nur zu horizontalen Leisten verwenden:

Ein Seitwärtsstellen dieser Formen oder gar eine Verwendung, wie sie das vorhandene Eckstück für die untere Leiste eines Rahmens verlangt, in der folgenden Weise:

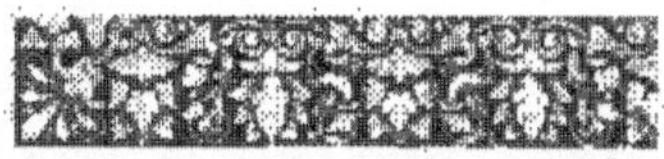

ist jedenfalls nicht korrekt. Der gleiche Mangel, wenn auch nicht in solch auffallender Weise, kehrt bei den folgenden, in ihrer Wirkung übrigens ganz vortrefflichen Figuren der Serie 12 wieder:

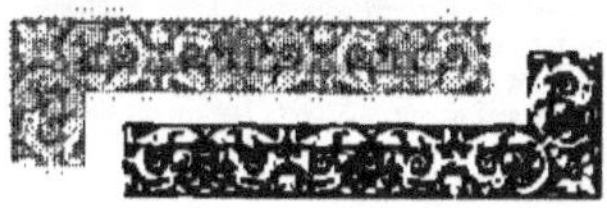

Die übrigen Figuren der beiden Serien sind als in der Zeichnung wohl gelungen zu bezeichnen und werden gewiss, wenn sonst am rechten Ort verwendet, stets ein Schmuck der betreffenden Drucksache sein. —

Die Messinglinienfabrik *H. Berthold* hat jüngst eine reiche Kollektion von in Messing gearbeiteten *Ecken* auf Nonpareille- und Cicerokegel herausgegeben, von denen wir unseren Lesern heute eine kleine Auswahl in Abdruck vorführen können. Ist schon die Dauerhaftigkeit solcher Ecken für sie ein empfehlender Umstand, so wird im vorliegenden Falle auch die gefällige Zeichnung der meisten dazu beitragen, sie in Buchdruckerkreisen beliebt zu machen und ihnen weite Verbreitung zu sichern. —

Die Schriftgiesserei *J. Numrich & Co.* legt dem heutigen Heft ein Blatt mit neuen *Inseral-Einfassungen* bei, das wir der Beachtung unserer Leser empfehlen. Die in vier Graden vorliegenden Figuren bilden eine originelle Zierde von Inseraten und werden ihren Zweck, Anzeigen auffällig zu schmücken, aufs beste erfüllen.

Satz und Druck unserer Probeblätter.

Die Anwendungen auf Blatt F, von welchen die erstere einen Umschlag, die zweite eine Karte darstellt, wirken trotz ihrer äusserst einfachen Ausstattung durch Benutzung stimmungsvoller Vignetten sehr reich und elegant. Die obere Vignette entstammt der reichhaltigen Auswahl derartigen Ziermaterials von *Schelter & Giesecke*, die untere erhielten wir von *Paul Leutemann*. Die zum oberen Beispiel verwendete Cicero-Einfassung ist ein Erzeugnis der Firma *Bauer & Co.*, die inneren und äusseren Ecken sowie die halbfette und magere Kursiv-Zierschrift solche von *Ludwig & Mayer*. Die Kursiv der zweiten Anwendung erhielten wir von *Wilhelm Woellmers Schriftgiesserei*. Die beiden Schwalben gehören zum Accidenzschmuck von *Schelter & Giesecke*.

Gedruckt wurde das Blatt mit Braunlack von *Hermann Gauger* in Ulm mit Zusatz von etwas Violett.

Auf Blatt H unserer heutigen Beilagen bringen wir zwei reich in Gold und Farben ausgeführte kleine Oktavtitel, wie sie zu Titeln und Umschlägen für Drucksachen aller Art oft verlangt werden. Von dem benutzten Material stammen aus der *Schriftgiesserei Flinsch* die zu den Leisten des Titels »Lehrbrief« verwendete Deutsche Renaissance-Einfassung, welcher auch die quadratischen Eckfüllungen entnommen sind, und für den Titel »Märchen und Sagen« die inneren Ecken sowie die Titelzeile aus der neuen »Mikado«-Zierschrift. Von *J. G. Schelter & Giesecke* erhielten wir zum »Lehrbrief« die Nonpareille-Einfassung, die Medaillons und die Zwickelfüllungen, zum anderen Titel die Spitzen und die für die Leisten benutzte Einfassung Serie 74. Die im zweiten Titel angewendeten dreieckigen Zierstücke erhielten wir von Meyer & Schleicher in Wien, die Einfassung ist aus der Viktoria-Einfassung von *Numrich & Co.*

Die zum Druck verwendeten Farben: blaugrauer, grüngrauer und Chamoiston, Braun und Geraniumrot lieferten *Berger & Wirth* in Leipzig. Die Töne wurden mit *Glanzweiss* angerieben, einem neuen Produkt aus derselben Fabrik, welches die angenehme Eigenschaft hat, die damit gemischten Farben geschmeidiger zu machen und längere Zeit frisch zu erhalten, während andere weisse Farben durch zu schnelles Eintrocknen den Druck oft umständlicher machten.

Unsere Beilage N ist eine Arbeit der Buch- und Kunstdruckerei von *C. Grumbach* in Leipzig. Der jetzige Inhaber dieser alten berühmten Leipziger Druckerei, Herr *Caritz*, hat es sich zur Aufgabe gemacht, nicht nur den bewährten Ruf der Offizin zu erhalten, sondern ihr auch auf dem Gebiete des modernen Buch- und Kunstdruckes neue Verdienste zu erwerben. Höchst sauber und geschmackvoll ausgeführter Werk- und Accidenzdruck, dem wir in den Spalten unseres Blattes oft Anerkennung zu zollen Gelegenheit hatten, haben dieser gediegenen Offizin die alten Freunde erhalten und so manchen neuen erworben. Das vorliegende Blatt N unserer Beilagen soll unsere Leser mit einer Spezialität der Grumbachschen Druckerei, dem »Glanzbuchdruck« bekannt machen. Derselbe wird erzielt mittelst präparierter Unter- und Überdruckfarbe und hat derselbe eine grosse Dauerhaftigkeit und ein höchst gefälliges, der Photographie auf Albuminpapier ähnliches Aussehen. Die Anwendung dieses Druckes ergibt speziell bei Autotypien eine Wirkung, welche die Photographie täuschend nachahmt und kann der Druck auf jedes beliebige Papier geschehen, auch kommt das Aufkleben in Wegfall.

Wir danken Herrn *Caritz* bestens für die Überlassung der vorzüglich gelungenen Beilage, die jedenfalls das Interesse unserer Leser erregen wird und bemerken zugleich für die letzteren, dass der genannte Herr gern bereit ist, Blätter in dieser Manier für Fachgenossen auszuführen.

Zeitschriften- und Bücherschau.

— *Die Königliche Kunstakademie und Kunstgewerbeschule zu Leipzig. Festschrift und Amtlicher Bericht, verfasst und erstattet vom Direktor der Akademie und Schule Hofrat Prof. Dr. phil. Ludwig Nieper.* Mit 40 Abbildungen und einer wissenschaftlichen Abhandlung über die Aufgaben der Graphischen Künste vom Geheimen Rat Prof. Dr. A. Springer. Der Zweck der Leipziger Kunstakademie und Kunstgewerbeschule ist bekanntlich in erster Linie: Pflege der graphischen Künste nach Massgabe des in Leipzig hervorragenden blühenden Buchgewerbes. Einen vortrefflichen, überzeugenden Beweis von dem Streben der genannten Anstalt, diesen Zweck voll und ganz zu erfüllen, gibt oben erwähnte Festschrift, welche der verdienstvolle Direktor Herr Hofrat Prof. Dr. phil. *Ludwig Nieper* zur Feier des Einzuges der 125 Jahre bestehenden Kunstakademie und Kunstgewerbeschule in das neue zweckentsprechend erweiterte prachtvolle Schulgebäude an der Wächterstrasse verfasste und auch uns als ein höchst interessantes und wertvolles Geschenk zugehen liess, für das wir hiermit unseren verbindlichsten Dank abstatten. Die Festschrift repräsentiert ein *Prachtwerk ersten Ranges* und gibt ehrendes Zeugnis von dem Können der Schüler, die unter Aufsicht ihrer Lehrer gegen 40 Blätter in den verschiedenen graphischen Manieren ausführten und der Festschrift so einen reichen und höchst interessanten illustrativen Schmuck verliehen. Von den gegebenen Holzschnitten hätten wir allerdings gewünscht, dass sie, besonders in den tiefsten Schattenpartien, etwas kräftiger gehalten worden wären, denn der Drucker konnte bei der Art der Schnittausführung mit satterer Farbengebung nicht Abhilfe schaffen, ohne den feinen Schnitt zu verschönern. Grosse Verdienste um die Herstellung dieser Festschrift hat sich auch die *Drugulinsche Offizin* in Leipzig erworben. Der Satz in Cicero Mediaeval und der Druck sind wie immer ausgezeichnete Leistungen dieser altberühmten Druckerei. — Was die Schrift besonders interessant macht, das ist die Wahl der Motive für die Illustrationen. Das alte Schullokal befand sich nämlich in einem Flügel des als Kaserne dienenden Schlosses Pleissenburg und die fortwährende Berührung mit dem Militär gab wohl die Veranlassung zu einigen humorvollen Soldatenbildern, welche der Festschrift zu besonderer Zierde gereichen, und die selbst in den Augen des Laien erhöhtes Interesse erwecken. Wir sind überzeugt, dass die Festschrift schon aus diesem Grunde allen Denen ein willkommenes Geschenk gewesen sein wird, welche Herr Prof. Nieper damit bedachte. Alle Angehörigen der graphischen Künste aber werden mit uns dem Herrn Direktor besonderen Dank sagen, ihnen neben dem interessanten und fesselnd geschriebenen Text eine so gefällige, trefflich ausgeführte und übersichtliche Sammlung der verschiedenen graphischen Manieren geboten zu haben.

— Das von uns öfter lobend besprochene Prachtwerk: *Der König von Sion* von Hamerling, Hamburg, Verlagsanstalt und Druckerei Aktien-Gesellschaft, vorm. J. F. Richter, ist mit der 30. Lieferung nunmehr *vollständig* erschienen. Die gediegene Durchführung dieser Prachtausgabe macht der Verlagshandlung wie der Druckerei alle Ehre und wir können am Schluss nur Das wiederholen, was wir dem schönen Werk in früheren Besprechungen empfehlend mit auf den Weg gaben. Möge die Verlagshandlung durch recht reichlichen Absatz für die Mühe belohnt werden, welche sie dem Werk widmete.

— * *Die Erfindung der Buchdruckerkunst* nach den neuesten Forschungen. Dem deutschen Volke dargestellt von Prof. *Karl Faulmann*. Mit 38 in den Text gedruckten Abbildungen und einer Stammtafel der Familie Gensfleisch-Gutenberg. Wien, Pest, Leipzig. A. Hartlebens Verlag. Preis broch. M. 4, geb. M. 5. Die hier vorliegende Arbeit des Verfassers der vor zehn Jahren erschienenen »Illustrirten Geschichte der Buchdruckerkunst« bildet gewissermassen eine Ergänzung dieses letzteren Werkes, indem sie über viele bisher noch dunklen oder streitigen Punkte in der Erfindungsgeschichte des Buchdrucks auf Grund neuerer Forschungen Aufklärung gibt und manche in anderen Geschichtswerken infolge mangelhafter Erkenntniss vertretene oder durch neuere Entdeckungen veraltete Anschauungen berichtigt. Das Werk darf das Interesse aller Angehörigen der Kunst Gutenbergs in hohem Masse beanspruchen, es sei uns deshalb gestattet, den Inhalt desselben kurz zu skizziren. Zunächst wird der Ansicht der meisten bisherigen Geschichtsschreiber entgegengetreten, dass der Schwerpunkt in der Erfindung des Buchdrucks auf die Herstellung der einzelnen Lettern im Gegensatz zu den früher benutzten Holztafeln zu legen sei, und die Erfindung der Presse als das vorwiegend Wichtigere bezeichnet. Als Vorbild für die Buchdruckpresse habe Gutenberg nicht, wie bisher angenommen, die Weinpresse gedient, sondern die Münzpresse. Gutenbergs Vater sei Goldschmied gewesen und habe als solcher mit der Münze in Verbindung gestanden. Beim Betrachten des Münzgeprägesbei der Wechselstube sei dem Gedanken gekommen sein, so wie hier die geprägte Schrift auf jeder Münze erzeugt würde, mittelst gleicher Stempel, wenn sie gefärbt würden, ein Buch zu drucken. Die Herstellung einer Presse, welche sich zum Abdrucken von Schrifttafeln, wie sie in den von den Briefdruckern benutzten vorhanden waren, eignete, sei naturgemäss das nächste Ziel des Erfinders gewesen und nachdem dieses erreicht, lag erst der Gedanke nach einer einfacheren Herstellungsweise der Schriftformen nahe. Diese wurde gefunden in der Zerlegung der Schrifttafeln in einzelne Buchstaben, welche zu beliebigen neuen Schriftsätzen zusammengestellt werden konnten. Faulmann hält an der schon früher von ihm ausgesprochenen Behauptung fest, dass die ersten Typen aus Holz gefertigt seien und dass der Erfinder seine erste Bibel, die 36zeilige, mit solchen Holzbuchstaben gedruckt habe. Die Beweisführung hierfür ist ein sehr interessanter Abschnitt des Buches. Von den Holzbuchstaben sei man zunächst zu aus Schriftformen gegossenen Messingbuchstaben übergegangen und die 42zeilige Bibel Gutenbergs und Fusts von solchen gedruckt; der Guss aus Matrizen, welche mittelst Stahlstempel geschlagen, sei eine spätere Erfindung. Bezüglich des *Erfinders* der Buchdruckerkunst führt Faulmann aus, dass eine bestimmte Person nicht festzustellen sei. In einer eingehenden Darstellung der Familienverhältnisse des Erfinders und an einem Stammbaum weist der Verfasser nach, dass zu gleicher Zeit mehrere gleichnamige Personen derselben Familie in Mainz lebten und dass es somit nicht klar ist, welcher Johann Gensfleisch, genannt Gutenberg, die Buchdruckerkunst erfunden. Zum Schluss werden die Sagen von der angeblichen Arbeit des Erfinders vor und nach der Erfindung ausführlich behandelt und als den Verhältnissen und Umständen nicht entsprechend bekämpft. — Wir können die sauber ausgestattete Schrift allen Freunden der Geschichte unseres Berufs als recht interessant zur Anschaffung empfehlen.

— *Bibliotheca Polytechnica*. Wissenschaftlich in Schlagworten geordnetes Repertorium der gesamten deutschen, französischen und englischen *Technischen Litteratur*, einschliesslich ihrer Beziehungen zu Gesetzgebung, Hygiene und täglichem Leben. Herausgegeben von *Fritz von Szczepanski*. Jahrgang I, 1893. St. Petersburg und Leipzig. Verlag von Fritz von Szczepanski. In diesem Repertorium finden wir die technische Litteratur etc. übersichtlich nach Branchen geordnet vor, so dass man sich über alle Erscheinungen auf dem Gebiete derselben schnell und vollständig orientiren kann.

— * *International Bogudstilling 1891* Industriforeningen i Kjøbenhavn. Katalog. Gedruckt in Nielsen & Lydiches Buchdruckerei in Kopenhagen. Zur 400jährigen Jubelfeier der Einführung der Buchdruckerkunst in Kopenhagen veranstaltete der dortige Industrieverein eine Ausstellung, welche die Entwickelung des Buchdrucks von seiner Erfindung bis zur Gegenwart illustriren soll. Der uns freundlichst zugesandte Katalog dieser Ausstellung ist ein Buch von eigenartig reizender Ausstattung und gibt Zeugnis von der hohen Stufe, welche die typographische Kunst zur Zeit in Kopenhagen einnimmt. Der Titel des Katalogs ist getreu im Charakter der ersten Druckwerke gehalten, während der übrige Theil rein aus Mediaeval gesetzt und mit schönen Zierleisten und Schlussstücken geziert wurde. Das Buch wird nicht nur als Führer durch die Ausstellung gute Dienste leisten, sondern auch wegen seiner Ausstattung manchen Liebhaber finden.

Mannigfaltiges.

— * Die Stereotypieapparate- und Materialienfabrik von *Karl Krause* in Nürnberg legt dem heutigen Heft einen Prospekt über eiserne Stereotypfundamente, systematische Bleiunterlagen mit angegossenen Bleifacetten und über systematische Unterlegung von Clichés mit Messingfacetten bei, welchen wir der Beachtung unserer Leser empfehlen.

— Die *Innung Dresdner Buchdruckereibesitzer* hielt am 19. Januar dieses Jahres die erste diesjährige Vierteljahrsversammlung unter dem Vorsitz des Herrn Oskar Siegel im Vereinslokale ab. Der erfolgte Beitritt von weiteren sieben dortigen Druckereifirmen zur Innung wurde mitgeteilt und sieben Lehrlinge in die Innungsrolle aufgenommen. Nach erstattetem Vortrag der Jahresrechnung seitens des Kassierers wurde demselben auf Antrag der Revisoren einstimmig Decharge erteilt. Der Vorsitzende gedachte hierauf in längerer Rede des heutigen *fünfjährigen Bestehens der Innung* sowie des früheren Vorsitzenden und Mitbegründers derselben Herrn Geh. Kommerzienrat von Baensch, ganz besonders des Letzteren grosser Verdienste um das Zustandekommen und Gedeihen der Innung. Die Versammlung ehrte denselben durch allseitiges Erheben von den Plätzen. Nach erfolgter Berichterstattung über die Vorgänge des letzten Vierteljahres referierte Herr Heinichen über die nunmehr zurückgelegten drei Jahre der Fachschule, wobei er der an derselben amtierenden Lehrer lobend gedachte. Herr Ottomar Lehmann überbrachte unter allgemeiner Zustimmung Herrn Heinichen für seine Bemühungen um die Hebung der Schule und die Disziplin der Schüler den Dank aller Innungsmitglieder zu Protokoll zu bringen. Herr Kirscher teilte über die Prüfung der diese Ostern die Lehre verlassenden Lehrlinge Weiteres mit und Herr Stadtrat Schröer berichtete über die stattgehabten Verhandlungen beim hiesigen Schiedsgericht für Tarifstreitigkeiten. Die Versammlung wählte hierauf für dieses Jahr den Vorstand. Nach Schluss der Versammlung fand seitens der Anwesenden Mitglieder zur Feier des fünfjährigen segensreichen Bestehens ein solennes Abendessen statt.

— *D.* In einer Extraversammlung des Maschinenmeistervereins Hamburg-Altonaer Buchdrucker am Sonntag den 18. Januar, hielt Herr Th. Gries in Firma Gries & Erban einen Vortrag über Zinkographie und deren Herstellungsweise. Nach einer allgemeinen Einleitung über Wesen und Zweck der Zinkätzung, erläuterte Redner, mit dem Präparieren der Zinkplatten beginnend, den ganzen Ätzungsprozess, sowie die verschiedenen Übertragungsmethoden, vom einfachen lithographischen Überdruck bis zur komplizierten photographischen Reproduktion in Verbindung mit dem Meisenbach'schen Verfahren. Durch erläuternde Zeichnungen, vorgezeigte photographische Negative und nach deren Übertragung gefertigte Clichés, sowie eines Heftchens der von den Clichés hergestellten Drucke, wusste der Vortragende seine Zuhörer zu fesseln und deren Aufmerksamkeit bis zum Schlusse rege zu erhalten. Lauter Beifall lohnte den Redner für seinen lehrreichen Vortrag. Anschliessend an die Ausführungen des Herrn Gries entwickelte Kollege H. Schulze in gemeinverständlicher Weise die Behandlung der Zinkclichés vor, während und nach dem Druck. Auch hier wurde mit Beifall nicht gekargt. An die beiden Vorträge schloss sich eine längere anregende Diskussion. Zum Schluss sei Schreiber dieses gestattet, den Herren Vortragenden sowohl, wie auch der Firma Holt & Philippi (deren Bereitwilligkeit die Versammlung die prächtig ausgestatteten Heftchen verdankt), sowie dem Drucker H. Schulze für den sauberen Druck, den herzlichsten Dank abzustatten. Möchten immer hervorragende Kräfte aus den graphischen Hilfsgewerben bereit sein, den Buchdruckern in verständlich kurzgefasster Weise einen Einblick in ihre Thätigkeit zu gestatten, zum Besten und Gedeihen unserer schönen Kunst.

— § Die Besitzer des täglich erscheinenden »*Standard*« lassen gegenwärtig *zwei Rotationsmaschinen* zum Drucke eines 8 oder 12 seitigen Formates aufstellen, deren Leistungsfähigkeit sich auf 12000 Exemplare per Stunde beläuft. Zum Falze gehörende Beilagen werden während dem Drucke mechanisch eingeschaltet und angeklebt.

Briefkasten.

Herrn C. M. in F. Die uns übersandten Proben sind als [illegible] [illegible] Beweis [illegible] [illegible] [illegible] mit dem [illegible] Geschmack, mit welchem sie [illegible] gearbeitet wird. [illegible] [illegible] und gefällige [illegible] [illegible] [illegible] [illegible] [illegible] [illegible] [illegible] [illegible] — Herrn C. B. in H. Wir können nach Ihnen [illegible] — Herrn [illegible] in C. [illegible] [illegible] Arrangement und [illegible] [illegible] [illegible] Ausführung [illegible] [illegible] [illegible] [illegible] Das Archiv wird Ihnen [illegible] [illegible] [illegible] eine Buchhandlung [illegible] [illegible] [illegible] [illegible] die Hefte [illegible] können. — Herrn D. E. in M. Das sind allerdings [illegible] Beiträge zu der »Ersten Hilfe«. Besten Dank.

Inhalt des 4. Heftes.

Lehrlehrbücher [illegible] über Buchdruck. — Das [illegible] [illegible] Formen. — Anleitung zum Lithodruck. — Arbeitsproben. — Satz und Druck [illegible] [illegible] — Zeitschriften und Bücherschau. — Mannigfaltiges. — Briefkasten. — Accidenzmuster im Text: 3 Wechsel. — 1 Kopf. — Beilagen: 1 Blatt [illegible] und Karte. — 1 Blatt [illegible] — 1 Blatt »Glanzlichtdrucke« von [illegible] — 1 Blatt [illegible] von A. [illegible] & Co. — 1 Beilage von Karl Krause in Nürnberg.

Das Heft enthält im Ganzen 3 Beilagen. Für das Beiliegen der fremden Beilagen kann jedoch wegen oft unzureichender Anzahl nicht garantiert werden.

Bezugsbedingungen für das Archiv.

[illegible]

[illegible] Frankfurt a. M. [illegible] Leipzig. [illegible] Berlin. [illegible] Leipzig [illegible]

Annoncen.

Alexander Waldow, Leipzig
Generalvertretung für
Wellers Original-Liberty-Tiegeldruckmaschine.

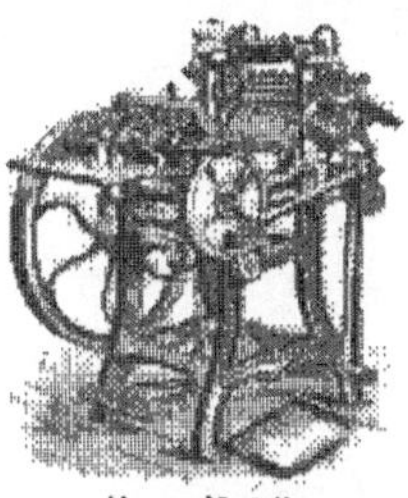

Neues Modell.

Einige besondere Vorzüge der Original-Liberty-Maschine.

[illegible]

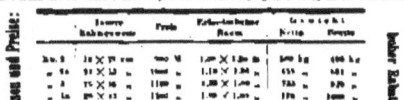

Grössen und Preise:

	Innere Rahmenweite	Preis	Erforderlicher Raum	Gewicht Netto	Gewicht Brutto
No. 3	[illegible] × [illegible] cm	[illegible] M	[illegible] × [illegible] m	[illegible] kg	400 kg
„ 3a	[illegible] × [illegible] „	[illegible] „	1.10 × [illegible] „	[illegible] „	[illegible] „
„ [illegible]	[illegible] × [illegible] „	[illegible] „	[illegible] × [illegible] „	[illegible] „	[illegible] „
„ [illegible]	[illegible] × [illegible] „	[illegible] „	[illegible] × [illegible] „	[illegible] „	[illegible] „
„ [illegible]	[illegible] × [illegible] „	[illegible] „	[illegible] × [illegible] „	[illegible] „	[illegible] „
„ [illegible]	[illegible] × [illegible] „	[illegible] „	[illegible] × [illegible] „	[illegible] „	[illegible] „

Bei Barzahlung hoher Rabatt.

Gesucht
wird für die Schriftsetzerei-Abteilung unserer Anstalt eventuell zur sofortigen Besetzung:

Ein Obmann der gleichzeitig Tüchtiges in Accidenzarbeiten leisten kann;

Drei größere Schriftsetzer, die namentlich für Werke französischer und slavischer Sprachen verwendbar sein sollen.

Es wollen sich nur solche, unter Angabe ihrer Ansprüche melden, die gute Zeugnisse mehrjähriger Leistungen in grossen Anstalten aufweisen können.

Dauernde und angenehme Stellung gesichert.

Bucarest, Januar 1891.

Socecu & Co.

Eine in der Provinz Sachsen gelegene, seit 1797 bestehende
Buchdruckerei
mit täglich erscheinender Zeitung — 2100 Auflage — ist für den festen Preis von 70000 M. zu verkaufen. Adressen unter L. M. nimmt die Exp. d. Bl. entgegen.

Vorteilhafte Offerte:
Eine täglich erscheinende Zeitung, gut eingeführt, mit sehr guten Chancen, ist anderer Unternehmungen wegen billig baldigst zu verkaufen. Offerten sub. A. O. 14 erbeten an die Ann.-Exp. von G. L. Daube & Co., Frankfurt a. M.

H. Hohmann, Darmstadt. Das Buchdruckerei-Musterbuch wird Ihnen bei Bedienung Ihrer Kundschaft die besten Dienste leisten.

Musterbuch Mk. 6.–

[illegible] H. Hohmann.

Stahlfröschchen
mit oder ohne Lippe offeriert
Alexander Waldow, Leipzig.

Wilhelm Woellmer's
Schriftgiesserei
und Messing-Linien-Fabrik
BERLIN
SW., Friedrich-Str. 226.

Spezialitäten: [illegible]

[illegible]

Finanzielle Beteiligung von mindestens M. [illegible] möglichst aus Buchdruckerkreisen wird für ein sehr lukratives Unternehmen von 2 fachkundigen Kaufleuten gesucht. Adresse C. K. Turnerstr. 1 Part. links Leipzig-Gohlis.

Einige kleine **Steindruckpressen**
27 × 36, für einen. Arb. habe zum Preise von 80 Mark p. Stück zu verkaufen.

Dresden, A. Sander, Rosenstrasse 84.

Erste Mannheimer
Holztypen-Fabrik
Sachs & Cie.
Mannheim (Baden)
gegründet [illegible]
fertigen als Spezialität
Holzschriften und Holzutensilien
auf allen grösseren Ausstellungen als vorzüglichste Fabrikat prämiert.
Lager der echten [illegible]
The White
[illegible]
sämtlicher Materialien und Utensilien für
Buch- und Steindruckereien.

C. A. Lindgens, Cöln a. Rh.

Fabriken

von

schwarzen und bunten Buch- und Steindruckfarben,
Russ, Firnis, Etikettenlack, Seifenlauge, Walzenmasse

„the Excellent" C. A. Lindgens.

Stereotypie!

C. Rüger, Leipzig

Messinglinien-Fabrik

Fach-Tischlerei Mech. Werkstätte.

Beste konzentrirte Seifenlauge

in einzelnen Dosen und in Kisten zu 10 Dosen verkauft

Alexander Waldow, Leipzig.

Unübertroffen! Höchst praktisch!

Wetters Numerirmaschinen.

Alleinverkauf: J. G. Schelter & Giesecke in Leipzig.

Julius Klinkhardt

Schriftgiesserei

Leipzig

Wien

HAMPEL'S

Plattenformen

Unterlagen z. Plattendruck

Schriftgiesserei Flinsch in Frankfurt a. M.

Otto Hampel in Hannover

Benjamin Krebs Nachfolger

in Frankfurt a. M.

C. F. Rühl

Leipzig-Reudnitz

Gebr. Brandt in Quedlinburg

Em. Guillard

in Berlin SW.

photolypisches Institut

Phototypien, Autotypien, Chemigraphien u. Chromotypien.

und Halbton-manier.

Kalkulationen franko.

Meithaus & Scheidig

Ch. Lorilleux & Cie.

Buch- u. Steindruckfarben

Lehr-Zeugnisse

Messinglinienfabrik
ZIEROW & MEUSCH
LEIPZIG
Galvanoplastik
Zierlinien
Accidenzlinien
Klammern
Kreise

Gebrüder Brehmer,
Maschinenfabrik
Plagwitz-Leipzig.
Draht-Heftmaschinen

Messinglinien-Fabrik
und
mechanische Werkstätte
H. Berthold.

Ludwig & Mayer

Gravieranstall — Schriftgießerei — Galvanoplastik

Frankfurt a. M.

empfehlen ihre neugeschnittene und mit vielem Beifall aufgenommene

Monumental

in 16 Graden mit Initialen.

Auch ist eine neue elegante Antiqua (im Hause geschnitten) erschienen.

Probeblätter versenden auf Wunsch gratis und franco.

Erklärung.

Mit Bezug auf die vielfachen Anpreisungen von Tiegeldruckpressen unter den Namen System Liberty, verbessertes System der Original-Liberty, verbess. amerik. Offizial Original-Liberty etc. etc., erklären wir hiermit, dass alle solche Maschinen mit der F. M. Weilers Liberty-Maschine nichts gemein haben. Es sind das zum Teil nur Nachahmungen unserer Original-Maschinen, zum Teil Maschinen, welche in nichts an die Konstruktion der unserigen erinnern.

Alle unsere Original-Maschinen tragen auf der Hauptwelle unsere Firma eingestempelt und ausserdem auf dem Schwungrad oder auf dem Hauptgestell unsere Firma eingegossen.

New-York
51 Frankfort Street.
Gegründet 1859 ✦

F. M. WEILERS
LIBERTY MACHINE WORKS
Erfinder der Liberty-Presse.

Berlin W
Kronenstrasse 8.
✦ *Gegründet 1859.*

GASMOTOREN-FABRIK DEUTZ in Köln-DEUTZ.

Otto's neuer Motor.

35000 Exemplare
mit über 150000 Pferdekraft
im Betrieb.

Otto's Zwillingsmotor

Otto's Petroleummotor

Im Jahr 1890 erhaltene Auszeichnungen:

Nordwestdeutsche Gewerbe- und Industrie-Ausstellung, Bremen

Goldene Medaille

Ehrenpreis für den besten Gasmotor, **Ehrenpreis** für den besten Petroleummotor.

Mainz — Landwirthschaftl. Ausstellung — **Goldene Medaille.**
Köln — Landwirthschaftl. Ausstellung — **Silb. Staatsmedaille.**
Wien — Allg. Land- u. Forstwirthsch. Ausst. — **Ehren-Diplom.**
Würzburg — Deutsche Conditorei-etc. Ausst. — **Ehren-Diplom.**
Stuttgart — Ausst. f. Gesundh. u. Krankenpfl. — **Ehren-Diplom.**
Leipzig — Ausst. f. Drechslerei u. Holzschnitz. — **Ehren-Diplom.**

Gegründet 1846.

Klein, Forst & Bohn Nachf.

Johannisberg im Rheingau

liefern

Schnellpressen für Buch- und Steindruck

bester Konstruktion und Ausführung.

Preislisten stehen auf Wunsch gratis zur Verfügung.

Waldows Wörterbuch der graph. Künste

und der verwandten Zweige, mit 2798 Artikeln und 581 Illustrationen, wird hiermit als wertvolles Handbuch empfohlen. Preis brosch. 23 Mk. 50 Pf., eleg. geb. in Halbfranzband 26 Mk. 50 Pf. Auch in Serien und Liefen in beliebigen Zeiträumen durch alle Buchhandlungen und vom Verleger. Probeheft gratis. **Alexander Waldow, Leipzig.**

Vereinigte Farben-Fabriken

Filialen: Berlin, London, New-York, Moskau.

Berger & Wirth und Frey & Sening, Leipzig.

Specialität: Farben für sämtl. graph. Zwecke. Walzenmasse Victoria und Victoria-Bianca.

Erhielt den einzigen ersten Preis in Melbourne **Colt's Armory** welcher auf Tiegeldruckpressen vergeben wurde.

TIEGELDRUCK-SCHNELLPRESSE

mit Cylinder-Farbewerk und Druckregulirung.

4 Grössen, 20 33 — 53,5 81 cm Tiegelgrösse. Für Fuss- und für Motoren-Betrieb.

Ausführliche Beschreibungen mit Grössen- und Preisangaben, sowie Verzeichnis der Firmen, welchen wir Pressen lieferten, stehen gern zu Diensten.

General-Vertretung für das Deutsche Reich, Österreich-Ungarn, Donaufürstentümer, Holland, Belgien, Dänemark, Norwegen, Schweden, Russland:

J. G. SCHELTER & GIESECKE in LEIPZIG.

Redigiert und herausgegeben von Alexander Waldow in Leipzig. — Druck und Verlag von Alexander Waldow in Leipzig.

Dresden, Februar 1901

P. P.

Hierdurch beehre ich mich, Ihnen die ergebene Mitteilung zu machen, dass sämtliche **Neuheiten** für die

Frühjahrs-Saison

in **Kostümen, Mänteln,** sowie **Woll-** und **Seidenstoffen** bereits eingetroffen sind.

Bei vorkommendem Bedarf mich bestens empfohlen haltend, zeichne ich

Hochachtungsvoll

Carl Ziegler
Magazin für Modewaren
Hohe Strasse 12.

Bedeutender Export
C. A. LINDGENS
CÖLN A. RH.
MUSTER GRATIS
GEBRAUCHS-ANWEISUNG LIEGT BEI!
MUSTER GRATIS
Alleiniger Fabrikant der ältesten
und ächten
WALZENMASSE
"THE EXCELLENT"
Die Vorzüge dieser Walzenmasse sind:
Widerstand gegen das Einschneiden der Linien
Widerstand gegen den Wechsel der Witterung
Speciell für Zeitungs- und Accidenzdruck, für Rotations- sowie für Lichtdruck
Feinste Referenzen
Prospekt
Bronze-Blau
Kölner Roth

Mein

BRONZE-BLAU

empfehle ich allen Buch- und Steindruckereien aufs Wärmste, dasselbe ist sehr ausgiebig und druckt sich sehr rein.

PREIS:

Firniss f. Buchdr.	Firniss f. Steindruck	trocken	Teig
M. 3.50 p. kg.	M. 4.— p. kg.	M 4.— p. kg.	M. 4.— p. kg.

KÖLNER ROTH

ist das beste Roth für Placate und einfache Accidenzarbeiten, druckt sich sehr leicht und rein.

PREIS:

Firniss f. Buchdr.	Firniss f. Steindruck	trocken	Teig
M. 3.50 p. kg.	M. 4.— p. kg.	M. 4.— p. kg.	M. 4.— p. kg.

C. A. LINDGENS, CÖLN A. RH.

Fabrik von Buch- u. Steindruckfarben, Walzenmasse etc.

ZINKOGRAPHISCHE
REPRODUCTION
EINES
VENETIANISCHEN HOLZSCHNITTES
(BUCHDRUCKERZEICHEN)
AUS DEM JAHRE 1560

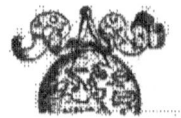

Archiv für Buchdruckerkunst

UND VERWANDTE GESCHÄFTSZWEIGE.

HERAUSGEGEBEN VON

ALEXANDER WALDOW.

28. Band. 1891. Heft 6.

Lebensbilder berühmter alter Buchdrucker.

4. Die Familie Elsevir.

Der Begründer der holländischen Buchdruckerfamilie der Elzevir (auch *Elzevier* oder *Helschevier*), deren unvergleichlicher Ruhm während des 17. Jahrhunderts die gelehrte und litterarische Welt erfüllte, war 1) *Louis* oder *Ludwig Elzevir*. Im Jahre 1540 zu Löwen geboren, kam er nach mannigfachen Querzügen in seinem Heimatland im Jahr 1580 nach Leyden und liess sich dort als Buchbinder und Buchhändler nieder, erhielt später auch die Pedellstelle an der Universität und eröffnete 1587 im Universitätsgebäude eine Buchhandlung, mit der er später eine Buchdruckerei vereinigte. Sein Todesjahr: 1617. — Von seinen sechs Söhnen erlernten und betrieben deren fünf das väterliche Geschäft, nämlich: 2) *Mathys* oder *Mathieu*, 1565–1615, in Leyden. — 3) *Ludwig*, seit 1590 Buchhändler und Buchdrucker im Haag. Todesjahr: 1621. — 4) Ägidius, besass 1599 eine Buchhandlung im Haag, später in Leyden. Todesjahr: 1651. — 5) *Joost* oder *Judocus*, war Universitätsbuchhändler in Utrecht. Todesjahr: 1617. — 6) *Bonaventura*, der berühmteste der Familie, geb. 1583, gest. 1652, trat 1622 mit Mathieus Sohn, *Abraham I.* (1591—1651), seinem Neffen, in Verbindung. Beide erwarben dann die Offizin des zweitgeborenen Sohnes von Mathieu, *Isaaks* (gest. 1628), später die orientalischen Typen der Jaromire Boyer, der Frau des berühmten Orientalisten Thomas van Erpen und wurden die eigentlichen Begründer des Rufes, der sich an die kleinen Duodez- und Sedezausgaben der Elzevir wegen der Reinheit und Zierlichkeit ihres Druckes sowohl als auch der Korrektheit des Textes knüpfen und auf welche neuerdings der Buchdruck und Buchhandel als auf unübertroffene Muster mit Vorliebe wieder zurückgreift. — 7) *Jakob*, war bis 1620 Buchhändler im Haag.

Die Seitenzweige der Familie sowohl in Leyden, wie in Amsterdam und Utrecht starben schon im letzten Viertel des 17. Jahrhunderts für die Buchdruckerkunst ab. Zu erwähnen sind aus ihnen: 8) *Ludwig*, Sohn von Joost (5), seit 1638 Buchdrucker in Amsterdam, dessen Druckerei als Merkwürdigkeit von Reisenden besucht und beschrieben wurde. Todesjahr 1670. — 9) *Daniel*, Sohn von Bonaventura (6), geb. 1617, 1655—1662 mit Ludwig (8) in Verbindung, druckte später allein, starb 1680. Sein Geschäft kam 1681 an Moetjens im Haag. Der Hauptzweig Abrahams I. (s. unter 6) setzte sich aber noch fort in seinem Sohn 10) *Jean* oder *Johann*, geb. 1622, gest. 1661 als Universitätsbuchdrucker in Leyden, dessen Witwe Eva van Alphen das Erbe treulich für ihren Sohn *Abraham* von 1661—1681 bewahrte. Dieser, Abraham II., der letzte Elzevir, hatte auf der Universität seiner Vaterstadt die Rechte studiert und war in den Advokatenstand getreten, liess sich zwar 1681 noch in die Liste des Buchdruckergewerbes einschreiben, enthob sich aber schon 1710 jeder weiteren Sorge um das Geschäft durch den Verkauf desselben. Todesjahr: 1712.

— —

Anleitung zum Linienbiegen.

Von Hermann Hoffmann, Berlin.

(Fortsetzung.)

Mathematisch genaue Kreise wird man durch Biegen nie erreichen können. Das verhindert schon anhaftender Schmutz. Die ungleiche Härte des Materials gibt ferner zu manchen kleinen Abweichungen Anlass. Man muss dabei Linien für einzupassende Kreise etwa eine Achtelpetit kleiner, diejenigen für übergreifende Kreise etwas grösser nehmen als die herausgerechnete Zahl.

Jener Fehler wegen kann ich auch nicht anraten, eine Reihe von Linien, welche für ineinander zu passende Kreise bestimmt sind, auf einmal zu berechnen. Man biegt stets nur einen Kreis oder zwei und legt den abgemessenen neuen Durchmesser der Berechnung der folgenden Linie zu Grunde.

Vereinzelt begegnet man der Ansicht, so genau sei das mit der Kreisbiegerei nicht zu nehmen, und wenn ein Kreis gebogen werden solle, so könne man den Durchmesser mal 3,14 und etwas zu- oder abnehmen. Aus den im vorigen Heft gegebenen Beispielen sehen wir aber, dass oberflächliches Taxieren der betreffenden Differenzen gar nicht möglich ist. Selbst wenn nun das Aufbiegen und Kleinerschneiden zu gross geratener oder das Ausflicken zu klein bemessener Kreise nicht eine so sehr widerwärtige Arbeit wäre, so würde doch gar kein Grund vorliegen, eine falsche Zahl zu multiplizieren, wo man die richtige wissen könnte. Es kostet nichts mehr und die Freude am Gelingen ist grösser, wenn man die Arbeit genau macht.

Wir stellen nun den Winkelhaken auf die herausgerechnete Länge ein und schneiden von einer entsprechenden Linienbahn ein Stück ab. Dasselbe wird an beiden Enden genau rechtwinklig bearbeitet, von »Grat« befreit und in einer weiteren Ringlage vorgebogen. Stellt man Linien, die viel Spannung haben, sofort in stark gebogene Einsatzringe hinein, so drücken die Enden der letzteren sich in das Material der Linie ein und verursachen Stufen und verdrückte Stellen.

Das Bild voller Linien wird überhaupt leicht verletzt, sodass man gut thut, aussen einen Streifen ganz dünnen Zinkblechs anzulegen und mitzubiegen.

Die Einsatzringe des Biegeapparates sind etwa Halbpetit stark. Eigentlich muss, wenn man korrekt verfahren will, bei jedem Biegen ein Ringstück herausgenommen und das Fehlende durch Zinkstreifen von passender Stärke ersetzt werden. Eine solche Genauigkeit ist jedoch nicht nötig bei zu biegendem Material bis Viertelpetitdicke. Darüber hinaus aber rate ich, es so zu machen wie angedeutet.

Messinglinien unter Viertelcicerostärke sollte man nicht glühen, denn dadurch verliert das Material an Härte. Die Kreise ändern dann schon bei sehr geringem Druck von Aussen her (z. B. beim Schliessen) ihre Form, werden unrund, voller Knicke und sind schwer zu reparieren. Auch das Bild der Linie ist aus gleichem Grunde weit weniger widerstandsfähig als zuvor. Muss trotzdem geglüht werden, so genügt es, die Linie über einer Gas-, besser Spirituslampe so weit zu erhitzen, bis ein Wassertropfen darauf zischt und rollt. Die Linie muss mit einer Zange langsam durch die Flamme gezogen werden, damit das Material gleichmässig erhitzt wird.

Ganz sorgfältig im Apparat gebogene Kreise weisen doch noch kleine Abweichungen von der richtigen Kreislinie auf. Bei grossen Kreisen tritt dieser Fehler oft sehr störend auf. Kreise von 5 Cicero Durchmesser an sollten deshalb stets auf ihre Form hin geprüft und nötigenfalls durch Nachbiegen verbessert werden. Man findet solche Fehler leicht, wenn man auf weissem Karton einen Kreis schlägt, der etwas kleiner ist als die gebogene Linie. Stellt man letzteren dann so über die gezogene Kreislinie, dass zwischen dieser (Fig. 6 a) und der Materiallinie b ein ganz schmaler Raum bleibt, so bemerkt man die geringste Abweichung.

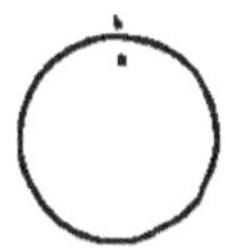

Fig. 6. Korrektur des Kreises

Dünnwandige übereinander geschobene Kreise korrigieren ihre kleinen Fehler gegenseitig. Doch sollte dann wenigstens der Aussenkreis gelötet sein, damit dieser nicht durch die federnden Innenkreise auseinander geschoben werden kann.

Sollen weder Ornamente an den äusseren Kreis gesetzt werden, noch Satzteile dicht an denselben herantreten, so kann man das Löten umgehen. Man bindet alsdann eine feste Schnur um den Kreis, feuchtet dieselbe an und giesst Gyps aussen herum.

Ein anderes Verfahren, Kreise ohne Löten sicher zu befestigen, ist dieses: Man schiebt ausschlusshohe Messingringe aus einem Stück darüber. Rohr, aus welchem man solche Ringe fertigen kann, erhält man in allen Grössen und von ½ Millimeter Wandstärke an in grösseren Städten in Messinghandlungen. Der Preis solchen Messingrohres ist sehr gering. Man kann schon für 10 Pfg. davon bekommen. Damit das Rohr beim Abtrennen der Ringe nicht verbogen werde, giesst man es zuvor mit Gyps aus.

Derartige Ringe geben einen ausgezeichneten Verschluss ab, welcher sogar das Ansetzen von Ornamenten zulässt. Die letzteren stehen dann allerdings etwas über eine Achtelpetit (¼ mm) vom äussersten Kreise ab, das ist aber kein Fehler.

Geschickte Leute können wohl auch schrifthohe Kreise aus solchem Rohr anfertigen. Kreise bis 5 Cicero Durchmesser können sogar mit dem aufs Feinste gestellten Linienhobel abgehobelt werden. Natürlich muss auch hier das Rohr mit Gyps ausgegossen werden. Den höchsten Grad von Glätte gibt man der Bildfläche durch behutsames Abschleifen auf allerfeinstem Schmirgelpapier, welches zu diesem Zwecke auf eine ganz ebene Glas- oder Eisenplatte gelegt wird. Man reibt den Kreis mit dem Bilde darauf hin und her. Doch wird es nötig sein, den Gypspfropfen, der noch im Rohre steckt, um eine Halbpetit zurückzuschlagen, sonst verschmiert sich das Schmirgelpapier. Abgelöste Gypsstückchen, wenn dieselben auf der Reibfläche liegen bleiben, verkratzen das Bild der Linie. Man muss solche Bröckelchen sofort entfernen.

Das Abtrennen der Rohrenden kann durch vorsichtiges Ringsumfeilen mit einer Dreikantfeile geschehen, auch mit der Laubsäge.

Nicht immer kann das Löten eines Schlusskreises umgangen werden, namentlich dann nicht, wenn derselbe fettes Bild hat mit einer sichtbaren Lücke an der Schlussstelle. Wie gelötet wird, ist in Heft 5 des »Archiv« eingehend angegeben worden.

Ich nehme an, der gelötete Schlusskreis schliesse stramm und lasse sich nicht so ohne Weiteres über die Innenkreise schieben. Man versuche dann, mit aufgelegtem Klopfholz den Aussenkreis herunterzudrücken. Geht das noch nicht, dann hilft vielleicht vorsichtiges Erwärmen des letzteren. Dadurch wird der Kreis grösser. Ist trotzdem noch Gewalt nötig, so schiebt man die so weit wie möglich aufeinander gesteckten Kreise mit übergelegten harten Brettchen unter den Pressbalken einer Papierschneidmaschine oder unter eine andere Pressvorrichtung, und dreht langsam zu. Wenn es einen Knacks gibt, dann ist die Lötnat gesprungen und das Spiel beginnt aufs Neue.

Fängt man diese Sache nicht geschickt an, so kann man recht viel Zeit damit verpulvern. Am besten ist es, man macht die Schlusskreise auskömmlich gross und legt, wenn dieselben sehr locker sitzen, einen Streifen dünnen Papiers ein.

Sehr grosse und fette Kreise habe ich früher aus entsprechend dicken Zinklinien hergestellt, jedoch nur deshalb, weil ich nichts Anderes hatte. Heute fertigt man derartige Kreise mit dem Kreisschneideapparat in Messerholzschnitt spielend leicht an. Ich würde überhaupt einzeln stehende, also solche Kreise, die nicht mit Gusstypen zusammengebracht werden sollen, nie mehr anders herstellen. Kleine Kreise, die im Apparat nicht mehr gebogen werden können, kommen im Bildersatze häufig vor.

Man fertigt dieselben aus ganz dünnen, unbearbeiteten Zinkstreifen von etwa 2 Cicero Breite. Wie aus Fig. 5 hervorgeht, werden diese Streifen roh, wie sie vom Klempner kommen, um einen zilindrischen Körper von entsprechender Dicke (Nagel, Nadel oder dergl.) gelegt und hart am Rundstabe mit einer scharfen sogenannten Flachzange zusammengedrückt. Dabei müssen die Ausläufer der Schenkel an der künftigen Bildfläche genau aufeinander fallen, sonst druckt der Kreis ungleich aus. Die solcherweise entstandene Figur 6 b wird sodann durch Abschneiden der überflüssigen Schenkel in c verwandelt und aus dieser wird durch Zusammendrücken der umgelegten Enden gegen den immer noch im Kreise steckenden Rundstab 6 d gebildet.

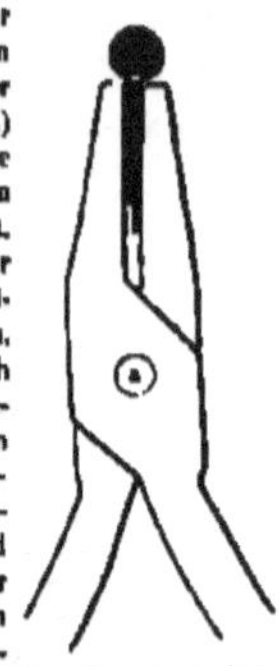

Fig. 5. Biegen kleiner Kreise.

Das Anschleifen der Oberfläche kann bei Stufe b erfolgen, das Anfeilen oder Anschaben des Bildes bei d.

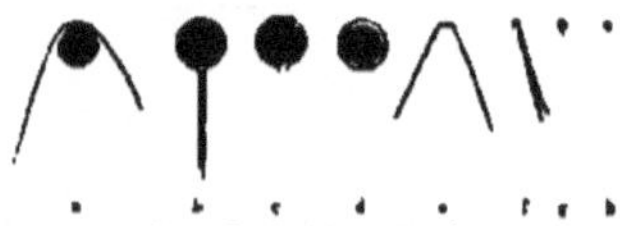

Fig. 6. Das Entstehen kleiner Kreise.

Der fertige, 2 Cicero hohe Kreis wird folgendermassen an seine Stelle gebracht. In den dafür im Satze frei gelassenen Raum träufelt man etwas Gyps etwa bis zur Ausschlusshöhe. Wenn dieser anfängt, hart zu werden, drückt man den Kreis langsam hinein, legt einen Bleisteg oben auf und drückt denselben sanft herunter, bis er auf die umstehenden schrifthohen Teile auftrifft.

Die Herstellung solch kleiner Kreisfiguren hat mir in Mussestunden viel Vergnügen gemacht und ich wünsche den Nachahmern des Vorstehenden ein Gleiches. Mehr darf man davon nicht verlangen. Würden so winzige Kreise häufig vorkommen, so müsste man wohl einen rationelleren Weg einschlagen, in Massen kann man dieselben vielleicht vom Giesser beziehen. Wir gehen später zu schwierigeren Aufgaben über, da mag das, was wir hier gesehen haben, eine kleine Vorübung sein.

Werden Kreise in Einfassungen, Linienränder u. dgl. hineingepasst, so müssen an alle mit dem Kreise in Berührung kommenden Teile Gehrungen angeschnitten werden. Diese variieren je nach der Rundung im Winkel, werden also nach der Mitte hin steiler, oben und unten hingegen spitzer.

Wer die betreffenden Teile mit der Hand anfeilen muss, der wird um ein allmähliches Einpassen nicht hinwegkommen; wenn dagegen ein Gehrungschneideapparat zur Verfügung steht, der kann sich diese Arbeit wesentlich erleichtern.

Fünf Halbpetit-Dreiviertel-Quadrate, besser noch Blei- oder Messinglinien mit vollem Bilde, werden an beiden Enden mit verschiedenen Gehrungen versehen, die Gradzahlen werden an den betreffenden Enden Einfassungsstück, welches an eine jener Stellen angesetzt werden soll, schneidet man den Gehrungsgrad an, welchen die Schablone anzeigt. Zwischengrade, z. B. 35, kann man leicht abschätzen.

Dieses Verfahren ist ebenso einfach wie zweckmässig. Es erleichtert das Anpassen gerader Teile an irgend welche Rundform ganz bedeutend, denn das sonst übliche allmähliche Einprobieren solcher Ansätze ist eine widerwärtige, undankbare, sehr oft vergebliche Arbeit.

Ich kann nicht sagen, dass ich mich für derartige Flickarbeiten besonders erwärmen könnte. Die Wirkung indes, welche mit der Unterbrechung gerader

Subskriptions-Einladung.
Im Verlage von Alexander Waldow erscheint

Eckleisten von Bauer & Co. Schildgrotesk von Harms & Semmann. Initiale von Otto Weisert.

mit der Ahle eingeritzt (Fig. 7). Man bewahrt diese Schablone in einer Schachtel.

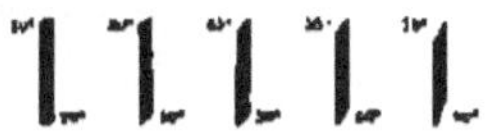

Fig. 7. Gehrungsschablonen.

Soll nun an den Stellen a b c des Kreises Fig. 8 aussen in der Richtung der punktierten Linien der

Fig. 8. Anpassen der Gehrungsschablonen.

Gehrungsgrad ermittelt werden, so findet man dies ganz sicher ohne Probieren durch Anpassen der entsprechenden Schablone. An die Linie oder das Teile, wie Ränder, Leisten u. dgl., durch Kreise oder Ovale erzeugt werden kann, ist bei verständiger Anordnung oft so bedeutend, dass man die damit verbundene Mühe eben mit in Kauf nehmen muss. Jedoch sollte man sich diese beträchtliche Arbeit nicht ohne Vorbedacht und nicht für unbedeutende, schlecht bezahlte Sachen machen.

(Fortsetzung folgt.)

Der Anzeigenteil der Tagespresse.

Auf eine bedeutende Anzahl ihr zugegangener Beschwerden über die unzutreffenden Eigenschaften zahlreicher im Anzeigenteil angepriesener Artikel erwidert eine der grössten Pariser Tageszeitungen mit folgenden Bemerkungen: »Es besteht keinerlei Verantwortlichkeit seitens der Redaktion eines Blattes für den in ihm enthaltenen Anzeigenteil, welcher sogar häufig pachtweise gewissen Unternehmern abgelassen wird. Die letzte Seite eines Blattes hat im allgemeinen genau den Zweck, wie eine öffentliche Plakattafel, Plakatsäule oder die

Wand irgend eines zum Anschlag bestimmten Gebäudes: sie bringt den Inserenten einfach mit dem Leser in Geschäftsverbindung. Des Lesers Sache ist es dann, von der niemals von der Redaktion geprüften Offerte das zu halten, was ihm beliebt. Pflicht der Redaktion ist es allerdings, bei solchen Publikationen, die durch ihren anstössigen Inhalt alle in genau der gleichen Form nur auf anderem Wege den Verkäufer mit dem Konsumenten in geschäftliche Verbindung bringen. Durch die Bestimmung der letzten Seite zum öffentlichen Anzeigenteil macht ein Blatt nur von demselben Rechte Gebrauch, wie ein Privatmann oder eine Behörde durch die Vermietung einer Wandfläche zum Plakatanschlagen.

Originalsatz von W. Drugulin in Leipzig.

oder ihre, das öffentliche Anstandsgefühl verletzende Gestalt Ärgernis erregen könnten, ein energisches »Halt« zu gebieten und deren Aufnahme zu verweigern oder zu verhindern. Im entgegengesetzten Falle würde trotz der Nichtverantwortlichkeit der Redaktion letztere dennoch von dem in der Öffentlichkeit platzgreifenden Unwillen dadurch, dass sie ihr Blatt zur Verfügung stellt, geschädigt. Das grosse Publikum aller Länder hat auch im allgemeinen das Verhältnis von Redaktion und Anzeigenteil in vorstehend bezeichnetem Sinne aufgefasst und es wird auch kaum jemanden einfallen, ein Blatt für die in ihm angepriesenen Artikel mehr verantwortlich zu machen, als den Unternehmer einer öffentlichen Anschlagstelle, den Prospektausteiler auf der Strasse oder gar die Postbehörde, die im Grunde genommen

Jedes Blatt, welches diesem allgemein Platz gegriffenen Gebrauche entgegen verfahren wollte, würde folglich die Verantwortlichkeit für alle aufgenommenen Inserate übernehmen, d. h. sich solidarisch erklären für die Inserenten.

Es dürfte aber wohl kein Blatt geben, das seinen Lesern volles Vertrauen auf den Inhalt seines Anzeigenteiles empfehlen könnte, denn es wird den Redaktionen ebensowenig möglich sein, für die thatsächliche Wirkung der verschiedenen, alle erdenklichen Krankheiten heilen sollenden Pillen Garantie zu übernehmen, als es ihr gelingen wird, die Unverwüstlichkeit der zu billigstem Preise angepriesenen Garderobestücke zu prüfen und den unzweifelhaften Erfolg einer noch so verlockenden Heiratsofferte zu prognostizieren.« -g-

J. Markmanns Bogen-Geradeleger.

Einen sehr einfachen, exakt arbeitenden und wie wir von vielen Empfängern hören, *durchaus praktischen und zuverlässigen* Apparat zum genauen Ordnen der durch den Selbstausleger ausgelegten Bogen an der Schnellpresse konstruierte Herr J. Markmann in Hamburg und verkauft denselben jetzt durch die Firma *Jac. John* in Dockenhuden bei Blankenese.

Unsere Abbildung stellt den höchst einfachen Apparat dar: A ist der Auslegetisch der Maschine. a Schiebklappe, b Stellring, c Scharniere, d Seitenmarken, e gusseiserne Marken.

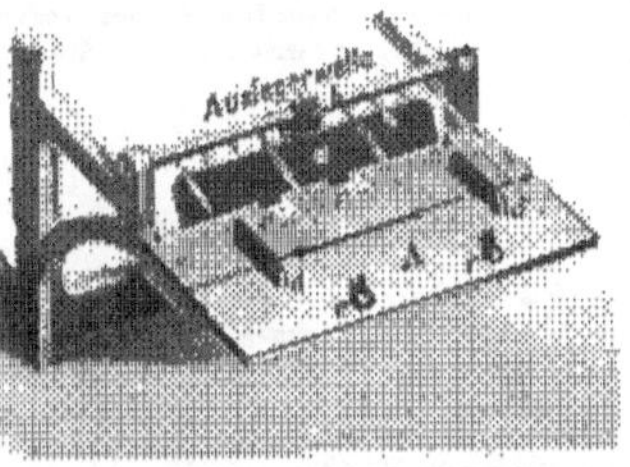

Der Apparat wird folgendermassen an der Schnellpresse befestigt: Nach Entfernung der Stossleiste wird die Tischplatte A soweit abgerückt, oder von derselben soviel abgeschnitten, dass die hintere Tischkante 4–5 cm Abstand von der Auslegerwelle erhält; die Scharniere c werden dann in die Tischplatte sowohl als auch in die Tischkante eingelassen.

Nachdem der Stellring b auf die Auslegerwelle gesteckt und wieder an den Riemen befestigt ist, schraubt man den Stellring fest und zwar so, dass, wenn die Auslegerfinger in die Maschine hineinzeigen, die Schiebklappe a mit der Tischplatte im rechten Winkel steht.

Wo die Stellschraube auf die Auslegerwelle stösst, feilt man vorher eine kleine Nute.

Die Tischplatte muss in eine schräge Lage gebracht werden, das heisst nach der Maschine zu 2–3 cm tiefer liegen.

Für die Seitenmarken wird mit der Schiebklappe a parallel und ca. 25 cm von derselben entfernt, eine Hohlkehle 6 mm tief und ebenso breit gehobelt.

In gleichen Abständen von der Aussenkante des Tisches (je 25 cm) werden dann genau in der Mitte der Hohlkehle 4 Löcher mit 17 mm Durchmesser durch den Tisch hindurch gebohrt, die zur Aufnahme der Messinghülsen dienen.

Das Befestigen des Apparats geschieht am besten durch einen Tischler und dauert ca. 1½ Stunde.

Der Apparat kostet nur 12 Mark.

Ausbessern der Massewalzen.

Aller Vorsicht ungeachtet kommen Walzen, die man tadellos gegossen zu haben glaubt, oft mit thalergrossen Löchern aus der Matrize. Giessprofessoren werden freilich meinen, das geschähe einem ganz recht, warum habe man dies und das ausser Acht gelassen. Mag sein, dessen ungeachtet kommen solche Löcher hie und da vor, und dem, der just davon betroffen wird, nützen die Hin- und Herreden gar nichts. Da öfteres Umgiessen die Masse keineswegs besser macht, so behilft man sich wohl mit der schadhaften Walze so lange und so gut es geht. Besser aber ist es, dieselbe zu flicken, so lange sie neu ist und ehe noch Schmutz und Farbe sich in dem Loche festsetzen und eine Radikalkur nötig machen.

Die Flickstelle wird zunächst mit Benzin gut ausgewaschen. Dann hält man den langen Schnabel einer brennenden Spirituslampe so über die Stelle, dass die Masse *allmählig* warm wird, aber nicht anbrennt. Ist das letztere trotzdem geschehen, dann muss man die glasige Haut und das verbrannte Stück mit dem Zängelchen herausnehmen.

In die flüssige, oben*auf* gehaltene Wunde legt man ein so grosses Stück frische Walzenmasse, als hinreicht, das frühere Loch sicher zu füllen. Eher kann man etwas mehr nehmen, denn die Masse wird später in die richtige Form zusammengedrückt.

Das neue Massestück wird durch vorsichtiges Anwärmen ebenfalls flüssig gemacht, sodass es sich mit der Wunde gut verbindet.

Nun dreht man die Walze mit dem Loch nach unten, legt ein starkes, zuvor geöltes Kartonblatt, das nach beiden Seiten weit übergreift, auf die Stelle und befestigt es mit einem um die Walze geklebten Papierband stramm auf derselben. Nach dem Erkalten wird man das Loch gefüllt und die Walze rund finden.

In ähnlicher Weise kann man auch viele kleine Löcher, die einen Herd bilden, ausbessern. Will man alte Walzen flicken, so muss die obere Haut der Lochwandung durch Ausschneiden entfernt werden, so dass eine frische Wunde zu Tage liegt. Denn der Schmutz, welcher sonst auf der flüssig gemachten Schmelzstelle liegt, würde die Verbindung dieser mit dem einzuflickenden Stück verhindern. *H. H.*

Angabe des Herausgebers einer Druckschrift.

Zu einem Druckereibesitzer kam ein Bergmann und ersuchte denselben, einen Aufruf zu drucken, welchen der Druckereibesitzer auf das Diktat des Bergmanns sofort niederschrieb und in 150 Exemplaren druckte. Er enthielt ausser dem Text nur noch den Namen und Wohnort des *Druckers:* »B. B. in S.« Der Bergmann hat einen Packen in der K.schen Wirtschaft auf den Tisch niedergelegt, damit die anwesenden Bergleute eine Anzahl davon nehmen und einzeln weiter verbreiteten, auch selbst ein Exemplar dem Lehrer J. auf dem Markt in S. gegeben. Sowohl der Drucker wie der Besteller wurden dieserhalb wegen Übertretung des Pressgesetzes, § 6 Abs. 1. angeklagt. Nach dieser Bestimmung muss bekanntlich auf jeder Druckschrift der Name des Druckers und, wenn sie für den Buchhandel oder sonst zur Verbreitung bestimmt ist, ausserdem der Name des *Verlegers* oder, beim Selbstvertriebe, des *Verfassers* oder *Herausgebers* genannt sein. Nach Ansicht des Staatsanwalts lag letzterer Fall vor, und der Drucker hätte den Namen des bestellenden Bergmanns als des Herausgebers angeben sollen.

Das erste Gericht sprach die Angeklagten jedoch frei, das Reichsgericht hat das Urteil unterm dritten Dezember 1889 aber aufgehoben und auf geringe Strafe erkannt. Wir entnehmen den Gründen:

Wenn auch zuzugeben ist, dass nicht jedes bedruckte Stück Papier, sondern nur der *zur Verbreitung* bestimmte Druck dem Begriff der Druckschrift im Sinne des Gesetzes entspricht, so ist daraus doch nicht zu folgern, dass die Verbreitung eine *gewerbsmässige* sein muss. Die Gesetzesworte »für den Buchhandel oder *sonst zur Verbreitung* bestimmt« drücken nicht eine »Gleichstellung« dieser Verbreitungsarten, sondern eine Gegenüberstellung aus, derartig, dass ausser dem Namen und Wohnort des Druckers bei der Verbreitung durch den *Buchhandel* die entsprechende Bezeichnung des *Verlegers*, bei der sonstigen Verbreitung »beim *Selbstvertrieb* der Druckschrift« der des *Verfassers* oder *Herausgebers* angegeben werden muss. Gerade die Worte »beim Selbstvertriebe der Druckschrift« beweisen, dass unter der »sonstigen« Verbreitung im Gegensatz zum Buchhandel nicht bloss die gewerbsmässige verstanden werden kann, da der Verfasser einer Druckschrift, der nur dieses sein Werk selbst vertreibt, der Regel nach nicht gewerbsmässig, d. h. in Ausführung einer fortgesetzten auf Erwerb gerichteten Thätigkeit handelt. Es ergiebt sich hiernach, dass auf jeder *zur Verbreitung bestimmten* Druckschrift ausser dem Drucker auch der *Verleger* oder *Verfasser* genannt sein muss. Der zweite Absatz des § 6 lässt deutlich erkennen, dass nur die dort bezeichneten Druckschriften (es sind »Formulare, Preiszettel, Visitenkarten und dergleichen, sowie Stimmzettel für öffentliche Wahlen«) von der Vorschrift des ersten Absatzes ausgenommen sein sollen. Es ist nichtssagend, dass, wie die Gegenerklärung des Druckereibesitzers hervorhebt, das Flugblatt die Unterschrift »das Comité« trägt. Dass eine derartige unpersönliche Bezeichnung die Angabe von Namen und Wohnort nicht ersetzen kann, findet seine Bestätigung in der vom Gesetz selbst in § 6 vorgesehenen Ausnahme, dass der Name des Druckers oder Verlegers durch die eingetragene Firma ersetzt werden darf.

Schriftprobenschau.

Die Schriftgiesserei von *Wilhelm Woellmer* veröffentlicht im vorliegenden Hefte eine Anzahl von *Einfassungen*, wie sie dem heutigen Geschmack, welcher originelle und auffallende Formen ganz besonders schätzt, entsprechen. Die Einfassungen von Nonpareille bis 2 Cicero, meist gleiche Figuren in verschiedenen Graden, werden sich nicht nur als gefälliger Schmuck von Inseraten, sondern auch für manche Accidenz vorteilhaft verwenden lassen. Die 3-Ciceroeinfassung ist ein prächtiges Material zur Bildung reicher Umrahmungen und eignet sich in entsprechender Verbindung mit Linien und ornamentalem Begleitmaterial auch vorzüglich zur Schmückung von Arbeiten grösseren Formats; sie wird jedenfalls viele Liebhaber finden.

Von der Schriftgiesserei *J. G. Schelter & Giesecke* erhielten wir einige *Vignetten*, welche sich zur geschmackvollen Ausstattung von Menus und Speisekarten ganz vorzüglich eignen. Die beiden vorliegenden Zeichnungen wurden je in zwei Grössen geschnitten, sodass sie für Arbeiten verschiedenen Formats verwendet werden können.

Die gleiche Firma überliess uns auch eine Garnitur *schmale Grotesk*, einer Accidenzschrift, welche zu den am meisten gebrauchten des Buchdruckers gehört, aber in einer solchen eleganten Zeichnung kaum noch vorhanden war. Dabei ist die Schrift in ihrer Weite in wahrhaft vollendeter Weise ausgeglichen. Die Linie der Schrift wurde derart zugerichtet, dass bei Verwendung verschiedener Grade in einer Zeile, z. B. Versalien als Kapitälchen

Neueste Einfassungen von Wilhelm Woellmers Schriftgiesserei in Berlin.

Serie I. Nr. [illegible]

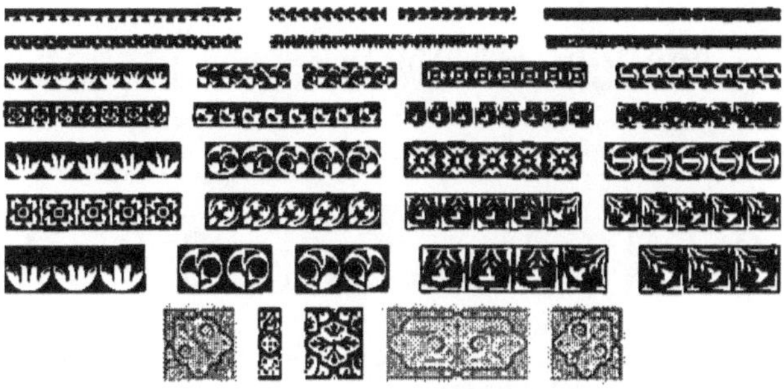

Vignetten von J. G. Schelter & Giesecke in Leipzig.

Schmale Grotesk von J. G. Schelter & Giesecke in Leipzig. [illegible]

[illegible] Cicero No. 1365. Min. ca. [illegible] kg

Dresden HANNOVER München

Nonpareille No. 1357. Min. ca. [illegible] kg.

[illegible]

[illegible]

Petit No. 1358. Min. ca. [illegible] kg

[illegible] Schmalzer [illegible] nicht, du trägst nur Holz zu seinem Feuer

NATURGESCHICHTE DES PFLANZENREICHS

[illegible] Cicero No. 1366. Min. ca. [illegible] kg.

BERN 2 Hans Sachs 3 GERA

Korpus No. 1359. Min. ca. [illegible] kg.

Des Lebens ungemischte Freude wird keinem Irdischen zu teil

MEISTERWERKE DER HOLZSCHEIDEKUNST

Cicero No. 1360. Min. ca. [illegible] kg.

Freunde in der Not gehen tausend auf ein Lot

TYPOGRAPHISCHE RUNDSCHAU

4 Cicero No. 1367. Min. ca. 10 kg.

Bayern NORIS Hessen

Mittel No. 1361. Min. ca. [illegible] kg

Die Weisheit IST DAS AUGE des Lebens

Tertia No. 1362. Min. ca. [illegible] kg.

Schule des Musiknoten-Satzes

[illegible] Cicero No. [illegible] Min. ca. [illegible] kg

OST Die Glocke URI

Text No. 1363. Min. ca. [illegible] kg

Lehre vom Accidenzsatz

Doppelmittel No. 1364. Min. ca. [illegible] kg.

Deutsche Baukunst

6 Cicero No. [illegible] Min. ca. [illegible] kg

Mai ARION Juni

des nächst grösseren Grades, zum Unterlegen systematischer Durchschuss verwendet werden kann, eine Annehmlichkeit, welche man nicht hoch genug schätzen kann und welche bei allen Antiquaschriften lebhaft zu wünschen wäre.

Satz und Druck unserer Probeblätter.

Blatt O ist die Kopie einer Probe aus dem vorjährigen Musteraustausch, die uns durch ihre einfach elegante Ausstattung *ganz besonders gefiel* und uns deshalb zu der Bitte an die ausführende Firma, die Buchdruckerei von *E. Horne* in Forst i. L., veranlasste, uns eine Kopie für das Archiv zu überlassen. Die bereitwillige Erfüllung dieser Bitte verpflichtet uns zu verbindlichstem Dank, den wir hiermit Herrn Horne abstatten. Wir glauben sicher, dass dieses Blatt auch den Beifall unserer Leser finden wird.

Blatt S, ein Briefkopf der Farbenfabrik von *Frey & Sening* in Leipzig, ist eine Arbeit der renommierten Buchdruckerei von *Julius Klinkhardt* in Leipzig. Wie die meisten Arbeiten dieser Offizin, zeigt auch dieser Briefkopf die freie, ungezwungene Ornamentierung, welche die Klinkhardtschen Erzeugnisse so vorteilhaft auszeichnet und ihnen ein so originelles Gepräge gibt.

Blatt E endlich stellt ein Programm zum Johannisfest dar und ist aus der Herbaria-Einfassung der *Rudhardschen Giesserei* gesetzt. Es zieren dieses Programm nur Schriften im Charakter der Gotisch, der Schwabacher und Kanzlei, darunter eine neue Schwabacher (zum Text des Programms gewählt) von *Bauer & Co.*

Zeitschriften- und Bücherschau.

— Die *Innung Dresdner Buchdruckereibesitzer* übersendet uns durch ihren Vorsitzenden, Herrn Oskar Siegel den »Ersten Bericht über die Fortbildungs- und Fachschule für Buchdruckerlehrlinge«. Die von der Dresdner Buchdruckerinnung Ostern 1898 begründete Schule ist, wie wir aus diesem Bericht ersehen, auf einem Lehrplan begründet, der in der That viel Interesse und die *höchste Anerkennung* verdient, weil dem eigentlichen Fachunterricht die gebührige Beachtung zu Nutz und Frommen der Lehrlinge in dem richtigen Masse neben den anderen wissenschaftlichen Unterrichtsgegenständen geschenkt worden ist. Wie wir aus dem speziellen Bericht des Schulausschusses ersehen, erfolgte die diesjährige Prüfung am 16. März in der Clauss'schen Gewerbeschule und hielt nach Beendigung derselben und vor Entlassung der Schüler der Herr Innungsvorsitzende O. Siegel eine zu Herzen gehende Rede an die Schüler. Der Schulausschuss-Vorsitzende, Herr Heinichen verteilte dann mit Worten der Anerkennung des bethätigten Strebens wertvolle Prämien und Belobigungen an die besten und besseren Schüler, woran sich dann die Zensurenverteilung durch den Herrn Gewerbeschuldirektor Clauss schloss. Zu unserer Freude und Genugthuung ersehen wir, dass die verteilten Prämien fast ausschliesslich in Werken unseres Herausgebers Alexander Waldow bestanden. Der Schulausschuss-Vorsitzende, Herr Heinichen sagt bezüglich dieser Werke: »Wie es zu allen Zeiten Männer gegeben hat und heute noch gibt, welche mit grösserer Vervollkommnung des eigenen Wissens und Könnens in ihrem Berufe das Bestreben nach Mitteilung dieser Vorzüge auch anderen Berufsgenossen gegenüber verbinden, so sind auch in diesen Büchern, welche ich euch jetzt als Belohnung für euer braves Streben und gute Führung einhändigen kann, der fachlichen und sachlichen Beziehungen und Belehrungen in unserer gesamten geschäftlichen Thätigkeit so viele aufgespeichert, dass deren Studium sehr geeignet ist, in Anlehnung an den hier in der Fachschule genommenen Unterricht euch noch weiter vorwärts zu bringen. Benutzt diese Bücher fleissig und prägt es tief in euch ein, was darin ausgesprochen und erwiesen ist, — es wird dies für euer späteres gutes Fortkommen eine Begründung mehr sein!« Wir danken den Dresdner Herren Kollegen und ganz speziell Herrn Heinichen verbindlichst für diese den betreffenden Werken und ihrem Verfasser gezollten anerkennenden Worte und wünschen der Schule allerbestes Gedeihen zum Segen unserer Kunst.

— *Jahrbuch für Photographie und Reproduktionstechnik* auf das Jahr 1891. Herausgegeben von Dr. Josef Maria Eder. Fünfter Jahrgang. Mit 117 Holzschnitten und Zinkotypien im Texte und 23 artistischen Tafeln. 623 Seiten Oktav. Halle a. S. Druck und Verlag von Wilhelm Knapp. Das vortreffliche, nun bereits in seinem fünften Jahrgange erscheinende Werk beweist schon durch seinen immer umfangreicheren Inhalt, (623 Seiten gegen 400 Seiten des vierten Jahrganges und 117 Holzschnitte etc. gegen 78 des vierten Jahrganges) dass sein Wert immer mehr gewürdigt wird und so die Bemühungen des Verfassers und des Verlegers verlohnt, der textlichen und illustrativen Ausstattung eine noch erhöhtere Aufmerksamkeit zu schenken. Zahlreiche wertvolle und instruktive Artikel finden sich in dem diesjährigen Bande vor, darunter sehr viele, welche auch für den Buchdrucker von Interesse sind. Die artistischen Beilagen sind auch diesmal von den namhaftesten Kunstanstalten geliefert worden.

— * *Geschichte der Photographie* von C. Schiendl. Wien, Pest, Leipzig. A. Hartlebens Verlag. Preis brosch. 8 M., geb. 10 M. Eine Geschichte der Photographie, welche die Entwicklung der epochemachenden Disziplin in erschöpfender und anschaulicher Darstellung gebracht hätte, war bisher nicht vorhanden. Das vorliegende Werk löst diese Aufgabe mit vielem Fleiss, mit Gründlichkeit und anerkennenswerter Unparteilichkeit. Die hohe Bedeutung, welche die Photographie in der jüngsten Zeit als Hilfsverfahren auch für andere graphische Zweige erlangt hat, macht eine Darstellung ihres Ursprungs und Entwicklungsganges auch für weitere Kreise interessant und lehrreich. Das Buch bringt nicht nur die Geschichte der eigentlichen Photographie, sondern berichtet auch ausführlich und zuverlässig über die Anwendung der Photographie für die Heliogravüre, Photozinkotypie etc. in all den verschiedenen bisher bekannt gewordenen Verfahren und kann somit als beste Quelle zur Information über diese Zweige bezeichnet werden. Die typographische Ausstattung des Werkes ist eine vorzügliche. Das Titelbild, ein Tableau in qu. 4° mit dreizehn Porträts der Entdecker und Gründer der Photographie, ist in Ätzung (von Angerer & Göschl) und Druck von hoher Vollendung.

— * *Das Buch.* Technik und Praxis der Schriftstellerei. Handbuch für Autoren von *J. H. Wehle.* 2. Auflage. Wien, Pest, Leipzig. A. Hartlebens Verlag. Preis brosch. 3 M., geb. 4 M. Es wäre eine irrige Vorstellung, wenn man von dem nun in zweiter Auflage vorliegenden Buche annehmen wollte, es hätte die Bestimmung, sozusagen als Nürnberger Trichter für Dichter und solche, die es sein wollen, zu dienen. Es will die Weihe des schriftstellerischen Schaffens nicht profanieren, sondern nur lehren, wie der fertige Gedanke in die entsprechende Form zu giessen ist und, wenn dies geschehen, dem Autor als Führer dienen bei der Verwertung des Manuskripts, sowie im Verkehr mit dem Verleger und Drucker. Die Kapitel über den Büchermarkt, das Verlagsgeschäft, das Gewinn- und Verlustkonto des Verlegers und das Sortimentsgeschäft gestatten einen interessanten Einblick in das eigenartig organisierte Getriebe des gesamten Buchhandels. Weitere Kapitel behandeln die litterarische (dramatische und epische) Produktion und das Rezensionsexemplar. Ein umfangreicher Anhang enthält deutsche und österreichische die Litteratur betreffende Gesetze und Verträge, Statuten von litterarischen Vereinen, buchhändlerische Formulare und schliesslich Verlegeradressen. — Wir zweifeln nicht, dass »Das Buch« sich auch in der zweiten Auflage zahlreiche Freunde erwerben wird.

— * *Rechts-Lexikon für Kaufleute* und *Gewerbetreibende* von Dr. jur. *Julius Engelmann,* Direktor der Kaufmännischen Hochschule in Köln. Erlangen. Palm & Enke. 5 bis 6 Lieferungen à M. 1.50. Das Werk verfolgt den Zweck, die Angehörigen des Handels- und Gewerbestandes in allen sie betreffenden Rechtsfragen aus der Handels- und Gewerbegesetzgebung zu belehren und ihnen damit mühsame und zeitraubende Studien juristischer Lehrbücher und Kommentare zu ersparen. Die richtige Bedeutung der im Handel und Verkehr vorkommenden rechtlichen Ausdrücke, die allgemein gültigen Rechtsregeln und Rechtssätze, sowie die Vorschriften unserer Gesetzbücher werden verständlich und erschöpfend erläutert und der Leser befähigt, über die mit abzuschliessenden Rechtsgeschäften verbundenen Rechte und Pflichten ein richtiges Urteil zu gewinnen. Das Rechts-Lexikon umfasst alle den Handel- und Gewerbetreibenden berührenden Rechtsgebiete: Handels- und Wechselrecht, Konkursrecht, Gewerberecht, Versicherungswesen, die Gesetze zum Schutze des geistigen Eigentums, die wichtigsten Grundsätze und Regeln des bürgerlichen Rechts, der Zivilprozessordnung u. s. w. nach dem Stande der Gesetzgebung bis zum Schluss des Jahres 1890. Die knappe und doch stets den Kern treffende Form, in welcher die Belehrungen gegeben werden und die zur sofortigen Auffindung einer gewünschten Auskunft besonders geeignete alphabetische Anordnung des Stoffes lassen das Werk als ein ganz vorzügliches Nachschlagebuch in Rechtsfragen erscheinen, das auch in unseren Berufskreisen viele Freunde finden wird.

Mannigfaltiges.

— Herrn *Karl Georg Fromme* als Vertreter der kaiserl. und königl. Hofbuchdruckerei und Verlagshandlung Karl Fromme in Wien ist der Titel eines kaiserlich und königlichen Hofbuchdruckers verliehen worden.

— In Heft 4 berichteten wir unseren Lesern, dass die Firma *Berger & Wirth* in Leipzig ein *Glanzweiss* fabriziert hat und dass wir diese Farbe mit Vorteil benutzten. Heute können wir nach längerem Gebrauch bestätigen, dass sich alle die guten *Eigenschaften*, welche wir schon damals hervorhoben, bewährt haben, so dass wir das Glanzweiss *dauernd* benutzen werden und dasselbe unseren Lesern angelegentlich empfehlen können. Das Glanzweiss hält sich lange geschmeidig, verdickt die damit angeriebenen Farben nicht, macht sie vielmehr geschmeidiger und ermöglicht ohne Umstände einen reinen Druck.

— * Die auf dem Gebiete des Illustrations- und Prachtwerkdruckes rühmlichst bekannte Firma *Fischer & Wittig* in Leipzig versendet als Empfehlung ihrer Offizin mit einem Zirkular eine Anzahl Druckproben, welche geeignet sind, den alten guten Ruf der genannten Firma aufs neue zu bestätigen. Ausser zwei Quartblättern, welche Probekolumnen aus Prachtwerken mit farbiger Einfassung bringen, enthält die Sendung zunächst ein Blatt mit modernen Accidenzarbeiten, welche beweisen, dass die Firma auch auf diesem Gebiete auf der Höhe der Zeit steht. Durch freundliches Entgegenkommen der Firma Fischer & Wittig sind wir in der Lage, unseren Lesern von diesen Accidenzien demnächst einige vorzuführen. Die weiteren Blätter sind Musterleistungen des von der Firma mit besonderem Geschick und Erfolg gepflegten Illustrations- und Farbendrucks. Das der Firma Fischer & Wittig patentierte und auch von uns früher ausführlich besprochene und durch ein Muster erläuterte Tonunterdruckverfahren fand auf diesen Blättern entsprechende Verwendung. Der erzielte Effekt beweist, dass dieses Verfahren sich bewährt hat und somit einen wesentlichen Fortschritt im Illustrationsdruck bedeutet.

— * Die Maschinenfabrik von *Klein, Forst & Bohn Nachf.* in Johannisberg a. Rh. versendet eine neue Preisliste, welche über Preis und Leistungsfähigkeit, sowie über Grössen, erforderlichen Raum und ungefähres Gewicht der verschiedenen von ihr gebauten *Buch-, Licht-* und *Steindruckschnellpressen* genaue Auskunft gibt und die Eigentümlichkeiten und besonderen Vorzüge der Maschine erläutert. Das von der Hofbuchdruckerei Greiner & Pfeiffer in Stuttgart recht schmuck ausgestattete Heft wird allen Buchdruckereibesitzern, welche in die Lage kommen, neue Maschinen anzuschaffen, bei deren Wahl ein willkommener Führer sein und da die Fabrik seit jeher als eine äusserst leistungsfähige und solide bekannt ist, dieser manchen Auftrag zuführen.

— Die Firma *Stau & Brunner* in Leipzig hat die Vertretung für die Metallrandleistenfabrik von Anton Reiche in Dresden-Plauen übernommen und liefert sowohl diese haltbaren, fein dekorierten Leisten, wie auch die Andrückmaschine zum Befestigen derselben an Plakate, besorgt auch auf Wunsch das Befestigen der Leisten an Plakate. Wir machen unsere Leser auf diese eleganten und höchst praktischen Leisten, die allen Plakaten am oberen und unteren Rande einen festen Halt geben und sie gerade auseinander halten, aufmerksam.

— Die Leipziger Buchdrucker-Fachschule nimmt einen immer grösseren Aufschwung, was wohl der beste Beweis für ihr segensreiches Wirken ist. Es sind, wie wir hören, in diesem Jahre wieder 86 Setzer- und 31 Druckerlehrlinge aufgenommen worden. Für die Druckerklasse ist das als vortrefflich anerkannte Waldowsche »Hilfsbuch für Maschinenmeister«, Verlag von Alexander Waldow, Leipzig, seit jeher eingeführt und auch in diesem Jahr in zahlreichen Exemplaren bezogen worden.

— *Amerikanische Schriftgiessereien.* Die grossen amerikanischen Schriftgiessereien, so schreibt das Leipz. Tageblatt, beabsichtigen sich geschäftlich zu vereinigen, wahrscheinlich in der Form eines Trusts. Ihre Bereitwilligkeit hierzu haben folgende Firmen erklärt: Marder Luse & Co., The Union Type Foundry, McKellar, Smiths & Jordan, James Conners Sons, sowie einige kleinere Giessereien in Baltimore und anderen Städten. Diese Firmen vertreten zusammen 318 Giessmaschinen von etwa 500 in den Vereinigten Staaten insgesamt vorhandenen. Von grösseren Firmen haben Farmer, Little & Co., Phelps, Dalton & Co. und Barnhart Brothers & Spindler ihre Unterschriften noch nicht gegeben, doch gilt ihre Beteiligung, mit Ausnahme der letztgenannten Firma, für sicher. Die Vereinigung soll ein Kapital von [illegible] Dollar erhalten, in Form von 1000000 Dollar Vorzugsaktien mit festen 6 proz. Zinsen, 5000000 Dollar gewöhnlichen Aktien und 3000000 Dollar 6proz. Obligationen. Der wirkliche Wert der zu vereinigenden Schriftgiessereien wird auf 6000000 Dollar geschätzt. Die Giessereien sollen nach einer willkürlichen Schätzung beteiligt werden, die von der Voraussetzung ausgeht, dass der Durchschnittsverdienst der letzten fünf Jahre 15 Prozent betrug. Zwei Drittel der so festgestellten Summe sollen bar, der Rest in Gutscheinen zu 6 Prozent gezahlt werden. Die bar ausgezahlte Summe von etwa 4000000 Dollar dürfte schon einen knapp gerechneten Marktwert der Geschäftsbetriebe decken. Die Giessereien erhalten somit den Wert ihrer Geschäfte in bar, [illegible] Dollar in 6proz. Gutscheinen und weitere [illegible] Dollar in Vorzugsaktien. Die Kapitalisten, welche die baren 4000000 Dollar vorstrecken, erhalten 1000000 Dollar 6proz. Obligationen. Dadurch, dass man die den Kunden zugebilligten Rabattsätze auf 5 Prozent vermindert, soll der Nutzen sofort verdoppelt werden. Durch Schliessung von etwa der Hälfte der angekauften Giessereien will man jährlich einige Hunderttausend Dollars Betriebskosten sparen. Wahrscheinlich wird Thomas McKellar Vorsitzender der Gesellschaft, John Marder Geschäftsführer für den Westen, Jordan für den Osten.

— *Bibliographie und Buchgewerbe im Ausland.* In Moskau fand unter Vorsitz des bekannten russischen Bibliophilen N. J. Nosow am 16. Oktober vorigen Jahres die erste Versammlung des vor Kurzem gegründeten Moskauer bibliographischen Vereins statt. Wie das »Export-Journal« (Leipzig, G. Hedeler) mitteilt, beabsichtigt dieser Verein ein besonderes bibliographisches Museum zu errichten, das eine Bibliothek speziell bibliographischen Charakters, sowie Bücher und Gegenstände in sich vereinigen soll, die mit dem Buchhandel, dem Buchdruck, der Lithographie, Buchbinderei etc. in anschaulicher Weise bekannt machen.

— *Die grösste graphische Anstalt Schwedens* ist die seit 10 Jahren mit A. L. Normans Boktryckeri-Aktiebolag vereinigte Central-Tryckeriet. Es werden daselbst zur Zeit 850 Personen beschäftigt, während der Maschinenbestand unter Anderen 39 typographische und 7 lithographische Schnellpressen aufweist. Eingehendere Mitteilungen über diese und verschiedene andere buchgewerbliche Firmen Stockholms finden sich in einem gegenwärtig im »Export-Journal« (G. Hedeler, Leipzig) erscheinenden Artikel. Als bedeutendste mit Verlag verbundene Druckerei wird darin diejenige von P. A. Norstedt & Söner angeführt, welche sich seit 3 Jahren in einem grossartigen Neubau auf Riddarholmen befindet, wo selbige gegen 250 Mann beschäftigt. Der Verlagskatalog dieser Firma verzeichnet mehr als 4000 Bände.

— *Woher stammt die harte Zilinderaufzug?* Diese Frage beantwortet ein französisches Fachblatt folgendermassen. Der harte Zilinderaufzug verdankt seine Entstehung einer ganz einfachen Zufälligkeit. Wie alljährlich wurde auch im Jahre 1853 die Firma Baker & Speden in New-York mit der Herstellung eines grösseren Teiles des städtischen Druckbedarfes beauftragt, was seine Ursache darin fand, dass der eine Firmeninhaber selber Sitz im städtischen Kollegium hatte. Im kommenden Jahre fand jedoch durch die sich in grosser Zahl um den Auftrag bewerbenden Konkurrenten ein Druckerwechsel statt und zwar wurde der neu etablierte Drucker Hallahan mit der Anfertigung aller städtischen Druckarbeiten betraut. Da dieser Auftrag für ihn ein immerhin überraschender war und ihm sehr bald auch die Mittel zur Anschaffung notwendiger Hilfsmaschinen fehlten, glaubte er durch die Verwendung von grossen Kautschuktafeln (?) die durch den weichen Aufzug entstehende Schattierung in Wegfall zu bringen und so der Anschaffung einer Glättpresse enthoben zu sein. Da dieses Verfahren aber immerhin noch nicht ganz den erhofften Erfolg zeitigte, beschloss er nur Papier zum Zilinderaufzug zu verwenden und der Erfolg war ein guter, denn das Verfahren wird jetzt in den meisten Ländern angewandt. Man bezeichnet dasselbe mit dem Namen »hard packing« oder Papieraufzug.

Inhalt des 5. Heftes.

Lebensbilder berühmter alter Buchdrucker. — Anleitung zum Lesen. Notiz. — Der Accidenzdruck der Tagespresse. — J. Markmanns Ungar. Gestaltsätze. — Angabe des Herausgebers einer Druckschrift. — Anbenennung der Maschinen. — Schriftgiessereischau. — Satz und Druck unserer Probeblätter. — Zeitschriften und Buchschau. — Mannigfaltiges. — Annoncen. — Accidenzmuster im Text: 1 Kopf einer Zeitschrift (?) Einladung. — 1 Titelseite. — Beilagen: 1 Blatt Titel — 1 Blatt Briefkopf. — 1 Blatt Programm.

Das Heft enthält im Ganzen 8 Beilagen. Für das Beilegen der [illegible] Beilagen kann jedoch wegen oft unzureichender Anzahl nicht garantiert werden.

Bezugsbedingungen für das Archiv.

Erscheinen: [illegible]

Anzeigenpreis: [illegible]

Preis: [illegible]

Beilagen: [illegible]

Nachdruck: [illegible]

[illegible]

Schriften, Einsendungen etc. [illegible]

Herausgegeben von [illegible] Druck [illegible]

Annoncen.

Gebrauchte Schnellpresse

sehr gut erhalten und vollständig renoviert, billig zu verkaufen.
Innere Rahmengrösse 54 : 80 cm. Eisenbahnbewegung. Praktisches Überzeichen Farbewerk.
Näheres durch

Alexander Waldow, Leipzig.

Tiegeldruckmaschine

mit Tretvorrichtung

von J. G. Mailänder in Cannstatt, Satzgrösse 24 : 33 cm, nur ganz wenig gebraucht, ist mir zum Verkauf übergeben worden.
Fester Preis 400 Mark.

Alexander Waldow, Leipzig.

Kolumnenschnur

bester Qualität liefert billigst Alexander Waldow, Leipzig.

Rotationsmaschine

neuester Konstruktion, von König & Bauer, mit Trichterfalz, für 4 Seiten, Bogenformat 68 : 50, auch für Generalanzeigerformat verwendbar, nur ein und ein halbes Jahr im Gebrauch, ist mit oder ohne Giesserei und event. auch mit dazu gehörigem Gasmotor und Transmissionen zu verkaufen. Gefl. Meldungen sind zu richten an die Expedition des „Dresdner Stadtblatt“ in Dresden-A. unter „Rotationsmaschine“.

ALEXANDER WALDOW, LEIPZIG

Buchdruck-Maschinen- und Utensilien-Handlung.

Tiegeldruckmaschine mit Handbetrieb.

Verbesserte Konstruktion.

Grössen und Preise:

No. 5.	Reine Satzgr.	10 : 16 cm	M.	75
„ 7.	„	15 : 23 „	„	135
„ 8.	„	20 : 30 „	„	200

inkl. Emballage und allem Zubehör ab Fabrik.

Buchdruckerei-Verkauf.

Eine in einer Residenzstadt der sächs. Herzogtümer seit 30 Jahren bestehende gut eingerichtete Accidenzbuchdruckerei mit Gasmotor, 2 Schnellpressen, Tiegeldruckmaschine, Schneidemaschine, Packpresse, sowie ca. 100 Ztr. Schrift ist zu billigem Preise gegen Barzahlung zu verkaufen. Näheres durch die Exped. d. Bl.

Cylinder-Überzüge

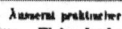

Englisch Leder Prima, 47 Zentimeter breit, per Meter M. 4.
Gummituch, 94 Zentimeter breit, per Meter M. 8.
Filz, 125 Zentimeter breit, per Meter M. 15.
Schmitztuch, 70 Zentimeter breit, per Meter M. 3.

Alexander Waldow, Leipzig.

Äusserst praktischer

Walzenkochapparat.

ALEXANDER WALDOW, Leipzig

Buchdruck-Maschinen- und Utensilien-Handlung

C. Rüger, Leipzig

Messinglinien-Fabrik

Fach-Tischlerei. Mech. Werkstätte.

Goldene Medaille Brüssel 1888.

Lehrbuch für

Schriftsetzer.

Waldow: „Die Buchdruckerkunst"

Alexander Waldow, Leipzig.

Waldows Wörterbuch der graph. Künste

und der verwandten Zweige, mit 2798 Artikeln und 581 Illustrationen, wird hiermit als wertvolles Handbuch empfohlen. Preis brosch. 23 Mk. 50 Pf., eleg. geb. in Halbfranzband 26 Mk. 50 Pf. Auch in Serien und Heften in beliebigen Zeiträumen durch alle Buchhandlungen und vom Verleger. Probeheft gratis. Alexander Waldow, Leipzig.

Musterbuch Mk. 6.–

Hilfsbuch für Maschinenmeister an der Buchdruckschnellpresse von Alexander Waldow.

Alexander Waldow, Leipzig.

Waschbürsten liefert billigst Alexander Waldow, Leipzig.

Autographische Tinte

Leipzig.

Eine Probe-Flasche M.

Liter

Wilhelm Woellmer's Schriftgiesserei und Messing-Linien-Fabrik BERLIN SW., Friedrich-Str. 226.

NOVITÄTEN.

Blanco-Vordrucks

Alexander Waldow, Leipzig.

Preiscourante gratis und franco.

Ch. Lorilleux & Cie.

Buch- u. Steindruckfarben

Em. Gaillard

in Berlin SW., Lindenstr. 69 empfiehlt sein für den Großbetrieb eingerichtetes

photolypisches Institut

zur guten, billigen und schnellen Ausführung von Photolypien, Autotypien, Chemigraphien u. Chromotypien. Gewissenhafte photolithographische Uebertragungen in Strich- und Halbtonmanier. Prospekte, Muster und Kalkulationen franko.

Die Messinglinien-Fabrik von

Gebr. Brandt in Quedlinburg

Wellhaus & Scheldig

Buch- und Steindruckfarben.

Lehr-Zeugnisse

Alexander Waldow, Leipzig.

Gebrüder Brehmer,

Maschinenfabrik

Plagwitz-Leipzig.

Draht-Heftmaschinen

Messinglinien-Fabrik

und

mechanische Werkstätte

für

Buchdruckerei-Utensilien.

Berlin, SW., Belle-Alliance-Str.

H. Berthold.

Ludwig & Mayer

Gravieranstalt — Schriftgießerei — Galvanoplastik

Frankfurt a. M.

empfehlen ihre neugeschnittene und mit vielem Beifall aufgenommene

Monumental

in 16 Graden mit Initialen.

Auch ist eine neue elegante Antiqua (im Hause geschnitten) erschienen.

Probeblätter versenden auf Wunsch gratis und franco.

C. A. Lindgens, Cöln a. Rh.

Fabriken

von

schwarzen und bunten Buch- und Steindruckfarben,
Russ, Firnis, Etikettenlack, Seifenlauge, Walzenmasse
„the Excellent" C. A. Lindgens.

Beste konzentrierte Seifenlauge
in einzelnen Dosen und in Kisten zu 10 Dosen verkauft
Alexander Waldow, Leipzig.

Julius Klinkhardt
Schriftgiesserei
Messinglinien-Fabrik
Leipzig und Wien

J. G. Schelter & Giesecke
Messinglinien-Fabrik
Leipzig

Verlag von Alexander Waldow in Leipzig.
M. Wunder:
Die Preisberechnung von Druckarbeiten.
Zweite Auflage.

Diese zweite Auflage der höchst verdienstvollen Arbeit des Herrn Wunder ist **ganz bedeutend** vermehrt und [illegible] **Werke und Accidenzarbeiten** [illegible] **und wirklich etwas verdient.** Preis M. [illegible]

Wer neue *Werk-* oder *Zeitungs-Schriften* anschaffen will, versäume nicht, sich franco Proben der

Bismarck-Fraktur

von

Benjamin Krebs Nachfolger
in Frankfurt a. M.

kommen zu lassen.

C. F. Rühl
Leipzig-Reudnitz

HAMPEL'S
Plattenformen
Unterlagen f. Plattendruck.
Schriftgiesserei Flinsch in Frankfurt a. M.

Gegründet 1846.

Klein, Forst & Bohn Nachf.

Johannisberg im Rheingau

liefern

Schnellpressen für Buch- und Steindruck

Preislisten stehen auf Wunsch gratis zur Verfügung.

Holztypen-Fabrik

Sachs & Cie.

Mannheim (Baden)

The White

Buch- und Steindruckereien.

Stereotypie!

KONTOBÜCHER FÜR BUCHDRUCKEREIEN.

Memorial

Kalkulationsbuch

Papierlagerbuch,

Alexander Waldow, Leipzig.

GASMOTOREN-FABRIK DEUTZ in Köln-DEUTZ.

Otto's neuer Motor,

Exemplare

im Betrieb.

Otto's Zwillingsmotor

Otto's Petroleummotor

Vereinigte Farben-Fabriken

BERGER & WIRTH und FREY & SENING, LEIPZIG.

Farben für sämtl. graph. Zwecke. Walzenmasse Victoria und Victoria-Bianca.

Colt's Armory

TIEGELDRUCK-SCHNELLPRESSE

mit Cylinder-Farbewerk und Druckregulirung.

4 Grössen, 20 33 — 33,5 61 cm Tiegelgrösse. Für Fuss- und für Motoren-Betrieb.

[illegible]

Der Hauptwert der neuen Colt's Armory Tiegeldruck-Schnellpresse liegt in deren unübertroffen praktischem Konstruktionsprinzip, der durablen Bauart und dem vorzüglichen Material. Die Kombination des Cylinder-Farbewerks, welche die vorzüglichste Farbeverreibung und exakteste Regulirung der Farbenzuführung gewährt, der genaue parallele Druck, durch welchen die Schrift geschont wird, sichern dieser Presse ihre hervorragende Stellung als ausgezeichnete Tiegeldruckschnellpresse für den feinsten Accidenzbuchdruck.

Hierzu kommen noch die folgenden Vorzüge: schnellste Druckregulirung, sofortige Druckabstellung und Abstellbarkeit der Auftragwalzen während des Druckes. — Genügende Ruhelage des Tiegels beim Einlegen resp. Anlegen, sowie der sichere, ruhige Gang der Presse garantiren genaues Register auch ohne Zuhilfenahme von Punkturen. — Beseitigung der Tiegelfedern und Ersatz durch eine Führungskurve. — Die Schnelligkeit des Druckes hängt lediglich von der Befähigung des Einlegers ab und erträgt die kräftige, durchaus widerstandsfähig gebaute Presse den schnellsten Gang.

Für die Pressen No. 3 und 4 empfiehlt sich in solchen Fällen, wo Elementarkraftbetrieb ausgeschlossen ist, die Zuhilfenahme eines Kurbelmechanismus, der so angebracht wird, dass der Drucker dem Einleger gleichzeitig beim Treten behilflich sein vermag.

J. G. SCHELTER & GIESECKE in LEIPZIG.

Redigiert und herausgegeben von Alexander Waldow in Leipzig. — Druck und Verlag von Alexander Waldow in Leipzig.

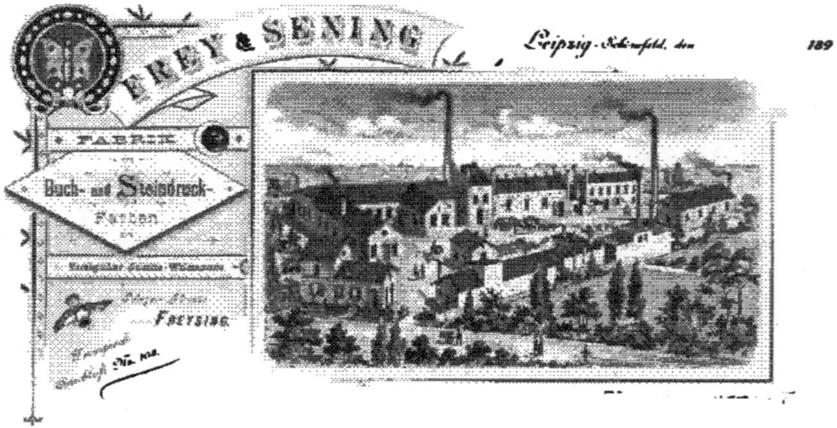

FREY & SENING
FABRIK
Buch- und Steindruck-
Farben
FREYSING
Leipzig-Schönefeld, den 189

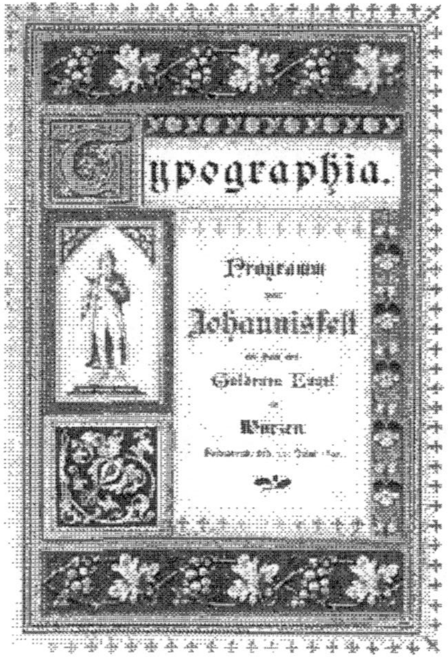
Typographia.
Programm
zum
Johannisfest
Goldenen Engel
Wurzen

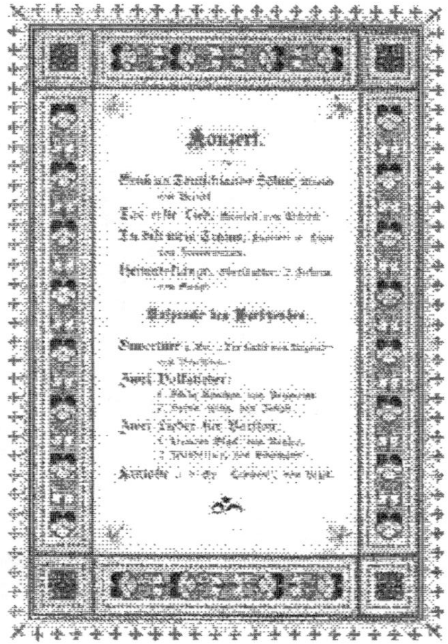
Konzert.
Ouvertüre
Zwei Volkslieder:
Zwei Lieder für Baryton:

ARCHIV FÜR BUCHDRUCKERKUNST

UND VERWANDTE GESCHÄFTSZWEIGE.

HERAUSGEGEBEN VON

ALEXANDER WALDOW.

28. Band. 1891. Heft 7.

Anleitung zum Linienbiegen.

Von Hermann Hoffmann, Berlin.

(Fortsetzung.)

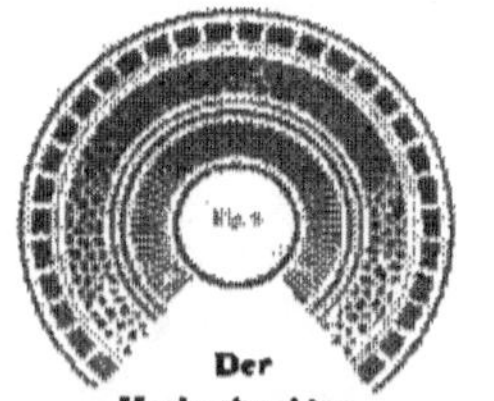

Der Kreisschneider.

Die Besprechung dieses von mir erfundenen Apparates*) gehört, streng gedacht, nicht in die Anleitung zum Linienbiegen hinein. Im Hinblick auf die grosse Nützlichkeit des gedachten Werkzeuges und in Erwägung des Umstandes, dass es mir so leichter möglich ist, von unnützen Biegereien abzuhalten, mag diese Ausnahme indes erlaubt sein.

Der Apparat besteht in seinem schneidenden Teile aus zwei haarscharfen, schrägstehenden Messern, die mit den Spitzen aneinander stossen. Bewegt man die Messer in der Schneiderichtung vorwärts, so wird aus dem untergelegten Material (Karton oder Holz) ein feiner Spahn herausgeschnitten. Um nun mit diesem Apparat Kreise herstellen zu können, ist eine cylindrische Zentrumspitze in demselben so angeordnet worden, dass sie seitlich verschoben und in jeder Lage festgeklemmt werden kann. Die Entfernung zwischen Messerspitzen und Zentrumspitze kann solcherart von etwa 8—100 mm verändert werden, sodass mit dem Apparat Kreise geschnitten werden können von etwa 10—200 mm Durchmesser.

Die Wirkungsweise des Kreisschneiders ist folgende: Man setzt die auf eine gewisse Breite eingestellte Zentrumspitze in ein mit der Ahle vorgestochenes Loch, *das etwas enger ist* als nötig, und bewegt den fest aufgesetzten Apparat unter gleichmässigem Druck etwa *zweimal* um sich selbst. Man kann dabei den Apparat drehen, oder das Arbeitsstück, aber auch beides. Aus der Furche, welche nun entstanden ist, kann man einen druckfähigen Kreis bilden durch Weiter- oder Engerstellen der Zentrumspitze und Einschneiden einer zweiten Furche. Je grösser die Differenz zwischen der ersten und folgenden Spitzenstellung ist, desto breiter oder — um einen typographischen Ausdruck zu gebrauchen — desto fetter wird die Kreislinie. Man kann also Kreise jeder Linienbreite bis zu 200 mm hinauf durch Einschneiden zweier Furchen bilden, *und zwar, ob gross oder klein, in weniger als einer Minute.* Durch Aneinanderreihen weiterer Furchen erhält man eben so viele neue Kreise, alle von einem gemeinsamen Mittelpunkt aus und zu einem beliebigen vorher bestimmten System vereinigt. Dieses System kann zwei bis hundert Kreise enthalten, alle von tadelloser Genauigkeit und Druckschärfe. Der Apparat ist so konstruiert, dass jedes Misslingen absolut ausgeschlossen ist.

Selbstverständlich müssen die nicht zum Druck bestimmten Teile aus der Platte noch entfernt werden, in Karton durch Abblättern, in Messerholzschnitt, für welchen der Apparat erfunden worden ist, durch das diesem Verfahren eigentümliche Vertiefen des Schnittes und Abspalten des ganzen Stückes. Aber die exakte Kreisform ist schon geschaffen worden und das, was noch zu thun bleibt, ist eine unwesentliche Arbeit.

*) Zu beziehen von Max Krause, Berlin. — Hermann Hoffmann, Friedrichshagen, Akazien-Allee 23. — und durch die Expedition des »Archiv« zum Preise von 10 Mark.

Aus Kreislinien ist im Accidenzsatze mancherlei zu machen. Zusammengesetzte Kreise mit eingesetzter oder eingeschnittener Schrift geben Siegelmarken. Durch Unterbrechung einzelner Linien kann man, wie am Kopfe dieser Abteilung (Fig. 9) gezeigt worden ist, Zierfiguren schaffen und diese mit Schriftsatz in Verbindung bringen oder als Unterdruck verwerten.

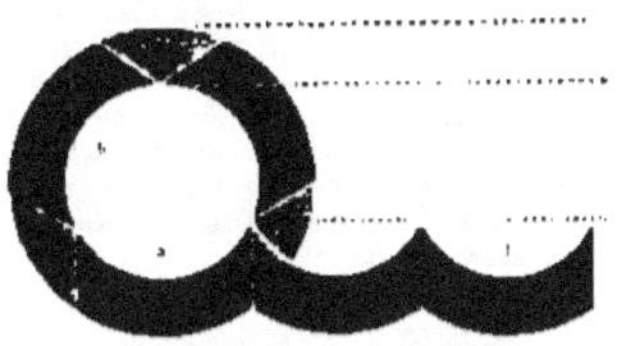

Fig. 10. Verwertung von Kreisen im Messerholzschnitt.

Im Messerholzschnitt ist die Zerteilung von Kreisen möglich nach Fig. 10. Man schneidet aus dem vollen Kreise die schraffierten Stücke heraus und passt die übrig gebliebenen Teile a b c in gerader Richtung aneinander, wodurch ein Band entsteht. Die Stücke werden zu diesem Zwecke vom Fusse abgelöst und in der Neuform aneinander geleimt. Man kann ferner Kreise in gerade Linien auslaufen lassen (d in Fig. 10 und Fig. 11), man kann — ja was kann man nicht

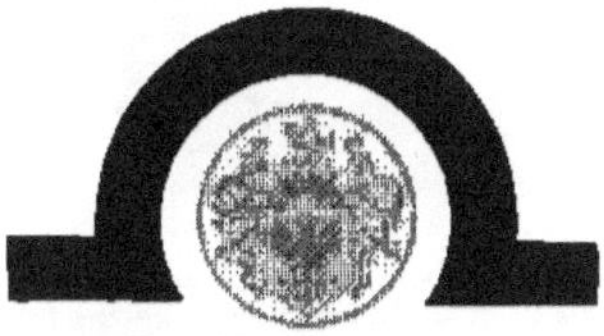

Fig. 11. Benutzung von Kreisteilen.

alles mit Kreisen machen. Deren Anwendung ist schier unerschöpflich. Nur noch eins möge hier gesagt sein. Wer Kreisfiguren schaffen will, der stelle dieselben zuvor genau auf Papier her. Das ist eine leichte Mühe, die nicht nur ein genaues Bild dessen gewährt, was man will, sondern auch Fehlschläge verhütet.

Auf einer amerikanischen Drucksache sah ich kürzlich exzentrische Kreise wie Fig. 12 zu einem Prospekt verwandt. Inmitten des starken kleinen Kreises war eine Maschinenabbildung abgedruckt und in den Räumen a—c hatte man kurze Empfehlungen dieser Maschine untergebracht. Die Kreise waren schwarz, das übrige gelbbraun gedruckt und das ganze von auffälliger Wirkung. Der Doppeldruck ist nicht nur nützlich des Farbeneffektes wegen, sondern auch, weil damit das lästige Einflicken der Schrift in die schmalen Streifen fortfällt.

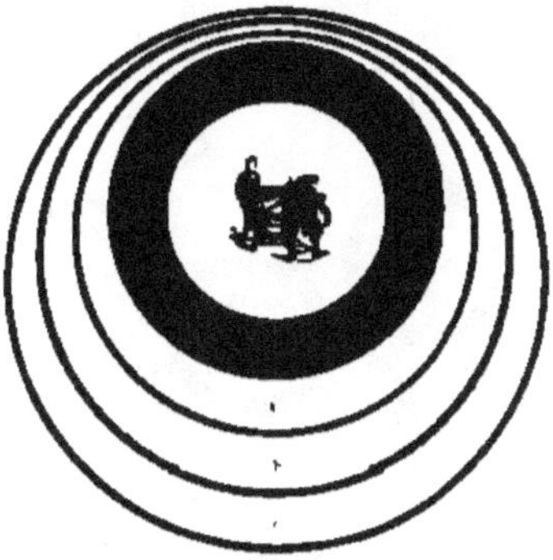

Fig. 12. Exzentrische Kreise.

Durch Verändern des Mittelpunktes kann man in Spitzen auslaufende Kreisbogen (Fig. 13) in Form einer Mondsichel mit dem Kreisschneider herstellen. Solche und andere Kreisfiguren kann man in Messerholzschnitt durch Schraffieren oder Punktieren noch feiner verlaufen lassen, dieselben auch wohl mit andern in die Figuren hineinragenden Teile verbinden (Fig. 14). Dem fähigen Accidenz-„Former" eröffnet sich hier eine weite Perspektive.

Fig. 13. In Spitzen auslaufender Kreisbogen.

Fig. 14. Exzentrische, teilweise punktierte Kreise mit Querstab.

Dass man endlich ineinander greifende, durchgesteckte Kreise allein oder mit Linien u. dgl. verbunden mit Hilfe des Kreisschneiders zu fertigen vermag, wird

Figur 15 bezeugen. Zur Herstellung solcher verwickelter Figuren gehört allerdings etwas Geduld.

Auch im Anzeigensatz mangelt es nicht an Gelegenheit, Kreise anzubringen. Entweder man benutzt einfache breitliniege Kreise wie den fetten Kreis in Figur 12 zum Einsetzen von Schrift, oder man verbindet eine andere Figur, z. B. ein nur mit den Spitzen hervorragendes Quadrat, mit dem Kreise. Damit letzterer nichts an Eindruck verliere, was

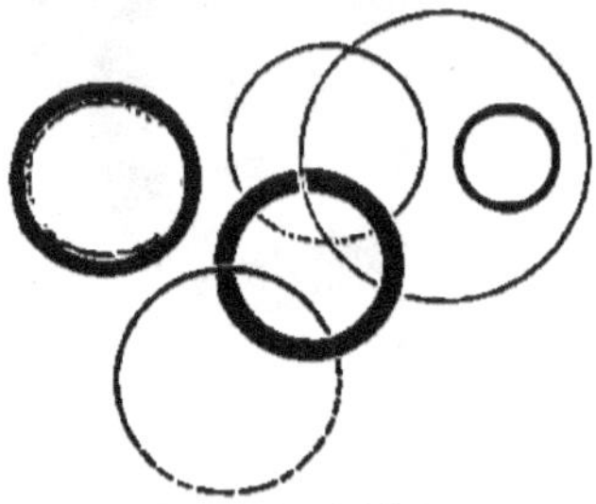

Fig. 15. Sich schneidende Kreise.

geschehen würde, wenn man andere kräftige Figuren an oder um den Kreis ohne weiteres anordnen wollte, schwächt man deren Wirkung durch Schraffieren oder Punktieren ab. Durch scharfen Wechsel von Licht und Schatten kann man auf diese Weise sehr wirksame Figuren erzeugen (Fig. 16).

Fig. 16. Reklamefigur

Da im Anzeigensatze zunächst zusammenhängende Flächen von Schwarz wünschenswert sind, um den Text eines angenommenen Inserates von dem übrigen Inhalte der Anzeigenseite entschieden abzusondern, so kann der Kreis vielfach als weisses Feld zur Aufnahme des Schriftsatzes dienen. Man schneidet also in ein Viereck bestimmter Grösse ein weiss bleibendes Kreisfeld hinein, lässt demnach nur die Umgebung des Kreises schwarz stehen.

Zeitungen sind keine Bilderbücher. Wenn ein Schuhmacher sein Inserat mit einem Stiefel, ein Hutmacher mit einem Hute, ein Uhrmacher mit einer Taschenuhr zum Zwecke grösserer Auffälligkeit versehen haben will, so genügt schon die äussere Form des Stiefels, des Hutes, der Uhr, — die genaue Wiedergabe von Einzelheiten dagegen, wie z. B. der Ziffern in der Uhr, ist bei Dingen, die jedermann kennt, höchst überflüssig, es handle sich denn um Neuigkeiten. Man kann den freien Raum in solchen Figuren zur Anordnung des Textes benutzen, wie dies in Figur 17 geschehen ist, und man hat ausserdem erreicht, dass mit dem Bilde sofort auch die Schrift auffällt und so lange in der Erinnerung haftet wie jenes. Diesen Idealzustand sollte man in allen Reklamedrucksachen herbeizuführen suchen.

Fig. 17. Kreise im Anzeigensatz.

Blicken wir auf das Vorstehende zurück, so finden wir das Recht des Kreisbiegens auf diejenigen Fälle beschränkt, in denen hart an das Bild der Kreise Satzteile stossen sollen. Alleinstehende Kreise oder Kreissysteme wird man besser mit dem Kreisschneider anfertigen. Vielleicht kann man da, wo hohe Bildschärfe feiner oder doppelfeiner Kreislinien Bedingung ist, dem weichen Holz die Messinglinie vorziehen, wohl auch Linienkreise für häufig vorkommende Figuren herstellen. Das alles entscheidet sich in der Praxis. Gewiss ist, dass der verständige Accidenzer im Kreisschneider eine ausserordentlich wichtige Hilfe findet — möge er davon weisen Gebrauch machen.

(Fortsetzung folgt.)

Ein neues Numerierverfahren.

Patentiert in Deutschland und in Österreich-Ungarn.

Eine von den bisherigen abweichende, sich für Massendruck besonders eignende Numeriervorrichtung hat der Faktor Herr Leopold Kucharz in Brünn ersonnen und gibt von derselben in dem neuesten (7.) Hefte der »Typographischen Neuigkeiten« der Schriftgiessereien Benj. Krebs Nachfolger in Frankfurt a. M. und Poppelbaum in Wien, welch genannte Firmen die Ausführung sowohl als auch den Vertrieb übernommen haben, eine ausführliche Darstellung. — Die sehr praktische Idee wird einem gefühlten Mangel abhelfen und scheint berufen zu sein, die sehr kostspieligen Numeriermechanismen für Massendruck nicht nur zu ersetzen, sondern dieselben in mancher Beziehung sogar zu übertreffen. Im Nachfolgenden geben wir eine Skizze der Erfindung.

[illegible] Originalsatz von Fischer & Wittig in Leipzig

Fig. 1.

Fig. 2.

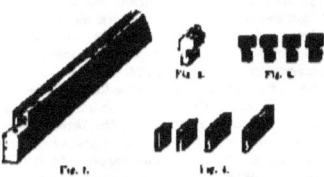

Fig. 3.

Fig. 4.

Petitstarke Messingstäbe von 2½ Cicero Höhe und 100 Cicero Länge sind mit einer Nut von der in Fig. 1 veranschaulichten Form versehen; in diese Nut werden die nach Fig. 2 eigenartig ausgeklinkten Ziffern eingeführt und mit Hilfe der in Fig. 3 und 4 abgebildeten Spatien (1½, 2, 3 und 4 Punkte) und Ausschlussstücke (1, 1½, 2 und 3 Cicero) in den erforderlichen Entfernungen voneinander ausgeschlossen. Das am Ende des Stabes angebrachte Winkelstück mit Schraube dient zum Festhalten von Ziffern und Ausschluss. Ein Herausfallen von Ziffern und Spatien ist infolge Einpassens derselben in die Falznut der Stäbe nicht möglich und kann selbst beim zäpfchenlosen Ausschluss nicht vorkommen, indem der Andruck des Verschlussstückes, sowie der Halt jeder einzelnen Ziffer dies verhindern.

Soll nun eine Arbeit mit Hilfe der Stäbe numeriert werden, so versieht man die für die betreffende Arbeit nötige Anzahl von Stäben mit Ziffern in den erforderlichen Zwischenräumen (Fig. 5), überzeugt sich, eventuell auf einem gemachten Bürstenabzuge, ob sich keine falsche Ziffer eingeschlichen hat und schreitet sodann an das Setzen der Druckform. Die in Fig. 6 abgebildeten Bleiunterlagen von 20 Cicero Länge bringen die Stäbe auf Schrifthöhe und werden zu

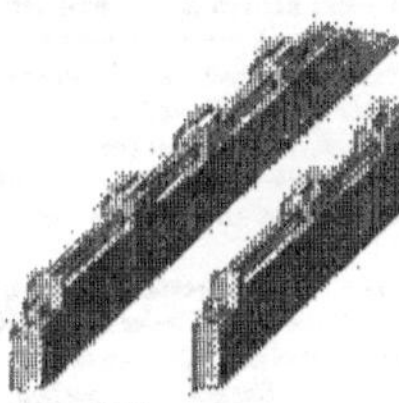

Fig. 5.

Fig. 6.

diesem Behufe jeder beliebigen Höhe angepasst geliefert. Infolge des Umstandes, dass die Stäbe nicht Schrifthöhe haben, ist das Hantieren mit denselben viel bequemer gemacht; werden die Unterlagen durch Einlegen eines nicht zu schwachen Papierstreifens erweitert, so dass die Stäbe seitlich nicht allzusehr eingeklemmt werden, dann kann das Wechseln der Stäbe ohne vorheriges Aufschliessen der Form geschehen und durch den betreffenden Drucker oder Maschinenmeister selbst besorgt werden. Der Vorgang beim Mutieren bedarf keiner näheren Erklärung, nachdem er derselbe ist wie bei einer Ziffernform gewöhnlicher Art: der Unterschied besteht darin, dass bei letzterer jede Ziffer einzeln geändert werden muss, bei Benutzung der Numerierstäbe dagegen *jede beliebige Anzahl* untereinander stehender Ziffern mit *einem* Griffe entfernt und durch andere Ziffern ersetzt werden Grössen anzuschaffen und so allen gestellten Anforderungen nachzukommen. Gelangen breitere Ziffern als die Stäbe selbst zur Verwendung, so hängen dieselben nach beiden Seiten des Stabes über und wird der infolge dessen zwischen den einzelnen Stäben samt ihren Unterlagen entstandene Raum ganz einfach mit Durchschuss, bez. Regletten etc. ausgefüllt.

Die Ziffern selbst werden von Nonpareille angefangen in jeder beliebigen Grösse geliefert und sind die kleinen Grade auf Cicerokegel gegossen. Die Nonpareilleziffern erscheinen mit ungefähr ¼ Petit

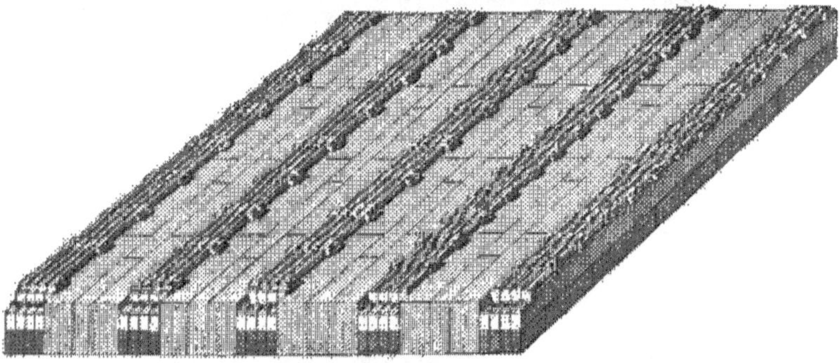

Satzform mit Ziffernstäben.

kann. Das Ändern einer ganzen Ziffernreihe nimmt kaum mehr Zeit in Anspruch als das Mutieren einer einzelnen Ziffer beim gewöhnlichen Typendruck; hierzu tritt noch der grosse Vorteil des gänzlich fehlerfreien Numerierens, während bei gewöhnlichem Zifferndruck durch Ergreifen einer falschen Ziffer oder durch Verstechen etc. bekanntlich sehr oft Fehler entstehen.

Eine sehr geringe Mühe, ausserdem aber grosse Zeitersparnis verursacht die Kontrolle der numerierten Auflage; man braucht hierbei entweder blos die oberste oder die unterste Zahl des Bogens nachzusehen, da nach dieser die übrigen Zahlen des betreffenden Bogens unbedingt richtig sein müssen.

Es ist ferner die gewiss sehr vorteilhafte Einrichtung getroffen, *ein und dieselben Stäbe samt Ausschluss und Spatien für sämtliche Zifferngrössen* verwenden zu können, wodurch jedermann in der Lage ist, mit geringen Mitteln Ziffern verschiedener durchschossen. Sollen Punkte, Kommas, Worte, Nummern- oder andere Zeichen zugleich mit den Ziffern gedruckt werden, so geschieht dies durch Einsetzen und Ausschliessen an oder zwischen die betreffenden Stäbe und wird das hierzu erforderliche Lettermaterial aus den Vorräten der betreffenden Druckerei entnommen. Dass die aus bestem Hartmetall gegossenen und infolge ihrer sehr gedrungenen Form unzerbrechlichen Ziffern saubersten Druck liefern, ist selbstverständlich. Ein uns zugesandter Stab samt Ziffern, Ausschluss und Spatien gibt Zeugnis von der gediegenen Arbeit und Dauerhaftigkeit dieses neuen Numeriermaterials. An diesem Stabe machten wir auch die Wahrnehmung, dass der Schraubenverschluss durch einen einfacheren, praktischeren und dauerhafteren Keilverschluss, der an beiden Enden des Stabes angebracht ist, ersetzt wurde. —

Mit grossem Vorteile, besonders bei umfangreichen Arbeiten, lassen sich die Stäbe zur angenannten Dezimal-Numerierung verwenden, welche zwar doppelten Druck erfordert, die Zahl der Mutationen jedoch auf ein geringes Mass reduziert, ganz abgesehen davon, dass hierbei eine geringere Anzahl von Stäben genügt. Wir wollen die Ausführung der Dezimal-Numerierung an einem Beispiel erklären.

Angenommen, es wäre eine Auflage von 50000 Kouponbogen fortlaufend zu numerieren, jeder Bogen enthielte 60 mit gleichen Zahlen zu versehende Koupons, je 20 untereinander in 3 Reihen geordnet; macht im Ganzen 50000 × 60 = 3000000 zu numerierender Felder. Zu dieser Arbeit werden von jeder Ziffer (1—0) 6 Stäbe zusammengestellt. Nachdem die Druckform hergerichtet und die Auflage in 100 Lagen zu je 500 Bogen abgezählt worden ist, werden sämtliche benötigte Einer und Zehner in folgender Weise vorgedruckt: je 500 Bogen mit 00, 01, 02 u. s. f. bis 99: macht im Ganzen 100 Änderungen zu 500 Bogen. Nun werden die 100 Lagen in der Weise zusammengetragen, dass man 500 Lagen erhält, jede Lage die Ziffer 00—99 enthaltend: beim Zusammentragen wolle darauf geachtet werden, dass 00 unten zu liegen kommt, damit beim Zudrucken der Hunderter und Tausender die Bogen gleich in der richtigen Weise ausgelegt werden. Der Zudruck beginnt mit 000, sodann folgt 001 u. s. f. bis 500. Selbstverständlich kann auch ohne vorgesetzte Nullen gedruckt werden. Vorstehende Arbeit erfordert im Ganzen blos 600 rasch ausführbare Mutationen, während bei gewöhnlichem Ziffernsatz, trotz Dezimal-Numerierung, nicht weniger als 50000 Zahlenänderungen vorzunehmen wären. Hier der immense Zeitverlust durch den längeren Stillstand der Maschine bei jeder Änderung und die leichte Möglichkeit eines Ziffernfehlers, bei den Numerierstäben dagegen die grosse Zeitersparnis und gänzlich fehlerloser Zifferndruck! Das Einlegen muss bei Dezimal-Numerierung selbstverständlich mit Sorgfalt geschehen, damit der Zudruck zum Vordrucke genau passe und haben die Stäbe hierbei den Vorteil, dass die Ziffern selbst bei ungleichmässigem Zuschliessen der Form nicht aus ihrer Lage gebracht werden können. - -

Wenn es bisher keine Vorrichtung gab, eine beliebige Anzahl auf einem Bogen sich befindlicher gleichartiger Arbeiten, z. B. Entréebillets etc., bei einem Druck mit fortlaufenden Zahlen versehen zu können, so ist das Mittel hierfür in den Numerierstäben geboten. Obgleich sich die beste Art der Zusammenstellung der Stäbe, bezw. Ziffern, für jeden einzelnen Fall in der Praxis leicht ergeben wird, so führen wir doch ein Beispiel im Nachstehenden an. — Angenommen, es wären 100000 Billets o. dgl. fortlaufend zu numerieren und befänden sich auf einem Bogen 20 Stück in zwei Gruppen zu je 10 Stück = 5000 Bogen. Da die gewöhnliche Art der Numerierung keiner näheren Erklärung bedarf, so wollen wir das vorstehende Beispiel gleichfalls nach dem Dezimalsysteme ausführen, wozu die Stäbe in folgender Weise mit Ziffern versehen werden:

1	0 1 2 3 4 5 6 7 8 9	1 2 3 4 5 6 7 8 9	0
2	0 1 2 3 4 5 6 7 8 9	1 2 3 4 5 6 7 8 9	0
3	0 1 2 3 4 5 6 7 8 9	1 2 3 4 5 6 7 8 9	0
4	0 1 2 3 4 5 6 7 8 9	1 2 3 4 5 6 7 8 9	0
5	0 1 2 3 4 5 6 7 8 9	1 2 3 4 5 6 7 8 9	0
6	0 1 2 3 4 5 6 7 8 9	1 2 3 4 5 6 7 8 9	0
7	0 1 2 3 4 5 6 7 8 9	1 2 3 4 5 6 7 8 9	0
8	0 1 2 3 4 5 6 7 8 9	1 2 3 4 5 6 7 8 9	0
9	0 1 2 3 4 5 6 7 8 9	1 2 3 4 5 6 7 8 9	0
0	1 2 3 4 5 6 7 8 9 0	1 2 3 4 5 6 7 8 9	0
1mal	a b c d e f g h i k	von jeder Ziffer [illegible] Stäbe	[illegible]mal

Nachdem die Auflage in 50 Lagen zu je 100 Bogen abgezählt worden, werden die Einer, Zehner und Hunderter in folgender Weise vorgedruckt: Jeder einzelne Bogen der ersten Lage erhält die Zahlen 001 bis 020, der zweiten Lage in derselben Weise 021 bis 040 und so fort bis zur 50. Lage, deren jeder einzelne Bogen die Zahlen 981 bis 1000 bekommt. Hierauf werden die 50 Lagen zusammengetragen, auf welche Weise man 100 Lagen zu je 50 Bogen erhält; jede einzelne der 100 Lagen enthält die vorgedruckten Zahlen 001 bis 1000. Nun werden die Tausender zugedruckt. Da wir Nullen vorsetzen und unsere höchste Zahl (100000) sechsstellig ist, so werden in die Form je 3 Nullstäbe eingestellt und die ersten 49 Bogen der ersten Lage gedruckt; nachdem die letzte Zahl des 50. Bogens mit 001000 zu enden hat, so wird anstatt des dritten Nullstabes Stab a eingestellt; die ersten 49 Bogen der zweiten Lage erhalten 001 zugedruckt, beim 50. Bogen (letzte Zeile neues Tausend!) anstatt des dritten Stabes Stab b eingestellt. So geht es in gleicher Weise fort bis zur 100. Lage, deren erste 49 Bogen die Zahl 99 zugedruckt erhalten, während die letzte Zahl des 50. Bogens mit 100000 zu schliessen hat.

Erforderlich sind im Ganzen blos 250 Änderungen, und zwar 50 für die Einer, Zehner und Hunderter, 200 für die Tausender. In ähnlicher Weise verführt man bei 15, 20 oder mehr untereinander stehenden Zahlen.

Hat man für eine grössere, aus mehreren Gruppen bestehende Arbeit eine genügende Anzahl von Stäben nicht zur Verfügung, so dass sämtliche benötigten Stäbe auf einmal nicht zusammengestellt werden könnten, so druckt man jene, aus mehreren gleichen Ziffern bestehenden Zahlen zum Schlusse, die erforderlichen Stäbe aus den nicht mehr benötigten neu zusammenstellend, oder lässt die betreffenden Bogen zweimal durch die Maschine geben.

Beim Druck auf der Handpresse können die Stäbe auch zur Einzel-Numerierung benützt werden. Man versieht zu diesem Ende 3, 4 oder mehr Stäbe (je nachdem die höchste zu numerierende Zahl 3-, 4- oder mehrstellig ist) mit Ziffern von 1—0, ohne in dieselben irgendwelchen Ausschluss mit einzusetzen. In die Druckform wird die den Stäben beigegebene, in einer Charnière liegende Querleiste, an welche die zu druckenden Ziffern behufs Zeilenhaltens angeschoben werden müssen, mit eingeschlossen, und geschieht das Fortändern der Zahlen durch einfaches Verschieben der betreffenden Ziffern. Im Rähmchen der Handpresse wird selbstverständlich der Raum nur *einer Zeile* ausgeschnitten und am Deckel mit einem Stückchen Glanzpappe unterlegt, damit der Druck nur auf diese eine Zeile wirke. Die nebenstehende Skizze diene zum besseren Verständnis.

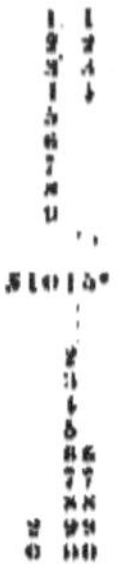

Schriftprobenschau.

In der gewohnten eleganten Ausstattung hat die Firma *J. G. Schelter & Giesecke* kürzlich ein neues Heft, das dritte des vierten Bandes, ihrer *Typographischen Mitteilungen* herausgegeben. In einfach-schönem Umschlag enthält dasselbe zunächst auf der ersten Seite das Porträt des am 25. Juli 1889 verstorbenen Herrn Bernhard H. Giesecke und bringt dann kurze Aufsätze über die Ligaturen, deren Vereinfachung empfehlend, über Wetters Numeriermaschine sowie über einige neue Utensilien für den Druckereibetrieb. Auf fünf Doppelblättern, davon zwei in fünffarbigem Druck, folgen dann eine grosse Zahl mustergültiger Anwendungen der von der herausgehenden Firma in den letzten Jahren geschaffenen Vignetten für alle nur denkbaren Drucksachen. In diesen Anwendungen kommt auch das reiche Material der Firma an Linien, Einfassungen, Titel- und Zierschriften in wirkungsvoller und empfehlender Weise zur Vorführung. Dem Accidenzsetzer ist in diesen Blätter ein reicher Schatz vorzüglicher Satzmuster geboten. Endlich enthält das Heft auf 11 Folioseiten die vom Hause Schelter & Giesecke in den letzten Jahren herausgegebenen neuen Schriften, welche zum grössten Teil unsern Lesern bereits durch Abdruck im Archiv bekannt sein werden. So bietet denn das Heft einen neuen Beweis von dem Streben der Firma, dem Buchdrucker stets nur gutes und praktisch verwendbares Material zu liefern; dass dieses Material auch in seiner technischen Ausführung von hoher Vollkommenheit ist, ist eine jedem Buchdrucker bekannte Thatsache. —

Unter dem Titel *Wiener Typen* gab die k. k. Hof-Schriftgiesserei *Brendler & Marklowsky* vor Jahresfrist das erste Heft einer einheitlich ausgestatteten Probe ihrer neuen Erzeugnisse heraus und lässt nun das zweite Heft folgen. Schon das erste Heft enthielt eine Menge hervorragender Erzeugnisse, welche sich inzwischen in vielen Druckereien eingebürgert haben, wir erinnern nur an die unsern Lesern aus dem Archiv bekannte Wiener Mediaeval Kursiv und die halbfette Wiener Mediaeval. Das zweite Heft steht dem ersten in keiner Beziehung nach. Aus dem reichen Inhalte an Schriften erwähnen wir nur eine Wiener Kurrentschrift (eine sehr elegante Fraktur-Schreibschrift), eine französische Schreibschrift in Mediaevalcharakter, eine breite fette Antiqua »Mammut«, eine zierliche »Brahma-Grotesque«, eine Inserat-Kursiv und eine halbfette Perl Fraktur; ferner gotische und altdeutsche (Kanzlei) Initiale. Ausserdem finden wir mehrere Reiheneinfassungen, Untergrundmuster und eine Einfassungsserie grossen Stils, die »Maurische Einfassung«. Diese letztere ist ein hervorragendes Erzeugnis der Schriftgiesserei und wird sich zum kunstgerechten Schmuck von Arbeiten grösseren Formats ganz vorzüglich eignen. — Die Ausstattung der Hefte in Satz und Druck ist eine ausgezeichnete und macht der »St. Norbertus-Druckerei« in Wien alle Ehre. —

Die Schriftgiesserei *Ludwig & Mayer* setzte uns in die angenehme Lage, unsere Leser wieder mit einigen Erzeugnissen dieser rührigen Firma bekannt machen zu können. Zunächst bringen wir aus einer reichen Kollektion *landschaftlicher Vignetten* eine kleine Auswahl zum Abdruck. Die flotte Zeichnung dieser Bildchen wurde durch Autotypie in geeigneter Weise für den Buchdruck reproduzirt und die abgegebenen Galvanos sind von anerkennenswerter Güte. Diese Vignetten werden stets einen eleganten Schmuck der damit ausgestatteten Drucksache bilden. Die *Rondine* genannte Schrift wird sich besonders auch wegen der leicht und schwungvoll gezeichneten Versalien viele Freunde erwerben und in modernen Accidenzien gern und mit Erfolg verwendet werden. Auch als Initiale zu andern entsprechenden Schriften werden die Versalien sich ganz vorzüglich eignen und wird somit die Anschaffung der Schrift sich jedenfalls reichlich lohnen. Im fernern bringen wir zwei jetzt fertiggestellte grössere Grade einer von uns früher veröffentlichten *schmalen Elirane*, welche die gleichen Vorzüge der kleineren Grade aufweisen und so eine willkommene Ergänzung dieser Schriftgarnitur bilden. —

Die *Aktiengesellschaft für Schriftgiesserei und Maschinenbau* (vormals Huck & Co.) sendet uns als neuestes Originalerzeugnis ihres Hauses eine *Barock-Einfassung* (Serie 00), deren einzelne Figuren wir nachstehend zum Abdruck bringen:

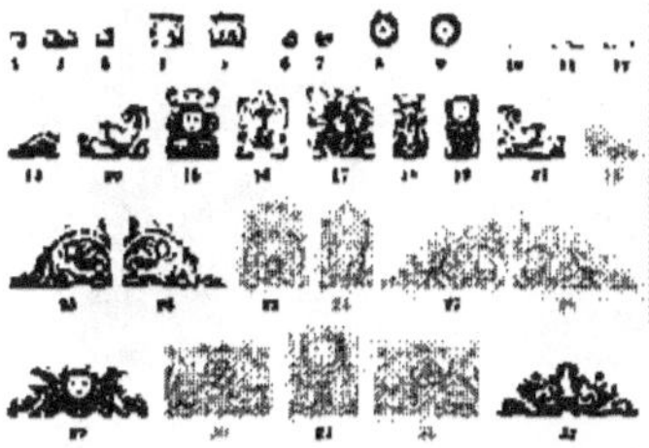

Die zierliche und zarte Zeichnung aller dieser Figuren lässt die Einfassung für Arbeiten, welchen eine gefällige Ausstattung gegeben werden soll, recht geeignet erscheinen. Die Figuren 1—9 bilden je zwei Reiheneinfassungen auf Nonpareille- und Ciceroкegel. Während sich Figur 6 und 7 wegen ihrer fast zu zarten Zeichnung nur für Arbeiten kleineren und kleinsten Formats eignen, werden sich 1—3 neben einer solchen Verwendung auch als Begleitformen in grösseren, derberen Umrahmungen recht wirkungsvoll erweisen. Ähnlich verhält es sich mit den Cicero-einfassungen 8—9 und 4—5, indem erstere klare und deutliche, letztere aber verschwommenere Formen aufweisen, worauf bei ihrer Verwendung ebenfalls Rücksicht zu nehmen sein wird. Durch geschickte Anordnung von begleitenden Linien lässt sich die Wirkung dieser Einfassungen wesentlich erhöhen.

Die Figuren 10—12 sind als Spitzen, als äusserer oder innerer Abschluss von Einfassungen von guter Wirkung, besonders wenn sie zur Verbindung der aus den folgenden Figuren der Serie zu bildenden Ecken und Mittelstücke verwendet werden.

Zur Bildung von Eckenaufsätzen eignen sich zunächst die Figuren 13—14 mit 1 als Eckstück und dann 25—28 mit 17 als Eckstück.

Ausser den Figuren 29 und 32 lassen sich aus 20—21 und 25—28 als Seiten- und eine der Figuren 15, 16, 18, 19, 22—24 als Mittelstücke sehr schöne Aufsätze für die Mitte von Rahmenkompositionen oder sonst geeigneter Verwendung bilden:

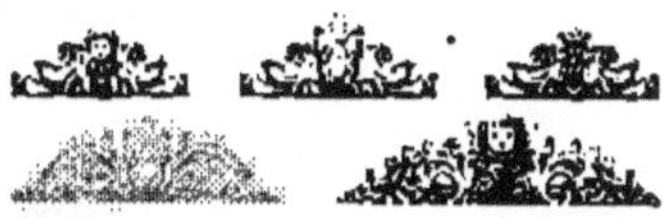

Wie die Verbindung dieser Mittelstücke mit den Ecken durch die Figuren 10—12 gemeint ist, mag das folgende Beispiel zeigen:

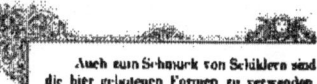

Auch zum Schmuck von Schildern sind die hier gebotenen Formen zu verwenden, wie aus den folgenden Beispielen hervorgeht:

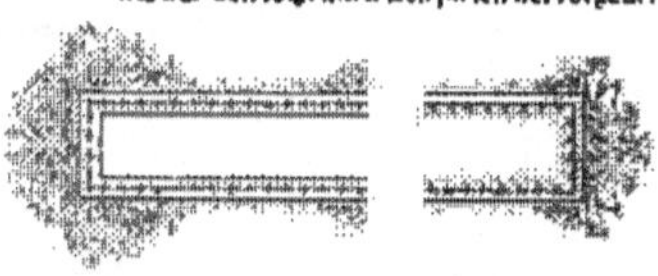

Die noch übrig bleibenden Figuren 30 und 31 sind zur Bildung reicher Umrahmungen bestimmt, in gleicher Weise lassen sich aber auch die oben als Mittelstücke bezeichneten Figuren 16, 18, 22 und 24 verwenden. Der Zeichnung am besten entsprechend wird es sein, wenn man diese Figuren nur an ihrer Fussseite mit weiterem Zierrat verbindet, die Spitzen aber frei auslaufen lässt:

Die auf dem Probeblatt der Giesserei beliebte Verwendung mit beiderseitiger Linienbegrenzung will uns weniger gefällig und korrekt erscheinen:

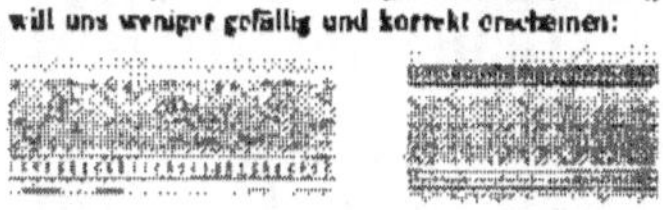

Selbstverständlich ist die Verwendbarkeit der Einfassung mit den hier gegebenen Beispielen nicht erschöpft; wir konnten nur auf das Wichtigste hinweisen und wollen das Weitere dem denkenden Setzer überlassen, er wird aus dem vorliegenden Material

Vignetten von Ludwig & Mayer in Frankfurt a. M.

1107.

„Rondine“ von Ludwig & Mayer in Frankfurt a. M.

Text No. [illegible] Min. 6 kg à M. 4.[illegible]

Klassische Mythologie A C G G Illustrirte Encyklopädie

[illegible] Cicero No. [illegible] Min. [illegible] kg à M. [illegible]

B D F Nationale Kunst-Ausstellung H K k

Doppelmittel No. [illegible] Min. [illegible] kg à M. [illegible]

Johannis-Fest L O P Herbst-Ausflug

3 Cicero No. [illegible] Min. [illegible] kg à M. [illegible]

R Der Thüringer Wald Z

Schmale Egyptienne von Ludwig & Mayer in Frankfurt a. M.

[illegible] Cicero No. [illegible] Min. [illegible] kg à M. [illegible]

Deutsche RENAISSANCE Nürnberg

[illegible] Cicero No. [illegible] Min. [illegible] kg à M. [illegible]

25 BURG Schwerin CHUR 36

noch manche dankbare Form bilden können. Bemerken möchten wir, dass uns diese Einfassung allerdings in auffälliger Weise an bereits *Vorhandenes* erinnert. —

Die *Rudhardsche Giesserei* sendet uns eine Garnitur *Naturalistische Initiale*, aus welcher wir nachstehend eine Probe zum Abdruck bringen:

Für die auch im Buchdruck immer beliebter werdende naturalistische Verzierungsweise und durch die grosse Verbreitung der in neuester Zeit so zahlreich geschaffenen naturalistischen Vignetten und Einfassungen sind in gleicher Weise geschmückte Initiale zum Bedürfnis geworden und jedes neue Erzeugnis dieser Art hat, sofern es gut ist, Aussicht auf besten Erfolg. Von den vorliegenden Initialen, die auch in einem kleineren Grade auf 6 Cicero, Buchstabenbild 4 Cicero, vorhanden sind, kann nun gesagt werden, dass sie in ihrer Art sehr gut gelungen sind; sie werden deshalb ohne Zweifel den Beifall aller der naturalistischen Richtung huldigenden Buchdrucker finden und dann mit dazu beitragen, die Erzeugnisse dieser Richtung immer mehr einheitlich auszustatten und kunstgerecht zu schmücken. Die Initiale werden in vorzüglichen Galvanos auf Holz- und Zeugfuss geliefert und sind auch in bezug auf System und Linienhalten recht exakt gearbeitet.

Satz und Druck unserer Probeblätter.

Auf Blatt Q bringen wir zwei mit einfachen Mitteln originell ausgestattete Adresskarten. Das Ziermaterial der obern Karte besteht aus einer Nonpareille-Einfassung von *Woellmer*. Ecken und Mittelstücken von *Ludwig & Mayer* und kleinen figürlichen Zierstücken aus der Phantasie-Einfassung der *Rudhardschen Giesserei*. Die Schilder auf der untern Karte wurden aus einer Einfassung von *Flinsch* gesetzt. Von den verwendeten Schriften lieferten *Scheller & Giesecke*: E. Brasser, 8 Pt. etc.; *Krebs*: Zigarren etc.; *Drendler & Marklowsky*: Brazil etc.; *Ludwig & Mayer*: 18, Leipzig, Kreuzburg, Industrie; *Flinsch*: Actiengesellschaft, auf eine, Waschmaschinen; *Genzsch & Heyse*: Hainstrasse, Laufende; *Roos & Junge*: Beleuchtungsapparate. Gesetzt wurden diese Karten nach einem Entwurf unseres Mitarbeiters *Hermann Hoffmann* in Berlin.

Den zum Druck des Blattes verwendeten Braunlack mit Zusatz von etwas Violett lieferte *Hermann Gauger* in Ulm, der Chamoiston wurde aus Terra sienna und Glanzweiss von *Berger & Wirth* in Leipzig mit Zusatz von etwas Braunlack gemischt.

Bei Ausführung unseres Blattes T, eines Circulars, hielten wir uns in der Anordnung der den Papierrand schmückenden fliegenden Schwalben und der Landschaft an eine Arbeit von *Rauum & Seemann* in Leipzig aus dem letztjährigen Musteraustausch des Deutschen Buchdruckervereins, während die Ausstattung des eigentlichen Circulars nach eigenem Entwurfe ausgeführt wurde. Von dem verwendeten Material erhielten wir die Klischees der Schwalben und der Landschaft von *Rauum & Seemann*, die Vignette (Gebirgslandschaft) innerhalb des Rahmens von *Scheller & Giesecke*, welche auch die Spitzen lieferten. Die schöne 3-Cicero-Einfassung ist eine der von *Nies Nachfolger* nach Originalen der Deutschen Reichsdruckerei geschnittenen Einfassungen, ... entnahmen wir der Franklin-Einfassung von *Woellmer* und die Schrift (Gutenberggotisch) erhielten wir von *Bauer & Co.* Die zu dem Golduntergrund verwendeten Messing-Musterlinien erhielten wir von *Gebr. Brandt* in Quedlinburg.

Gedruckt wurde das Blatt mit Blau, Sammtbraun und einem graublauen, mit Glanzweiss gemischten Ton, sämtlich von *Berger & Wirth* in Leipzig.

Die Beilage U, eine elegante Geschäftsempfehlung, wurde nach einem Titel von *Scheller & Giesecke* ausgeführt, welche Firma uns auch die Platten bereitwilligst zur Verfügung stellte. Die Schrift »Jaquets« und »Mäntel« samt Initial erhielten wir vom selben Hause, während die Schriften zu »für die« etc. und »Leipzig« von *Flinsch*, Initial H und G und »Petersstrasse« von *Gronau*, »(H)ermann« von *Genzsch & Heyse* geliefert wurden.

Von den verwendeten Farben erwähnen wir: Blaulack von *Hermann Gauger* in Ulm, Achatrot und Chamoiston von *Berger & Wirth* in Leipzig.

—

Zeitschriften- und Bücherschau.

— *Meisterwerke der Holzschneidekunst* aus dem Gebiete der Architektur, Skulptur und Malerei. Dreizehnter Band. Preis jeder Lieferung 1 M. Verlag von J. J. Weber in Leipzig. Von den bekannten Meisterwerken der Holzschneidekunst liegen uns die ersten 8 Hefte des dreizehnten Bandes vor, welche auf 44 Tafeln in Grossfolioformat eine erstaunliche Fülle künstlerisch und kunstgeschichtlich sehr wichtiger und interessanter Werke darbieten. Der Wanderung durch ein mit ausgesuchten Schöpfungen der Skulptur und Malerei ausgestattetes Museum vergleichbar, erweist sich die Betrachtung der in diesen Heften vereinigten mannigfaltigen Holzschnitte, deren vorzügliche, auf der Höhe der modernen Technik stehende Herstellung eine Spezialität der bekannten Verlagsfirma ist. Wie dort, so wechseln sich hier, und zwar in freier Wiedergabe, bald erhabene, bald anmutige Gestalten, welche die Bildnerhand dem spröden Erze oder keuschen Marmor abzuringen wusste, mit Darstellungen mächtiger Geschehnisse, wie sie die vom Genius befruchtete Phantasie grosser Geschichtsmaler nochmals aus sich heraus gebar. Wie dort, reihen sich auch hier anpackende Vorführungen des Genre, worin besonders glückliche Beobachter der Volksseele den Schatz ihrer Erfahrungen niederlegten, köstliche Schilderungen tier- und landschaftsmalerischer Art, welche wiederum tiefeingeweihte der Natur der Leinwand anvertrauten. Und dass schliesslich auch die Architektur sich mit etlichen Vorführungen ihrer neuesten Monumentalbauten würdig am bekannten Wettkampf beteiligt, entspricht durchaus deren altgeübter Führerschaft im Schwesterbund der bildenden Künste. Die Meisterwerke der Holzschneidekunst bilden ein Museum im Kleinen, das in keinem deutschen Hause fehlen sollte, wo man Sinn für edle Kunstschöpfungen hat. Die Ausstattung des Werkes ist, wie bekannt, vornehm und gediegen, der Preis erstaunlich billig.

— § *The American Dictionary of Printing and Bookmaking* (Encyklopädisches Wörterbuch der graphischen Künste). Erste Lieferung. Die Redaktion des Fachblattes »American Bookmaker«, Howard, Lockwood & Co., 126—128 Duane Street, in New-York gibt unter obigem Titel ein Fachwerk heraus, dessen Inhalt in erklärenden, mit zahlreichen Illustrationen versehenen Ausführungen die gesamten technischen Ausdrücke und alle in die graphischen Fächer einschlagenden Artikel und Wortbezeichnungen der englischen, deutschen, französischen und italienischen Sprache vereinigt. Das Werk verkörpert eine vorzügliche Idee insofern, als es in klarer, durch die zahlreichen Abbildungen verständlicher Weise eine deutliche Terminologie entwickelt. Der Bezug des Werkes ist vor der Hand allerdings nur in folgender Weise ermöglicht: Dasselbe wird den auf obiges Fachblatt für die drei kommenden Jahre subskribierenden Abonnenten gratis verabfolgt in der Weise, dass dem Blatte periodisch eine der Quartallieferungen des Werkes beigelegt wird. Der Subskriptionspreis auf das Fachblatt »American Bookmaker« inhaltlich des »Dictionary« beträgt jährlich 2 Doll. (M. 8,40). Für den Fall eine pränumerative Zahlung des Gesamtbetrages für alle drei Jahre beliebt wird (6 Doll.), garantiert der Herausgeber für komplette Lieferung ohne irgendwelche Nebenkosten in dem bestimmten Zeitraum. Sobald das Werk jedoch vollendet sein wird, erhöht sich der Bezugspreis für dasselbe allein auf 12 Doll. (ca. M. 50). (Den deutschen Buchdruckern steht bereits seit Jahren ein ähnliches Werk zur Verfügung, welches an Gediegenheit und Vollständigkeit nichts zu wünschen übrig lässt: *Waldows Wörterbuch der graphischen Künste*, 2798 Artikel und 281 Illustrationen. Preis 23 M. 50 Pf., eleg. geb. 26 M. 50 Pf. Dieses deutsche Werk hat auch im Auslande die lobende Anerkennung gefunden.

Mannigfaltiges.

— * Die renommierte *Messinglinienfabrik H. Berthold* in Berlin ist am 9. Mai d. J. aus dem Besitze des Herrn *A. Sollberg* an den langjährigen Mitarbeiter der Firma, Herrn *B. Kohler* übergegangen.

— * Am 22. Mai starb in *Leipzig* der Mitinhaber der Firma Metzger & Wittig, einer bedeutenden Buchdruckerei, Herr *Friedrich Ludwig Metzger*, im 71. Lebensjahre.

— § In Bezug auf den vom Deutschen Buchdrucker-Verein herausgegebenen *Internationalen Musteraustausch* ist insofern eine Änderung in den Teilnehmervorschriften für den nächsten Band bereits aufgenommen, als auf den einzelnen Blättern die Angabe von Bezugsquellen des zur Herstellung verwendeten Schriftenmaterials, Farbe, Papier u. s. w. unstatthaft ist. Veranlassung hierzu dürfte die in Fachkreisen bei Erscheinen des zweiten Bandes in weitem Masse geäusserte Meinung, der Austausch könne durch diese überhand nehmende Bezeichnung der einzelnen Blätter leicht zum blossen Reklamemittel sinken, gegeben haben. Wir betrachten die Massnahme des Ausschusses aus praktischen Gründen als etwas zu scharf, denn es dürfte in vielen Fällen eine Auskunft über dieses oder jenes angewandte Material ganz willkommen sein, und hätte man die Umfänglichkeit der Bezeichnungen ganz gut auf ein geringes Mass beschränken können, vielleicht durch Vorschrift einer Nonpareilleschrift zu diesem Zwecke.

— * Die in den letzten Jahren von Herrn Reinhold Winkler in Offenbach geführte Vertretung des *Englischen Internationalen Musteraustausches* ist jetzt an Herrn *Hermann Hoffmann* in Friedrichshagen bei Berlin übergegangen. Derselbe vermittelt die Beiträge aus Deutschland, Österreich-Ungarn, der Schweiz, Dänemark, Skandinavien und Russland und gibt Auskunft über alle den Austausch betreffenden Fragen. In einem längeren Aufruf, auf dessen Wiedergabe wir wegen Raummangels verzichten müssen, ladet Herr Hoffmann zu zahlreicher und allseitiger Beteiligung ein. Aus den Bedingungen zur Teilnahme an dem Unternehmen wollen wir erwähnen, dass die Beiträge in einer Auflage von 325 Exemplaren und im Format von 29:22 cm bis zum 15. August d. J. an Herrn Hoffmann einzusenden sind und dass die Kosten ausser in einem Abonnementsbetrage von einer Mark nur noch in den auf alle diesseitigen Teilnehmer gleichmässig verteilten Vermittelungsunkosten bestehen. Ein Probeabzug des beabsichtigten Beitrags ist schleunigst an Herrn Hoffmann einzusenden, welcher sich auch bereit erklärt, jedem Anmelder in Bezug auf Art und Ausführung seines Beitrags kostenfrei und unter Diskretion zu raten.

— § Am 3. Mai d. J. fand in Eisleben die Enthüllung des *Friedrich König-Denkmals* statt, zu dessen Errichtung die Anregung am 17. Januar 1883, dem 50jährigen Todestage Friedrich Königs, im Gewerbevereine zu Eisleben, der Geburtsstadt des genialen Erfinders der Schnellpresse, gegeben war. Zur Einweihung des Denkmals hatten sich auf die Einladung des Komitees hin ca. 150 Personen eingefunden, unter welchen sich neben den Staats- und städtischen Behörden die Herren Dr. Eduard Brockhaus-Leipzig, Friedrich v. König, Sohn des Erfinders und Inhaber der Maschinenfabrik König & Bauer, Prof. Fr. Schaper-Berlin, der Schöpfer des Denkmals, Abordnungen des Personals von König & Bauer, eine Deputation des Maschinenmeister-Vereins Leipzig und eine grössere Anzahl bedeutender Industrieller befanden. In Verbindung mit den offiziellen Festlichkeiten hatte der Gewerbeverein nachmittags eine Festtafel und abends eine Abendunterhaltung mit Ball veranstaltet. Rede und Wort wechselten in angenehmer Weise miteinander ab, und war der Verlauf der Feier für die Beteiligten ein allseits befriedigender. Über das Monument selbst wäre noch zu berichten, dass dasselbe sich im Stadtgraben an der Friedrich König-Strasse befindet. Es besteht aus einer überlebensgrossen Büste aus Bronze auf Granitsockel, beides zusammen 3 m 31 cm hoch. Das mit einem Eisengitter umfasste Denkmal trägt auf der Vorderseite die Inschrift »Dem Erfinder der Schnellpresse Friedrich König, ersten Sohne Eislebens«.

— * Der vor kurzem zur Ausgabe gelangte *Jahresbericht des Vereins Leipziger Buchdruckereibesitzer* für das Jahr 1890 enthält zunächst Mitteilungen über interne Vereinsangelegenheiten und berichtet dann ausführlich über die unter dem Kuratorium des Vereins bestehende Buchdruckerlehranstalt zu Leipzig. Danach nahmen im Jahre 1890 [illegible] Lehrlinge aus 90 Offizinen in 4 Setzer- und 3 Druckerklassen an dem Unterrichte der Anstalt teil. Aus dem Berichte über den vom Verein eingerichteten und geführten Arbeitsnachweis ist zu erwähnen, dass im vergangenen Jahre insgesamt an 784 Gehilfen Kondition nachgewiesen wurde, während die Zahl der Anmeldungen konditionsloser Gehilfen 1679 betrug. Den Schluss des Berichtes bildet ein Verzeichnis der Adressen derjenigen Mitglieder, welche Vereinsämter bekleiden und Rat und Auskunft über Vereinsangelegenheiten zu erteilen bereit sind.

— * Der *Unterstützungsverein Deutscher Buchdrucker* feierte im Mai d. J. das Jubiläum seines 25jährigen Bestehens. Das Organ des Vereins, der »Correspondent für Deutschlands Buchdrucker«, hat zu dieser Gelegenheit eine Festnummer im Umfange von 16 Folioseiten herausgegeben, welche neben einem Festgedicht und einem Leitartikel zur Hauptsache die Geschichte der einzelnen Gauverbände, aus welchen sich der Unterstützungsverein zusammensetzt, enthält. Aus einer Zusammenstellung der Ausgaben des Vereins während seines 25jährigen Bestehens geht hervor, dass für Unterstützungen aller Art, soweit noch zu ermitteln, bisher 5612069 Mark ausgegeben wurden, davon 2740786 Mark seit 1891 für Kranken- und 407044 Mark seit 1880 für Invalidenunterstützung; der Rest entfällt auf Arbeitslosen- und Reiseunterstützung. Der Vermögensbestand sämtlicher Zentralkassen des Unterstützungsvereins betrug Ende 1890 1777479,79 Mark bei einer Mitgliedzahl von 16500. In den 60 Bibliotheken von ebensoviel Mitgliedschaften sind zur Unterhaltung und Belehrung der Mitglieder zusammen 30780 Bände vorhanden.

— § Über das *litterarische Eigentumsrecht* in den verschiedenen Ländern gibt das »Bull. de l'Impr.« folgende Übersicht: Das Eigentumsrecht der Autoren und deren Erben an litterarischen Erzeugnissen ist in den einzelnen Staaten von ganz verschiedener Dauer. In Mexiko, Guatemala und Venezuela ist das Eigentumsrecht des Autors selbst nach dessen Tod auf ewige Zeit unangreifbar; in Belgien, Russland, Norwegen, Tunis, in der Äquatorial-Republik und in Peru ist dem Verfasser während der Dauer seiner Lebzeit und seinen Erben während einer 50jährigen Folgezeit das Eigentumsrecht gewahrt, in Italien ist letzterer Zeitraum auf 40 Jahre reduziert. In Spanien und Columbien geniessen die Erben nach dem Tode des Verfassers nur während 8 Jahren den Eigentumsschutz. In den Vereinigten Staaten bleibt der Autor nur während 28 Jahren Eigentümer seines Erzeugnisses, jedoch steht dem nach Verlauf dieser Zeit eine Erneuerung der Schutzfrist auf 14 Jahre zu. In Deutschland, Frankreich, Österreich-Ungarn und der Schweiz geniessen die Erben eines Autors nach dessen Tode noch 30 Jahre lang geistiges Eigentumsrecht. In der Republik Haiti ist das Urheberrecht für den Autor oder seine Ehefrau oder seine Kinder ein [illegible]jähriges, für letztere Erben dann noch ein gleiches. In Schweden, Rumänien und Brasilien ist nach des Verfassers Tode das Eigentumsrecht der Erben ein [illegible]jähriges. In England hört für die Erben das Eigentumsrecht 7 Jahre nach dem Tode des Autors auf. In Holland und Dänemark erlischt das Eigentumsrecht erst 50 Jahre nach dem Tode des Verfassers. In Japan erlischt jedweder Eigentumsrecht an litterarischen Erzeugnissen 5 Jahre nach dem Tode des Autors.

— § Über eine kuriose *Anwendung der Elektrizität als Kontrollmittel* in einer der grössten Offizinen New-Yorks berichtet ein belgisches Fachblatt. Im Privatkontor des technischen Leiters befindet sich eine Vorrichtung mit ebensoviel elektrischen Glühlämpchen als Druckmaschinen in der betreffenden Offizin im Betriebe sind. Die Nummer jeder Lampe stimmt mit derjenigen der Zählvorrichtung an der betreffenden Maschine überein. Sobald sich dann eine Maschine in Bewegung setzt, funktioniert der elektrische Strom in der Weise, dass zwischen dem Druck jedes einzelnen Bogens die betreffende Lampe erlischt und beim Druck des nächsten wieder erglüht. Steht die Maschine still, so deutet dies das entsprechend längere Erlöschen der Lampe an. Auf diese Weise vermag der Leiter von seinem abgelegenen Arbeitsraum aus mit Genauigkeit festzustellen, mit welchem Grade von Schnelligkeit sämtliche Maschinen arbeiten und von welcher Dauer die Zeitverluste während des Druckens u. s. w. sind.

Briefkasten.

Herrn [illegible] in [illegible] Ihre Arbeiten bekunden ein [illegible] Streben, Geschmack [illegible]. Die [illegible] Verhältnis der einzelnen Teile jedoch noch mehr Beachtung widmen; der Kopf vom [illegible] der Fülle [illegible] u. [illegible] in dieser Beziehung zu [illegible]. Weitere Sendungen werden uns stets angenehm sein.

Inhalt des 7. Heftes.

Anleitung zum [illegible]. — Die neuen Namensbezeichnungen. — Schriftprobenschau. — Satz und Druck unserer Probeblätter. — Zeitschriften- und Bücherschau. — Mannigfaltiges. — Anzeigen. — Accidenzmuster im Texte: 1 Briefkopf. — Beilagen: 1 Blatt Adresskarten, 1 Blatt Circulare, 1 Blatt Geschäftsempfehlung.

Das Heft enthält [illegible] Seiten 2 Beilagen.

Das Heft 8/9 erscheint wie in früheren Jahren als *Doppelheft Mitte August.*

Bezugsbedingungen für das Archiv.

[illegible]

Redigiert von [illegible] — Gedruckt mit [illegible] von Klein, Forst & Bohn [illegible].

Annoncen.

Gebrauchte Schnellpresse

sehr gut erhalten und vollständig renoviert, billig zu verkaufen.
[illegible]
Näheres durch

Alexander Waldow, Leipzig.

Accidenz-
Tiegeldruckmaschine
mit Tretvorrichtung

von J. G. [illegible] in Cannstatt. [illegible] wenig gebraucht, ist mir zum Verkauf übergeben worden.
[illegible] Preis 400 Mark.

Alexander Waldow, Leipzig.

Stahlfröschchen
mit oder ohne Lippe offeriert

Alexander Waldow, Leipzig.

Prima engl. Walzenmasse und Zusatzmasse
50 Kilo zu 120 Mark liefert **Alexander Waldow, Leipzig.**

Beste konzentrierte Seifenlauge
in einzelnen Dosen und in Kisten zu 10 Dosen verkauft
Alexander Waldow, Leipzig.

Wer neue Werk- oder Zeitungs-Schriften anschaffen will, versäume nicht, sich franco Proben der

Bismarck-Fraktur

von

Benjamin Krebs Nachfolger
in Frankfurt a. M.

kommen zu lassen.

Stereotypie! [illegible] Carl Kempe, Nürnberg.

Cylinder-Überzüge

[illegible]

Alexander Waldow, Leipzig.

Äusserst praktischer
Walzenkochapparat.

[illegible]

Alexander Waldow, Leipzig
Buchdruck-Maschinen- und Utensilien-Handlung

Verlag von Alexander Waldow in Leipzig.

M. Wunder:

Die Preisberechnung von Druckarbeiten.

Zweite Auflage.

Diese zweite Auflage der höchst verdienstvollen Arbeit des Herrn Wunder ist **ganz bedeutend** vermehrt und genauest revidiert, sie sucht deshalb an Vollständigkeit ihresgleichen in der Fachlitteratur aller Länder. Von besonderem Interesse sind die Angaben von bewährten Preisansätzen für **Werke und Accidenzarbeiten** jeder Art, so dass man, wenn man nach ihnen rechnet, nicht lange zu kalkulieren braucht **und wirklich etwas verdient.** Preis M. 3.50

Erste Mannheimer
Holztypen-Fabrik
Sachs & Cie.
Mannheim (Baden)
The White
Buch- und Steindruckereien.

Kolumnenschnur
liefert billigst Alexander Waldow, Leipzig.

Musterbuch
Mk. 6.–

JULIUS KLINKHARDT
Schriftgiesserei
Leipzig
Wien

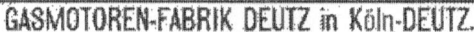

GASMOTOREN-FABRIK DEUTZ in Köln-DEUTZ.

Otto's neuer Motor.
Exemplare
mit über Pferdekraft
im Betrieb.
Otto's Zwillingsmotor
Otto's Petroleummotor

Holzschnitte
Clichés
CARL ABEL, Leipzig

Wilhelm Woellmer's
Schriftgiesserei
BERLIN
SW., Friedrich-Str.

C. F. Rühl
Leipzig-
Reudnitz

Waschbürsten
liefert billigst
Alexander Waldow, Leipzig.

Autographische Tinte
Fabrikat von
LOUIS MÜLLER
Leipzig

Die Messinglinien-Fabrik von

Gebr. Brandl in Quedlinburg

empfiehlt als Spezialität

[illegible]

gratis und frei

C. A. Lindgens, Cöln a. Rh.

Fabriken

von

schwarzen und bunten Buch- und Steindruckfarben,

Russ, Firnis, Etikettenlack, Seifenlauge, Walzenmasse

„the Excelent" C. A. Lindgens.

Lehrbuch

für

Schriftsetzer.

Kleine Ausgabe des I. Bandes von

Waldow: „Die Buchdruckerkunst"

[illegible]

Preis broschirt 6 M., eleg. geb. 7 M.

[illegible]

Alexander Waldow, Leipzig.

C. Rüger, Leipzig

Messinglinien-Fabrik

[illegible]

C. KLOBERG, LEIPZIG

Wellhaus & Scheidig
Offenbach a. M.
ff. Buch- und
Steindruckfarben.
Firnisse und Rußbrennerei.

Zur Herstellung v. Diplomen, Ehrentafeln, Gelegenheits-Gedichte, Menus etc. empfiehlt
Blanco-Vordrucke
in verschiedenen Formaten und auf verschiedenen Papieren
Alexander Waldow, Leipzig.
Probe gratis und franco.

Ludwig & Mayer
Gravieranstalt — Schriftgießerei — Galvanoplastik
Frankfurt a. M.
empfehlen ihre neugeschnittene und mit vielem Beifall aufgenommene
Monumental
in 16 Graden mit Initialen.
Auch ist eine neue elegante Antiqua (im Hause geschnitten) erschienen.
Probeblätter versenden auf Wunsch gratis und franco.

Edm. Gaillard
in Berlin SW., Lindenstr. 69
empfiehlt sein für den Grossbetrieb eingerichtetes
photolypisches Institut
zur guten, billigen und schnellen Ausführung von Phototypien, Autotypien, Chemigraphien u. Chromotypien. Druckfertige photolithographische Uebertragungen in Strich- und Halbtonmanier. Prospekte, Muster und Kalkulationen franko.

Gebrüder Brehmer,
Maschinenfabrik
Plagwitz-Leipzig.
Spezialität:
Draht-Heftmaschinen
zum Heften von Büchern, Blocks, Broschüren, Kartonnagen etc.

HAMPEL'S
Plattenformen sind die besten
Unterlagen z. Plattendruck.
Zu beziehen von der
Schriftgiesserei Flinsch in Frankfurt a. M.

HOLZ-SCHNITTE
Alexander Waldow, Leipzig.

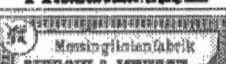

Den Herren Buchdruckereibesitzern empfiehlt ich meine
Messinglinien-Fabrik
und
mechanische Werkstätte
für
Buchdruckerei-Utensilien.
Berlin, SW., Dessauer Straße Nr. 12.
H. Berthold.

Messinglinienfabrik
ZIEROW & MEUSCH
LEIPZIG
Galvanoplastik

Ch. Lorilleux & Cie.
Paris
Buch- u. Steindruckfarben

Waldows Wörterbuch der graph. Künste und der verwandten Zweige, mit 2798 Artikeln und 581 Illustrationen, wird hiermit als **wertvolles Handbuch** empfohlen. Preis brosch. 23 Mk. 50 Pf., eleg. geb. in Halbfranzband 26 Mk. 50 Pf. Auch in Serien und Heften in beliebigen Zeiträumen durch alle Buchhandlungen und vom Verleger. Probeheft gratis. **Alexander Waldow, Leipzig.**

Gegründet 1846.

Klein, Forst & Bohn Nachf.

Johannisberg im Rheingau

liefern

Schnellpressen für Buch- und Steindruck

bester Konstruktion und Ausführung.

Preislisten stehen auf Wunsch gratis zur Verfügung.

Vereinigte Farben-Fabriken

Filialen: Berlin, London, New-York, Moskau.

Berger & Wirth und Frey & Sening, Leipzig.

Spezialität: Farben für sämtl. graph. Zwecke. Walzenmasse Victoria und Victoria-Bianca.

Erhielt den einzigen ersten Preis in Melbourne | **Colt's Armory** | welcher auf Tiegeldruckpressen vergeben wurde.

TIEGELDRUCK-SCHNELLPRESSE

mit Cylinder-Farbewerk und Druckregulirung.

4 Grössen. 20 33 — 35,5 61 cm Tiegelgrösse. | Für Fuss- und für Motoren-Betrieb.

[illegible]

Der Hauptwert der neuen Colt's Armory Tiegeldruck-Schnellpresse liegt in [illegible] Material. Die [illegible] des Cylinder-Farbewerks, [illegible] Regulirung der Farbenverteilung [illegible]

[illegible] kommen noch die folgenden Vorzüge: schnellste Druckregulirung, [illegible] — [illegible] des Tiegels beim Einlegen resp. Anlegen, sowie [illegible] Gang der Presse [illegible] — Die Schnelligkeit des Druckens hängt lediglich von der Befähigung des Einlegers ab [illegible] Presse den schnellsten Gang.

Für die Pressen No. 3 und 4 empfiehlt sich in solchen Fällen, wo [illegible] ist, die Zuhilfenahme eines Kurbel- [illegible]

Ausführlichere Beschreibungen mit Grössen- und Preisangaben, sowie Verzeichnis der Firmen, welchen wir Pressen lieferten, stehen gern zu Diensten.

General-Vertretung für das Deutsche Reich, Österreich-Ungarn, Donaufürstentümer, Holland, Belgien, Dänemark, Norwegen, Schweden, Russland:

J. G. SCHELTER & GIESECKE in LEIPZIG.

Redigiert und herausgegeben von Alexander Waldow in Leipzig. — Druck und Verlag von Alexander Waldow in Leipzig.

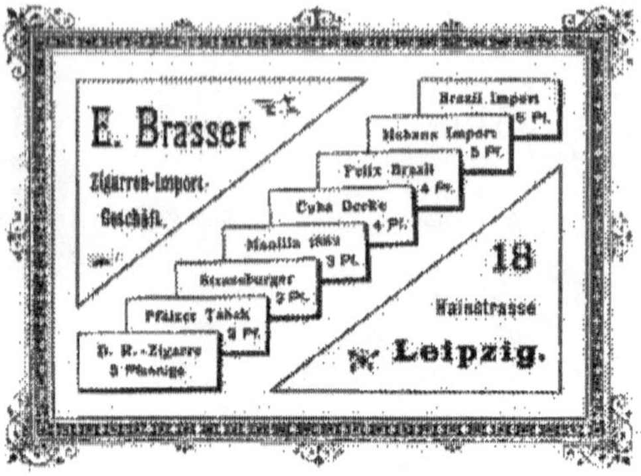
E. Brasser
Zigarren-Import-
Geschäft.
Brasil Import
Habana Import
5 Pf.
Felix Brasil
4 Pf.
Cuba Decke
4 Pf.
Manilla
3 Pf.
Strassburger
Pfälzer Tabak
D. R.-Zigarre
18
Hainstrasse
Leipzig.

Actiengesellschaft für Maschinenbau
in
Kreuzburg.
Laufende Patente
Industrie-Staaten.
D. R.-Patent
Spezialitäten:
Waschmaschinen mit Rollensystem, Wringmaschinen, Hackmaschinen,

Martin Werner

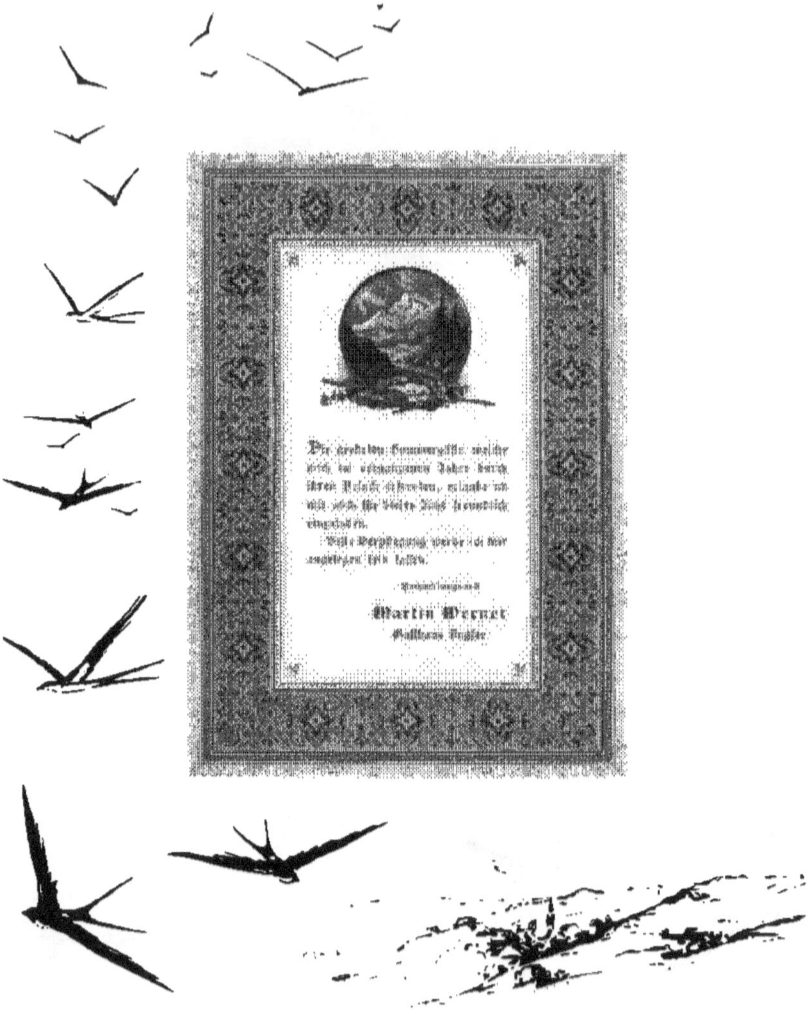
Martin Werner

JAQUETS

UND

MÄNTEL

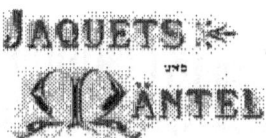

für die Frühjahrssaison.

HERMANN GRUNDMANN

LEIPZIG

Petersstrasse Nr. 8.

Archiv für Buchdruckerkunst

UND VERWANDTE GESCHÄFTSZWEIGE.

HERAUSGEGEBEN VON

ALEXANDER WALDOW.

28. Band. 1891. Heft 8/9.

Lebensbilder berühmter alter Buchdrucker.

5. Die Familie Etienne.

Etienne (Estienne) oder (wie in der Sitte jener Zeit Gelehrte ihre Namen ins Lateinische übersetzten) *Stephanus*, ist der Name einer berühmten französischen Buchdruckerfamilie, welche zu Paris und Genf im 16. und 17. Jahrhundert ihren Sitz hatte und deren Stammvater

1) *Henricus oder Henri (Heinrich) Etienne* ist, der (von unbekannter Abkunft) etwa ums Jahr 1500 eine Druckerei in Paris gründete, bis gegen 1520 druckte und mit den berühmtesten und freisinnigsten Männern der französischen Hauptstadt in Verbindung stand. Von den Werken, die aus seiner Offizin hervorgingen, sind bekannt: Der Fabersche Aristoteles, das Psalterium quincuplex und der Kommentar zu den Paulinischen Briefen. Als er um 1520 starb, übernahm sein erst 17jähriger Sohn

Robert Etienne

2) Robert Etienne das väterliche Erbe, um es durch einen bald weithin leuchtenden Ruhm zu vermehren. Ihm zur Seite standen sowohl der zweite Mann, an den seine Mutter sich nach des Vaters Tod verheiratet hatte, Simon de Colines (Colinäus), als auch sein ältester Bruder Franz (der von 1537 — 48 mehrere Bücher druckte). Aber Robert, noch ein Student, bildete doch die eigentliche Seele des Unternehmens. Die wissenschaftliche Bildung, welche er sich noch anzueignen im Begriff war, drückte sich bereits in den Werken aus, welche bald nach des Vaters Henricus' Tode aus der Etienneschen Offizin hervorgingen. Ausser mehreren grammatischen Werken und Schulbüchern waren es namentlich die lateinische und griechische Ausgabe des Neuen Testaments (1550), sowie zahlreiche griechische und römische Klassiker (von Robert zumeist bevorwortet und mit Anmerkungen versehen), die an Korrektheit und Sorgfalt der Textstellung alle früher erschienenen Bücher übertrafen und deren bequemes Format sie schnell zu grosser Verbreitung brachte. Robert Etiennes Bestrebungen, die Schätze der Wissenschaft und der Bildung im Volke zu verbreiten, erfuhren indes bald die Verfolgungen des Klerus und der theologischen Universität der Sorbonne, die den jungen Buchdrucker in den Geruch der Ketzerei brachten und zu einem Anhänger Luthers stempelten; so dass selbst die Gunst des damaligen Königs von Frankreich, Franz I., der ihn 1539 zu seinem Typographus regius machte, ihn nicht völlig vor Schikanen und Verlusten schützen konnte. Indessen verfolgte der junge Robert Etienne seinen Weg unbeirrt weiter; in der höchsten sittlichen Auffassung des Buchdruckerberufs wollte er denselben nur ausüben, um die Schätze der Wissenschaft und der Bildung im Volke auszubreiten. Eine werkthätige Unterstützung hatte er in seiner Gattin Patronella, der gelehrten Tochter des Buchdruckers Ascensius, deren fertige Kenntnis des Lateinischen ihm gestattete, mit ihr gemeinsam die Korrekturen der alten Klassiker zu besorgen, mit deren Ausgabe er zum ersten mal innerhalb des Buchdrucks hervortrat. Wieviel Wert er dabei auf Genauigkeit in Wiedergabe des Urtextes legte, geht daraus hervor, dass er die Probebogen

dieser Abdrücke öffentlich aushing und für entdeckte Fehler Belohnungen versprach. Dann ersann er eine zierlichere Schrift, die er fortan an Stelle der noch von seinem Vater ererbten benutzte und die so vollkommen erschien, dass Franz I. sie später für die königl. Druckerei giessen liess, welche dieselbe noch heute besitzt. — In stetem Kampf gegen die Hetzereien der Sorbonne brachte Robert Etienne nach einem trefflichen »Thesaurus« der lateinischen Sprache die berühmte Bibel seiner Offizin (vom Jahre 1532) zur Ausgabe; nachher wurden aber die Verfolgungen der Sorbonne so bedrohlich, dass Robert Etienne es vorzog, Ende 1550 Paris den Rücken zu kehren und sich in Genf niederzulassen. Hier trat er zur reformierten Kirche über und stand in regem Verkehr mit den Reformatoren; aus seiner dort mit seinem Schwager Badius betriebenen Druckerei gingen ausser verschiedenen im Interesse der Reformation veröffentlichten Werken ein Neues Testament in französischer Sprache und die Ausgabe desselben mit der Vulgata und der Erasmischen Übersetzung, worin zuerst die Versabteilungen sind, die er auf seiner Reise nach Genf gemacht haben soll, hervor. Er starb am 7. September 1559. Sein Druckerzeichen war ein von einer Schlange umwundener Ölzweig und die Oliva Stephanorum, ein gepfropfter Ölbaum, dessen wilde Zweige zur Erde fallen und unter welchem ein Mann steht.

Von seinen Söhnen sind besonders drei als Drucker bekannt, Heinrich, Robert und Franz, von denen 3) Heinrich Etienne, geb. 1528 zu Paris, der berühmteste der Familie wurde. Als sein Vater nach Genf auswanderte, zählte er 21 Jahr, war gleich diesem wissenschaftlich gebildet und mit Vorliebe dem Studium des Griechischen zugewandt, und unterstützte schon in früher Jugend den Vater bei seinen Bibelausgaben. Auf Reisen nach Italien und Deutschland, England und Flandern hatte er die Schätze fremder Bibliotheken und die Einrichtungen anderer berühmter Buchdruckereien kennen gelernt, auch kostbare Abschriften mehrerer Klassiker sich dabei verschafft; in Italien besonders hatte er sich längere Zeit aufgehalten, in Venedig gearbeitet und in Rom einen Teil des Diodorus Siculus entdeckt. Während sein verfolgter Vater Schweizer Bürger blieb, verpflanzte er das Geschlecht und die Familie wieder nach Paris zurück, berief sich auf das seinem Vater erteilte Privilegium und gründete eine neue Etiennesche Druckerei in Paris, aus welcher schon 1557 einige klassische Werke in vorzüglicher Herstellung hervorgingen. Ulrich Fugger in Augsburg, der ihn kennen und schätzen gelernt, hatte ihn zu diesem Unternehmen mit Geld unterstützt, weshalb er sich Fuggerorum typographus nannte. Zwei Jahre darauf übernahm er die Druckerei seines Vaters (nach dessen Tode) in Genf, wo er wegen mehrerer seiner Bücher gleich diesem mit den Behörden in Konflikt geriet: so 1566 wegen des Traité préparatif à l'apologie pour Hérodote, welcher gegen die Sittenstrenge verstiess und ihm Ausschliessung vom Abendmahl zuzog, 1578 wegen der Deux dialogues du nouveau language françois italianizé, einer Satire auf die Verderbung der französischen Sprache und Sitten, weshalb er, der Strafe zu entgehen, 18 Monate sich in Paris aufhielt, aber dennoch nach der Rückkehr nach Genf 1580 exkommuniziert, eingesperrt und aus dem Grossen Rat ausgestossen wurde. Unter den Werken, die er teils zuerst, teils mit eignen Anmerkungen und Übersetzungen herausgegeben, sind die bedeutendsten: Anakreon (1554 in Paris), dann seit 1557 der Athenagoras, Maximus Tyrius, Diodorus Siculus, Xenophon, Thukydides, Sophokles, Herodot, Diogenes, Plutarch, die griechischen Rhetoren, Lexikographen und Grammatiker, die griechischen Epiker, Fragmente der Historiker Platon, Theokrit, Äschylos, Pindar, Schriften der Kirchenväter, Ausgaben des Neuen Testaments, und von Römern die Historiker Aulus Gellius, Macrobius, Varro u. a. ferner eine französische Bibel, eine Konkordanz zum Neuen Testament, vor allem aber der berühmte Thesaurus linguae graecae (1572, 5 Bde., Folio), welchen er in zwölf Jahren mit unsäglicher Mühe und geheimnisvoll mit seiner schriftkundigen Frau und nur einem vertrauten Setzer, Namens Scapula, als Mitwisser und Mitarbeiter fertigstellte. Er ahnte es nicht, dass er in diesem den Verräter zog, der ihn, wenn nicht um die Ehre der jahrelangen Arbeit, so doch um den gehofften Gewinn und damit um sein ganzes Vermögen und um sein ganzes Lebensglück schmählich betrügen sollte, denn kaum war der Etiennesche Thesaurus zur Ausgabe gekommen, als auch Scapula mit seinem billigern und geschickt verfassten Auszug auf dem Markt erschien. Von diesem Unglücksschlag erholte sich Heinrich Etienne nicht wieder. Was er mit neuem Fleisse unternahm, um der Wissenschaft mittelst des Buchdrucks neue Schätze des Altertums in tadelloser Genauigkeit des Textes zu liefern, vermehrte nur das Hinopfern der eignen Existenz. Und als er nun auch die Frau verlor, die ihm die festeste Stütze im Leben gewesen war, da schüttelte er den Staub von den Füssen, gleich seinem Vater die Heimat verlassend, aber nicht als Flüchtling, sondern um in der Fremde nach Männern zu suchen, die, gleich Fugger, ihm von neuem die Mittel schaffen sollten, sein Geschäft, eins der glorreichsten der Zeit, wieder in materiellen Aufschwung zu bringen. Er versuchte es in Deutschland, in verschiedenen Städten seines Vaterlands, in der Schweiz, Österreich, überall vergebens; vielleicht dass er schon im Geiste nicht mehr so klar und geordnet war, dass ihm Vertrauen für geschäftliche Unternehmungen hätte entgegengebracht werden können. Sein Geschick war ihm zu Herzen und zu Sinnen gegangen und arm, hülflos und geistverwirrt kam er von seiner unfruchtbaren Wanderschaft nach Lyon zurück, wo er im Spital als siebzigjähriger Greis im März 1598 starb.

Sein Sohn 4) Paul Etienne, geb. 1567, hatte ebenfalls studiert und sich auf Reisen gebildet, übernahm fünf Jahre vor des unglücklichen Vaters traurigem Ende dessen Druckerei, betrieb dieselbe als ein hochgebildeter erfahrener Mann im Geist seiner Ahnen und erhielt den Ruhm der Etiennes durch vorzügliche Ausgaben klassischer Dichter und Redner, musste aber 1605, beschuldigt, an der Überrumpelung Genfs durch die Savoyer beteiligt gewesen zu sein, aus Genf flüchten. Zwar wurde die Druckerei unter seinem Namen fortgesetzt, aber 1626 anderweit verkauft. Von seinen fernern Schicksalen und seinem Ende ist nichts bekannt. Ein Vetter von ihm, Charles Etienne, war ebenfalls zu Genf ansässig und druckte einen Dictionnaire historique, den verdienstlichen Vorläufer der geographischen Wörterbücher, während sein Sohn 5) Joseph eine Druckerei in Rochelle gründete, wo er 1629 starb. Siebzehn Mitglieder der Familie Etienne zählt die Geschichte der Buchdruckerkunst in solch ehrenvoller Weise auf und 170 Jahre lang hatte dieses Geschlecht unter wechselvollen Schicksalen die Buchdruckerkunst geübt. Der letzte Spross, 6) Anton Etienne, wurde 1613 Typographus regius in Paris und starb erblindet im Jahr 1674 im Hôtel-Dieu in Paris. Er druckte besonders für die Oratorianer: so den Chrysostomus, die Septuaginta und andre. Vgl. Maittaire, Vitae Stephanorum; Renouard, Annales de l'imprimerie des Estiennes.

Ein neues Tonplatten-Material

für den Buchdruck.

Mannigfachster Art sind die Versuche, die im Laufe der Zeit in Bezug auf die Ausfindigmachung eines geeigneten Materials für die Tonplattenherstellung, soweit die Bedürfnisse des Buchdruckes in Betracht kommen, gemacht wurden und ist es bei der immerhin noch unbestimmten Lösung dieser Frage kaum zu verwundern, dass noch täglich neue Versuche in dieser Beziehung gemacht werden.

Abgesehen davon, dass noch kein Verfahren durch seinen mässigen Kostenpunkt eine möglichst umfängliche und rentable Anwendung des Tondruckes gestattete, sind es besonders die in technischer Hinsicht bedeutend ins Gewicht fallenden Mängel und Übelstände verschiedenster Art und nicht in letzter Linie die dem Buchdrucker, von dem man kaum verlangen kann, dass er gleichzeitig die geübte Hand des Graveurs besitzt, abgehende Fertigkeit, ein Material zu verarbeiten, das vermöge seiner notwendigerweise widerstandsfähigen Textur eine manuelle Geschicklichkeit erfordert, welche den Tondruck bis heute erschwerten.

Es lässt sich andernteils ja aber wiederum nicht in Abrede stellen, dass man besonders mit den in den letzten Jahren aufgetauchten Verfahren und durch die nach und nach erlangte Übung in der Behandlung der gerade bevorzugten Methode insofern befriedigende Resultate erzielt hat, als möglich ward, mittlere Anlagen ohne bedeutende Störungen während dem Drucke herzustellen.

Man möchte beinahe sagen, dass die meisten Verfahren, die der Buchdrucker in Gebrauch hat, sei es die Bearbeitung von Karton oder Holz, Celluloid, Blei, Gyps, Leder, und was sonst noch alles in Anwendung kommt, die Ätzung und Gravierung in Zink mit eingeschlossen, gewissermassen einer noch zu umständlichen und zeitraubenden Vorbereitung oder Nachhülfe bedürfen, als dass man sie nicht als verbesserungsfähig und vereinfachbar bezeichnen könnte.

Es liegt heute nicht in unserer Absicht, eine Zusammenstellung der existierenden Tonplattenverfahren zu bringen, sondern wir beschränken uns darauf, den Lesern des »Archiv« das neueste Verfahren dieser Art, das vermöge seiner praktisch-einfachen Beschaffenheit und seinen äusserst mässigen Kostenpreis jedenfalls berufen sein dürfte, die Aufmerksamkeit aller Interessenten auf sich zu lenken, vorzuführen.

Dieses Verfahren, von einem im Farbendruck geübten Praktiker, Maschinenmeister *Max Weber* in Leipzig erfunden, unterscheidet sich von allen bisherigen vorteilhaft dadurch, dass bei ihm die Platten fix und fertig auf Holz montiert zum beliebigen Zersägen in kleinere, nach Bedarf zu bemessende Stücke geliefert werden und keinerlei Manipulationen wie Aufleimen, Aufnageln, Pressen, Trocknen u. s. w. notwendig sind.

Das Waschen oder Reinigen der Platten kann in unbeschränkter Häufigkeit mit den üblichen Waschmitteln, ausgenommen Wasser und Lauge erfolgen, und selbst die beiden letzteren, vielleicht aus Versehen auf die Platten gekommen, bringen bei sofortiger Abwischung keinen Schaden.

In folgendem seien einige kurze Angaben über die nähere Beschaffenheit des Verfahrens mitgeteilt: Ein auf Quadratenhöhe abgerichteter Holzfuss wird mit einer Masse, deren chemische Zusammensetzung Geheimnis des Erfinders und zum Patent angemeldet ist, versehen oder besser gesagt mit einer Nonpareille starken Schicht begossen. Diese Masse, welche in Glätte und Ebenheit der Fläche sowie Farbe einem sauber polierten Lithographiestein gleicht, hat die Eigenschaft sich mit dem Holzfuss zu verbinden und ist dadurch ein Loslösen der eigentlichen Platte oder einzelner Teile derselben vom Fusse während des Druckes absolut ausgeschlossen.

Der Umdruck der Satz- oder Konturform erfolgt in genau derselben Weise, wie bei jedem anderen Verfahren und auch beim Schneiden sind nur dieselben Manipulationen erforderlich wie bisher. Die Festigkeit der Masse ist ungefähr eine solche, dass man mit dem Zurichtemesser ohne Schwierigkeit Teile davon ausschneiden kann.

Die Bearbeitung der Masse selber ist eine absolut leichte, denn dieselbe weist weder eine allzugrosse Härte oder Sprödigkeit auf, noch ist sie allzuweich oder zu zäh, wie z. B. die Celluloidmasse. Aus diesem Grunde ist es erklärlich, dass man in verhältnismässig kurzer Zeit zum Ziele gelangt und Tonplatten erzeugt, bei denen selbst die schmälsten Streifchen widerstandsfähig genug für den Druck sind.

Eine Belebung der Tonflächen durch Kreuz- und Strichlagen, Punktierungen, verleiht erscheinenden Ornamenten und Schriften ist durch die äusserst vorteilhafte Textur der Masse mit Leichtigkeit zu ermöglichen; auch Konturzeichnungen lassen sich effektvoll durch Einritzen oder Einkratzen mit einem spitzen Instrumente (Ahle) herstellen, wie es z. B. auf der beigedruckten Platte ersichtlich ist, desgleichen Plakatbuchstaben, Silhouetten etc.

Tonplatte von Max Weber in Leipzig.
Zeichnung nach einem Original von H. Schlittgen in »Hackländers Humoristische Schriften«. Verlag von Carl Krabbe in Stuttgart.

Die Dauerhaftigkeit der Platten lässt nichts zu wünschen übrig, wie wir uns an mehreren in über 10000 Auflage gedruckten, noch tadellosen Platten zu überzeugen Gelegenheit hatten.

Eine grössere Verausgabung zwecks Erwerbung des Verfahrens ist ausgeschlossen, denn einzig und allein der Bezug der fertig montierten Platten, welche vorläufig in der Grösse von 18 × 26 cm (ungefähr Archivformat) auch einzeln zu sehr billigem Preise abgegeben werden, ist erforderlich um das Verfahren kennen zu lernen und auszuüben.

Im Anschluss hieran und besonders in Anbetracht des lebhaften Interesses, das dem Tonplattenschnitte überall entgegengebracht wird, sei bei dieser Gelegenheit speziell auf das bei Alexander Waldow in Leipzig erschienene, vorzüglich ausgearbeitete Büchlein: »Die Herstellung von Tonplatten« von W. Weis, mit 11 Illustrationen, Preis M. 1.50, hingewiesen, an der Hand dessen selbst der Ungeübteste gute Resultate in kürzester Zeit hervorzubringen im Stande ist. Die obigen Platten sind durch die Buchdruck-Utensilienhandlung von Alexander Waldow in Leipzig zu beziehen. (Siehe Inserat in diesem Heft.) §

COLOR MANUFACTURERS

Established A. D. 1823.

RENGER & WEISS

FINE DRY COLORS.
Specialities:
PERMANENT MADDER LAKES.
PERMANENT REDS,
best substitutes for Vermilion.

DRESDEN & NEW YORK
AND
68 High Holborn, LONDON, W.C.

Briefkopf mit verschiedenem Zeilenfall. (Aus »Die Lehre vom Accidenzsatze«, 6. Auflage.)

Über das Korrekturenlesen.

Von H. Eisengarten in Leipzig.

Zu den am wenigsten in die Augen fallenden Verrichtungen, welche zur Herstellung einer Drucksache nötig sind, gehört unstreitig die Thätigkeit des Korrektors. Wohl sieht man auf das schöne Äussere, lobt den Druck, das Papier, freut sich auch des schönen Arrangements des Satzes, liest und erbaut sich an dem Inhalte — wer aber gedenkt des Mannes, der unter zuweilen sehr misslichen Verhältnissen dem typographischen Erzeugnis erst das Gepräge giebt? Denn der eigentliche Zweck des ganzen Druckes ist doch nicht das mehr oder weniger gefällige Äussere, sondern der geistige Inhalt. Das schönste Druckwerk verfällt dem Fluche der Lächerlichkeit, wenn der Druckfehlerteufel sein tolles Spiel treibt.

Der Ausdruck »Druckfehler« ist zuweilen als falsch erklärt worden, da der Fehler ja nicht beim »Druck«, sondern beim »Satz« entsteht. Abgesehen davon, dass es nicht anginge, ein in der Sprache eingebürgertes Wort durch ein anderes zu ersetzen, müssen wir es auch an sich für richtig halten, denn nicht einmal das lateinische »Errata« deckt genau den Begriff, indem ein »Irrtum« mehr einen Fehler in intellektueller Beziehung kennzeichnet, während der »Druckfehler« auch die auf durchaus mechanische Weise entstehenden Fehler umfasst.

Liest jemand eine Drucksache aufmerksam durch, so denkt er nicht daran, dass vor ihm schon ein anderer dieselbe, und zwar mit noch grösserer Aufmerksamkeit, durchgelesen hat, bis — ja bis er eben einen Fehler entdeckt. Erst an dem Vorhandensein des Fehlers bemerkt er den Korrektor, natürlich in einer für diesen nicht vorteilhaften Weise. Es ist also nicht der gute, sondern der schlechte Korrektor, der sich am häufigsten bemerkbar macht.

Der Umstand, dass die Thätigkeit des Korrektors so wenig auffallend ist, ist wohl auch die Ursache, dass zuweilen selbst in Geschäften, welche auf das Äussere der von ihnen herzustellenden Arbeiten die grösste Sorgfalt zu verwenden gewöhnt sind, dieser Seite der Buchdruckerthätigkeit eine so geringe Beachtung geschenkt wird. Dass Satz, Druck, Papier, Farbe zur Herstellung von Werken gehören, bezweifelt niemand, aber die Korrektur ist ein Übel, von dem man nur zu gern verschont bleibt. Da kommt es vor, dass ganze Werke gar nicht gelesen werden, indem man der Meinung ist, dass der Autor bezw. die Verlagshandlung das schon besorgen werde. Der Autor hinwiederum, in der Meinung, dass das Sache der Druckerei sei, sieht sich den Bogen an, und da er keine Lust hat, das, was er auswendig weiss, noch einmal zu lesen, erteilt er mit grösster Seelenruhe sein Imprimatur. Der Revisor entdeckt vielleicht vor dem Druck einen oder einige Fehler, die übrigen werden dem Publikum überlassen. So erblicken denn

Leichen, Hochzeiten, Bastarde und typographische Ungeheuerlichkeiten mannigfacher Art das Licht der Öffentlichkeit, wo sie einen schlechten Begriff von der Kunst Gutenbergs im 19. Jahrhundert geben.

Als eine Vernachlässigung der Drucksachen betrachten wir es auch, dass so viele Korrekturen nach vollendeter Tagesarbeit von Setzern und anderen Leuten gelesen werden. Es ist richtig, dass jeder bestrebt ist, sein oft recht bescheidenes Einkommen zu vergrössern, sei es auch durch Übernahme von Feierabendarbeit. Dazu ist indessen das Korrekturenlesen nicht die passende Beschäftigung. Wird es mit gehöriger Sorgfalt ausgeführt, so ist es zu aufreibend und geistanstrengend für durch Tagesarbeit ermüdete Leute und schädigt sie unzweifelhaft in ihrer Thätigkeit am nächsten Tage. Wird es aber so ausgeführt, dass der schon erschlaffte Geist nicht noch darunter leidet, so kann unmöglich von einem gewissenhaften Lesen die Rede sein. Übrigens wolle man beachten, dass ein grosser Unterschied besteht zwischen geistiger Arbeit, die man nach Feierabend verrichtet um Geld zu verdienen, und solcher, die man leistet um eine Liebhaberei zu betreiben oder ein Steckenpferd zu reiten; erstere ist Anstrengung, letztere Genuss, und von Leuten, die Korrekturen lesen um sich einen Genuss zu bereiten, haben wir noch nichts gehört. Gewöhnlich ist es auch nicht etwa die Rücksicht auf billigere Herstellung, denn für dasselbe Geld, welches man auf diese Weise nach Feierabend verdienen lässt, kann man auch am Tage bei voller Arbeitskraft lesen lassen.

Es ist allerdings nötig, auch darüber zu reden, was man unter dem Begriff »Korrekturenlesen« zu verstehen hat. Wie über vieles, so gehen auch hierüber die Ansichten auseinander, und wir haben schon ganz verwunderte Gesichter gesehen, wenn wir die Meinung aussprachen, dass das Korrekturenlesen eine geistige Anstrengung, dass es überhaupt anstrengend sei. Freilich, wenn man darunter weiter nichts versteht als das Aufsuchen von Zwiebelfischen, falschen und defekten Buchstaben, so ist es eine rein mechanische Arbeit und nicht mehr anstrengend als viele andere Arbeiten auch. Aber vom Korrektor kann man auch verlangen, dass er mit Verständnis dem Gedankengange des Autors folgt, sich in die Eigenart desselben einarbeitet und denselben auch noch auf einen etwaigen Lapsus aufmerksam macht. Denn nur dadurch werden oft sinnentstellende Fehler vermieden, da, wie oben schon erwähnt, mancher Autor nur oberflächlich oder gar nicht Korrektur liest. Es ist selbstverständlich, dass der Korrektor dabei nicht willkürliche Änderungen sich erlauben darf ohne besonderen Auftrag, wie jener poetisch veranlagte Setzer, dem das Wort Langohr besser als Esel klang. Ganz besonders nötig ist das genaue Einarbeiten in den Gedankengang des Autors bei schlechtem oder ungeordnetem Manuskript. Wie leicht passiert es dem Autor bei der Durchsicht seines Manuskripts, dass er etwas ausstreicht, was dem Sinne nach stehen bleiben muss; dass er etwas an einer Stelle einschaltet, was er an einer andern schon gesagt hat; dass ein Hauptsatz, der durch zahlreiche bei- und untergeordnete Sätze eine bedenkliche Länge erreichte, keinen Schluss hat; dass er sich in Namen und Zahlen irrt — und hundert andere Fälle, die einem Autor, der auch ein Irrtümern unterworfener Mensch ist, passieren können. Hier muss der Korrektor seinem Titel Ehre machen und verbessernd eingreifen. Ist die Sache keine zweifelhafte, so berichtige er selbst, ist sie aber auch nur entfernt zweifelhaft, so ändere er nicht, sondern mache durch Bemerkungen oder durch Frage- und Ausrufezeichen mit auffallendem Farbstift am Rande des Manuskripts den Autor auf die Stelle aufmerksam. Zuweilen wird auch dies vom Autor nicht berücksichtigt, wenn er sein Manuskript überhaupt nicht wieder ansieht. Dann bleibt weiter nichts übrig, als beim nächsten an den Autor abgehenden Abzug auf diesem die Notizen anzubringen. Wird auch dieses nicht beachtet und das Imprimatur auf demselben Bogen erteilt ohne Berücksichtigung der Zeichen, nun dann hat der Drucker jedenfalls alles gethan, was in seiner Macht stand, und der Autor resp. Verleger hat das Recht, für sein Geld Makulatur drucken zu lassen soviel er will.

Der Korrektor ist die *einzige* Person in der Druckerei, welche sich um den Inhalt eines Werkes zu kümmern hat, woraus allein schon folgt, wie nötig es ist, ein Werk von Anfang bis zu Ende von demselben Korrektor lesen zu lassen, und nicht, wie es auch vorkommt, jeden Bogen einem beliebigen zu übergeben oder gar einen Bogen an mehrere Personen zu verteilen.

Es herrscht auch Meinungsverschiedenheit darüber, wie weit die Verantwortlichkeit des Druckers in Bezug auf die Richtigkeit der von ihm gelieferten Arbeit zu gehen habe. Juristisch ist man vielleicht schnell fertig, wenn man sich auf das gegebene Imprimatur beruft. Aber es giebt auch eine gewisse moralische Verantwortlichkeit, welche den Drucker veranlassen muss, alles aufzubieten, was in seinen Kräften steht, um den Inhalt einer Druckschrift möglichst frei von Fehlern und Irrtümern zu halten. Die hierzu nötige Sorgfalt wird leider nur zu oft vermisst. Wie unsere Alten erzählen, soll es in dieser Beziehung früher besser gewesen sein, wo der Druckherr sich enger verwachsen fühlte mit jeder Arbeit, und wir begreifen den Stolz des Druckers, der, wie Fama erzählt, für jeden in einem bestimmten Werke aufzufindenden Druckfehler eine Belohnung von einem Dukaten bot. Bei einem solchen Preise könnte man heute leicht zum Millionär werden.

Vergegenwärtigen wir uns, wie Fehler entstehen, und wir werden daraus ableiten können, wie sie zu vermeiden sind. Der Setzer wird nach Stück bezahlt und hat infolgedessen das Bestreben, möglichst viel fertig zu bringen. Viel und gut ist in den seltensten Fällen bei einander. Um grammatikalische Fehler des Manuskripts zu entdecken, muss man manchmal den Satz zwei- dreimal durchlesen, dazu nimmt er sich nicht die Zeit, vorausgesetzt, dass ihm überhaupt etwas auffällt. Der Setzer hängt auch seinen Privatgedanken nach und setzt Worte hinein, die von denen des Manuskripts himmelweit verschieden sind. Bei undeutlich geschriebenen Wörtern, Fremdwörtern, fremdsprachlichen Citaten, Namen hält sich der Durchschnittssetzer nicht lange auf, weil es seine Zeit kostet. Rechnet man hierzu die Ablege- und Setzfehler, die durch Unachtsamkeit entstehenden Leichen und Hochzeiten, so hat man eine Unsumme von Fehlerquellen. Der Setzer tröstet sich mit dem Gedanken, dass ja der Korrektor da ist, um die Fehler zu finden, und was dieser beim ersten Lesen nicht zeichnet, geht ihn nichts an.

Der Korrektor sieht in jedem Buchstaben einen Feind. Er muss jeden einzeln ansehen, es kann ein *Fehler*, es kann auch der richtige Buchstabe aus einer *falschen Schrift* sein; er muss den Satz in Bezug auf seinen Bau vollständig im Kopfe haben, muss grammatische Unrichtigkeiten entdecken, darf Leichen und Hochzeiten nicht übersehen; er muss Hinweise auf andere Stellen beachten oder vergleichen, auf richtige Worttrennungen, Kolumnentitel, Normen, Signaturen, Ausgänge und Einzüge achten, aus falschen Schriften gesetzte Rubrikzeilen bemerken und Bastarde finden; er soll sämtliche vorhandenen und noch viele andere Orthographien beherrschen, die Fremdwörterbücher und etliche fremdländische Grammatiken und Diktionäre im Kopfe haben. Mit der linken Hand dem Manuskript folgend, die rechte auf dem Korrekturabzug, wandern seine Augen ruhelos hin und her, immer fürchtend, etwas zu übersehen. Aus alledem ergibt sich, dass der Korrektor auf unendlich viel einzelne Sachen zu achten hat, dass er seine ganze Aufmerksamkeit auf seine Arbeit richten muss, dass seine Thätigkeit durchaus geistig anstrengend ist. Da er nun auch nur ein Mensch ist und die Augen leicht ermüden, so ist es nicht zu vermeiden, dass er Fehler stehen lässt. Wird ihm nun nicht einmal die zu sorgfältiger Arbeit nötige Zeit gelassen, was in unserm Zeitalter des Schnellschusses keine Seltenheit ist, so ist es sehr möglich, dass die Arbeit weit davon entfernt ist, fehlerfrei zu sein. Da weiter der Setzer teils gezeichnete Fehler übersehen, teils falsch korrigieren kann, so wäre es wohl geraten, eine zweite Korrektur zu lesen, bevor die Arbeit als »gelesen« dem Autor übergeben wird. Es werden nun zwei, drei und noch mehr Autorkorrekturen im Satze gemacht, da kommen gar oft, sei es bei neu hinzugesetzten Wörtern und Sätzen oder beim Umbrechen von Zeilen, neue Fehler hinein, die der Autor zu suchen sich nicht die Mühe nimmt, die aber doch der Druckerei zur Last fallen, sei es auch, dass bei dem oftmaligen Ausschiessen zum Abziehen etwas herausgefallen, umgefallen oder abgebrochen ist. Daher ist es nötig, noch eine Revision zu lesen, die dann dem Revisor beim Druck als Unterlage zu dienen hat.

Im allgemeinen kann man wohl sagen, dass die Korrekturen von Buchdruckern gelesen werden, und wir halten das auch für das Richtige. Höchstens bei fachtechnischen Werken, wenn viele Ausdrücke vorkommen, die sich der allgemeinen Kenntnis entziehen und oft nicht einmal in unsern grossen Fremdwörterbüchern zu finden sind, ist es bei schlecht leserlichem oder unordentlichem Manuskript angebracht, die erste Korrektur von einem das betreffende Fach Beherrschenden lesen zu lassen, die Revision müsste allerdings von einem Buchdrucker gelesen werden. Bei allem Respekt vor den Kenntnissen der wissenschaftlich gebildeten Männer, die als Ärzte, Lehrer, Beamte u. s. w. besonders zum Korrekturenlesen als einem Nebenverdienst prädisponiert zu sein glauben — nach unseren Erfahrungen passen sie nicht dazu. Oft lesen die Herren billiger als es ein Korrektor thun kann und verdienen noch ein gut Stück Geld dabei, ein Umstand, der manchen nicht fachmännisch gelernten Druckherrn zu der Meinung verleitet, dass er immer noch zu viel Geld für die in seiner Druckerei gelesenen Korrekturen ausgebe. Aber man sehe sich die Sache nur genauer an. Die Herren lesen die Korrekturen etwa so, als ob sie einen Roman läsen, das heisst, sie gehen schnell darüber hinweg und glauben schon durch ihre Wissenschaft davor bewahrt zu sein, dass ihnen etwas entgehen könnte. Die peinliche Sorgfalt, die der gewissenhafte Buchdrucker den Korrekturen angedeihen lässt, wird man bei den Nichtbuchdruckern nur in den seltensten Fällen finden. Ausser in den oben angeführten Fällen ist ja auch gar nicht nötig, dass der Korrektor das Fach des Autors speziell kennt. Die genaue Kenntnis der Technik des Setzens und der Behandlung des Satzes in der Druckerei, ein gutes Auge und eine klare Auffassung, dabei eine gute Schulbildung: genaue Kenntnis seiner Muttersprache, möglichste Belesenheit im allgemeinen, Kenntnis der lateinischen Sprache als Grundlage alles dessen, was an Nichtdeutschem in unserer Schriftsprache vorkommt, Kenntnis der französischen und englischen Grammatik — das dürften wohl die guten Eigenschaften eines Korrektors sein, der allen vorkommenden Arbeiten gewachsen ist. Was ausser den beiden erwähnten lebenden Sprachen vorkommt, gehört mehr zu den Seltenheiten und ist allgemein nicht zu erwarten. Für solche Arbeiten in fremden Sprachen, bei welchen der Korrektor genau auf Sinn

Das im Vorstehenden Angeführte wird nun freilich, das wissen wir wohl, vielfach für zu weit gehend gehalten werden, indem man es für die Pflicht des Autors bezw. des Auftraggebers hält, den Korrekturabzug Wort für Wort auf seine Richtigkeit zu prüfen. Indessen, wie oben dargelegt, wir haben eine höhere Auffassung von der Aufgabe des Buchdruckers, die von ihm herzustellende Arbeit soweit möglich fehlerfrei herzustellen, und da die Erzeugnisse der Buchdruckerei eben den Zweck haben, bildend und veredelnd auf den menschlichen Geist einzuwirken,

Satzbeispiel aus »Die Lehre vom Accidenzsatz«, 2. Auflage.

und Ausdruck achten soll, muss selbstverständlich jemand verwendet werden, der die betreffende Sprache vollständig beherrscht, bezw. dessen Muttersprache sie ist. Indessen kommt das sehr selten vor. Wer sich mit fremden Sprachen ernsthaft befasst, d. h. nicht bloss im Vorübergehen damit gespielt hat, weiss, dass jemand, der das Buchdruckergewerbe richtig erlernt hat und nur ab und zu einmal in dieser oder jener Sprache beschäftigt wird, nicht jederzeit mehrere fremde Sprachen auf Lager halten kann, um sie bei passender Gelegenheit gleich seiner Muttersprache zu verwenden. Dass aber die Kenntnis jener Sprachen selbst nötig ist, geht schon daraus hervor, dass fast in allen deutschen Arbeiten Worte, Sätze, Citate aus ihnen vorkommen, und es macht einen unangenehmen Eindruck, wenn solche zerstreute fremde Brocken, die doch mehr oder weniger Kraftstellen sind, durch Fehler entstellt werden.

so sind sie auch mit Geist zu behandeln, und es genügt nicht, ihnen wie einem schönen Möbel eine gefällige äussere Politur zu geben.

Ein Kapitel für sich, und zwar ein sehr trauriges, ist die Korrektur in unseren Tageszeitungen. Gerade diese Litteratur ist für den grössten Teil des Volkes die einzige geistige Nahrung, die hauptsächlichste Quelle, aus welcher es seine Bildung, sein Wissen schöpft. Und wie wird darin unsere Muttersprache verhunzt! Nicht nur, dass sich dort Ausdrücke eingebürgert haben, die sprachlich gar nicht berechtigt sind, auch die unzweifelhaft gut deutschen Wörter erfahren durch die oft grauenhafte Korrektur eine Behandlung, die nur korrumpierend auf den Bildungsgang der Massen einwirken kann. Durch die Riesensumme von Fehlern, die da tagtäglich dem Volke vor die Augen geführt wird, wird jedes Verständnis für eine richtige Schreibart unmöglich gemacht, und die

Schule ist nicht im stande, die Sprache so fest einzuprägen, dass sie nicht im späteren Leben durch die Zeitungen nach der schlimmeren Seite hin beeinflusst würde. Als Buchdrucker kennen wir die immer als Vorwand gebrauchte Schnelligkeit der Herstellung — wohl lässt sich damit mancher Fehler entschuldigen, aber die Masse der Fehler, die unsere Tageszeitungen aufweisen, lässt sich überhaupt nicht entschuldigen, sondern nur erklären. Entweder wird gar nicht gelesen und der ganze Unsinn, der dem Winkelhaken des immer hastenden Zeitungssetzers entsteigt, mit Ausnahme des etwa einem der Redakteure in die Augen fallenden, den »verehrlichen« Abonnenten schwarz auf weiss vorgeführt, oder die Korrektur ist in Hände gegeben, die zu jedem anderen eher passen als zum Korrektor. Dass es aber möglich ist, auch Zeitungen korrekt herzustellen, kennen wir aus einem Falle, in welchem ein täglich erscheinendes umfangreiches Blatt, dessen Personal in Bezug auf Schnelligkeit der Herstellung durchaus nichts geschenkt erhält, zweimal gelesen und sorgfältig korrigiert wird, sodass Fehler zu den Seltenheiten gehören.

So notwendig und wichtig das Korrekturenlesen für die Buchdruckerei auch ist, so wenig ist darüber unseres Wissens gegenüber anderen Zweigen des technischen Betriebes öffentlich geschrieben worden, und es soll der vornehmste Zweck dieser Zeilen sein, jene Herren, die so lange Jahre der hier beschriebenen Thätigkeit obliegen, zu veranlassen, ihre praktischen Erfahrungen zum Besten zu geben.

Kunst- und Bauschlosserei

HEINRICH BRENNECKE

5 MARKT MAGDEBURG MARKT 5

Garten- und Füllungsgitter in allen Stilarten.

Sorgfältigste Ausführung aller in sein Fach gehörigen Arbeiten nach Mass und gegebener Zeichnung.

Satzbeispiel aus »Die Lehre vom Accidenzsatz«, 2 Auflage.

Anleitung zum Linienbiegen.

Von Hermann Hoffmann, Berlin.

(Fortsetzung.)

3. Ovale.

Für diese Form des Linienmaterials hat der Buchdrucker weniger Verwendung, oder, deutlicher gesagt, er findet eine gewisse Schwierigkeit in der Herstellung und technischen Anordnung von Ovalen durch die Wirkung der letzteren nicht hinreichend belohnt. Nur in Offizinen, die sich mit Etikettendruck und Stempelsatz beschäftigen, hat die ovale Form sich mit einer Hartnäckigkeit behauptet, die wiederum in der traditionellen Stempelform einerseits, wie in der offenbaren Zweckmässigkeit des Ovals für die gedachten Spezialitäten andererseits begründet ist.

Will man ein Oval biegen, so ist zuvor eine genaue Vorlage dafür nötig. Man gewinnt eine solche, indem man zwei gleich grosse Kreise neben- oder ineinander zeichnet und die Oval-Form an einer Seite freihändig, an der andern durch Pausen vervollständigt.

Oder man schlingt einen Fadenring um zwei entsprechend eingesteckte Heftstifte a·b und führt einen spitzen Bleistift c in demselben ringsum. Diese Methode, durch Fig. 18 veranschaulicht, ist die sicherste. Durch Verändern der Stiftpunkte oder der Fadenschlinge kann man jede ovale Form, breit oder länglich, im Augenblick hervorrufen.

Kleine Ovale werden wie Vollkreise behandelt und nach dem Biegen vorsichtig flach gedrückt.

Dabei muss der Schnitt in die Mitte einer Langseite fallen.

Die Linienlänge, welche für ein bestimmtes Oval nötig ist, wird wie folgt gefunden. Man legt den grössten und den kleinsten Durchmesser zusammen, nimmt davon die Hälfte und multipliziert diese mit 3,14, ganz so wie bei der Kreislinien-Berechnung. Was dort über die Dehnbarkeit des Metalles, über innern und äussern Durchmesser gesagt worden ist, gilt auch hier.

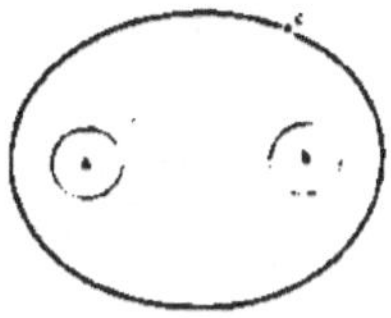

Fig. 18. Zeichnung eines Ovals.

Zum Beispiel:

Achtelpetit-Material:

Grosser	äusserer	Durchmesser	66
„	innerer	„	56
Kleiner	äusserer	„	40
„	innerer	„	36

Der vierte Teil von 198 ist 49,5.

Berechnung: 49,5 × 3,14 (155,43)

Linienlänge 155½ Viertelpetit.

Halbpetit-Material:

Grosser	äusserer	Durchmesser	60
„	innerer	„	54
Kleiner	äusserer	„	44
„	innerer	„	34

Die vierte Teil von 192 ist 48.

Berechnung: 48 × 3,14 (150,72)

Linienlänge 151 Viertelpetit.

Sollen für ein und dasselbe Oval mehrere Linien umeinandergelegt werden, so ist vor Allem ein fester Block zu schaffen durch Umgiessen der äusseren Linie oder Ausgiessen der inneren Linie mit dick angerührtem Gyps. So befestigt, lässt sich die Arbeit beim Fortschreiten derselben nicht mehr ausser Form bringen und man kann freier, rücksichtsloser damit umgehen.

Grosse Ovale habe ich früher aus dicken Zinkstreifen von etwa 1½ Cicero Höhe hergestellt. Ich lötete dieselben roh zusammen, legte dann grobes Schmirgelpapier auf eine Schliessplatte und rieb das Oval mit dem künftigen Bild darauf hin und her, bis sich eine gleichmässige, wenn auch rohe Fläche gebildet hatte, dann ging ich zu immer feinerem Schmirgelpapier über und erreichte schliesslich bei der feinsten Sorte den matten Hochglanz, den wir für unsere Zwecke brauchen.

Diesen, wie erinnerlich, nicht schrifthohen Ring befestigte ich durch Unterlegen mit passendem Ausschluss an drei Stellen und goss, indem ich an einigen Stellen grosse Ausschlussstücke fortnahm und dadurch Eingussöffnungen schuf, Gyps unter die Linie. Oder ich legte den fertigen Satz mit dem Bilde aufs Schiff, drückte die Linie scharf zu Boden und goss von hinten her Gyps hinein.

Wer das nachmachen will, der sehe sich nur vor, dass der Gypsring gut trocknet und nicht beim weiteren Vorarbeiten platzt oder bröckelt. Man macht denselben standhafter, indem man ihn stellenweise breiter werden lässt, und dies erreicht man wiederum durch Schaffung an den Gypsring schliessender Hohlräume, die beim Ausgiessen mit volllaufen.

Heute würde ich dergleichen Linien in Messerholzschnitt herstellen.

Die Vorzeichnung für ein inneres Oval erhält man durch Einsetzen entsprechend starker Ausschlussstücke in ein vorhandenes grosses Oval. Soll der Abstand zwischen beiden Linien z. B. 10 Viertelpetit betragen, so legt man nun an das grosse Oval Text-Halbgevierte ringsum und zeichnet die neue Form an den letzteren mit Bleistift auf untergelegtem Papier ab.

Schriftsatz fügt man ähnlich ein, wie bei dem Segmentsatz gelehrt worden ist. Die als Zwischenschlag ermittelten Dicken werden also nicht in Form gebogener Regletten oder dgl., sondern als Ausschlussstücke, die sich jeder Rundung anbequemen, an Ort und Stelle gebracht.

Im Allgemeinen muss von der Anwendung ovaler Formen abgeraten werden, und zwar schon aus den eingangs dargelegten Gründen. Die Arbeitszeit, welche man mit der mühsamen Bearbeitung dicker roher Zinklinien verbringt, ist mit der geringen Eigenwirkung jener Formen meist zu teuer erkauft.

Es können aber Fälle eintreten, in denen man dennoch zum Oval greifen muss, z. B. wenn der Besteller es will. Handelt es sich dann um grosse Ovale, so kann die Frage, ob Zink-, ob Messinglinie, so ohne Weiteres auch nicht entschieden werden. Die Differenz im Materialwerthe beider wird dem Mehraufwand an Arbeit nicht immer entsprechen, namentlich dann nicht, wenn man das Ding verkehrt anfängt. Aber die Messinglinie muss doch auch bearbeitet werden. Schliesslich kann man auch nicht Alles nach Mark und Pfennig abschätzen. Es ist z. B. durchaus nicht gleichgültig, ob das vorhandene teure

Messinglinien-Material heute schon oder morgen erst zu Ende geht. Der Weg zum Linienfabrikanten greift den Beutel an und wird wohl überall nur ungern und nach langem Zögern eingeschlagen.

4. Umgelegte Ecken.

Aus der Blütezeit des reinen Linienssatzes ist die umgelegte Ecke, die damals auf keiner besseren Drucksache fehlen durfte, nicht mit zu uns herübergerettet worden. Man begegnet dieser Form im Liniensatz heute fast gar nicht mehr, obwohl dieselbe, von Übertreibungen abgesehen und zweckmässig angewandt, sehr oft von guter Wirkung sein und bei aller Einfachheit besten Erfolg haben würde.

Die Ehrenrettung, welche hier versucht werden soll, bezieht sich im Liniensatz auf geradlinig umgelegte, weniger auf gerollt erscheinende Ecken, denn letztere verursachen sehr viel Arbeit, die besser an einer auffälligeren Stelle zur Schau gebracht wird, als eine Blattecke es doch nur ist.

Fig. 19. Ringsum fette Linien.

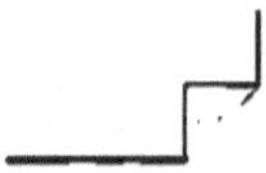

Fig. 20. Mit Schattenfall.

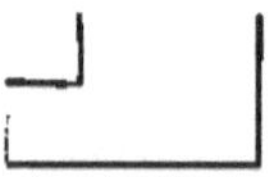

Fig. 21. Mit Schattenfall

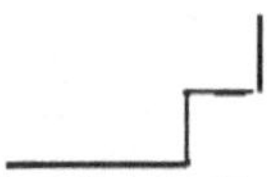

Fig. 22. Rundgefalzte Ecke.

Die bequemste Form eines Umschlages, vom Standpunkte des Setzers aus, ist diejenige unter 45 Grad, welche mit den wohl überall vorhandenen gewöhnlichen Gehrungen gearbeitet werden kann.

Ist eine aufgelegt gedachte Karte ganz von fetten Linien umgeben, dann können diese sich im Umschlage fortsetzen (Fig. 19), jedoch muss der Rücken a durch feine Linie markiert werden.

Bei fett schattierten Karten kann die rechts unten umgelegte Ecke, da die Kanten derselben im Lichte liegen, eigentlich nur durch feine Linien wiedergegeben werden. Dadurch würde aber eine hässliche Figur entstehen. Man schlägt hier einen Mittelweg ein, indem man den Rücken fein, dagegen die beiden anderen Linien der Ecke halbfett nimmt (Fig. 20). Den Fehler, welchen wir hier aus Schönheitsrücksichten begehen müssen, vermeiden wir, wenn wir den Umschlag links oben anbringen können (Fig. 21).

Wenn wir einige Schattenstriche anbringen (Fig. 21), wird die beabsichtigte Täuschung vollkommener. Will man noch mehr thun, so kann man den scharfen Falz in einen gerundeten verwandeln (Fig. 22).

Eckumschläge unter 45 Grad können, was die Grösse des Umschlages betrifft, niemals falsch gezeichnet werden. Bei anders gefalteten Ecken dagegen kommt es häufig vor, dass man das umgeklappte Stück unrichtig, gewöhnlich zu gross bemisst. Wenn man ein Blatt dünnes Papier scharf knickt in der Form, wie man den Umschlag haben wollte, und das übergeschlagene Stück durch Ankleben auf dem Blatte befestigt, so ist die Klappe genau so gross und ebenso geformt wie die durch den Knick entstandene Lücke. Lässt man aber den Umschlag etwas abstehen, dass er sich in die Höhe richtet, so verkleinert er sich scheinbar in dem Masse, wie dies geschieht. Es ist also keineswegs Bedingung, dass die Klappe dem Abschnitt genau entsprechen müsse, *nur darf sie nicht grösser sein als der letztere.*

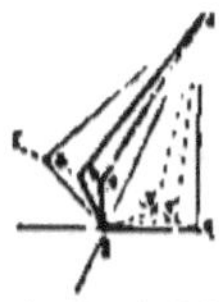

Fig. 23. Darstellung der Verkürzungen.

Eine zuverlässige Art, korrekte verkürzte Umschläge zu zeichnen, ist folgende. Man schrägt durch einen beliebigen Strich (g d in Fig. 23) ein Stück von der Ecke ab. Dieses Stück g e d wird verkehrt auf die andere Seite gezeichnet, sodass g f d entsteht. Dabei müssen g a g e und d e d a sein. Durch die Eckpunkte wird eine Hilfslinie e f gezogen. Auf dieser können innerhalb des Umschlags so viel Punkte als man will (z. B. b und c in Fig. 23) angenommen und mit d und g verbunden werden. Jeder dieser immer kleiner werdenden Umschläge ist korrekt. Man kann sogar den Abschnitt senkrecht zur Grundfläche aufrichten und sieht dann von oben her nichts als die schmale Kante desselben. Wollte man diese Form darstellen, so würde die Linie g d zur Darstellung derselben genügen.

Es gehört aber eine genaue Kenntnis der Schattenlehre dazu, derartige Zeichnungen noch als Umschlag erscheinen zu lassen. Man müsste sowohl die Blattkanten schattieren als auch durch scharfen, abgetönten Schattenfall nach der rechten Seite hin dafür sorgen, dass die Darstellung wahrscheinlich wird. Das hiesse grosse Mühe unnütz verschwenden. Man soll nicht Rätsel aufgeben. Das, was man zeigen will, muss auf den ersten Blick erkennbar sein. Schon die Form g c d wird schwer als wahr darzustellen sein. Wie dieselbe schattiert werden müsste, sehen wir in Fig. 24.

Die Länge des Schlagschattens kann sehr leicht bestimmt werden. Zum Beispiel für g c d (Fig. 23). Wir nehmen von der Linie e f das Stück bis zur Mittellinie g d und tragen dasselbe bei a oder b oder c grössten Schatten, nämlich die ganze rechte Ecke füllend, würde der vollständig aufgerichtete, in Linie g d fallende, also unsichtbare Umschlag erzeugen.

Auch die Stärke des Schattens nimmt mit der Entfernung von der Linie g d ab. Umgekehrt wird der Umschlag selbst nahe den Kanten am stärksten und am Falz g d am schwächsten schattiert. Sehr stark verkürzte Umschläge erhalten einen dunkleren eigenen und Schlagschatten, als die grösser erscheinenden, flacher liegenden Formen. Fig. 25 im Vergleich zu Fig. 21 möge dies darthun.

Beispiel 4.

nach rechts an. Dadurch entstehen die Punkte b¹ c¹. Diese werden mit g und d verbunden und geben die

Fig. 24. Schattierung des Umschlags g c d aus Fig. 23.

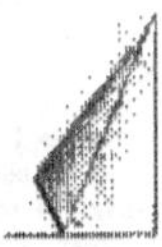
Fig. 25. Schattierung des Umschlags g b d aus Fig. 23.

Schattengrenze an. Wir finden nun, dass Umschlag a gar keinen Schatten hat und dass der Schatten wächst, je kleiner dem Auge der Umschlag erscheint. Den

Die Zeichnung und Ausarbeitung scharf gefalteter Umschläge ist also recht einfach. Schwieriger ist die

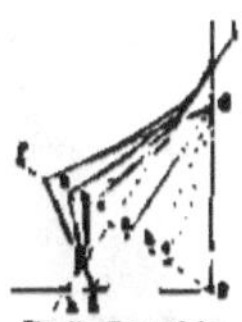
Fig. 26. Konstruktion rund gebogener Umschläge.

Fig. 27. Umschlag c aus Fig. 26. [illegible]

korrekte Wiedergabe gebogener Umschläge. Auch hierbei merken wir uns, dass der Umschlag niemals grösser sein darf als das fehlende Stück. Da beim

Ansehen einer Rolle stets Verkürzungen eintreten, so muss das abgebogene Stück sogar in jedem Falle kleiner gezeichnet sein. Fig. 26 bestätigt dies. Zunächst wird durch g d ein Stück von der Ecke abgeschrägt, darauf geschieht die Umzeichnung desselben nach der andern Seite und man zieht die Hilfslinie e f, ganz wie bei Fig. 23. Diese Vorzeichnung bildet die Grundlage für die Bildung einer im gleichen Winkel rund gebogenen Ecke. Will man ganz sicher gehen, so stelle man sich bei ähnlichen Arbeiten stets eine solche Unterlage her.

Bei Besprechung der Konstruktion gerader Umschläge wurde gesagt, dass man eine solche unwahrscheinliche Form nicht darstellen dürfe; dasselbe trifft hier zu.

Die Hilfslinie h i schneidet von den Winkeln, welche durch die umgelegte gerade Ecke an der Kante gebildet werden, ein Stück ab. Dadurch entsteht an Stelle der Winkel eine breite Öffnung, in welche wir einen Bogen hineinzeichnen (Fig. 27 und Fig. 28). *Derselbe beginnt schon bei a.*

Jetzt haben wir, die Hilfslinie h i als Rücken angenommen, einen unanfechtbaren gerundeten Umschlag. Wir bleiben dabei aber nicht stehen, sondern nehmen auf e f (Fig. 28) beliebig viele Punkte an (in diesem Falle b und c), die wir in allmäliger Rundung in die Rückenlinie h i und in die rechtwinkeligen Kanten der flach liegenden Karte hineinlaufen lassen.

Beispiel B.

Nun wird, parallel zu g d, eine zweite Hilfslinie h i gezogen. Diese kann beliebig weit von g d abliegen

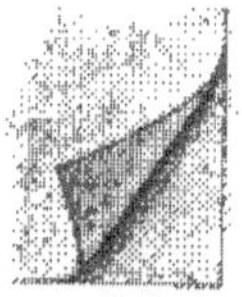

Fig. 27. Schattierung des Umschlags a aus Fig. 25.

Fig. 28. Schattierung des Umschlags c aus Fig. 26.

und gegebenenfalls bis zum Punkte a gehen, immer aber parallel zu g d. Läuft sie durch a, so sehen wir vom Umschlag nur die Kanten, daher eigentlich nichts.

Der Schatten wird ebenso gezeichnet wie bei den scharf geknickten Umschlägen. Das Stück der Linie e f von e an bis zur Rückenlinie h i wird als Mass für Umschlag und Schatten zusammen angenommen. Was an einem fehlt, muss dem andern zugelegt werden. Man trägt den sichtbaren Teil des Umschlags auf der Linie e f bei e an; dieser Teil ist Licht, alles Übrige Schatten.

Diese Art, einen Schatten zu konstruieren, ist indes recht dürftig. Wenn man ein Blatt Papier entsprechend biegt und scharfes Lampenlicht von verschiedenen Punkten her einfallen lässt, dann wird man naturwahre Schlagschatten in anderen Formen erhalten, die von grösserer Wirkung sein und sich dem vorliegenden Fall besser anpassen werden.

Eins sei noch bemerkt. Bei Schatten, die von runden Körpern geworfen werden, treten Reflexlichter auf. Die grösste Schattentiefe liegt deshalb nicht hart am Knick, sondern, ebenso wie die Lichtlinie, etwas davon ab. Das Wieviel wird man an natürlichen Beispielen studieren können.

Die Figuren 28 und 29 zeigen die Schattierung gerader Umschläge aus Fig. 20. Wir sehen daraus, dass bei runden Biegungen, wenn diese schattiert werden, auch die flache Karte dunkel getönt, dagegen von der Stelle an, wo die Rundung beginnt, heller gehalten werden muss.

Fig. 30.
Schattierung einer aufgehobenen geknickten Ecke

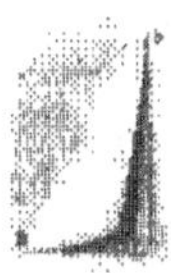

Fig. 31.
Schattierung einer aufgehobenen gebogenen Ecke

Bei geraden wie runden Umschlägen kann man auch über die Schräglinie g d in Fig. 23 bez. h i in Fig. 20 hinweggehen, also z. B. die Linie benutzen, welche in h' und c' bei Fig. 23, in h' und e' bei Fig. 20 zur Schattenkonstruktion benutzt wurde. Die Ecke sieht dann nicht umgeschlagen, sondern nur aufgehoben aus. Ist aber bei den übrigen Formen Schattierung nützlich, um die Formen naturwahr zu machen, so wird sie nunmehr unabweisliche Bedingung. Der Schlagschatten fällt hierbei über die frühere Ecke hinweg, wie aus den Figuren 30 und 31 ersichtlich ist.

Umschläge, welche Schatten verlangen, werden besser in Messerholzschnitt hergestellt. Man kann alsdann Kontur und Schatten in einer Form anfertigen und erspart zweifachen Druck. Auch können dann die Konturen der Rundungen fortfallen, das Gebilde erscheint natürlicher und aus einem Guss.

(Fortsetzung folgt.)

Holztypen kleinen Grades.

Herr *Gustav Maack* in Köln-Ehrenfeld, der Erbauer von Engelens typenloser Setzmaschine, fertigt jetzt, wie wir bereits im 2. Heft dieses Jahrgangs berichteten, grössere Grade *gestanzter* Holzschriften auf dieser Maschine. Nachfolgende Probe gibt ein Bild dieser jetzt auch einzeln zu gebrauchenden, also mit der Hand setzbaren Typen:

Holztypen
von Gustav Maack,
Köln-Ehrenfeld

Wir müssen gestehen, dass wir es nicht für praktisch halten, Schriften in der Grösse von Tertia, Text etc., also in verhältnismässig kleinen Graden und doch verhältnismässiger Fette herzustellen. Für solche ist unser Schriftzeug das einzig richtige Material und dieses allein sichert solchen Schriften ein solides, scharfes Bild und vor allen Dingen *dauernde* Schärfe. Man darf von solchen *gestanzten* Holzschriften nicht zu viel verlangen, um so mehr als die ursprüngliche Idee des Erfinders nur auf die Herstellung kleiner Grade von Brotschriften bedacht war, die dem Zweck seiner Setzmaschine entsprachen.

Ignaz Fuchs' Fächerbildner.

Unter den, das Umfallen der Buchstaben in den Titelschriftkästen verhütenden Vorrichtungen, welche neuerdings erfunden worden sind, scheint uns die von *Ignaz Fuchs*, k. k. Hofbuchdruckerei und Schriftgiesserei in Prag konstruierte Einrichtung wohl der Beachtung wert zu sein. Dieser »Fächerbildner« besteht aus einem in gewissen Abständen gegenseitig geknickten, kaum Achtelpetit starken Blechstreifen A,

wodurch Vorsprünge B entstehen; stellt man nun je einen solchen Streifen und eine Leiste voreinander, so entstehen kleine Fächer C, in welchen selbst ein einzelner in denselben stehender Buchstabe sich blos an der Seitenwand (Vorsprung B) *anlehnen*, aber nicht *umfallen* kann. Das durch die Vorsprünge entstehende Fach C ist 3½ Cicero breit, während der gewählte Kegel die Höhe des Vorsprungs bestimmt; der Vorsprung wird *etwas stärker* als der Didot-Kegel hergestellt, damit das Setzen und Ablegen bequem ohne Zuhilfenahme einer Ahle oder Pincette und auch bei *schräger Lage* des Titelschriftkasten mit grösster Leichtigkeit vor sich gehen kann.

Der Fuchs'sche Fächerbildner ist aus verzinntem Stahlblech hergestellt, das Oxidieren deshalb absolut ausgeschlossen. Der Preis ist ein billiger.

· · — ·

Zur Feier des 75jährigen Bestehens

des Hauses

Benjamin Krebs Nachfolger

in Frankfurt a. M.

Am 1. August beging die Firma *Benjamin Krebs* ihr fünfundsiebzigjähriges Jubiläum, denn an jenem Tage des Jahres 1810 wurde sie von *Benjamin Krebs*, dessen Bildnis wir unsern Lesern vorführen, begründet. Wir entnehmen die nachfolgenden Notizen der neuesten, im Oktober erscheinenden Nummer der von der Firma herausgegebenen »Typographischen Neuigkeiten«.

»Der Ursprung des Stammhauses, welches bis zum Jahre 1830 unter der Firma *Andreä'sche Buchhandlung, Buchdruckerei und Schriftgiesserei* bestand, lässt sich nach alten Quellen bis ins Jahr 1681 zurückführen. Wir finden in diesem Jahre zum ersten Mal einen *Joh. Phil. Andreä* als in Frankfurt ansässigen Buchdrucker aufgeführt. Als hervorragendes Werk seiner Offizin ist die noch heute in einer ziemlichen Anzahl verbreitete Merian'sche Bibel mit Kupfern zu nennen, welche Andreä im Jahre 1704 im Auftrage der Erben Merians druckte.

Im Jahre 1713 wird dann in der Chronik ein *Joh. Benj. Andreä*, zweifellos der Sohn des Vorgenannten, als hervorragender Buchdrucker aufgeführt.

Im Jahre 1797 finden wir die Andreä'sche Buchhandlung und Buchdruckerei im Besitze von *Johann Jakob Krebs*. Derselbe nahm laut vorhandenem Lehrbrief am 6. Mai dieses Jahres seinen jüngeren Bruder *Benjamin Krebs*, geb. am 8. März 1785, als Lehrling in die Buchdruckerei auf. Am 1. Mai des Jahres 1800 wurde der Letztere unter Einhaltung der üblichen Zeremonien freigesprochen.

Am 1. August 1810, vor 75 Jahren, errichtete die Firma eine *Schriftgiesserei*, der Benjamin Krebs nunmehr ausschliesslich seine ganze jugendliche Kraft zuwandte. Stets war er bemüht, Verbesserungen zu schaffen. So führte er beispielsweise in den Dreissiger Jahren für Schreibschriften den sogenannten Falzkegel ein, der jetzt in jüngster Zeit, in allerdings etwas veränderter Form, seine Auferstehung gefeiert hat. Auch als Fachschriftsteller war er thätig und im Jahre 1827 erschien aus seiner Feder das noch heute als vorzügliches Werk erachtete »*Handbuch der Buchdruckerkunst*«, welches die deutsche Buchdruckerwelt mit den Fortschritten der Kunst in Frankreich und England, namentlich mit der Buchstabenberechnung, mit dem Didot'schen Kegel und den Schnellpressen bekannt machte.

Die grosse Ausdehnung, welche durch den neuen Wirkungszweig die Andreä'sche Buchhandlung, Buchdruckerei und Schriftgiesserei nahm, machte eine getrennte Leitung nach und nach wünschenswert. So wurde im Jahre 1839 die Buchhandlung einem Verwandten Namens J. G. Rottig übergeben, während Benjamin Krebs Buchdruckerei und Schriftgiesserei in Gemeinschaft mit seinem Sohn und nunmehr unter eigener Firma: *Benjamin Krebs* weiter führte.

Im Jahre 1858 als die Schriftgiesserei immer mehr wuchs und eine volle ungeteilte Thätigkeit mit Macht forderte, entschloss sich Benjamin Krebs die seither mit innegehabte Buchdruckerei*) seinem Sohne zu übergeben und sich ausschliesslich der Schriftgiesserei zu widmen. Es war ihm diese Thätigkeit noch bis zum Jahre 1857 vergönnt, wo ihn die Mühseligkeiten des Alters zwangen, sich vom Geschäfte zurückzuziehen und dasselbe seinem Schwiegersohne *Gustav Rosalino* und dessen Teilhaber *Hermann Poppelbaum* zu übergeben, die dasselbe unter der Firma *Benjamin Krebs Nachfolger* weiter führten. Benjamin Krebs starb im Jahre 1859; sein bei vielen der heute noch lebenden Buchdruckereibesitzern wegen seiner Liebenswürdigkeit sehr gern gesehener Schwiegersohn Rosalino folgte ihm nach langem Kranksein im Jahre 1870. Die Firma ging somit auf Herrn Poppelbaum als alleinigen Inhaber über. Der rapide Aufschwung, den das Haus in dieser Zeit nahm veranlasste im selben Jahre noch die Errichtung eines Zweiggeschäftes in Wien, welches unter der Firma *Poppelbaum & Bossow* vorerst mit 5 Giessmaschinen in Betrieb gesetzt wurde. Die Leiter dieser Filiale in Wien waren ein jüngerer Bruder von Herrn Poppelbaum, *Bernhard*, sowie der Schwiegersohn Rosalinos, *Carl Bossow*, welch letzterer jedoch bald durch Kränklichkeit genötigt wurde, sich zurückzuziehen. Bernhard Poppelbaum übernahm kurze Zeit hierauf allein und unabhängig vom Frankfurter Stammhause

*) Jetzt Aug. Weisbrod.

das Wiener Geschäft, das unter seiner Leitung einen ungeahnten Aufschwung genommen hat. Im Jahre 1882 durch Verleihung des Hoftitels ausgezeichnet, führt dasselbe seitdem die Firma *K. u. k. Hofschriftgiesserei Poppelbaum*.

Nachdem der ausgedehnte Geschäftsverkehr dieser Firma eine vermehrte Thätigkeit erforderte, trat im Jahre 1887 der schon früher dort thätig

gewesene *Georg Poppelbaum*, der älteste Sohn des Hermann Poppelbaum als Gesellschafter der Wiener Firma bei.

Zwei Jahre sind es nun her, dass der prächtige Neubau in der Grüngasse aufgeführt und damit ein Etablissement geschaffen wurde, dass sich den grössten Giessereien Deutschlands zur Seite stellen darf.

Um auch dem Frankfurter Hause jüngere Kräfte zuzuführen, wurden 1890 *Hartwig Poppelbaum* und *Carl Gsottschneider*, Sohn und Schwiegersohn Herm. Poppelbaums, bis dahin als Prokuristen thätig, als Teilhaber aufgenommen.

Schon im Jahre 1870 war auch das Frankfurter Haus von den bisher innegehabten Räumlichkeiten in der Alten Mainzergasse nach dem angekauften Grundstück Querstrasse 12 verlegt worden, wo letzteres durch Hinzukauf und Aufführung von Neubauten gegenwärtig die Grundstücke No. 8 bis 14 genannter Strasse umfasst. Die Zeit nach den Kriegsjahren 1870/71 brachte nochmals einen bedeutenden Geschäftsaufschwung, der zu noch vermehrter Thätigkeit aufmunterte. Die Zahl der Giessmaschinen wurde ganz erheblich vermehrt und der Vorrat an Stempeln und Reichtum an Matrizen wuchs bedeutend. Es wurden namentlich die Originalgarnituren Fraktur-Brodschriften im eigenen Hause durch *G. F. Krauss*

Halbfette Mediaeval-Kursiv von Benjamin Krebs Nachfolger in Frankfurt a. M.

No. 39. 3 Cicero. Min. ca. 11 kg

Benjamin Krebs Nachfolger

No. 40. 4 Cicero. Min. ca. 12 kg

Illustrierte Zeitschrift

BUCHDRUCK

No. 41. 5 Cicero. Min. ca. 14 kg

Industrie-Blätter

Naturalistische Initiale von der Rudhardschen Giesserei in Offenbach a. M.

Preis pro Stück M. 3.—, pro Garnitur M. 65.—

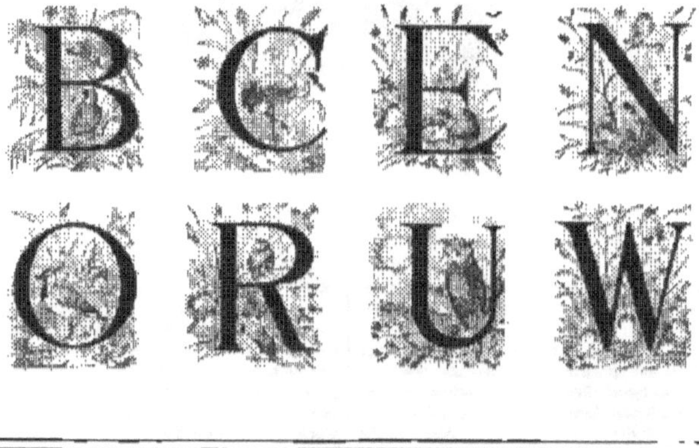

geschnitten, die unerreicht dastehen und von Kennern hochgeschätzt werden. Aber namentlich auch in soliden Titelschriften und Einfassungen wurde viel Neues gebracht, während Wien sich speziell der Ergänzung orientalischer Schriften zuwendete. Gegenwärtig beläuft sich die ungefähre Zahl der Stempel auf 18000, die der Matrizen 600000. Welche Summe von Arbeit dieses Inventar in sich birgt, vermag jeder Fachmann zu beurteilen.

Mit der sich immermehr vollendenden Technik der Giessmaschinen wurde auch das Maschinenmaterial fortwährend ergänzt und unter andern von den neu erfundenen französischen Komplettmaschinen in kurzem Zeitraum in Frankfurt 15 und in Wien 14 Stück aufgestellt.

Die Schriftgiesserei ist als Nebenzweige noch mit mechanischer Werkstätte, Galvanoplastik und Fachschreinerei zur Anfertigung von Schriftkasten, Regalen und dergleichen verbunden, auch wurde im Jahre 1880 eine eigene Hausdruckerei eingerichtet, welche sich ausschliesslich mit Herstellung von Schriftproben für den eignen Bedarf befasst.«

Wir wünschen der geachteten und bei allen Buchdruckern Deutschlands und des Auslandes durch ihre vorzüglichen Leistungen beliebten Firma *auch ferner bestes Gedeihen.*

Schriftprobenschau.

Unter den Novitäten, welche wir heute im Abdruck vorführen können, finden sich zunächst noch einige der *Naturalistischen Initiale* von der *Rudhardschen Giesserei.* Wir konnten von diesen recht brauchbaren und durchweg schön gezeichneten Initialen im vorigen Heft wegen zu späten Eingangs nur wenige abdrucken und bringen nun heute noch eine Anzahl, damit sich unsere Leser von der Eigenart dieses Materials eine rechte Vorstellung bilden können. Im übrigen verweisen wir auf das im vorigen Heft bezüglich dieser Initiale Gesagte.

Die Firma *Benjamin Krebs Nachfolger* überliess uns drei grössere Grade einer in ihrem Hause geschnittenen *halbfetten Mediaeval-Kursiv,* deren gediegene Zeichnung und exakter Schnitt jedenfalls allgemeine Anerkennung verdient und auch finden wird.

Eine *Chic* genannte Zierschrift in zwei Graden sandte uns die *Schriftgiesserei Ludwig & Mayer.*

Zierschrift „Chic“ von Ludwig & Mayer in Frankfurt a. M.

No. 8?. 1½ Cicero. Min. 4 kg à M. 7 –

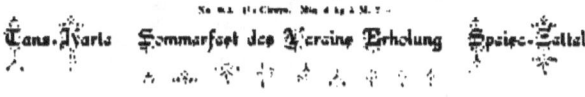

Tanz-Karte Sommerfest des Vereins Erholung Speise-Zettel

No. 8?. 2 Cicero. Min. 7 kg à M. 6 ?

Kunst-Handlung 12 Programm 31 Blumen-Fabrik

Die originelle Zeichnung dieser Schrift wird jedenfalls ihre Liebhaber finden. Die zur Verzierung der Versalien beigegebenen Züge werden auch oft vorteilhaft in der freien Ornamentik zu verwenden sein.

Als Beilagen zum heutigen Heft finden unsere Leser zwei Probenblätter von *Julius Klinkhardt,* ein Blatt neue *Reiheneinfassungen* und dann ein Blatt mit *Material für Wertpapierdruck.* Die in gediegener Satzausführung vorliegenden Anwendungen zeigen am besten die vielseitige Verwendbarkeit des gebotenen Materials. Während sich die Reiheneinfassungen besonders zur Bildung von effektvollen Umrahmungen grösseren Formats eignen, finden wir in dem »Material für Wertpapierdruck« ausser einer grössern Anzahl gefällig gezeichneter Polytypen des Wortes »Aktie«, besonders solche Formen, welche sich zur Bildung von Kartuschen oder Schildern eignen, wie sie auf Wertpapieren vielfach zur Anwendung kommen. Wir empfehlen die beiden Blätter der Beachtung unserer Leser.

Die Firma *Paul Leutemann* in Leipzig, welche sich durch Herausgabe schön gezeichneter und gut geschnittener *Vignetten* für alle Zwecke des Buchdrucks in verhältnismässig kurzer Zeit einen ausgezeichneten Ruf erworben, hat ihre Erzeugnisse in einem kürzlich ausgegebenen handlichen Quarthefte vereinigt und damit ein Musterbuch geschaffen, welches dem Buchdrucker bei der Auswahl von figürlichem Schmuck für seine Arbeiten gute Dienste leisten wird. Ausser den Vignetten, von welchen wir eine grössere Anzahl unsern Lesern bereits im Abdruck vorführen konnten und zu welchen in jüngster Zeit noch viele neue reizende Muster hinzugekommen sind, enthält das Heft auch noch Probeblätter der von derselben Firma herausgegebenen *Syraffillaeinfassung*, die wir demnächst unsern Lesern in einer höchst gefälligen Anwendung grösseren Formats zeigen werden, sowie Abdrücke von verschiedenen schönen *Polytypen* für Rechnungen, Mitteilungen u. s. w.

Satz und Druck unserer Probeblätter.

Die erste unserer Beilagen zum vorliegenden Heft, Blatt W, bringt einen Abdruck der Titelseite des Umschlages der demnächst in unserem Verlage in Heften erscheinenden zweiten, vollständig neu bearbeiteten Auflage der »Lehre vom Accidenzsatz« und verbinden wir mit der Beigabe dieses Blattes zugleich einen empfehlenden Hinweis auf das genannte Werk. Von dem verwendeten Ziermaterial lieferten uns: *Julius Klinkhardt* die Kopfleiste; *A. Wahlfeld*, Magdeburg, die grosse Eckvignette; *Scheller & Giesecke* die äussere Einfassung und die Schlussvignette (Greif); *Krebs Nachfolger* die Einfassung —; die Linienornamente stammen von *Berger*, *Flinsch* und *Ludwig & Mayer*; die Schriften sind von *Gronau*, *Krebs*, *Ludwig & Mayer* und *Scheller & Giesecke*.

Die Farbe, Schwarzblau, erhielten wir von *Berger & Wirth* in Leipzig.

Blatt V. wurde nach einem Entwurfe unseres Mitarbeiters, Herrn *Hermann Hoffmann* ausgeführt, welcher gleichzeitig die verwendete, in Messerholzschnitt ausgeführte Tonplatte und die mittelst des Kreisschneiders hergestellte Kreisfigur lieferte. Die Zierleiste wurde aus der Silhouetteeinfassung von *Kloberg* und verschiedenen Ornamenten von *Ludwig & Mayer* gesetzt. Von den Schriften lieferten *Flinsch* die Zeile Hermann Hoffmann; *Genzsch & Heyse* Friedrichshagen etc. und die zum Text verwendete Korpus Mediaeval; *Scheller & Giesecke* die Nonpareille Grotesque-Versalien; *Brendler & Marklowsky* die für die Unterschrift verwendete halbfette Wiener Mediaeval.

Der gelbe Ton wurde aus Chromgelb, Terra di Sienna, Viridingrün und Glanzweiss, sämtlich von *Berger & Wirth*, gemischt.

Blatt U enthält drei reich ausgestaltete Briefköpfe. Den ersten, gänzlich aus Messing-Material von *H. Berthold* gesetzte Briefkopf brachten wir bereits in einfach schwarzem Druck im Text des Heft 2 und zeigen ihn heute in farbiger Ausführung. Zur Verzierung des zweiten Kopfes verwendeten wir die Miniaturornamente von *Klinkhardt*, welche Firma auch das Monogramm lieferte, mit einigen Linienornamenten von *Berger* und *Scheller & Giesecke*, die Einfassung ⁓ ist von *Krebs*, die Eckfüllungen um das Monogramm und die zweifarbige Zierschrift zur Firmenzeile sowie »Menzer« etc. sind von *Scheller & Giesecke*; »Fabrik« von *Flinsch*, »Nassau« von *Ludwig & Mayer*. Zum dritten Kopf lieferten *Scheller & Giesecke* die Medaillons und die zur Hauptzeile verwendete Zierschrift; *Berger* die Bogenzierstücke und Linienornamente; *Genzsch & Heyse* »München«.

Die Tonfarben wurden aus Fabrikaten von *Berger & Wirth* gemischt, und zwar der grüngraue Ton aus Miloriblau, Chromgelb und Glanzweiss, der grünblaue aus Miloriblau, Seidengrün und Glanzweiss und der gelbe aus Chromgelb, Terra di Sienna und Glanzweiss. Die Konturform wurde mit braunem Lack von *Hermann Gauger* in Ulm gedruckt.

Den Satz zum Blatt Y überliess uns mit dankenswerter Bereitwilligkeit die Firma *Scheller & Giesecke*; das gesamte Material an Schriften, Vignetten und Linien entstammt also diesem renommierten Hause.

Die sämtlichen verwendeten Farben lieferte uns auch für dieses Blatt die Fabrik von *Berger & Wirth* in Leipzig, während wir die grüne Bronze von der Firma *Carl Derlon* in Leipzig bezogen. Wir geben noch die Mischung der einzelnen Farben in der Reihenfolge des Druckes: graublauer Ton: Miloriblau, rotbrauner Lack und Glanzweiss; blaugrüner Ton: Miloriblau, Seidengrün und Glanzweiss; gelber Ton: dunkles Chromgelb und Glanzweiss; Rot: Geraniumrot und helles Chromgelb; Braun: Sammtbraun; grauer Ton: Schwarz und Glanzweiss.

Zeitschriften- und Bücherschau.

— * *Die Wortteilungen der Buchdrucker*. Nach den verlässlichsten Quellen bearbeitet von *Alexander Link*, Buchdrucker, Wien. Selbstverlag des Verfassers. In Deutschland zu beziehen durch Richard Härtel, Leipzig-Reudnitz, Konstantinstrasse 8. Preis 1 Mark. Die Frage der richtigen Wortteilung ist für den gewissenhaften Setzer seit jeher von Bedeutung gewesen und die Trennung von Fremdwörtern hat schon Manchem Kopfzerbrechen gemacht.

Unsere Fachlitteratur und die vorhandenen Rechtschreibe-bücher geben in dieser Sache nur einen unvollkommenen Anhalt und es ist deshalb das hier vorliegende Werkchen als ein glückliches und verdienstvolles Unternehmen zu begrüssen. Das [illegible] Seiten und eine Beilage umfassende Buch enthält [illegible] kurze aber interessante Ausführungen über Teilung und Zwischenraum (Ausschliessen) im allgemeinen, sowie über die Worttrennungen im Deutschen und in Fremdwörtern und bringt dann ein ausführliches Verzeichnis von Fremdwörtern mit Angabe der Teilungen, wobei letztere nach ihrer Zulässigkeit in [illegible] Grade eingeteilt sind. Wir können das Buch bestens empfehlen und zweifeln nicht, dass es sich bald in allen Setzersälen einbürgern wird, um dort als willkommener Ratgeber oft begehrt und geschätzt zu werden.

— § *Muret's encyklopädisches Wörterbuch der englischen und deutschen Sprache.* Grosse Ausgabe. Verlag der Langenscheidt'schen Verlagsbuchhandlung in Berlin. Die erste Lieferung dieses bedeutsamen Sprachwerkes ist soeben erschienen und bildet das vorliegende starke Heft den Anfang des in zwei Teilen (englisch-deutsch und deutsch-englisch) projektierten Unternehmens. Nach dem Vorbilde des mit ihm in Parallele zu stellenden französischen »Sachs-Villatte« mit genauer Angabe der Aussprache nach dem phonetischen System der Methode Toussaint-Langenscheidt angelegt, dürfte das nach [illegible]jähriger Thätigkeit des Verfassers, Prof. Dr. Ed. Muret, druckreif gewordene Wörterbuch unstreitig als die hervorragendste Erscheinung auf dem Gebiete der anglo-germanischen Lexikographie zu betrachten sein. Die gesamte Ausstattung des Werkes ist sowohl in bezug auf Druck und Papier als auch in der eigentlichen textlichen Anordnung eine so vortreffliche, dass das Werk nach seiner Vollendung [illegible] ein [illegible] Hausschatz für jeden mit den beiden Sprachen in Beziehung Stehenden sein wird. Ganz besonders aber dürfte das monumentale Werk dazu geeignet sein, in dem Bücherbestande gewerblich Thätiger, und in erster Linie jeder Buchdruckerei, eine ganz bedeutende Lücke auszufüllen, weshalb wir auch nicht versäumen wollen, jeden unserer geehrten Leser auf das [illegible] Unternehmen besonders aufmerksam zu machen und dessen Anschaffung jedem Beteiligten anzuempfehlen. Der Umfang des gesamten Werkes wird aus ca. 34 Lieferungen, jährlich 5, welche von 112 Seiten bestehen und hiervon der 1. Teil (englisch-deutsch) in etwa vier Jahren, der 2. Teil (deutsch-englisch) in den weiteren zwei Jahren vollendet vorliegen. Der Preis der Lieferung beträgt M. 1.50 und kann auf das Werk bei jeder Buchhandlung, wie auch bei der Verlagshandlung selbst subskribiert werden.

— *Ein neuer »Kürschner«.* Unsere Leser erinnern sich gewiss noch des von uns seiner Zeit besprochenen Kürschner'sche Miniaturwerkchen »der neue Reichstag« (Preis 40 Pfennig). Heute bietet derselbe Verfasser bereits wieder etwas Neues in ähnlicher Form, und wieder etwas überaus [illegible] Praktisches, das sich mit gleicher Schnelligkeit überall einbürgern wird als richtiger Haus- und Familienschatz. »Gekrönte Häupter«, diesen Titel trägt das kleine, elegante, 444 Seiten starke Büchelchen, goldgedruckt auf [illegible] Umschlag (Preis nur 40 Pfennig). Hier findet sich in kurzen, aber ungemein übersichtlichen und anschaulichen Zügen alles dargestellt, was die deutschen Fürsten und deren Familien betrifft: Erbschaftsverhältnisse, Konfession, Zivilliste, Grösse des Landes, Anzahl der Einwohner, Landesfarbe, Wappen, Verfassung, administrative Einteilung und kurze Geschichte derselben, Biographie der regierenden Fürsten und deren lebender Familienmitglieder mit *Portrait*, *Facsimile der Handschrift*, Angaben über Orden und Abbildungen der wichtigeren derselben, Belehrung über Verkehr mit Fürsten etc. etc. — kurz, alles, was nur irgendwie diesen Rahmen sich einfügt. Dies Riesenmaterial in so engem Raum zu bergen und es dennoch in so bündiger, übersichtlicher Weise zusammenzufassen und zu ordnen, dazu bedurfte es der ganzen Geschicklichkeit des Verfassers, des [illegible] patriotischen Empfindens desselben, welches am Schlusse der kurzen Vorrede warmen Ausdruck findet in dem Wunsche, »dass sein kleines Buch dazu helfen möge, das Band fest zu machen, welches den Deutschen und seine Fürsten [illegible] umschlingt«. Diesem Wunsche stimmen wir aufrichtig bei, im Interesse aller unserer Leser.

— § Bei der grossen Beliebtheit, welcher sich die in neuerer Zeit in erhöhtem Masse eingerichteten Journal-Lesezirkel erfreuen, dürfte das im Selbstverlage des Verfassers H. Blumenthal in Iglau erschienene Heftchen, betitelt: »*Wie richtet man einen Journal-Lesezirkel praktisch ein?*« eine erwünschte Anleitung für jeden sein, der seine Thätigkeit auf diesem Gebiete auszudehnen beabsichtigt oder aber bereits in der Lage ist, Nutzanwendung aus dem interessanten Inhalte zu ziehen.

Mannigfaltiges.

— Unserem heutigen Doppelheft liegt ein Prospekt über die *neue Auflage* von »*Waldow's Lehre vom Accidenzsatz*«, bearbeitet von *Friedrich Bauer*, bei. Wir empfehlen diese neue, gleichfalls im Verlage von *Alexander Waldow* in Leipzig erscheinende Auflage der Beachtung unserer Leser in der Hoffnung, dass das beliebte Werk auch in der neuen Fassung Anerkennung und zahlreiche Freunde finden wird. Alles Nähere wolle man aus dem Prospekt ersehen.

— Die dem heutigen Heft beigegebene Beilage der Firma *J. G. Schelter & Giesecke* empfehlen wir der besonderen Beachtung unserer Leser.

— Die Farbenfabrik *Kast & Ehinger* in Stuttgart übersendet uns Probeblätter von vier schönen Illustrationsfarben, welche sich durch ganz aussergewöhnlich starken Deckungsvermögen auszeichnen. Es sind dies ein Bronzerot, Bronzeviolett, Bronzeblau und Bronzebraun, sämtlich höchst effektvolle, und wie die Abzüge zeigen, sehr rein druckende Farben, denen die Fabrik auch gute *Lichtbeständigkeit* nachrühmt. Wir machen unsere Leser auf diese so beliebten Farben hiermit noch besonders aufmerksam und bemerken zugleich, dass die Fabrik neuerdings auch ein schönes Rosa und einen feurigen Brillantpurpur, beide ebenfalls lichtbeständig, in den Handel gebracht hat.

— Eine grosse Sammlung solcher bunter Illustrations- und Merkantilfarben, die nach Angaben der Fabrik ebenfalls ähnlich lichtecht und lackierfähig sein sollen, giebt jüngst auch die Farbenfabrik von *Beit & Philippi* in Hamburg-Stamsfort heraus. Diese Sammlung umfasst vierzehn der schönsten und originellsten Farben, sodass damit allen Geschmacksrichtungen Rechnung getragen werden kann. Bemerkenswert ist der billige Preis von 6 Mark pro Kilo. Ein schön gedrucktes Plakat zeigt uns ferner das Hamburger Rot und Kaiserblau A derselben Firma. Von diesen beliebten, sehr feurigen Farben kostet bei Bezügen von 25 Kilo das Kilo trocken 5 Mark für das Rot und 4 Mark für das Kaiserblau A. Auf der dem heutigen Heft beigegebenen Beilage empfiehlt die gleiche Firma ihren *Leimfirnis* in allen Stärken und garantiert chemisch rein zu civilen Preisen. Bei der Leistungsfähigkeit der Fabrik in der Farbenbranche dürfte man wohl mit Recht auf gleiche Leistungsfähigkeit bei diesem für den Farbendruck unerläßlichen Zubehör rechnen können. Ansichtsmuster stehen den Reflektanten gern zu Diensten.

— Das Fabrik-Papierlager von *Moritz Anna* in Berlin versandte in den letzten Tagen drei umfangreiche Musterbücher von *feinfarbigem Karton*, *feinfarbigem Umschlagpapier* und *farbigem Umschlagpapier* (Mittelstoff). Diese Musterbücher enthalten eine grosse Zahl höchst apparter und geschmackvoller Muster von solchen Papieren zu sehr billigen Preisen, so dass sie gewiss Beachtung in buchdruckerischen Kreisen finden werden. Ein beigegebenes Circular interessiert vornehmlich durch die in seiner Ausstattung verwendeten gefälligen Messerholzschnittzeilen.

— Die Firma *König & Bauer*, Maschinenfabrik in Kloster Oberzell bei Würzburg, teilt ihren Geschäftsfreunden durch ein vom 1. Juli datiertes Circular mit, dass Herr Ingenieur *Albrecht Bolza*, Neffe des Herrn König, als kommanditistischer Teilhaber in die Firma eingetreten und dass diesem Herrn gleichzeitig Prokura erteilt worden ist.

— Die Schnellpressenfabrik Frankenthal, Albert & Cie., Act.-Ges., teilt uns mit, dass mit 30. Juni Herr *Wilhelm Molitor* in Folge Kränklichkeit aus der Direktion austritt und an seine Stelle mit dem gleichen Tage Herr Ingenieur *Otto Pilz* aus Berlin, rühmlichst bekannte Persönlichkeit auf dem Gebiet des Rotations- und Schnellpressenbau, als zweiter Direktor eintritt. Die Direktion wird in der Folge geführt von dem seitherigen Direktor Herrn *Jean Hause* und dem neu eingetretenen Direktor Herrn Otto Pilz.

— Am 8. Juni d. J. beging der derzeitige Metteur der »Brenner Zeitung«, Herr *Joh. Georg Graff*, die Feier seines 60jährigen Berufs-Jubiläums und damit gleichzeitig seiner 60jährigen Thätigkeit in der Buchdruckerei von P. Neubert in Husum in seltener körperlicher und geistiger Rüstigkeit und Frische. Bei Gelegenheit einer dem Jubilar seitens seiner Kollegen veranstalteten Festfeier wurde demselben ein mit künstlerischem Geschmack ausgeführtes Diplom überreicht.

— Am 7. Juni feierte Herr *Georg Baeske* das Jubiläum seiner 50jährigen Thätigkeit als Setzer, Drucker und zuletzt als Lagerverwalter im Hause G. D. Bädeker in Essen.

— Nach einem Beschluss des Rates der Königl. Haupt- und Residenzstadt Dresden vom 4. Juni 1891 dürfen diejenigen Buchdruckereibesitzer, welche in dem die Stadtgemeinde Dresden umfassenden Bezirke der Dresdner Buchdrucker-Innung wohnen und, obwohl sie selbst zur Aufnahme in die Innung fähig sein würden, gleichwohl derselben nicht angehören, *vom 1. August d. J. ab Lehrlinge nicht mehr annehmen*. Zuwiderhandelnde verfallen nach § 148, Ziffer 10 der Reichs-Gewerbeordnung in Geldstrafe bis zu 150 Mark, an deren Stelle im Unvermögensfalle Haftstrafe bis zu 4 Wochen zu treten hat. Der Vorstand der Dresdner Innung kann mit Genugthuung in dieser Verfügung die Anerkennung des mehrjährigen Strebens seiner Mitglieder nach Schaffung geordneter Zustände innerhalb des Buchdrucker-Gewerbes und namentlich nach möglichst vollkommener fachlicher Ausbildung der Lehrlinge erblicken.

— Dem vom Comité zur Errichtung des *König-Denkmals* in Eisleben publizierten *Rechnungsabschluss* über die Denkmalsangelegenheit entnehmen wir folgende Hauptpunkte: Die Gesammtsumme der zu verausgabenden Gelder betrug M. 18278.91. An direkten Ausgaben verzeichnet der Bericht M. 16944.02, bei welchen die Kosten der Enthüllung etc. mit inbegriffen sind. Es verbleibt folglich ein Kassenbestand von M. 1334.89 in den Händen des Comité, welcher Betrag zur entsprechenden Verschönerung und Instandhaltung der Denkmalsumgebung successive aufgebraucht werden soll.

— Der von uns schon früher empfohlene *Zeilenmesser* mit Metermass, welchen das Gutenberghaus (Franz Franke), Berlin W., Mauerstrasse 33, zum Preise von 1 Mark in den Handel gebracht hat, ist neuerdings durch Lackieren der zu seiner Anfertigung verwendeten Glanzpappe wesentlich verbessert und haltbarer gemacht worden. Wir weisen unsere Leser wiederholt auf diesen praktischen und billigen Zeilenmesser hin.

— § *Plakatbuchstaben* lassen sich auf folgende Weise leicht reparieren: Nachdem man die defekte Stelle gehörig vom Schmutze gesäubert und eventuell etwas ausgeschnitten hat, füllt man die entstandene Lücke mit einer sich in teigigem Zustande befindlichen Mischung von Tischlerleim und Schlemmkreide etwas übermässig aus. Nach erfolgter Erhärtung dieser Masse egalisiert man mittels einer mittelscharfen Feile die einzelnen Flächen, nach welcher Prozedur es nur noch der Überreibung mit feinem Schmirgelpapier bedarf, um den Buchstaben wieder tadellos zu gestalten.

— § Bei *Bestellung des Papierbedarfes* empfiehlt die »Pap.-Ztg.« die Beachtung folgender Angaben: Zunächst wähle man, wenn möglich eines der untenstehend bezeichneten Normalformate oder Verdoppelungen der betreffenden Zahlen, da diese den Beschlüssen der Hauptvertreter entsprechen:

1. 33:42 cm	7. 44:56 cm
2. 34:43 cm	8. 46:59 cm
3. 36:45 cm	9. 48:64 cm
4. 38:48 cm	10. 50:65 cm
5. 40:50 cm	11. 54:68 cm
6. 42:53 cm	12. 57:78 cm

Im übrigen bestelle man nur nach Anzahl der Bogen, z. B. 1000 Bogen etc., ohne Hinzufügung anderer Bezeichnungen wie Ries u. Buch, um jedwede Missverständnisse zu vermeiden.

— § *Leichtes Reparieren von Galvanos.* Hat irgend ein Galvano auf der Bildfläche durch die Einwirkung eines starken Druckes, vielleicht Überlaufen des Randes usw., eine Quetschung oder Vertiefung erlitten, so hält es nicht allzuschwer, diesen Schaden wieder auszubessern. Man löse das Galvano vom Holzfusse ab, richte dasselbe, falls es sich beim Ablösen verbogen haben sollte, durch Klopfen auf die Rückseite wieder gerade und feile mittels einer Feile die durch ihre Nagelstellen erhoben gewordene Rückseite ordentlich ab. Die Bildfläche überfahre man dann mit ganz feinem Schmirgelpapier Nummer 00 oder besser noch mit einem Stück Holzkohle. Dadurch wird die ebene Fläche eine blanke und die Vertiefung deutlicher sichtbar. Nachdem kratzt man sich unter Zuhilfenahme eines Zirkels die defekte Stelle auf der Rückseite an und legt das Galvano mit der Bildfläche auf eine sauber abgewischte, ganz ebene harte Metallplatte oder einen Lithographiestein. Unter Verwendung eines eisernen Stiftes wird nunmehr durch vorsichtiges, nicht zu schweres Klopfen auf denselben die angezeichnete Stelle in die Höhe getrieben, wobei auf der Bildfläche trotz aller Vorsicht kleine Erhöhungen um die defekte Stelle entstehen werden. Diese beseitigt man durch leichtes Zurückklopfen der aufgetriebenen Stelle auf der Rückseite mit einem Hammer, d. h. man richtet die Fläche aus, wie der technische Ausdruck dafür lautet. Selbstverständlicherweise muss der eiserne Stift je nach dem Umfange der defekten Stelle ein kleinerer oder grösserer sein, in jedem Falle aber kleiner als die zu reparierende Stelle selbst. An Utensilien sind demnach zu dieser Prozedur nur erforderlich: eine ebene Platte, mehrere Eisenstifte, ein Hammer, sowie einige resp. kleine Grabstichel, die in jenen Fällen, wo feine Linien verletzt wurden, zum vorsichtigen Nachstechen gute Dienste leisten. (L'impr.)

— Folgende drei Punkte bilden nach der Meinung eines französischen Fachmannes den Hauptkrebsschaden des Gewerbes und sind mehr als alles andere dazu angethan, dessen Niedergang herbeizuführen: 1. Gewaltsame Erniedrigung der Preise durch unsinnige Unterbietung vulgo Schmutzkonkurrenz; 2. langsame Arbeitsherstellung durch Behelf mit dem primitiven, zum Notwendigsten kaum ausreichenden Arbeitsmaterial; 3. Beschäftigung gewissenloser Arbeiter und Stümper zu niedrigsten Löhnen. An diese Formulierung knüpft der betr. Skribent folgende Worte: Sobald ein Geschäftsmann sich dazu hergiebt, Arbeiten zu den von der Schmutzkonkurrenz herausgedrückten, nicht einmal die Selbstkosten deckenden Preisen herzustellen, eilt er direkt dem Ruine zu und selbst seine Kundschaft wird ihm, durch die notwendige geringwertige Qualität der gelieferten Arbeit unbefriedigt, vor seinem Niedergange bereits selbst den Rücken kehren. Das zweite Hindernis einer gedeihlichen Geschäftsentwickelung ist die Eigensinnigkeit mancher Firmeninhaber, in keiner Weise den jahrelang ungestört und unvermehrt gebliebenen Materialreichtum ihres Geschäftsbetriebes zu ergänzen oder gar mit irgend einer allgemein eingeführten praktischen Neuerung zu versehen, kurzum mit dem Wenigsten geizen, um sich auf die gleiche Stufe der Leistungsfähigkeit mit ihren Konkurrenten stellen zu können. Der in der Instandhaltung seines Betriebes und Vermehrung seines Materiales mit dem Fortschritte der Zeit gleichen Schritt haltende Geschäftsmann wird vermöge der dadurch entstehenden Vorteile und seine erhöhte Leistungsfähigkeit den Anforderungen in höherem Masse nachkommen können und dadurch einen besseren Gewinn erzielen. Endlich ist das Vorhandensein eines tüchtigen, in allen Fällen geschulten Personals, mag es noch so klein sein, ebenso wertvoll als notwendig für einen lukrativen Geschäftsgang. Leider pflegt man noch häufig anzunehmen, dass durch die Unterstellung einer Anzahl zusammengewürfelter Personen unter die Leitung eines tüchtigen Fachmannes auch etwas Erspriessliches entstehen muss. Man wird jedoch wohl allenthalben bittere Erfahrungen in dieser Hinsicht gemacht haben. In unserer wechselvollen und unaufhaltsam fortschreitenden Zeit ist es für jeden Geschäftsmann unbedingt erforderlich, dass er auf die Schönheit und die Qualität seiner Erzeugnisse hohen Wert legt.

— Das Zeitungswesen in den Vereinigten Staaten. Nach Angabe des Fachblattes »Printers Ink« hat im Jahre 1890 die Zahl der in den Vereinigten Staaten erscheinenden Zeitungen und Zeitschriften um 1612 zugenommen und beträgt zur Zeit [illegible]. Sie zerfallen nach ihrem Charakter in folgende Unterabteilungen: Tägliche Zeitungen [illegible], dreimal die Woche erscheinende [illegible], zweimal die Woche 221, Wochenzeitungen [illegible], alle zwei Wochen erscheinende 85, halbmonatlich 318, Monatsschriften [illegible], alle zwei Monate erscheinend 73, Vierteljahrsschriften 178. Am stärksten ist die Presse natürlich im Staate New-York vertreten, dort erscheinen 1908 Zeitungen und Zeitschriften. Dann kommt Illinois mit 1714, Pennsylvanien mit 1367 und Ohio mit [illegible] u. s. w. bis Alaska mit 3 Wochenblättern und dem Indianer-Territorium, wo keine einzige tägliche Zeitung erscheint. Das benachbarte Canada ist ebenfalls nur mit 96 Tages- und [illegible] Wochenblättern gesegnet.

Briefkasten.

[illegible]

Inhalt des [illegible] Heftes.

[illegible]

[illegible]

Bezugsbedingungen für das Archiv.

[illegible]

[illegible]

Annoncen.

Langjähriger

Reisender

der graphischen Branche, energisch, eingeführt, Fachmann, wünscht Vertretung für leistungsfähige Schriftgiesserei oder Farbenfabrik. Offerten unter Chiffre N. N. 100 a. d. Exp. des Archiv.

Für Zeitungs- und Zeitschriften-Verleger!

Illustrierte Romane der besten Schriftsteller, nebst den zugehörigen Bildern — Clichés —, wie vorzügliche **Rebus-Clichés** offeriert billigst

W. W. (Ed.) Klambt,
Verlag des »Hausfreund«, Neurode.

Eine gebrauchte Swiderski'sche Buchdruckschnellpresse, Format [illegible], sofort ganz billig zu **verkaufen.**

Albert Heine, Cottbus.

Deutsches Wochenblatt
in Nord-Wisconsin,

Ver. St. von Amerika, seit vier Jahren etabliert, mit gutgehender Accidenz-Druckerei (neues Material, neue Presse, 2 Pferdekr.-Dampfmaschine) ist Familienverhältnisse halber Zuzeit billig zu verkaufen. Kaufpreis bei kluger Geschäftsführung in [illegible] Jahre zu verdienen; keine direkte Konkurrenz. — Auch komfortables Wohnhaus mit zu verkaufen. Lokale Information wegen Religion [illegible] wird bereitwilligst erteilt. Man wende sich direkt an den Eigentümer C. W. Hoenigmann, Merrill, Wis., U. S. of Amerika, oder an Buchdruckereib. Paul Kaltenbach in Eisenberg i/Th.

Webers Tonplatten.

Die auf Spalte 261—265 empfohlenen Tonplatten liefern wir zunächst nur in der Grösse von 18 : 26 cm zum Preise von 3 Mark pro Platte, auf Papier Höhe justiert. Da die Masse sich nach Angaben des Herrn Weber mit einer feinen Säge ohne auszusplittern schneiden lässt, so kann sich jeder Künstler beliebig kleine Platten aus der grossen herausschneiden und somit immer auf Vorrat davon halten. Wir liefern unter Garantie des Verfertigers, Herrn Weber, und bemerken, dass der Preis sich nach obiger Angabe ganz wesentlich billiger stellt, wie Celluloid.

Alexander Waldow, Leipzig.

Stereotypie! Kleiner Spezialartikel für den gesamten Bedarf: Carl Kempe, Nürnberg.

Beste konzentrierte Seifenlauge
in einzelnen Dosen und in Kisten zu 10 Dosen verkauft
Alexander Waldow, Leipzig.

Accidenz-
Tiegeldruckmaschine
mit Treivorrichtung

von J. G. Mailänder in Cannstatt. Satzgrösse 21 · 33 cm, nur ganz wenig gebraucht, ist mir zum Verkauf übergeben worden.

Fester Preis 600 Mark.

Alexander Waldow, Leipzig.

Prima engl.
Walzenmasse
und **Zusatzmasse**
50 Kilo zu 120 Mark
liefert
Alexander Waldow, Leipzig.

Verlag von Alexander Waldow in Leipzig.

M. Wunder:

Die Preisberechnung von Druckarbeiten.

Zweite Auflage.

Diese zweite Auflage der höchst verdienstvollen Arbeit des Herrn Wunder ist **ganz bedeutend** vermehrt und genauest revidiert, sie sucht deshalb an Vollständigkeit ihresgleichen in der Fachlitteratur aller Länder. Von besonderem Interesse sind die Angaben von bewährten Preissätzen für **Werke und Accidenzarbeiten** jeder Art, so dass man, wenn man nach ihnen rechnet, nicht lange zu kalkulieren braucht **und wirklich etwas verdient.** Preis M. 3.50.

Die Messinglinien-Fabrik von

Gebr. Brandt in Quedlinburg

empfiehlt als Spezialität

[illegible]

Lehrbuch für

Schriftsetzer.

Kleine Ausgabe des I. Bandes von Waldow: „Die Buchdruckerkunst"

[illegible]

Alexander Waldow, Leipzig.

Wer seine Werk- oder Zeitungs-Schriften anschaffen will, versäume nicht, sich fr[illegible] Proben der

Bismarck-[illegible]

von

***Benjamin Krebs Nachfolger* in Frankfurt a. M.**

kommen zu lassen.

Cylinder-Überzüge

Englisch Leder Prima, [illegible] Zentimeter breit, pro Meter M. 4.

[illegible]

Alexander Waldow, Leipzig.

Äusserst praktischer

Walzenkochapparat.

No. 1 [illegible]

No. 2 [illegible]

ALEXANDER WALDOW, Leipzig

Buchdruck-Maschinen- und Utensilien-Handlung

C. A. Lindgens, Cöln a. Rh.

Fabriken

von

schwarzen und bunten Buch- und Steindruckfarben, Russ, Firnis, Etikettenlack, Seifenlauge, Walzenmasse

„the Excellent" C. A. Lindgens.

C. Rüger, Leipzig

Messinglinien-Fabrik

Fach-Tischlerei. — Mech. Werkstätte.

Goldene Medaille Brüssel 1888.

Bunte Farben

in allen Nüancen und in den besten Qualitäten liefert zu Fabrikpreisen

Alexander Waldow, Leipzig.

Gebr. Jänecke & Fr. Schneemann.

HANNOVER.

Buch- und Steindruck-Farben.

J. G. [illegible]

Gehrungen-Schneide-Maschine

für Blei- und Messinglinien.

[illegible]

Fabrikation [illegible]

Apparate und Utensilien

für Satz, Druck und [illegible]

[illegible]

Alexander Waldow, Leipzig

Generalvertretung für

F. M. Weilers Original-Liberty-Tiegeldruckmaschine.

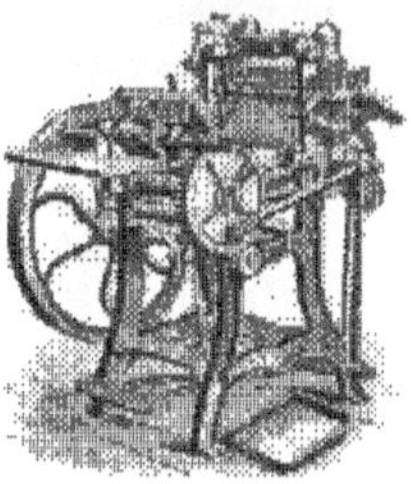

Neues Modell.

Einige besondere Vorzüge der Original-Liberty-Maschine.

Es ist die einfachste aller Tiegeldruckpressen. Abzüge 1000–1500 per Stunde.

Die Form kann verbessert und gereinigt werden, ohne dass man dieselbe aus dem Karren-Fundament herauszunehmen braucht. [illegible]

Neues verbessertes Farbwerk. Praktische Metall-Verreiber [illegible].

Vorzüglichste Verreibung. Die Walzen arbeiten ohne jedwede Anwendung von Federn, und wirken auf die Typen durch ihre eigene, stets gleichmässige Schwere.

Tadelloses Register. Sofortige Druckeinstellung.

Der Gang der Maschine ist leichter und die Leistungsfähigkeit grösser, als die jeder anderen Tiegeldruckpresse.

Unübertroffen in Bezug auf Stärke der Konstruktion; einzelne Maschinen sind über 20 Jahre im Gebrauch und erforderten während dieser Zeit nur ganz unwesentliche Reparaturen.

Das Format des zu bedruckenden Papiers kann bedeutend grösser sein, als das Fundament.

Grössen und Preise:

	Innere Rahmenmaße	Preis	Erforderlicher Raum	Gewicht Netto	Gewicht Brutto
No. 2	[illegible]	[illegible]	1.[illegible] × 1.30 m	[illegible]	[illegible]
„ 2a	[illegible]	[illegible]	[illegible]	[illegible]	[illegible]
„ 3	[illegible]	[illegible]	[illegible]	[illegible]	[illegible]
„ 3a	[illegible]	[illegible]	[illegible]	[illegible]	[illegible]
„ 4	[illegible]	[illegible]	[illegible]	[illegible]	[illegible]
„ 5	[illegible]	[illegible]	[illegible]	[illegible]	[illegible]

Bei Barzahlung hoher Rabatt.

Waldows Wörterbuch der graph. Künste

und der verwandten Zweige, mit 2798 Artikeln und 581 Illustrationen, wird hiermit als wertvolles Handbuch empfohlen. Preis brosch. 23 Mk. 50 Pf., eleg. geb. in Halbfranzband 26 Mk. 50 Pf. Auch in Serien und Heften in beliebigen Zeiträumen durch alle Buchhandlungen und vom Verleger. Probeheft gratis. **Alexander Waldow, Leipzig.**

Gegründet 1846.

Klein, Forst & Bohn Nachf.

Johannisberg im Rheingau

liefern

Schnellpressen für Buch- und Steindruck

bester Konstruktion und Ausführung.

[illegible] auf Wunsch gratis zur Verfügung.

[illegible]

C. Klöberg, Leipzig

Fr. Buch- und Steindruckfarben.

Ludwig & Mayer

Gravieranstalt — Schriftgießerei — Galvanoplastik

Frankfurt a. M.

empfehlen ihre neugeschnittene und mit vielem Beifall aufgenommene

Monumental

in 16 Graden mit Initialen.

Auch ist eine neue elegante Antiqua (im Hause geschnitten) erschienen.

Probeblätter versenden auf Wunsch gratis und franko.

Gebrüder Brehmer,
Maschinenfabrik
Leipzig-Plagwitz.
Spezialität:
Draht-Heftmaschinen
zum Heften von Büchern, Blocks, Broschüren, Kartonnagen etc.

Hampel's Plattenformen und die besten Unterlagen z. Plattendruck.
Zu beziehen von der Schriftgiesserei Flinsch in Frankfurt a. M.
Otto Hampel in Hannover

Holz-Schnitte

Messinglinien-Fabrik
und
mechanische Werkstätte
für
Buchdruckerei-Utensilien.
Berlin, SW.
H. Berthold.

Messinglinienfabrik
Zierow & Meusch
Leipzig

Blanco-Vordrucke

Em. Gaillard
in Berlin SW.
photographisches Institut
Autotypien, Chemigraphien u. Chromotypien.

Ch. Lorilleux & Cie.
Paris
Buch- u. Steindruckfarben

Holztypen-Fabrik
Sachs & Cie.
Mannheim (Baden)
Holzschriften und Holzutensilien
Lager der echten amerikanischen Walzenmasse
The White
Buch- und Steindruckereien.

Kolumnenschnur
liefert billigst Alexander Waldow, Leipzig.

Musterbuch Mk. 6.–

Gasmotoren-Fabrik Deutz, Köln-Deutz.

Otto's neuer Motor

liegender und stehender Konstruktion

37500 Maschinen mit 150000 Pferdekräften im Betrieb.

125 Medaillen und Diplome.

Prospekte, Zeugnisse, Kostenanschläge gratis.

C. F. Kühl
Leipzig-Reudnitz

Wilhelm Woellmer's Schriftgiesserei und Messing-Linien-Fabrik
BERLIN
SW., Friedrich-Str. 226.

Waschbürsten
bester Qualität empfiehlt
Alexander Waldow, Leipzig.

Autographische Tinte
Fabrikat von
Leipzig.

Für Berlin

Vereinigte Farben-Fabriken — Filialen: Berlin, London, New-York, Moskau.

BERGER & WIRTH UND FREY & SENING, LEIPZIG.

Spezialität: Farben für sämtl. graph. Zwecke. Walzenmasse Victoria und Victoria-Blanca.

Erhielt den einzigen ersten Preis in Melbourne | **Colt's Armory** | welcher auf Tiegeldruckpressen vergeben wurde.

TIEGELDRUCK-SCHNELLPRESSE

mit Cylinder-Farbewerk und Druckregulirung.

4 Grössen, 20/33 — 35,5/51 cm Tiegelgrösse. — Für Fuss- und für Motoren-Betrieb.

Im Konstruktions-Prinzip ähnlich Gallys Universalpresse, zeichnet sich Colt's Armory Presse durch [illegible] praktische Verbesserungen aus, so dass dieselbe in der Leistungsfähigkeit den jetzt vorhandenen Tiegeldruckpressen [illegible].

Der Hauptwert der neuen Colt's Armory Tiegeldruck-Schnellpresse liegt in deren [illegible] praktischen Konstruktionsprinzip, der durablen Bauart und dem vorzüglichen Material. Die Kombination des Cylinder-Farbwerks, welche die vorzüglichste Farbeverreibung und [illegible] Regulirung der Farbenverteilung gewährt, der genaue parallele Druck, durch welchen die Schrift geschont wird, sichern dieser Presse die hervorragende Stellung als ausgezeichnetste Tiegeldruckschnellpresse für den feinsten Accidenzdruck.

Hierzu kommen noch die folgenden Vorzüge: leichte und schnellste Druckregulirung, sofortige Druckabstellung und Abstellbarkeit der Auftragwalzen während des Druckens. — Genügende Ruhelage des Tiegels beim Einlegen resp. Anlegen, sowie der sichere ruhige Gang der Presse garantiren genaues Register auch ohne Zuhilfenahme von Punkturen. — Beseitigung der Tiegelfedern und Ersatz durch eine Führungskurve. — Die Schnelligkeit des Druckes hängt lediglich von der Befähigung des Einlegers ab und verträgt die kräftige, durchaus widerstandsfähig gebaute Presse den schnellsten Gang.

Für die Pressen No. 3 und 4 empfiehlt sich in solchen Fällen, wo Elementarkraftbetrieb ausgeschlossen ist, die Zuhilfenahme eines Kurbelmechanismus, der so angewendet wird, dass der Dreher dem Einleger gleichzeitig beim Treten beizustehen vermag.

Ausführliche Beschreibungen mit Grössen- und Preisangaben, sowie Verzeichnis der Firmen, welchen wir Pressen lieferten, stehen gern zu Diensten.

General-Vertretung für das Deutsche Reich, Österreich-Ungarn, Donaufürstentümer, Holland, Belgien, Dänemark, Norwegen, Schweden, Russland:

J. G. SCHELTER & GIESECKE in LEIPZIG.

Redigiert und herausgegeben von Alexander Waldow in Leipzig — Druck und Verlag von Alexander Waldow in Leipzig.

Demnächst erscheint in Heften:

DIE LEHRE
VOM
ACCIDENZSATZ
ALEXANDER WALDOW.
ZWEITE
FRIEDRICH BAUER.
DRUCK UND VERLAG
ALEXANDER WALDOW
LEIPZIG
1. HEFT.

Hermann Hoffmann

Friedrichshagen (b. Berlin)

[illegible] Allee 23.

D. R. PATENTE
NO [illegible], [illegible], [illegible], 50133, [illegible]

ENGL. PATENTE
NO [illegible] A. D. [illegible], [illegible]

FRANZ. PATENT NO. [illegible]

BELG. PATENT NO. [illegible]

OESTERR.-UNG. PATENT
NO. [illegible]

U. S. PATENT.

P. P.

Die Firma Max Krause, Berlin, jetzige Inhaberin meines D. R. Patents No. 50133, Messer-Holzschnitt, hat mich autorisirt, eine Lieferstelle für Entwurfe und für fertige Schnitte zu errichten.

Ich empfehle mich Ihnen zu diesem Zwecke und bemerke, dass ich praktischer Buchdrucker bin und die nötige Erfahrung besitze, um wirksame Entwurfe liefern zu können für jeden Zweck.

Schnitte berechne ich mit 2-5 Pf. den Quadrat-Centimeter. Ich bin im Stande, eilige Sachen mittleren Umfangs am Tage des Einlaufs der Bestellung abzusenden.

Hochachtungsvoll

Hermann Hoffmann.

H. BERTHOLD.

Berlin, den 18

Fabrik chemischer Produkte

VIKTOR MENZER

NASSAU

Ruf-No. 1860.

Benno Holle, Kunstverlag

MÜNCHEN

H. BERTHOLD

Berlin, den 18

Fabrik chemischer Produkte

VIKTOR MENZER

NASSAU

Benno Holle, Kunstverlag

MÜNCHEN

SSUNGEN
nardt
LEIPZIG
und
WIEN.

3000
1000
MARK.
ACT
AKTI
ACT
1000 Mark

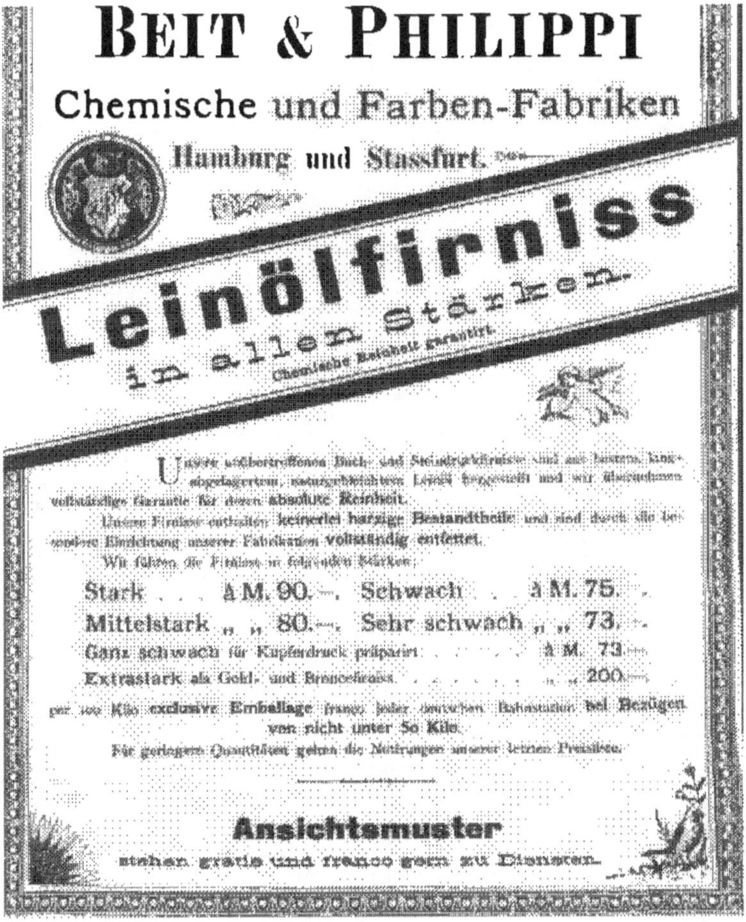
BEIT & PHILIPPI
Chemische und Farben-Fabriken
Hamburg und Stassfurt.
Leinölfirniss
in allen Stärken.
Chemische Reinheit garantirt.
absolute Reinheit.
keinerlei harzige Bestandtheile
vollständig entfettet.
Stark . . . à M. 90.—. Schwach . . à M. 75.—.
Mittelstark „ „ 80.—. Sehr schwach „ „ 73.—.
Ganz schwach für Kupferdruck präparirt . . . . . à M. 73.—
Extrastark als Gold- und Broncefirniss . . . . . . „ „ 200.—
exclusive Emballage
bei Bezügen
von nicht unter 50 Kilo.
Ansichtsmuster
stehen gratis und franco gern zu Diensten.

ARCHIV FÜR BUCHDRUCKERKUNST

UND VERWANDTE GESCHÄFTSZWEIGE.

HERAUSGEGEBEN VON

ALEXANDER WALDOW.

28. Band. 1891. Heft 10.

Matrizen-Setzmaschine „Linotype".

Die Setzmaschinenfrage, d. h. die Zusammenstellung von Lettern zu einem Schriftsatze auf mechanischem Wege, steht bekanntlich schon seit langer Zeit auf der Tagesordnung, ohne dass diese Bestrebungen bisher ein allseitig befriedigendes Ergebnis gehabt hätten. Während indes in früheren Jahren die Aufstellung von Setzmaschinen ein kostspieliges Unternehmen war, das gewöhnlich wenig Erfolg hatte und eine vereinzelte Erscheinung blieb, haben sich die Verhältnisse in den letzten Jahren wesentlich zu Gunsten der Setzmaschine verschoben und wir sehen dieselbe heute in einer ganzen Reihe von Druckereien Englands und Amerikas in regelmässigem Gebrauche. In Deutschland ist das allerdings noch nicht der Fall, was indes in den wesentlich anders liegenden wirtschaftlichen Verhältnissen seine einfache Erklärung findet.

Von den beiden genannten Staaten zeichnet sich hinsichtlich der Einführung von Setzmaschinen besonders Amerika aus, das auch in dieser Frage zufolge seiner teueren Lebensverhältnisse und der technischen Begabung seiner Bürger an der Spitze der technischen Entwickelung marschiert. Nach »Paper and Press« arbeiten z. B. in New-York und Chicago die grössten Tageszeitungen in der Hauptsache mit Setzmaschinen, und hat sich ferner in ersterer Stadt eine »Gesellschaft für mechanischen Satz« mit einem Grundkapital von 300000 Mark gebildet, welche die Mac Millansche Setzmaschine (D. R.-P. No. 41758) einzuführen beabsichtigt. In England sollen sich besonders die Setzmaschinen von Hattersley und die von Thorne eingeführt haben, welche letztere auch auf der Pariser Weltausstellung 1889 zu sehen war. Der die Thornesche Maschine (vergl. Dinglers polyt. Journal 1889, Bd. 274, S. 150 ff.) ausführenden Gesellschaft sollen zur Zeit Bestellungen von über 100000 Mark vorliegen. Diese Daten, deren noch eine ganze Reihe angeführt werden könnten, zeigen, welche Bedeutung und Benutzung die Setzmaschine in England und Amerika erlangt hat.

Bezüglich der Konstruktion der Setzmaschinen kann man zwei grosse Gruppen unterscheiden, die *Schriftsetz- und Ablege-Maschinen* und die *Matrizen-Setzmaschinen* oder *Matrizen-Prägmaschinen*. Die erstere Gruppe dürfte die ältere sein und handelte es sich hier darum, vorhandene Lettern durch Anschlag von Tasten einer Klaviatur zu einem Schriftsatze zu vereinigen. Dabei kommt gebräuchlicher Schriftsatz, wie z. B. bei der Lagermanschen Setzmaschine (D. R.-P. No. 43102), oder mit besonderen Signaturen versehener Schriftsatz, wie der Mac Millanschen Maschine, in Anwendung, letzteres namentlich zum Zwecke des Ablegens der Schrift. Die Schwierigkeit der Aufgabe liegt überhaupt nicht in dem Setzen der Schrift, das sich verhältnismässig leicht durchführen lässt, sondern in dem Ablegen, und in diesem Punkte dürften auch die meisten Konstruktionen gescheitert sein. Dieser Umstand wird wohl auch mit Veranlassung gewesen sein, dass der Schriftsetz- und Ablege-Maschine in den letzten Jahren ein scharfer Konkurrent in den *Matrizen-Setzmaschinen mit Vorrichtung zum Abgiessen der gesetzten Zeile* entstanden ist. Von den Matrizen-Prägmaschinen soll dabei hier abgesehen werden, da diese Gruppe noch nicht viel praktisch wichtige Ergebnisse erzielt hat.

Die Matrizen-Setzmaschinen haben indes ansehnliche Erfolge aufzuweisen, und ist es besonders die *Mergenthalersche Setzmaschine »Linotype«*, welche das Interesse der Fachwelt in besonderem Masse in Anspruch genommen hat und auf welche im Folgendem etwas näher eingegangen werden soll. Der

Erfinder dieser Maschine ist ein Deutscher (Württemberger), welcher ursprünglich Uhrmacher war, 1872 im Alter von 18 Jahren nach Amerika (Baltimore) ging und sich hier der Konstruktion von Setzmaschinen zuwandte. Er hat nahezu 10 Jahre an der Vollendung seiner Maschinen gearbeitet und dabei gegen 220 Patente (darunter die deutschen Patente No. 32316, 32584, 34575, 34091, 50857 und 12171) zum Schutze seiner Maschinen genommen, unter Aufwendung eines Kapitals von etwa 1100000 Mark. Diese Zahlen zeigen, mit welcher Energie und Mühe gearbeitet worden ist, um die Maschine auf ihren gegenwärtigen Standpunkt der Vollkommenheit zu bringen.

Die Linotype-Maschine war vor einigen Jahren in etwa 150 Stück in Amerika im Betriebe und wurde u. A. die »New-York Tribune« ganz auf der Mergenthalerschen Maschine gesetzt. Die Maschine hatte indes noch manche Unbequemlichkeit an sich, indem sie einer Pressluftvorrichtung, elektrischer Betriebsmechanismen u. s. w. bedurfte. Die Mergenthaler Printing Co. in New-York, 154 Nassau Street, ist deshalb in der letzten Zeit zu einer völligen Neukonstruktion der Maschine geschritten, derart, dass eigentlich nur der Arbeitsgang der Maschine derselbe geblieben ist, während die einzelnen Teile fast durchweg nach Anordnung und Arbeitsweise anders konstruiert worden sind. Dabei hat man sich von den obengenannten Pressluft- und elektrischen Einrichtungen ganz frei gemacht.

Diese neue Bauart der Linotype-Maschine, welche kürzlich in Deutschland unter No. 57318 patentiert worden ist, führen wir heute unseren Lesern in einer Gesamtansicht vor und sei an der Hand dieses Bildes versucht den Arbeitsgang der Maschine klar zu legen.

Der Setzer bringt sein Manuskript bei A an und schlägt dann auf der Klaviatur B nacheinander die den zu setzenden Lettern entsprechenden Tasten an. Dadurch werden die entsprechenden Matrizen, die das Typenbild an einer Seite in einer Vertiefung enthalten, aus dem Magazin C ausgelöst und gleiten durch die Kanäle D auf den Riemen E, welch letzterer sie nacheinander in aufrechter Stellung dem Setzkasten F überliefert, in den sie eine nach der anderen durch ein umlaufendes Bogenrädchen eingeschoben werden. Von Zeit zu Zeit werden durch Anschlagen einer besonderen Taste Spatienstangen aus dem Magazin I ausgelöst und in gleicher Weise wie die Matrizen in den Setzkasten F eingeschoben. Ist auf diese Weise das Setzen einer Matrizenzeile vollendet, so wird der Setzkasten F gehoben, d. h. die Zeile wird nach oben zwischen zwei Arme i geschoben, welche sie sofort nach links durch die Führung G in einen Schlitten X einschieben.

Ist dies geschehen, so führt der Schlitten X die Zeile nach abwärts vor die Gussform des Formrades H, welche ihrerseits eine wagerechte Normalstellung einnimmt. Sobald die Matrizenzeile diese ihren Abwärtsgang vollendet hat, bewegt sich das Formrad herum und bringt seine Form vor die Zeile. Jetzt beginnt das Ausschliessen der letzteren, indem die Spatienstangen gehoben werden. Die letzteren bestehen nämlich aus zwei mit Keilflächen aufeinander gleitenden Teilen, von denen der eine die Höhe der Matrizen hat, während der andre nach unten hervorragt. Durch das Anheben der letzteren gleiten daher die Keilflächen aufeinander und wird die gesetzte Matrizenzeile daher innerhalb ihrer Halter seitlich verbreitert, d. h. ausgeschlossen. Diese Ausschliessung soll eine weit regelmässigere sein, als sie heute von der Mehrzahl der Handsetzer hergestellt wird.

Ist dies Ausschliessen in der genannten Weise erfolgt, so legt sich ein Schmelzgefäss gegen die Rückseite der Form und presst gleichzeitig die Matrizen fest, worauf die Pumpe des Schmelzgefässes geschmolzenes Metall in die Form presst. Ist so der Abguss der Matrizenzeile erfolgt, so geht die Vorrichtung zum Ausschliessen nach abwärts, der Pumpenkolben hebt sich, das Schmelzgefäss geht von der Form zurück und diese von den Matrizen. Hierauf macht das Formrad H eine Drehung und bringt dadurch die Form vor einen Ausstösser, welcher die gegossenen Letternzeilen einzeln ausstösst oder zu einer Kolumne anreiht.

Gleichzeitig bewegt sich zum Ablegen der Matrizen ein Arm M in seine untere Stellung nach der Bahn O. Während dieser Zeit hebt der Schlitten X die Matrizenzeilen zur wagerechten Bahn O, ein Gleitstück schiebt die Zeile in diese Bahn und auf die Schiene r des Armes M, welche Schiene r Längsrippen hat, die zwischen Vorsprünge der Matrizen eintreten. Der Arm M schwingt nun nach aufwärts, wobei er die Matrizen zwischen den Spatienstangen herauszieht, und bringt die Matrizen in die Höhe des Verteilers P. Die Spatienstangen bleiben somit in der Bahn O zurück und werden von einem Haken wieder nach rechts in ihren Behälter I überführt. Die emporgehobenen Matrizen dagegen werden von einem vom Arme R bethätigten Schieber von der Schiene r des Armes M herunter in den Verteiler P eingeschoben.

Dieser Matrizenverteiler besteht aus zwei Transportschrauben, welche die Matrizen auf einer der Schiene r ähnlichen, mit Längsrippen versehenen Schiene entlang führen. Diese Rippen stimmen mit Einschnitten der Matrizen überein und sind über den Kanälen des Magazins C teilweise weggeschnitten, so dass die Matrizen über ihren zugehörigen Kanälen nicht mehr gehalten werden und in diese hineinfallen, um dann in der dargelegten Weise wieder von Neuem verwendet zu werden.

Auf die Bewegungsmechanismen der Maschine einzugehen, ist uns bei der Vielteiligkeit der Maschine und dem uns zur Verfügung stehenden Raume versagt. Nur soviel sei erwähnt, dass das Zusammenstellen einer Matrizenzeile, das Abgiessen der vorhergesetzten und das Verteilen der Matrizen der vorvorhergesetzten Matrizen bezw. Spatien gleichzeitig vor sich gehen. Der gesamte Mechanismus zum Setzen der Matrizen, sowie derjenige zum Verteilen derselben in die Magazine wird beständig und unabhängig vom Mechanismus zum Abgiessen angetrieben, welch letzterer intermittierend wirkt.

Diese Linotype-Setzmaschine hat sich, wie bereits erwähnt, in den letzten Jahren in Amerika und auch in England viel Eingang verschafft. Die anfänglich ziemlich missgünstigen Urteile sind bei grösserer Vertrautheit und bei längerer Benutzung der Maschine geringer geworden und haben wohlwollenderen Platz gemacht. Auch die mit der Maschine erzielten Ersparnisse haben eine beachtenswerte Höhe erreicht und werden von einigen Verlegern auf 50 bis 60 Prozent, von der Mergenthaler Printing Co. sogar auf 75 Prozent angegeben. Ausser der genannten »New-York Tribune« haben auch noch andere Tageszeitungen Linotype-Maschinen aufgestellt, so »Courier-Journal« und »Times« in Louisville (Kentucky), »Chicago News« und »Providence Journal«, in London die Druckerei des »Railway Herald«, die der »Railway Press« u. s. w.

Matrizen-Setzmaschine »Linotype«

Alle diese Daten zeigen, dass die Einführung von Setzmaschinen in den genannten Staaten heute keine vereinzelte Erscheinung mehr ist, sondern einen sehr fühlbaren Einfluss auszuüben beginnt. Dass dabei die Frage des mechanischen Satzes in Amerika viel weiter gediehen ist, liegt in den Verhältnissen der Vereinigten Staaten, der hohen Kapitalkraft derselben, der Höhe des Preises der Arbeitskräfte u. s. w., begründet, während für Deutschland ein Bedürfnis nach Ersatz von teurer Handarbeit durch billigere mechanische Arbeit noch nicht in dem Masse vorliegt. Dieser sich fortwährend vollziehende Ersatz der Handarbeit wird natürlich vorübergehend dann auch einen Teil der Schriftsetzer überflüssig machen und es ist daher begreiflich, wenn diese der Setzmaschine nicht sehr wohlwollend gegenüberstehen. Eine derartige Opposition die jede neue Sache durchzumachen hat, scheint uns indes unbegründet, da durch derartige Fortschritte die Arbeitsgelegenheit nicht vermindert wird, sondern nur in anderer Richtung sich äussert. Bei näherer Kenntnis der Sachlage wird daher die Abneigung gegen die Setzmaschine schwinden und wird deren Einführung auch in unsere Druckereien in dieser oder jener Form erfolgen. *E. Knobe.*

Anleitung zum Linienbiegen.

Von Hermann Hoffmann, Berlin.

(Fortsetzung.)

Bei Liniensätzen, welche das dargestellte Blatt, Band oder dergl. gebogen, gerollt oder verzogen erscheinen lassen, sieht man bisweilen gerade Schriftzeilen bis in die Biegung hinein oder wohl gar über dieselbe hinweglaufen. Muss es denn wirklich erst gesagt werden, dass Alles, was auf einer Rundung angebracht wird, sich derselben unweigerlich anbequemen soll? Nur Setzer mit ganz stumpfem Empfinden können sich der beregten Scheusslichkeit schuldig machen.

Soweit geht der durch die Grundform hervorgerufene Zwang, dass in schief gesehenen, stark verjüngten Teilen auch die Typen schief und allmälig kleiner gesetzt werden müssen, wenn nicht ein hässlicher Widerstreit zwischen beiden Teilen, von denen bald der eine, bald der andere die Überhand zu behaupten scheint, entstehen soll. Das Umgestalten der Schrift geht natürlich im Buchdruck nicht, und darum soll man die Hand von solchen Formen lassen. Der Setzer findet überreiche Gelegenheit, seinen Eifer zu betätigen, in legaler Bahn auf Schritt und Tritt.

Doppelt gerollte Umschläge werden durchweg falsch gezeichnet. Man probiere eine solche Form mit Papier und man wird finden, dass bei mehrfach gerollten Ecken die zweite und folgende Windung nicht sichtbar ist.

Wie schon gesagt, kann ich mich kaum für einfach gerollte Ecken erwärmen, rate aber von der Wiedergabe mehrfach gerollter Formen ganz entschieden ab. Während geradlinige Umschläge mit verhältnismässig geringer Mühe oft hübsche Muster ergeben, verursachen rund gebogene Ecken im Liniensatz meist mehr Arbeit, als sich durch den Erfolg rechtfertigen lässt. Der Setzer möge nicht eher an solche Arbeiten gehen, als bis er sich über das Endziel klar ist, damit er nachher mit gutem Gewissen sagen kann, er habe keine Zeit verschleudert.

Die geraden Umschläge können entweder frei bleiben oder zur Aufnahme einer Bemerkung dienen, wie »Anfang 7 Uhr«, »U. A. w. g.« oder dergl.

Fig. 32 Verwertung des Umschlages.

In Fig. 32 ist die Ecke sehr gut verwertet worden. Die an dieser Stelle des Lichtfalles wegen geradefertigten Schattenlinien werden mit einem Male gebogen oder, wenn scharfkantig, aus Gehrungen gebildet. In letzterem Falle ist eine hübsche Täuschung zulässig. Man lässt die den Umschlag andeutenden Schattenlinien a b (Fig. 33) im Druck über den Papierrand hinweggreifen und schneidet nach beendeter Arbeit das Stück c Karte für Karte einzeln mit der Scheere ab. Bei zu kurzen Schnitten ist es nicht einmal nötig, eine Schneidelinie vorzudrucken.

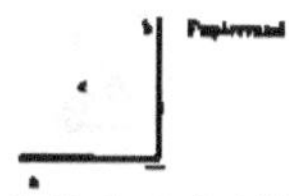

Fig. 33 Abzuschneidende Ecke.

In Verbindung mit reichen Einfassungen kann eine umgelegte Ecke, welche in die Einfassung hineinreicht, recht originell wirken (s. Beispiel A in Heft 89). Man bestimmt die Grösse des Umschlages nach den anstossenden Einfassungsstücken. Der Rand wird für sich fertig gemacht und an Stelle des Umschlages ein

Stegquadrat eingesetzt, den man später durch die Ecklinien auswechselt. Auch in diesem Falle werden die Karten nach dem Druck einzeln schräg beschnitten.

Zum Zwecke der Erzielung reicherer Wirkungen kann der Umschlag durch Tondruck noch mehr abgehoben werden.

An Stelle des Schrägschneidens kann man den überflüssigen Kartenzipfel mit einer dunklen Farbe, die in der Arbeit vorkommt, bedrucken. Der Messerholzschnitt gewährt die Druckplatte dazu. Bei geschickter Ausführung wird auf diese Weise der Eindruck erweckt, als ob die so behandelte Ecke einem unter der Karte liegenden zweiten Blatte angehöre.

erste Stelle bringen. Man muss es deshalb stets in einer dunkleren Tönung halten als die Hauptkarte und in einer Farbe, welche derjenigen der oberen Karte an Wert und Intensität merklich nachsteht. Da die Farben Weiss, Gelb, Rot, Grün, Blau rangieren, so darf nicht etwa das obere Blatt blauen, das untere hervorragende gelben Ton erhalten, sondern umgekehrt.

Eine hübsche plastische Wirkung erzielt man mit dem Herausdrücken des umgelegt gedachten Teiles, der dann wirklich als Umschlag erscheint. Hierbei muss jedoch der Linienvordruck unterbleiben, denn er stört und ist unwahr. Obgleich nun das Heraus-

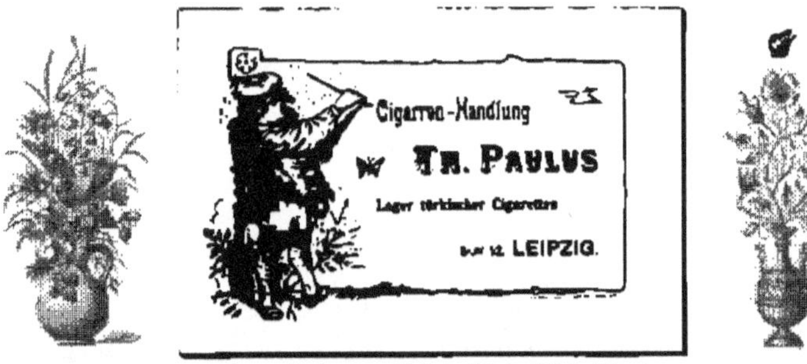

Vignetten von Paul Lautermann. Schriften von Flinsch und Schelter & Giesecke.

Man kann die Täuschung dadurch noch weiter treiben, dass man, wie aus Fig. 34 hervorgeht, den Schatten markiert, welchen eine aufgelegte Karte in Wirklichkeit auf die untere werfen würde. Man kann endlich ein Blumenmuster, welches sich von der verdeckten Karte her fortzusetzen scheint, auf dem Zipfel auslaufen lassen.

Fig. 34. Die obere Karte wirft einen Schatten auf die untere.

Doch sollte man nicht Abgitterei mit diesen Eckchen treiben. Wenn es auch nach den Anschauungen, welche vorliegende Arbeit verfolgt, erlaubt ist, das in Wahrheit zum Fortfallen bestimmte, überflüssige Eckstück zur Verstärkung der Gesamtwirkung mit heranzuziehen, so darf man es doch nicht an

prägen nicht eigentlich hierher gehört, will ich es, um das angefangene Thema ganz zu erschöpfen, mit beschreiben.

Aus hartem zwei- bis vierfachen Karton (Fig. 35) wird eine Ecke a mit scharfem Schnitt herausgetrennt. Der Schnitt muss schräg in den grossen Teil hinein geführt werden und in dem punktiert angedeuteten Teile von a diejenige Form erhalten, welche die Prägeecke später haben soll. Den Teil b leimt man mit der auf unserer Abbildung sichtbaren Seite auf einen Holzfuss, ganz wie eine Tonplatte. Es genügt indes, nur die Umgebung der Prägestelle zu befestigen.

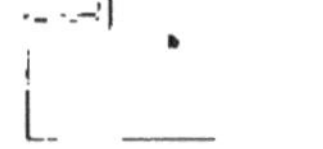

Fig. 35. Herausprägen der Ecke.

Dann wird das Stückchen a mit etwas Dextrin genau an seinen Platz gebracht, auf der anderen, dem Holzstock abgekehrten Seite mit Leim, Fischleim oder dickem Dextrin dünn bestrichen und durch einmaliges Zudrehen der zu diesem Zwecke vorgerichteten Tiegeldruckpresse, in welcher der Holzstock fest geschlossen worden ist, auf die Tiegelseite übertragen. Nun befindet sich der Holzstock mit dem Teil b als Druckbez. Prägeform auf dem Fundament, das infolge Übertragens genau in den Ausschnitt eingreifende Stückchen a dagegen fest aufgeklebt auf dem Aufzugbogen des Tiegels.

Wird nun, natürlich ohne Walzen und Farbe, ein Blatt Papier oder Karton angelegt und durchgedruckt, so muss dasselbe die Form des Ausschnittes annehmen, d. h. hochgeprägt erscheinen. Man prägt auf diese Weise die ganze Auflage durch und schneidet danach die Ecken mit der Schere ab.

Da der scharfe Prägedruck fortgesetzt auf den oberen Bogen des Aufzugs einwirkt und letzteren zu verschieben trachtet, so muss derselbe aus festem Stoff bestehen und so angebracht werden, dass er jedem Versuche, ihn aus seiner Lage zu bringen, sicher widerstehen kann.

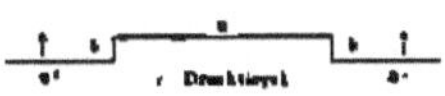

Fig. 36.

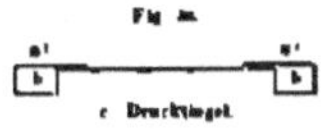

Fig. 37.
Einrichtung des Tiegels zum Prägedruck.

Dies geschieht wie folgt. Auf den nackten Tiegel c (Fig. 36) wird ein einziger Bogen zähen Papiers a mittelst der Bügel b b nur oben und unten eingeklemmt. Darauf schlägt man die überhängenden Papierenden a² a² in der Pfeilrichtung nach oben über den Bügel zurück und klebt sie, wie aus Fig. 37 hervorgeht, auf dem eigenen Bogen a fest. Dann schiebt man höchstens zwei Bogen harten Karton von der Seite her unter den Aufzug und stellt den Druck mittelst der Tiegelschrauben auf die nötige Schärfe ein.

Diese Art, ein Relief zu erzeugen, kann im Accidenzdruck weitgehende Anwendung erfahren. Darauf einzugehen ist jedoch hier nicht der Ort. Aber auch für Ecken kann noch manche interessante Verwendungsart des Prägens gefunden werden. Z. B. kann man in Beispiel A die der unteren fingierten Karte angehörige Papierecke ein Blatt tiefer legen als die übrige Karte, und die umgeschlagene Ecke ein Blatt höher als dieselbe. Die Höhendifferenz zwischen den beiden Ecken beträgt danach 2 Blatt.

Oder man prägt den Umschlag in Beispiel B (s. Heft 8/9) inmitten der glatten Karte hervor, wohl auch das kleine Kärtchen im ganzen und den Umschlag noch besonders.

Auch kann man zugleich mit dem Prägen ein Muster in die Ecke hineindrücken, z. B. glatte Riefen. Die Form dazu wird man mit dem Messerholzschnitt herstellen, wenn Papier geprägt werden soll, bei Karton hingegen muss man Messingstempel dazu haben.

Aus Vorstehendem ersieht man, wieviel allein schon aus einem so unscheinbaren Dinge, der Ecke, gemacht werden kann. Wer Augen hat zu sehen, der sehe! Leider trifft man nicht viele Accidenzsetzer an, die sich gegebenenfalls anzustrengen zu machen wüssten von dem, was der Schriftgiesser für sie herauszudenken die Güte hatte. Diejenigen, deren Seele nach immer neuen Einfassungen dürstet, die für die sonstigen Hilfsmittel im Accidenzsatz kein Auge und für wohlgemeinte Ermahnungen kein Ohr haben, mögen doch bedenken, dass Meisterwerke selten im Überfluss entstehen.

Der bedürfnislose Accidenzsetzer, dessen Arbeiten dennoch Genie verraten, erhebt sich turmhoch aus der Menge derjenigen Tagewerker, die ihr Amt, da es Gott nicht anders gewollt hat, mit müdem Sinne erfüllen. Kann jener mit seiner regen Phantasie sich fortwährend Quellen reinen Vergnügens öffnen, so bleibt diesen kaum eine andere Freude, als wenn sie inne werden, dass der langsam schleichende Zeiger der Fabrikuhr *endlich* seinem Ziele nahe ist.

(Fortsetzung folgt.)

Schutzmittel für Titelschriften.

Den »*Patent-Fachwinkel*« bringt der Erfinder der »Stahlspatien« und der »Schriftordner«, Herr *Albert Stolzenwald* in Berlin S 59, Dieffenbachstr. 55, ein neues Schutzmittel gegen das Umfallen der Buchstaben in Titelschriftkästen in den Handel. Dieselben bestehen aus kurzen verzinnten Stahlblechstreifen von Leistenhöhe, die rechtwinklig umgeknickt sind und an einer Kante haarscharfe Stacheln haben, deren Form Fig. 1 in vergrössertem Massstabe zeigt. Die Fachwinkel werden wie die Stachelspatien je nach Bedarf in kleinerem oder grösserem Abstande voneinander nach Figur 2 zwischen Buchstabengruppen gestellt und durch einfaches Andrücken der

Holzleisten ohne Kraftaufwand vollkommen sicher befestigt (Fig. 3).

Für die Entfernung der einzelnen Fachwinkel voneinander ist zu berücksichtigen: 1) dass ein frei stehender Buchstabe sich wohl schräg zur Seite neigen jedoch nicht umfallen darf; 2) darf ein schräg liegender Buchstabe nicht mit der scharfen Kontur seiner zarten Bildfläche die Fachscheidewand berühren; 3) muss der betreffende Buchstabe selbst in gesenktester Stellung noch dem Auge des Setzers erkennbar sein;

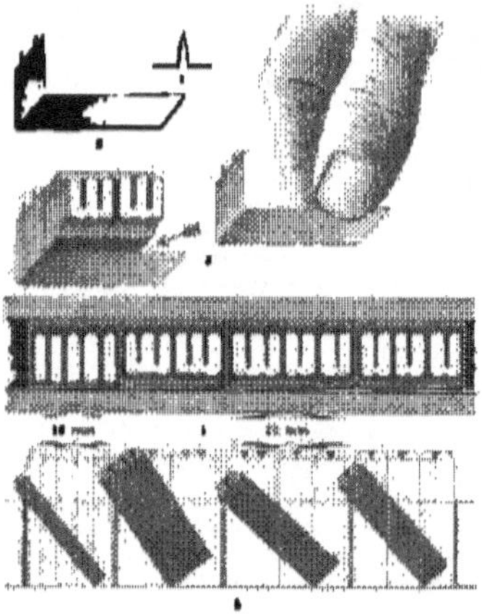

4) muss der Buchstabe stets bequem mit den Fingern zu erfassen sein. Nach Massgabe dieser Bedingungen durfte in Figur 4 (Vorderseitenansicht Fig. 5) die Entfernung zwischen je zwei Fachscheidewänden in einem Falle 23 mm (5 Cicero) betragen, während in einem andern Falle derselben Figur die Ausdehnung des Buchstabenfaches sich auf 10 mm (2⅓ Cicero) einschränken musste. Die grösstmöglichste Fachweite lässt sich z. B. beim Doppelmittelkegel auf 25 mm (5½ Cicero) begrenzen; die Entfernung überragen aber die an den Holzleisten entlang liegenden Fachwinkelschenkel noch um so viel, dass jeder einzelne Fachwinkel mit seiner Vorderkante auf dem Ende des vorhergehenden Fachwinkels dachschieferartig aufliegen muss.

Ein weiterer Vorteil der Fachwinkel gegenüber den Stachelspatien besteht in ihrer handlicheren Form, durch welche erstere sich bequemer, leichter und sicherer einstellen lassen. Auch ist die Befestigung der Fachwinkel wesentlich einfacher als die der Stachelspatien. Da die Fachwinkel von selbst aufrecht stehen, können sie auch bei älteren, teilweise versetzten Schriften nachträglich angebracht werden. Man stellt den betreffenden Schriftkasten wagrecht auf, entfernt die zur Ausfüllung des leeren Raumes vor der Rückwand dienenden Stege und dergl., rückt die Schrift nach hinten und beginnt nun in dem vorn entstandenen leeren Raum mit dem Einstellen der Fachwinkel, wobei gleichzeitig die Schrift zwischen dieselben gestellt wird — unter Berücksichtigung der für die versetzten und noch abzulegenden Buchstaben frei zu lassenden Räume. Zum Schluss wird der noch vorhandene leere Raum vor der Rückwand wieder ausgefüllt.

Wir empfehlen allen Interessenten, sich durch einen Versuch von der Nützlichkeit der Fachwinkel selbst zu überzeugen, um so mehr, als Muster davon durch sämtliche Schriftgiessereien und Fachgeschäfte, sowie vom Erfinder selbst, kostenfrei bezogen werden können. —

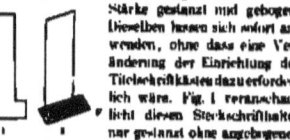

Eine andere neue Vorrichtung gegen das lästige Umfallen der Schriften in Leistenkästen unterbreitet uns die Firma *Naurich & Co.* in Leipzig-Reudnitz. Die dieser Firma gesetzlich geschützten *Steckschrifthalter »Probatia«* sind aus Messingblech von 2 Punkt Stärke gestanzt und gebogen. Dieselben lassen sich sofort anwenden, ohne dass eine Veränderung der Einrichtung der Titelschriftkästen dazu erforderlich wäre. Fig. 1 veranschaulicht diesen Steckschrifthalter nur gestanzt ohne angebogenen Fuss, Fig. 2 dagegen gestanzt mit rechtwinklig angebogenem Fusse F. Dieser letztere hat jederseits einen Vorsprung von Nonpareille, welcher unter die Schriftleisten geschoben und von diesen festgehalten wird. Dadurch wird verhütet, dass sich der Steckschrifthalter nach oben herausziehen oder seitlich umlegen kann. Auf diese einfache Weise gewährt derselbe, gegen die Schriftzeile geschoben, einen so genügenden Halt, dass die Buchstaben nicht umfallen können, die ganze Zeile aber dennoch leicht hin- und hergeschoben werden kann.

1 2

Die »Probatia«-Steckschrifthalter haben Schrifthöhe; ihre Breite entspricht demjenigen Schriftgrade, für welchen sie gebraucht werden sollen. Der Preis beträgt für 100 Stück von Nonpareille bis Cicero 5 Mark, von Mittel bis Doppelmittel 6 Mark.

Breite halbfette Grotesk-Versalien von J. G. Schelter & Giesecke in Leipzig.

No. [illegible]. Brillant auf Nonp. Min. ca. [illegible] kg.

[illegible]

No. [illegible]. Diamant auf Nonp. Min. ca. [illegible] kg.

[illegible]

ANLEITUNG ZUM TABELLENSATZ

No. [illegible]. Perl auf Nonp. Min. ca. [illegible] kg.

DIE ZINKOGRAPHIE IN DER BUCHDRUCKERKUNST

GRAMMATIK DER LITHOGRAPHIE

No. [illegible]. Nonpareille. Min. ca. [illegible] kg.

DIE ZURICHTUNG VON ILLUSTRATIONEN

PORTRÄT GUTENBERGS

Breite halbfette Grotesk von J. G. Schelter & Giesecke in Leipzig.

No. [illegible]. Text. Min. ca. [illegible] kg.

Preussen BRANDENBURG Schlesien

No. [illegible]. Nonpareille. Min. ca. [illegible] kg.

Anleitung zum Farbendruck auf der Buchdruckpresse

Die Preisberechnung von Druckarbeiten

No. [illegible]. Petit. Min. ca. [illegible] kg.

Lehre zur Behandlung deutscher Lesestücke

Anleitung zur Chemitypie

No. [illegible]. 2 Cicero. Min. ca. [illegible] kg.

ALBUM Julius Cäsar LEIPZIG

No. [illegible]. Korpus. Min. ca. [illegible] kg.

Die Schule des Musiknotensatzes

DIE GALVANOPLASTIK

No. [illegible]. Cicero. Min. ca. [illegible] kg.

Das Herstellen von Tonplatten

BUCHDRUCKEREI

No. [illegible]. Doppelmittel. Min. ca. [illegible] kg.

Papier FAKTURA Farben

No. [illegible]. Mittel. Min. ca. [illegible] kg.

Elektrische Ausstellung

STEREOTYPIE

No. [illegible]. Tertia. Min. ca. [illegible] kg.

Tiegeldruckmaschine

AUSSTELLUNG

No. [illegible]. 5 Cicero. Min. ca. [illegible] kg.

Hamburg New-York

Ausserdem sind noch Grade auf [illegible] und 6 Cicero vorhanden.

Germania-Gotisch von der Schriftgiesserei Flinsch in Frankfurt a. M.

No. 1403. Mittel.

Geschichte des Deutschen Volkes seit dem zwölften Jahrhundert
Bibliothek der Unterhaltung und des Wissens

No. 1178. Nonpareille.

Geschichte aus der Zeit des siebenjährigen Krieges
Blumengewinde deutscher Lyrik Alpenrosen und Edelweiß
Aus jünger Tage Freud und Leid

No. 1179. Petit.

Englische Bilder in deutscher Beleuchtung
Architektonische Entwürfe und Bauausführungen
Wegweiser in der Arithmetik

No. 1404. Tertia.

Illustrierte Sagen und Erzählungen für die Jugend
Formenschatz der Deutschen Renaissance

No. 1405. Text.

Zeitschrift für Deutschlands Bautechniker
Typographische Mitteilungen

No. 1180. Korpus.

Charakteristische Bauten der Schweiz
Aerztlicher Reisebegleiter und Hausfreund
Die Praxis des Architekten

No. 1401. Cicero.

Vorlagen für das Kunstgewerbe
Lehrbuch der Anatomie des Menschen
Bergbau und Hüttenkunde

No. 1406. Doppelmittel.

Handbuch der graphischen Künste
Lehre vom Accidenzsatz

No. 1407. 4 Cicero.

Deutsche Buchdruckerkunst
Nürnberger Kurier

Schriftprobenschau.

Die Schriftgiesserei *J. G. Scheller & Giesecke* veröffentlicht im heutigen Heft wieder eine Garnitur einer in der Praxis des Buchdruckers viel gebrauchten Schrift in modernisierter Form, einer *halbfetten breiten Grotesk*. Die Versalien wurden von dem in diesem Schriftcharakter denkbar kleinsten Grade von Brillant, die Gemeinen von Nonpareille an aufwärts bis zu 6 Cicero geschnitten. Diese Schrift ist ein neuer Beweis für das anerkennenswerte Streben der genannten Firma, die wichtigsten Schriften für den Accidenzsatz in einer dem geläuterten Geschmack der Gegenwart entsprechenden Form zu bieten. Wir zweifeln nicht daran, dass diesem Streben der gebührende Erfolg zu teil werden wird.

Von der von uns in allen grösseren Graden bereits früher abgedruckten *lateinischen Schreibschrift* derselben Firma ist jetzt auch der kleinste Grad auf *Korpus* fertig geworden und wir bringen im Nachstehenden einige Probezeilen. Die ruhigen und klaren Formen dieser Schrift sind dem vorliegenden kleinen Grade in gleich hohem Masse eigen, wie den grösseren, derselbe bildet somit eine willkommene Ergänzung der Garnitur.

Eine neue *Zierschrift für Buntdruck*, »*Bianca*« genannt, sandte uns in drei Graden die *Schriftgiesserei Ludwig & Mayer*. Wir können dieselbe heute nur einfarbig abdrucken, bemerken aber, dass sie in farbigem Druck, besonders wenn das Innere der Buchstaben in hellerem Ton und die Kontur und der Schatten in dunklerer Farbe gedruckt wird, wirklich reizend wirkt und dass die Schrift zu den schönsten Zweifarbenschriften gehört, welche dem Buchdrucker bisher geboten wurde. Wir werden bald Gelegenheit haben, die Schrift auf unseren Probeblättern in farbigem Druck vorzuführen.

Von der *Schriftgiesserei Flinsch* bringen wir heute eine *Germania-Gotisch* zum Abdruck. Dieselbe ist jedenfalls eine sehr schöne und dankbare Accidenzschrift, originell und doch ruhig in der Zeichnung und exakt im Schnitt, wie alle Flinsch'schen Schriften. Die Germania-Gotisch wird bald in vielen Druckereien Eingang finden und gern verwendet werden.

Die *Berliner Messinglinienfabrik*, Aktiengesellschaft, Berlin N. 39, Heinickendorfer Strasse 61a, sendet uns einen Oktavband mit Probeabdrücken ihrer Erzeugnisse. Neben den verschiedenen glatten Linien, Strich- und Musterlinien, wie sie zum Material jeder Buchdruckerei gehören, bietet die Firma in diesem Bande eine grosse Anzahl neuer, geschützter Muster von *Kombinationslinien*, das sind Messinglinien mit eingravierter Zeichnung nach Art unserer Helleneinfassungen, in der Breite bis zu 4 Cicero, durch deren Anwendung wirklich effektvolle Umrahmungen geschaffen werden können; besonders die in farbigem Druck ausgeführten Muster wirken überraschend reich und schön. Die neue Firma führt sich durch die vorliegenden Muster jedenfalls auf eine ansprechende Weise in unsere Berufskreise ein; wenn das Material auch in seiner technischen Beschaffenheit

Zweifarben-Zierschrift „Bianca" von Ludwig & Mayer in Frankfurt a. M.

BUCH DER ERFINDUNGEN BERG

RECHNUNG NOTA PROSPEKT

CID GUTENBERG URI

und Ausführung den durch die Güte der Fabrikate älterer Firmen hochgespannten Ansprüchen der Buchdrucker entspricht, so dürfte ihr ein lohnender Erfolg wohl kaum fehlen.

Satz und Druck unserer Probeblätter.

Blatt X, ein Diplom grossen Formats, wurde in seiner gesamten ornamentalen Ausstattung aus der von uns schon früher lobend erwähnten *Sgraffito-einfassung* von *Paul Leutemann* gesetzt, die sämtlichen *Linien* lieferte uns in ausgezeichneter Güte die Firma *Zierow & Meusch* in Leipzig. Als Schrift für solche Diplomsätze kann sich wohl kaum eine andere besser eignen, wie die hier verwendete *halbfette Wiener Mediaeval* von *Brendler & Marklowsky*, das vorliegende Diplom wird dafür der beste Beweis sein.

Die zum Druck verwendeten *Tonfarben* mischten wir aus Erzeugnissen der Fabrik von *Berger & Wirth* und zwar wurde der Chamoiston gemischt aus Chromgelb, Terra de sienna, Glanzweiss und etwas rotbraunem Lack; der blaue Ton aus Miloriblau und Glanzweiss; der grüngelbe Ton, welcher über den blauen gedruckt wurde, aus Chromgelb, Seidengrün und etwas rotbraunem Lack. Das verwendete Gold ist Brillantreichgold von *Carl Derlon* in Leipzig, das Braun Sammtbraun von *Berger & Wirth*, das Rot Geraniumlack von *Kast & Ehinger* in Stuttgart.

Blatt Dd unserer heutigen Beilagen, Briefköpfe enthaltend, besorgte in Satz und Druck die *Pierersche Hofbuchdruckerei* in Altenburg, der wir für freundliche Überlassung dieses Blattes unsern Dank aussprechen. Das verwendete Ziermaterial an Initialen und Ornamenten stammt fast ausschliesslich aus der Schriftgiesserei von *Schelter & Giesecke*.

Zeitschriften- und Bücherschau.

—* *Formulare zur technischen Buchführung in Druckereien* von *M. Wunder*, Braunschweig, Selbstverlag des Verfassers. Der Verfasser des weit verbreiteten Werkes über die »Preisberechnung von Druckarbeiten« (Verlag von Alexander Waldow, Leipzig) hat in der vorliegenden kleinen Broschüre, gewissermassen als Ergänzung des genannten Werkes, die zur technischen Buchführung in Buchdruckereien notwendigen Formulare zusammengestellt und kurz erläutert. Bei der Wichtigkeit, welche eine geregelte Buchführung für jeden Geschäftsbetrieb hat, ist dieses Werkchen als eine verdienstvolle Arbeit zu begrüssen und ihm eine weite Verbreitung zu wünschen. Dasselbe kann gegen Einsendung von 50 Pf. direkt vom Verfasser oder durch die Expedition des Archiv bezogen werden.

—* *Rechts-Lexikon* für Kaufleute und Gewerbetreibende bearbeitet von Dr. jur. Julius Engelmann. Erlangen, Verlag von Palm & Enke. In ca. 6 Lieferungen à M. 1.60. Von diesem schon früher von uns warm empfohlenen Werk sind jetzt zwei weitere Lieferungen, die 3. und 4., erschienen. Der Inhalt derselben bestätigt das günstige Urteil, welches wir über die allgemein verständliche, gründliche und dabei doch kurzgefasste Behandlung der in diesem Werk bearbeiteten umfangreichen Stoffes aussprachen. Wir können wiederholt auf das Werk als einen zuverlässigen Ratgeber in Rechtsfragen hinweisen.

—* *Koehlers Kompendien-Katalog* I: *Technologie.* Unter diesem Titel hat die bekannte und hervorragende Buchhandlungsfirma K. F. Koehler in Leipzig ein 100 Seiten starkes Verzeichnis von wichtigen und empfehlenswerten Werken aus dem Gebiete der Naturwissenschaften, Mathematik, Mechanik, Bau- und Ingenieurwissenschaften, Chemischen Technologie, Gewerbekunde, Handelswissenschaft u. s. w. herausgegeben, das an Interessenten in jeder Buchhandlung kostenfrei abgegeben wird. Wir können unseren Lesern empfehlen, das Heft zu verlangen, dasselbe wird ihnen bei Bedarf an allgemein wie speziell fachtechnischen Büchern stets zuverlässige Auskunft über Preis, Format und Umfang geben.

— § Die grösste deutsche Buchhandlung in den Vereinigten Staaten *E. Steiger & Co.* in *New-York*, 25 *Park Place*, versandte soeben ihr neuestes Export-Verzeichnis aller in Amerika erscheinenden periodischen Zeitschriften und hält sich zu deren Lieferung wie auch zur buchhändlerischen Kommission gleichzeitig empfohlen. Beigegeben ist dem Verzeichnis ein Heftchen, welches die auf das Urheberrecht bezüglichen Abschnitte der revidierten Statuten der Vereinigten Staaten in englischer Sprache sowie deutscher Übersetzung mit Bemerkungen versehen von E. Steiger wiedergibt. Der Verfasser begrüsst die erfolgten Abänderungen des amerikanischen Urheberrechtsgesetzes insofern, weil es die erste Anerkennung des internationalen Urheberrechtes in der Gesetzgebung der Union ist und als Ausgangspunkt für eine spätere fortschrittlichere Gesetzgebung dienen kann. Am Schlusse seiner Bemerkungen glaubt der Verfasser die bereits im Börsenblatte ventilierte Frage der Errichtung einer Zentralstelle zur Wahrung der Rechte ausländischer Urheber und Verleger in New-York warm befürworten zu sollen. Das Heftchen ist durch den Buchhandel beziehbar.

Mannigfaltiges.

—* Die Farbenfabrik *Berger & Wirth* in Leipzig hat am 12. Juli d. J. die bisher unter der Firma *Guido De Lucchi & C.* in *Florenz* betriebene, seit 1880 bestehende Fabrik von Druckfarben und Walzenmasse erworben und wird dieselbe unter eigener Firma als Filiale ihres Hauses weiterführen. Die technische Direktion führt Herr *G. Rajahn*, während Herrn *A. Morini & C.* die Vertretung der Filiale für Italien übertragen wurde.

—* Herr *J. Gaschitz*, bisher Vertreter der Firma Meyer & Schleicher, hat unterm 1. August unter eigener Firma in Wien eine Schriftgiesserei, Stereotypie, Galvanoplastik und Utensilienhandlung errichtet.

— *Die Bibliothek der Gesamtlitteratur* des In- und Auslandes, Verlag von Otto Hendel, Halle a. S., erlässt ein *Preisausschreiben* zur Erlangung eines neuen, einfachen und zeitgemässeren Umschlags für die broschierten Bände ihrer [illegible] über 300 Nummern zählenden Sammlung. Für die beiden besten Arbeiten sind zwei Preise im Betrage von 200 und 100 Mark festgesetzt. Das Preisrichterkollegium besteht aus Mitgliedern des badischen Kunstgewerbevereins. Die Entwürfe müssen bis zum 31. Oktober d. J. der Verlagshandlung eingesandt sein. Die näheren Bestimmungen sind von der Verlagshandlung zu beziehen.

— § Im Jahre 1890 waren 50 Jahre verflossen, seit der Einführung der Briefmarke, während sich dieses Jahr Gelegenheit bietet, auf denselben Zeitraum zurückzublicken in Bezug auf die *Entdeckung der Briefcouverts*. Die Benützung der Couverts wurde speziell durch eine Verfügung des Sir Rowland Hill hervorgerufen, laut welcher jedes in ein anderes eingewickeltes oder von einem solchen umhülltes Schriftstück der doppelten Taxe unterlag, im Gegensatz zu offen verpackten. Die erste Couvertmaschine verdankt ihr Entstehen dem Bruder Sir Rowland Hills. Heute besitzen wir deren verschiedenster Konstruktionen.

— § Um die *deutschen Reichspostmarken* auf ihre *Echtheit* zu prüfen, gibt die »Papier-Zeitung« aus sicherer Quelle folgendes Verfahren an: Man übergiesst oder überstreicht mit einem Pinsel die gummierte Rückseite der Marken mit Salmiak. Es treten sodann vorübergehend rote Linien, 3 oder 4 auf jeder Marke, hervor. Auch Sodalösung bewirkt dieselbe Erscheinung, und sind bei Anwendung letzteren Mittels die Linien längere Zeit sichtbar. Das Prüfungsmittel ist nur für ungebrauchte Marken verwendbar. Gebrauchte und durch Einweichen in Wasser von Briefcouverts abgelöste Marken zeigen bei entsprechender Behandlung die roten Linien nicht mehr.

— § Die bekanntlich eine unter beschränkteren Verhältnissen arbeitende Buchdruckerei selten Veranlassung hat, ihren Vorrat an bunten Druckfarben allzureichlich zu gestalten, ausserdem aber auch häufig nicht in der Lage ist, sich eingehend mit dem Berechtigten zu versehen, mögen folgende Angaben eines französischen Fachblattes, laut welchen mit vier oder fünf Farben die verschiedensten Nuancen erzielbar sind, Platz finden: Blau und Schwarz geben Dunkelblau; durch Carmin und Blau erzielt man Purpur, während Carmin und Gelb Zinnober ergeben. Carmin, Gelb und Schwarz bilden Braun; mit Gelb und Blau erzielt man Grün; mit Schwarz und Gelb erzeugt man ein schönes Bronzegrün; durch Mischung von Carmin und Schwarz entsteht ein Dunkel-Lila. Heller stimmen lassen sich alle Farben durch Zumengung von Weiss. Zur Aufbewahrung der Farben eignen sich am besten Blechbüchsen. Überdecken kann man die Farben mit einer Quantität Wasser oder einem stark mit Öl getränkten Papierblatte, eine Vorsichtsmassregel, die die Farbe vor den Einwirkungen der Temperatur schützt. Die Blechbüchsen müssen natürlich gut verdichtet sein.

— § Dem berühmten französischen Buchdrucker *Firmin Didot* wurde Ende Juni in dem kleinen Parcdorfe Sorel-Moussel, woselbst seine irdische Hülle ruht, ein *Denkmal aus Bronzeguss* gesetzt. Die Anregung zu diesem pietätvollen Akte gab zunächst der Gemeinderat daselbst, welcher in seinem Plane von den Besitzern der daselbst im Betriebe befindlichen Didotschen Papierfabriken in weitestem Masse unterstützt wurde. Die Feier fand im engeren Kreise der Verwandten und Nachkommen sowie unter Zulassung der nachbarlichen Bevölkerung statt. Eine äusserst pompöse Ehrenfeuer im Schlossparke bildete den Beschluss der aus Festakt, Reden u. s. w. bestehenden Feierlichkeit. Das Denkmal besteht aus einer [illegible] Statue Firmin Didots, welch letztere sich auf eine Handpresse stützt und mit der Rechten ein Schriftstück hält.

— § Über das Geschäft *in Kopfblatt und Plattenzeitungen in Amerika* gibt die »Zeitschrift« folgenden Aufschluss: Von den in den Vereinigten Staaten und Kanada erscheinenden 18,000 Zeitungen werden 10,000 teils als kopflose Zeitungen, teils mittelst Platten hergestellt und das Hauptgeschäft in diesem Zweig macht die »American Press Association«. Dieselbe hat in einem Dutzend Städten Zweiggeschäfte und ist, als Ganzes betrachtet, die grösste Druckerei Amerikas nächst der Washingtoner Staatsdruckerei.

Briefkasten.

Herrn Faktor E. L. in [illegible]. Der Entwurf der gesandten Arbeiten, ihre [illegible], will [illegible] Material und die [illegible] Druck finden unseren Beifall. Die Ausstattung des vielen Textes [illegible] kann kaum schöner und zweckentsprechender gedacht werden. [illegible] — Herrn E. [illegible] in Halle. [illegible] — Herrn C. M. [illegible] in Leipzig. [illegible] — Herrn T. M. in [illegible]. [illegible] Es soll uns freuen, bald wieder etwas zu sehen.

Inhalt des 10. Heftes.

[illegible]-Erzeugnisse »[illegible]«. — Anleitung zum Linienbiegen. — [illegible] — Schriftprobenschau. — Satz und Druck unserer Probeblätter. — Zeitschriften und Bücherschau. — Mannigfaltiges. — Briefkasten. — Annoncen. — Anzeigenmuster im Text: 2 Karten. — Beilagen: 1 Blatt [illegible], 1 Blatt [illegible].

Das Heft enthält im Ganzen 2 Beilagen. Für das Beiliegen der [illegible] Beilagen kann jedoch wegen oft unzureichender Anzahl nicht garantiert werden.

Bezugsbedingungen für das Archiv.

Erscheinen: In 12 Monatsheften [illegible]
[illegible]
Beilagen: [illegible]
[illegible]
[illegible]

Verlag von [illegible] — Druck [illegible] in Leipzig. [illegible]

Annoncen.

Für Zeitungs- und Zeitschriften-Verleger!

Illustrierte Romane der besten Schriftsteller, nebst den zugehörigen Bildern — Clichés —, wie vorzügliche Neben-Clichés offeriert billigst

W. W. (Ed.) Klambt,
Verlag des »Hausfreund«, Neurode.

Eine gebrauchte [illegible] Buchdruck-Schnellpresse, Format 60/90 cm, [illegible] ganz billig zu verkaufen.

Albert Heine, Cottbus.

Deutsches Wochenblatt in Nord-Wisconsin,

Ver. St. von Amerika, seit vier Jahren etabliert, mit gutgehender Accidenz-Druckerei (neues Material, [illegible] Presse, 3 Pferdekr.-Dampfmaschine) ist Familienverhältnisse halber [illegible] billig zu verkaufen. [illegible] bei kluger Geschäftsführung in einem Jahre zu verdienen; keine direkte Konkurrenz. — Auch komfortables Wohnhaus mit zu verkaufen. Nähere Information wegen Bedingungen wird bereitwilligst erteilt. Man wende sich direkt an den Eigentümer C. W. [illegible], Merrill, Wis., U. S. of America, oder an Buchdruckerei. Paul Kaltenbach in Eisenberg i/Th.

MURET encyklopädisches WÖRTERBUCH

der englischen u. deutschen Sprache.
(Ein Parallelwerk zu »Sachs-Villatte«.)

Teil I:	Teil II
Engl.-deutsch	Deutsch-engl.
von	von
Prof. Dr. Ed. Muret.	Prof. Dr. D. Sanders.

Umfang ca. 30 Lieferungen à M 1.50.
Jährlich 5 Lieferungen.
Lieferung 1–2 sind erschienen.

Langenscheidtsche Verlags-Buchhandlung
(Prof. G. Langenscheidt.)
Berlin SW. 46, Hallesche Str. 17.

Patentverkauf oder Licenzerteilung.

Der Inhaber des D. R.-Patentes No. [illegible], betreffend: »Typenmess- und Ablegemaschinen« (cf. u. A. amtliche Anzeige, Patentblatt 1886, Seite 833), wünscht zum Vertriebe an inländische Fabrikanten [illegible] bzw. Letzteren Licenz zur Fabrikation zu erteilen. Gefl. Anfragen behufs Übermittelung an den Patentinhaber nimmt entgegen Patentanwalt Robert R. Schmidt, Berlin S.W., Königgrätzerstr. [illegible]

Novität aus dem Verlage von Alexander Waldow, Leipzig.

Soeben erschien und ist durch alle Buchhandlungen zu beziehen die 1. Lieferung des beliebten Handbuchs:

DIE LEHRE VOM ACCIDENZSATZ.

Herausgegeben von
ALEXANDER WALDOW.

Zweite vollständig neu bearbeitete Auflage
von Friedrich Bauer.

Preis pro Lieferung 1 M. 40 Pf.
In ca. 6 monatlich erscheinenden Lieferungen wird das Werk komplett sein.

Ein in den modernsten Satzarten durchaus bewanderter Accidenzsetzer (S.-V.) wird dauernd zu engagieren gesucht. Offerten mit Zeugnissen, Zeugnissen sowie [illegible] an die Geschäftsstelle des Archiv f. Buchdruckerkunst.

Konzentrierte
Seifenlauge

Originalkisten à 10 Dosen pro Kiste 5 Mark, einzelne Dosen 80 Pf. empfiehlt

Alexander Waldow, Leipzig.

Stereotypie! [illegible]

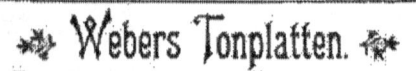

Webers Tonplatten.

Die auf Spalte 201–208 (Heft 8/9) beschriebenen und empfohlenen Tonplatten liefere ich nunmehr in folgenden Grössen zu den beigesetzten Preisen:

18 : 18 cm . . M. 1.75	26 : 36 cm . . M. 6.—
18 : 24 » . . » 3.—	36 : 48 » . . » 12.—
24 : 32 » . . » 4.—	

Bei Bestellungen über 500 qcm wird jedes beliebige Format angefertigt und der Preis im Verhältnis zu den vorstehenden Formaten reguliert.

Ich liefere unter Garantie des Verfertigers, Herrn Weber, und bemerke, dass der Preis sich nach obigen Angaben ganz wesentlich billiger stellt, wie [illegible].

Alexander Waldow, Leipzig.

C. A. Lindgens, Cöln a. Rh.

Fabriken

von

schwarzen und bunten Buch- und Steindruckfarben, Russ, Firnis, Etikettenlack, Seifenlauge, Walzenmasse

„the Excellent" C. A. Lindgens.

Gebr. Brandt in Quedlinburg

C. Rüger, Leipzig

Messinglinien-Fabrik

Goldene Medaille

Benjamin Krebs Nachfolger in Frankfurt a. M.

Anfangs September erscheint:

Berlin, Yorkstrasse 75.

Wilhelm Möller.

Bunte Farben

Alexander Waldow, Leipzig.

HANNOVER.

Buch- und Steindruck-Farben.

J. G. Schelter & Giesecke

Leipzig

Linien-Bieg-Apparat

Walzenkochapparat.

C. KLOBERG, LEIPZIG

Wellhaus & Scheibig
Aschaffenburg a. M.
ff. Buch- und Steindruckfarben.
Firnis- und Russbrennerei.

Zur Herstellung einz. Diplome, Gedenkblätter, Ehrenurkunden, Adressen etc. empfiehlt

Blanco-Vordrucke
in verschiedenen Formaten und auf verschiedenen Papieren
Alexander Waldow, Leipzig.

Preiscourante gratis und franko.

Lapidar

Bei Bedarf von **Maschinen, Apparaten, Utensilien** für Buchdruck und verwandte Branchen, Schriften, Messinglinien, Walzenmasse u. s. w. bitte stets Prospekte zu verlangen.
Gutenberg-Haus Franz Franke, Berlin W. 41.
Maschinenfabrik. Schriftgiesserei, Fachtischlerei.

Edm. Gaillard
in Berlin SW., Lindenstr. empfiehlt sein für den Grossbetrieb eingerichtetes
photolypisches Institut
zur guten, billigen und schnellen Ausführung von Phototypien, Autotypien, Chemigraphien u. Chromotypien. Druckfertige photolithographische Uebertragungen in Strich- und Halbtonmanier. Prospekte, Muster und Kalkulationen franko.

Gebrüder Brehmer,
Maschinenfabrik
Leipzig-Plagwitz.
Draht-Heftmaschinen

HAMPEL'S
Plattenformen und die besten Unterlagen z. Plattendruck.
Zu beziehen von der
Schriftgiesserei Flinsch in Frankfurt a. M.

HOLZ-SCHNITTE

Messinglinien-Fabrik
und
mechanische Werkstätte
für
Buchdruckerei-Utensilien.
Berlin, SW.
H. Berthold.

Messinglinienfabrik
ZIEROW & MEUSCH
LEIPZIG
Galvanoplastik
Stereotypie.
Zierlinien
Kreise

Ch. Lorilleux & Cie.
Paris
schwarzen und bunten
Buch- u. Steindruckfarben
Farbenproben und Preislisten stehen auf Verlangen gern zu Diensten.

Gegründet 1848.

Klein, Forst & Bohn Nachf.

Johannisberg im Rheingau

liefern

Schnellpressen für Buch- und Steindruck

bester Konstruktion und Ausführung.

Prospekte stehen auf Wunsch gratis zur Verfügung.

Waldows Wörterbuch der graph. Künste

und der verwandten Zweige, mit 3798 Artikeln und 381 Illustrationen, wird hiermit als vortreffliches Handbuch empfohlen. ... und vom Verleger. Probehefte gratis.

Alexander Waldow, Leipzig.

Erste Mannheimer
Holztypen-Fabrik
Sachs & Cie.
Mannheim Baden
fertigen als Spezialität
Holzschriften und Holzutensilien
The White
Buch- und Steindruckereien.

Kolumnenschnur
Alexander Waldow, Leipzig.

Musterbuch
Mk. 6.–

Gasmotoren-Fabrik Deutz, Köln-Deutz.

Otto's neuer Motor

liegender und stehender Konstruktion

37500 Maschinen mit 150000 Pferdekräften im Betrieb.

128 Medaillen und Diplome.

Prospekte, Zeugnisse, Kostenanschläge gratis.

Holzschnitte & Cliches
Carl Abel Leipzig

C. F. Rühl

Wilhelm Woellmer's
Schriftgiesserei
BERLIN

Waschbürsten
bester Qualität empfiehlt
Alexander Waldow, Leipzig.

Autographische Tinte
Fabrikat von
Leipzig.

Vereinigte Farben-Fabriken Filialen: Berlin, London, New-York, Moskau.

BERGER & WIRTH UND FREY & SENING, LEIPZIG.

Spezialität: **Farben für sämtl. graph. Zwecke, Walzenmasse Victoria und Victoria-Bianca.**

Erhielt den einzigen ersten Preis in Melbourne | **Colt's Armory** | welcher auf Tiegeldruckpressen vergeben wurde.

TIEGELDRUCK-SCHNELLPRESSE

mit Cylinder-Farbewerk und Druckregulirung.

4 Grössen, 20 33 — 35 × 61 cm Tiegelgrösse. Für Fuss- und für Motoren-Betrieb.

Im [illegible] Prinzip [illegible] Cylinderfarbwerk, [illegible] Presse durch verschiedene [illegible] praktische Verbesserungen [illegible], [illegible] durch [illegible] zu der leistungsfähigsten der jetzt vorhandenen Tiegeldruckpressen wird.

Der Hauptwert der neuen Colt's Armory Tiegeldruck-Schnellpresse liegt in deren unübertroffen praktischem Konstruktionsprinzip, der durablen Bauart und dem vorzüglichen Material. Die Kombination des Cylinder-Farbewerks, welche die vorzüglichste Farbeverreibung und exakteste Regulirung der Farbeverteilung gewährt, der genaue parallele Druck, durch welchen die Schrift geschont wird, sichern dieser Presse ihre bevorzugte Stellung als ausgezeichnete Tiegeldruckschnellpresse für den feinsten Accidenzdruck.

Hervor[zu]heben sind noch die folgenden Vorzüge: leichte und schnellste Druckregulierung, sofortige Druckabstellung und Abstellbarkeit der Auftragwalzen während des Druckes. — Genügende Ruhelage des Tiegels beim Einlegen resp. Anlegen, sowie der sichere ruhige Gang der Presse garantieren genaues Register auch ohne Zuhilfenahme von Punkturen. — Beseitigung der Tiegelfedern und Ersatz durch eine Führungskurve. — Die Schnelligkeit des Druckes hängt lediglich von der Befähigung des Einlegers ab und verträgt die kräftige, durchaus widerstandsfähig gebaute Presse den schnellsten Gang.

Für die Pressen No. 3 und 4 empfiehlt sich in solchen Fällen, wo Elementarkraftbetrieb ausgeschlossen ist, die Zuhilfenahme einer Kurbelmechanismus, der so angebracht wird, dass der Dreher dem Einleger gleichzeitig beim Treten behilflich [illegible].

Ausführlichere Beschreibungen mit Grössen- und Preisangaben, sowie Verzeichnis der Firmen, welchen wir Pressen lieferten, stehen gern zu Diensten.

General-Vertretung für das Deutsche Reich, Österreich-Ungarn, Donaufürstentümer, Holland, Belgien, Dänemark, Norwegen, Schweden, Russland:

J. G. SCHELTER & GIESECKE in LEIPZIG.

Redigiert und herausgegeben von Alexander Waldow in Leipzig. — Druck und Verlag von Alexander Waldow in Leipzig.

Westfälisches Antiquariat

Ignaz Selling

Ludgeriplatz 2 Münster i. W. 2 Ludgeriplatz

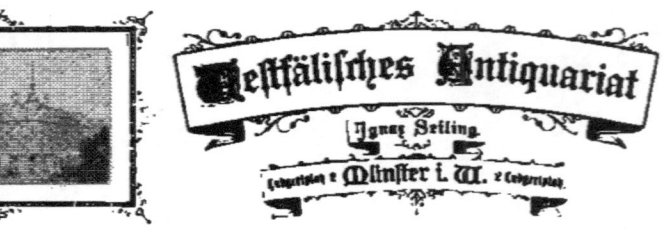

Die CHROMO- und GLACÉ-PAPIER-FABRIK

BORSDORFF & MUHLE

HARZBURG (Harz)

empfiehlt ihre

präpar. Illustrations-Druckpapiere

in allen Formaten, Gewichten und Färbungen

von ganz

vorzüglicher Druckfähigkeit.

Darauf gedruckte Abbildungen haben infolge grösserer Tiefe der Schattenpartien bei ungemeiner Weichheit aller zarten Töne ausserordentliche Wirkung.

Für Prachtwerke und Kunstbeilagen wie für illustrirte Kataloge unübertroffen!

Muster und Preise auf Verlangen.

Gedruckt bei A. Wohlfeld, Magdeburg.

Einige Druckproben umstehend.

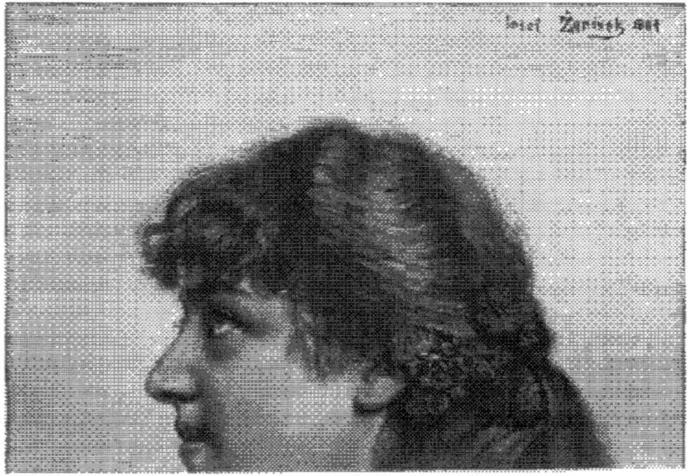

JOSEF ŽENIŠEK: SEHNSUCHT.

Illustrationsprobe aus „Moderne Kunst". Illustrirte Zeitschrift mit Kunstbeilagen.

Preis per Heft 0.60 Mk.

Berlin. Verlag von Rich. Bong.

[illegible] in der Maschinenfabrik von CHRN. MANSFELD, LEIPZIG. (Nach photographischer Aufnahme.)

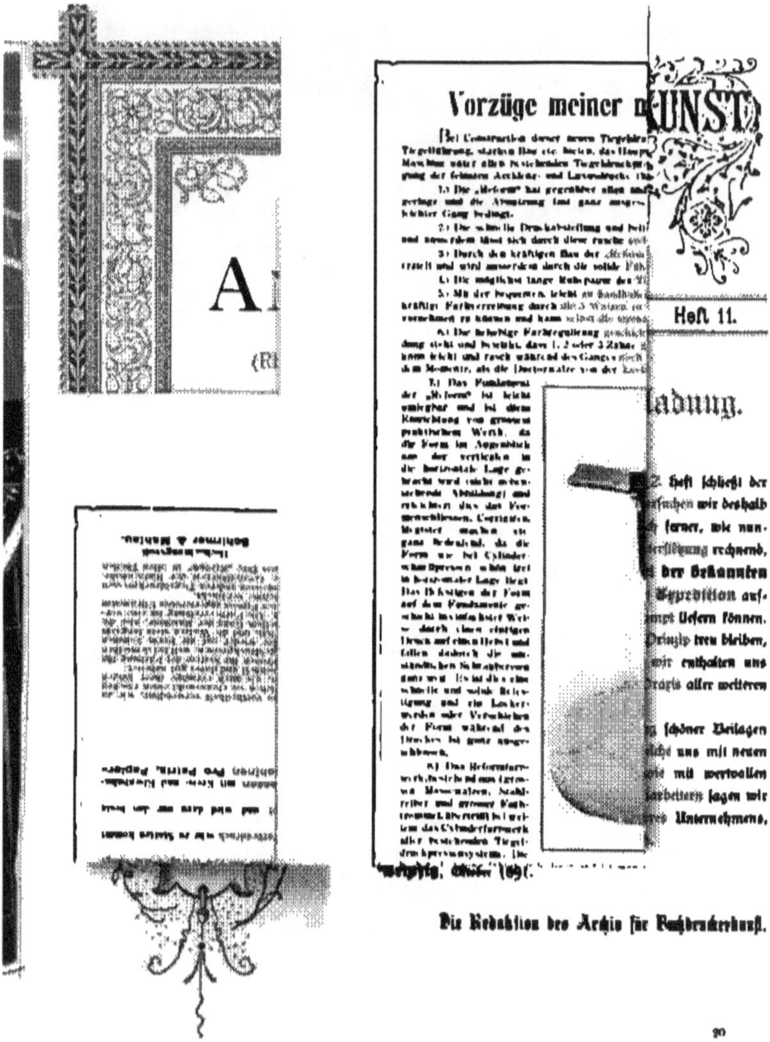

Vorzüge meiner n
KUNST
Heft 11.
A
(R
ladung.
Heft schließt der
suchen wir deshalb
ferner, wie nun-
rechnend,
der Bekannten
Expedition auf-
liefern können.
Prinzip treu bleiben,
wir enthalten uns
Praxis aller weiteren
schöner Beilagen
uns mit neuen
mit wertvollen
arbeitern sagen wir
Unternehmens,
Die Redaktion des Archiv für Buchdruckerkunst.

…euen Tiegeldruck-Schnellpresse „REFORM“.

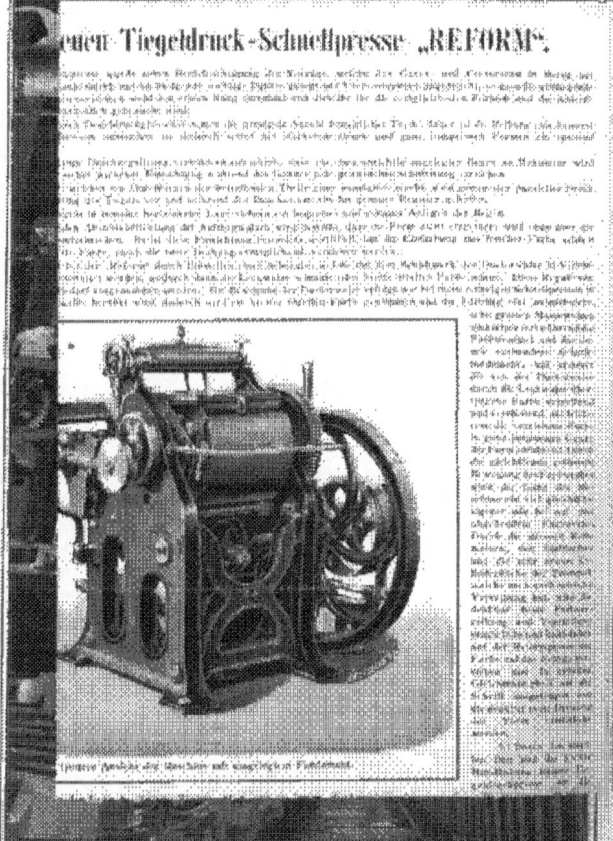

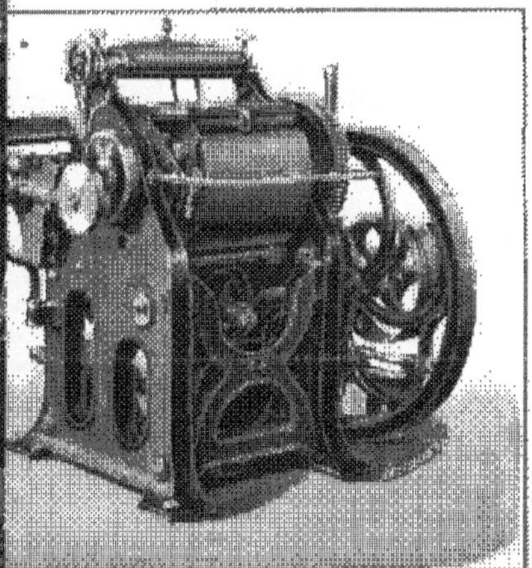

ARCHIV FÜR BUCHDRUCKERKUNST
UND VERWANDTE GESCHÄFTSZWEIGE
HERAUSGEGEBEN VON
ALEXANDER WALDOW.

28. Band. 1891. Heft 11.

Abonnements-Einladung.

Mit dem Ende Oktober erscheinenden 12. Heft schließt der 28. Band des „Archiv für Buchdruckerkunst" und ersuchen wir deshalb **schon jetzt** unsere geschätzten Abonnenten, auch ferner, wie nunmehr seit 28 Jahren, auf ihre wohlwollende Unterstützung rechnend, ihre Bestellung auf den 29. Band **baldigst bei der bekannten Bezugsquelle** oder aber **direkt bei unserer Expedition** aufgeben zu wollen, damit wir die Fortsetzung prompt liefern können.

Das „Archiv" wird auch in Zukunft seinem Prinzip treu bleiben, nur Gediegenes und Interessantes zu bieten; wir enthalten uns daher auf Grund unserer 28jährigen bewährten Praxis aller weiteren Empfehlungen.

Den Offizinen, welche uns durch Lieferung schöner Beilagen für den 28. Band erfreuten, den Gießereien, welche uns mit neuen und gediegenen Schriften und Einfassungen, wie mit wertvollen Schriftproben versahen, und den zahlreichen Mitarbeitern sagen wir verbindlichsten Dank für die Unterstützung unseres Unternehmens, auch ferner um das gleiche Wohlwollen bittend.

Leipzig, Oktober 1891.

Die Redaktion des Archiv für Buchdruckerkunst.

Zur Einführung in die typographische Ornamentik.*)

Von Friedrich Bauer.

Ornament, Ornamentieren und Ornamentik sind Worte, welche in neuerer Zeit auch im Buchdruckgewerbe immer öfter genannt werden, so dass sie heute unentbehrliche Begriffe bilden, wenn von Kunstsatz und Kunstdruck gesprochen wird. Wörtlich leiten sich diese Bezeichnungen vom lateinischen *ornare*, schmücken, ab. Das *Ornament* ist demnach ein künstlerischer Schmuck und die *Ornamentierung* die Anwendung desselben; unter *Ornamentik* versteht man die gesamte Verzierungskunst. Wenn nun diese Verzierungskunst auch je nach dem von ihr verfolgten Zweck und je nach der Beschaffenheit des verwendeten Materials eine sehr verschiedenartige sein kann, so beruht sie doch im grossen ganzen auf gewissen Kunstgesetzen, welche für jede Art ihrer Ausübung massgebend sind. Im Buchdruckgewerbe fällt nun die Ausübung der Ornamentik — wenn wir von dem künstlerischen Schmuck des Buches durch Illustrationen, fertige Kopfleisten, Initiale und Schlussverzierungen absehen wollen — in das Arbeitsgebiet des Accidenzsetzers und bildet hier einen wichtigen Teil seines Könnens.

Die *typographische* Ornamentik ist nach Wesen und Technik von derjenigen anderer Kunstgewerbe sehr verschieden. Während letztere unter Benutzung von Rohstoffen nach künstlerischen Entwürfen Gegenstände erzeugen, deren Gestalt je nach dem Zweck wie auch nach dem technischen und künstlerischen Vermögen des Verfertigers von unbegrenzter Mannigfaltigkeit sein kann, bleibt dem Buchdrucker als Grundlage für all seine Verzierungskunst stets die ebene *Papierfläche*. Wenn weiter andere Kunstgewerbe in bezug auf die Formgebung der Details an nichts weiter gebunden sind, als an das Gestaltungsvermögen des Ausführenden, so ist der Buchdrucker gerade bezüglich der Details zur Hauptsache von den ihm in den starren Typen gegebenen Formen abhängig, und seine Kunst besteht zum grössten Teil darin, das ihm *gegebene* Material in einer stets dem Zweck und dem Sinn der betreffenden Arbeit entsprechenden Art derart anzuordnen, dass durch geschmackvolle und charakteristische Gruppierung des Ganzen den Gesetzen der Ästhetik Genüge gethan wird.

*) Die folgende Abhandlung wurde als Einleitung des Kapitels »Die Ornamente und das Ornamentieren« für die gegenwärtig im Verlage von Alexander Waldow erscheinende zweite Auflage der »Lehre vom Accidenzsatz« geschrieben.

Als Grundlage seiner Ornamentik dient dem Buchdrucker, wie oben gesagt, die ebene Papierfläche, den zu schmückenden Gegenstand bildet jedoch mit wenigen Ausnahmen — und auch in diesen Ausnahmen nie ausschliesslich — die *Schrift*. Die Schriftzeichen sind in einem typographischen Satzbilde stets als das vorwiegend Wichtigste zu betrachten, sie bilden die *Grundform* aller typographischen Erzeugnisse, können als solche jedoch je nach dem Zweck der letzteren sehr verschieden sein. Zu ihrer Darstellung bedarf die Schrift stets der Fläche und diese ist ihr im Buchdruck, wie in den meisten graphischen Vervielfältigungsmethoden, im Papier gegeben. Tritt nun zu der Schrift, als idealer Form, und dem Papier, als vermittelndem Material, das Ornament als künstlerischer Schmuck hinzu, so ist es nur logisch, dass dieser in erster Linie der dem Zweck dienenden Form, hier also der Schrift, zukommt, dem Papier, als dem Stoff, aber nur insofern, als durch die Verzierung seiner Fläche der Schrift eine schönere Umgebung geschaffen und dadurch die Wirkung des Ganzen erhöht werden kann. Der künstlerische Schmuck einer Adresskarte zum Beispiel gilt also zunächst nicht dem viereckigen Stück Karton, sondern der darauf stehenden Schrift und dem durch diese zum Ausdruck gebrachten Zweck des Ganzen.

Der Zweck aller Drucksachen ist die Wiedergabe einer Vorstellung, eines Gedankens oder einer Gedankenreihe. Je nach Umfang und Inhalt dieser letzteren ist auch die Form, in welcher die Wiedergabe geschieht, eine mehr oder weniger umfangreiche und verschiedene, vom vielbändigen Werk bis zur einzeiligen Visitenkarte herab. Aufgabe des Buchdruckers ist es nun, dem Gedanken, welcher durch Buchdruck vervielfältigt werden soll, die ihm entsprechende Form zu geben. Dadurch entstehen dann die verschiedenen Arten von Drucksachen.

Der Form und dem Umfang des Satzbildes hat die Grösse (oder technisch ausgedrückt: das Format) und die Qualität des Papiers zu entsprechen. Auch der praktische Gebrauch der Drucksache kommt hierbei mit in Frage. Man wird zu einer Drucksache, welche zusammengefaltet werden soll, also zum Beispiel zu einem Zirkular, eine andere Grösse und auch anderes Papier wählen, als zu einer solchen, welche in ungebrochenem Zustande Verwendung findet, also zum Beispiel einer Geschäftskarte.

Wie sich die Form eines Satzbildes je nach seinem Inhalt, beziehungsweise dem Zweck der Arbeit überhaupt richtet, so hat auch der etwa hinzutretende künstlerische Schmuck diesen Bedingungen zu entsprechen; das Ornament ist zunächst von der zu schmückenden Schrift abhängig. Da nun Schrift und Schmuck eng zusammentreten, so ist zu verlangen, dass beide harmonieren oder sich mindestens nicht widersprechen; besonders bei figürlichem Schmuck darf dieser Punkt nicht aus dem Auge verloren werden. Niemals darf der künstlerischen Wirkung nach das Ornament die Schrift zurückdrängen, denn nicht des Ornaments wegen wurde die Drucksache geschaffen, sondern wegen der Schrift; der Besteller einer farbigen Adresskarte zum Beispiel bestellt seine Karte nicht, um nur bunt bedruckte Kartonblätter zu erhalten, sondern er will seinen Namen, seine Geschäftsbranche und seine Adresse in gefälliger und empfehlender Weise gedruckt haben. Auch die Deutlichkeit und Übersichtlichkeit darf durch das Ornament nicht gestört werden, es hat im Gegenteil die Aufgabe, beide zweckentsprechend und verschönernd zu unterstützen.

Entspricht nun eine Drucksache allen diesen Anforderungen, so kann von ihr gesagt werden, dass sie *stilgerecht* ist, dass sie *Stil* hat, denn »Stil« bedeutet im Kunstgewerbe im allgemeinen eine dem Zweck des Erzeugnisses entsprechende Verbindung von Material, Form und Verzierung.

Eine etwas andere Auffassung verlangt es, wenn wir vom *Stil des Ornaments* reden. Das Ornament hat, wie wir vorhin ausgeführt haben, die Aufgabe, den Gegenstand angemessen und nach gesetzmässigen Bedingungen zu schmücken, ein praktischer Zweck oder Gebrauch des Ornaments kann nicht in Frage kommen. Das Ornament ist nun stilgerecht, wenn es jener Aufgabe vollkommen entspricht, und um dies zu können, bedarf es der bildenden Hand des Künstlers. Der Begriff des Stils im Ornament findet vorzüglich auf solche Motive Anwendung, welche der Natur entlehnt wurden. Diese Motive nun für die Zwecke der Kunst brauchbar machen, indem sie aller Zufälligkeiten und Unvollkommenheiten der Natur entkleidet und auf reine gesetzmässige Proportionen zurückgeführt werden, nennt man *stilisieren*. Der Künstler führt die gewählten Motive auf ihren Typus zurück und gestaltet sie nach seinem Geschmack, dadurch entsteht zunächst der *individuelle* Stil. Durch die Verschiedenheit des Geschmacks und der Auffassung der verschiedenen Nationalitäten entsteht der *nationale* Stil, und der Geschmack der Zeit- und Kunstepochen bildet den *historischen* Stil.

Den Gegensatz zum stilisierten Ornament bildet das *naturalistische*. Die Motive desselben sind auch der Natur entnommen, aber so verwendet, wie sie von dieser geboten werden mit allen ihren Zufälligkeiten und Unregelmässigkeiten. Wir wollen uns hier auf eine Untersuchung der Berechtigung des naturalistischen Ornaments im Kunstgewerbe im allgemeinen und in den graphischen Künsten im besonderen nicht einlassen und nur konstatieren, dass im Ziermaterial des Buchdruckers auch naturalistische Ornamente zahlreich vertreten sind und besonders die Vignetten der neuesten Zeit dem Naturalismus fast ausschliesslich angehören.

Wie man die Ornamente in naturalistische und stilisierte trennt, so unterscheidet man weiter *plastische* Ornamente, das sind solche, welche durch Verbindung von Licht und Schatten körperlich wirken, und *Flachornamente*, deren Wirkung nur auf Kontur und Farbe beruht. Da es sich für uns nur um die *zeichnerische* Wiedergabe handelt, können wir als plastische Ornamente die Darstellungen von Verzierungen, welchen als Körpern Licht und Schatten eigentümlich sind, bezeichnen und als Flachornamente jene Verzierungen, welche einzig durch flache Zeichnung wirken, durch die hell oder dunkel gehaltenen Umrisse und die diesen entweder durch Schraffierung, Farben oder durch beides zugleich aufgetragenen Details.

Es erübrigt uns noch, einiges zu der vielumstrittenen Frage: *plastisches oder Flachornament?* auszuführen. Im Grunde genommen ist eine solche Frage von vornherein hinfällig, da es sich in unserem Farbe, wie wir vorhin schon betont haben, nur um Flächenornamentik handelt. Die Plastik in der typographischen Ornamentik kann immer nur eine scheinbare sein und nur jene wenigen Fälle bilden hier eine Ausnahme, wo durch Prägung dem Ornament Relief verliehen wird. Wie sehr diese Art Plastik dem Wesen einer Drucksache widerspricht, zeigt buchstäblich die Kehrseite dieser Arbeiten; die Wirkung der plastischen Vorderseite kann nur auf Kosten einer hässlichen Rückseite erzielt werden. Die typographische Ornamentik ist nur eine malerische Verzierung der Fläche, sobald sie mehr sein und mit ihren Verzierungen aus der Fläche heraustreten will, gleichviel ob nur scheinbar oder in Wirklichkeit, überschreitet sie die ihrem Wesen gezogenen Grenzen und geht Gefahr, unnatürlich und stilwidrig zu werden. Aus diesem Grunde sind alle Kompositionen, besonders auch jene nach architektonischen Motiven, welche durch Anwendung von kräftigen Schatten Plastik erzwingen wollen, zu verwerfen. Wenn auch im Buchdruck von Licht und Schatten oft die Rede ist, so kann dies nur im Sinne von Hell und Dunkel gemeint sein, denn wirklichen Schatten können weder unsere Buchstaben noch unsere Verzierungen hervorbringen.

Wir wollen damit nicht soweit gehen, dass wir auch jene Verzierungen verurteilen, die in ihrer Zeichnung schwaches Relief andeuten, da durch dieses eine Komposition mitunter recht angenehm belebt werden kann. Die Anwendung von schweren Schatten durch

Linienbeiwerk oder Tondruck halten wir dagegen in typographischen Verzierungen, besonders solcher aus stilisierten Formen, für eine Verirrung, weil sich unser Material für die korrekte Durchführung einer solchen Behandlung nicht oder nur in sehr bescheidenem Masse eignet. Fast alle jene typographischen Zierformen, welche wir als »Begleitmaterial« grösserer, selbst plastisch gezeichneter »Einfassungen« benutzen, sind Flachornamente, und die wenigen, welche eine reliefartige Zeichnung aufweisen, bringen uns meistens dadurch in Verlegenheit, dass bei der Herumführung um die vier Seiten eines Rechtecks der Schatten an zwei Seiten gewöhnlich falsch liegt. kann. Welche reiche Mannigfaltigkeit in der Wirkung lässt sich allein durch eine verständige Verwendung des Schwarz auf Weiss, dieses dem Buchdruck besonders eigenen Farben, erzielen. Durch einige ganz allgemeine Beispiele mag dies noch verdeutlicht werden.

In Beispiel 1 sehen wir ein reines Flachornament nach Art der Intarsien schwarz auf weissem Grunde, 2 umgekehrt weiss auf schwarzem Grunde. In Beispiel 3 bringen Schraffierung und Musterung einzelner Formen mehr Leben und Bewegung in die Komposition; 4 geht noch einen Schritt weiter, indem es durch die Ausführung aller Details die Formen inter-

Gesch. gesch. Originalsatz von J. G. Schelter & Giesecke, Leipzig.

Plastische Verzierungen, z. B. eine dekorative Füllung in Reliefzeichnung, mit Flachornamenten einzurahmen, wird aber nicht immer richtig und schön sein, besser ist jedenfalls das Gegenteil: plastische Begrenzung und gemalte Verzierung oder aber beides plastisch oder beides gemalt. Es sollte deshalb auch der essanter macht und sie reliefartig hervortreten lässt, in 5 wiederholt sich dasselbe, doch wird durch die dunkle Grundfläche die Wirkung eine eindringlichere, während bei 6 die plastische Wirkung durch die starken Schattenstriche auf Kosten einer ruhigen Wirkung zu sehr hervorgehoben wird. Durch eine

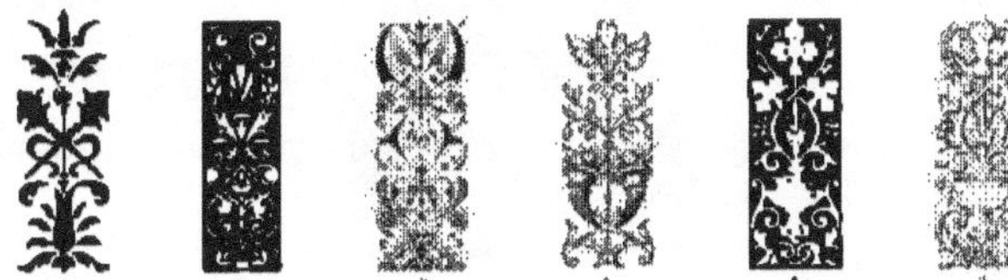

1 2 3 4 5 6

Accidenzsetzer darauf bedacht sein, möglichst immer nur Gleiches mit Gleichem in Verbindung zu bringen und bei Verwendung von plastischen Verzierungen diese zunächst auch mit einer plastisch wirkenden Umrahmung oder Begrenzung zu versehen.

Die Wirkung der Flächenverzierung beruht auf der *Farbe* und in der Farbe ist auch dem Buchdrucker ein Mittel an die Hand gegeben, durch welches er seine Erzeugnisse zur Höhe wahrer Kunst erheben geschickte Anordnung von Begleitformen kann die »farbige« Wirkung auch schon »einfarbig« in mannigfachster Weise gehoben werden, in bunten Farben ist die Abwechselung aber eine schier unerschöpfliche.

Es sollte damit nur angedeutet werden, dass der Buchdrucker in seiner Ornamentik weder der wirklichen noch der scheinbaren Plastik bedarf und kunstgerechte Verzierungen auch schaffen kann, wenn er sich im allgemeinen in den Grenzen der der Eigenart seiner Erzeugnisse am meisten entsprechenden Flachornamentik hält. Als Ausnahmen mag man die schon erwähnten naturalistischen Verzierungen gelten lassen, doch wird der Accidenzsetzer bei Verwendung dieses Materials auch hier durch den Mangel entsprechenden Begleitmaterials oft in Verlegenheit geraten.

Neue Drehbank

zum Abdrehen von Galvanos, Stereotypen, hölzernen Unterlegplatten u. s. w.

Diese in der Maschinenfabrik von *J. G. Scheller & Giesecke* in Leipzig mit der grössten Sorgfalt hergestellte Plattendrehbank unterscheidet sich äusserlich, wie die nebenstehende Abbildung zeigt, von den gewöhnlichen Ausführungen dadurch, dass der ganze Spindelstock auf dem kastenförmigen, hohlen, höchst stabilen Untergestelle befestigt ist, dessen gedrängte Form dem Arbeiter einen bequemen Stand vor dem Support ermöglicht, sodass alle zu handhabenden Teile äusserst leicht erreicht werden können.

Die Planscheibe von 50 cm Durchmesser ist mit Spannbacken ausgerüstet, welche das Einspannen und Abdrehen von 30:50 cm grossen Platten gestatten. Der Maschine selbst werden 4 Spannbacken beigegeben, 2 stärkere und 2 schwächere, welche leicht ausgewechselt werden können und je nach der Dicke der zu bearbeitenden Platten anzuwenden sind. Die Backen sitzen auf Muttern, die durch eine Schraube mit Rechts- und Linksgewinde sich gleichzeitig zueinander oder auseinander verstellen lassen. Als besondere Neuerung ist eine hinter der Planscheibe angebrachte Bremse zu betrachten, welche mittelst eines Handhebels die Drehbank nach Ausrücken des Vorgeleges augenblicklich in Stillstand versetzt. Ebenso ist der Support mit 2 Werkzeugen versehen, von welchen das eine Messer vorschneidet, dagegen das zweite die Arbeit vollendet, sodass mit nur einmaligem Überdrehen eine Platte vollständig fertig und schnell bearbeitet wird. Der Längssupport kann sowohl von der rechten, als auch von der linken Seite durch Drehen des einen oder anderen Handrädchens, welches dem Arbeiter am nächsten zur Hand ist, am Arbeitsstück vorbeigedreht werden, während der kleine Quersupport, auf welchem die beiden Werkzeughalter sich befinden, mit einer Anschlag- und einer Stellschraube versehen ist. Hierdurch kann die Entfernung, bis zu welcher die Schneidemesser an die Planscheibe, resp. an das Arbeitsstück, herangeführt werden können, jederzeit auf ein bestimmtes Mass unabänderlich festgestellt werden, sodass eine sichere Gewähr dafür vorhanden ist, dass bei einer grösseren Anzahl auf die gleiche Dicke abzudrehender Platten die Arbeit gleichmässig ausfällt. Sowohl auf der Drehbankspindel, als auch auf der an die Decke zu schraubenden Vorgelegewelle befinden sich Stufenscheiben, die der Drehbank drei verschiedene Geschwindigkeiten zu geben vermögen, und je nachdem die abzudrehenden Platten gross oder klein, aus Holz oder aus Metall sind, anzuwenden sind.

Neue Drehbank von J. G. Scheller & Giesecke

Der Preis incl. Vorgelege mit Stufenscheibe für drei Geschwindigkeiten beträgt 750 M., Verpackung 25 M.

Auf Wunsch liefert die Fabrik diese Drehbank auch mit einer Planscheibe von 60 cm Durchmesser, um entsprechend grössere Platten als oben angegeben abdrehen zu können.

Die Farbenfabrik Berger & Wirth.

Von A. M. Watzulik.

Ein Rundgang durch die graphische Ausstellung im Buchhändlerhause zu Leipzig ist geeignet, jeden Besucher zu überzeugen, dass die gesamte »Graphik« einen ungeahnt riesigen Aufschwung genommen hat. Denen, die nicht in der Lage sind, die angedeutete Überzeugung zu erlangen, ist die Möglichkeit gegeben, es durch die Inaugenscheinnahme von Prachtwerken, Bildermappen u. dgl. in jeder Buchhandlung nachzuholen. Den Löwenanteil an den Errungenschaften haben sicherlich auch die Farbenfabriken, denn sie liefern heutzutage Farben, an die keine geringen Anforderungen in Bezug auf die tadellose Druckfähigkeit für die verschiedensten Reproduktionsverfahren gestellt werden. Ein förmliches Entzücken erfasst den Beschauer heutzutage beim Anblick der reizvollen, in allen Abschattungen der Farben und mit herrlicher Meisterschaft gedruckten Kunstblätter; aber ebenso sind die zahllosen, in der oben erwähnten Ausstellung ausgelegten Bücher und Mappen sehr wohl geeignet, den Aufschwung, den die Farbentechnik genommen, zu veranschaulichen. Um dies besser illustrieren zu können, brauchen wir nur auf das vorige Jahrhundert mit seinen einfachen Hülfsmitteln und durchaus bescheiden ausgestatteten Publikationen einen Rückblick zu thun. Noch sind ältere Werke vorhanden, die ein beredtes Zeugnis ablegen von der überaus grossen Beschränktheit der zu Gebote stehenden Hülfsmittel. Es ist daher begreiflich, dass wir — Kinder des neunzehnten Jahrhunderts — uns eines Lächelns ob unserer eigenen Überlegenheit gegenüber den letzten Jahrhunderten über unsere mit allem Raffinement und Prunk hergestellten Schöpfungen nicht erwehren können. Und in der That: die Erfolge, die unser Jahrhundert auf allen Gebieten des menschlichen Wirkens und Schaffens erzielt, sind in der Weltgeschichte mit herrlichen goldenen Lettern eingegraben und werden den nächsten Generationen Gelegenheit bieten, diese Saat weiter zu befruchten.

Den Anlass zu den vorliegenden Zeilen gab mir ein hübsch ausgestattetes Buch, herausgegeben von der Farbenfabrik Berger & Wirth, anlässlich ihrer Vereinigung mit der Farbenfabrik von Frey & Sening.

Es dürfte nicht unangebracht sein, einige Daten über die Entstehung, Entwickelung und die gegenwärtige Lage dieser Farbenfabriken mitzuteilen.

Entstanden ist das Etablissement im Jahre 1836*) unter der Firma Gottlob Adolf Meyer, und ging nach mehrmaligem Besitzwechsel schliesslich in den Besitz Emil Bergers über, der sich jedoch bald mit seinem Schwager Otto Lehmann associierte unter der Firma: E. Berger & Co. 1870 erfolgte der Tod Emil Bergers. Die Weiterführung des Geschäftes lag in Händen der Witwe Selma Berger und ihres ältesten Sohnes Paul Berger. 1880 trat Viktor Wirth, der eine zwanzigjährige Praxis in der Farbenbranche durchgemacht, in die Firma ein, und die Firma lautete nun Berger & Wirth, die nach Austritt Viktor Wirths (1884) und unter Mitwirkung des Schwiegersohnes der Frau verw. Berger, Robert Waldbaur, sich zu einer der grossartigsten Farbenfabriken entwickelt hat.

Um den mächtigen Aufschwung, den die genannte Firma genommen, zu veranschaulichen, lasse ich das interessante Buch selbst reden: »Nachdem im Jahre 1865 zunächst in bescheidenen Verhältnissen die Fabrikation von trockenen, bunten Farben eingerichtet worden war, entwickelte sich dieser Zweig infolge des immer mehr steigenden Konsums in bunten Farben und der guten Verwendbarkeit der Berger & Wirthschen Fabrikate in einer überraschenden Weise. — Die von Hardegen*) erbaute Fabrik zwischen Carolinenstrasse und Windmühlenweg, welche mittlerweile von Häusern ringsherum eingeschlossen worden war, wurde im Laufe der Jahre mehrere Male durch Um- resp. Erweiterungsbauten vergrössert; aber diese neu geschaffenen Räumlichkeiten stellten sich nach kurzer Zeit immer wieder als unzureichend heraus, und es mussten, besonders für die ausgedehntere Fabrikation der bunten Farben, Räume in der Nachbarschaft gemietet werden. Nur durch Arbeiten über die gewöhnliche Arbeitszeit hinaus und zuletzt durch ununterbrochenen Betrieb (Tag- und Nachtschicht) war es möglich, den immer wachsenden Ansprüchen, die an die Leistungsfähigkeit der Fabrik gestellt wurden, zu genügen, bis man endlich allen Ernstes daran denken musste, eine neue Fabrik zu schaffen. Nachdem mehrere Projekte zu einem Neubau an dem Widerspruch der Behörde, welche die Concession zur Anlage einer Firnissiederei, Russbrennerei etc. in der Nähe der Stadt nicht erteilen mochte, gescheitert waren, die Fabrik aber nicht gar zu weit von der Stadt entfernt werden sollte, gelang es endlich, auf Grund eines technisch derartig vollkommenen Projektes, dass es alle Bedenken der Behörden zerstreute, die Concession zur Errichtung der Fabrik auf Schönefelder Flur, dicht bei der Stadt und unmittelbar am Geleise der Verbindungsbahn resp. Leipzig-Dresdner

*) Am 1. Februar 1836 erschien zum ersten Male im »Journal für Buchdruckerkunst« eine Preisliste mit nachstehendem Text:

Preise der Druck-Farben
von
G. A. Meyer in Leipzig.
(Zoll & Brutto.)

Nr.	1.	extra feinste Farbe	pr.	100	Pf.	30	Rthl.
»	2.	— starke	»	—	»	28	»
»	3.	— mittel	»	—	»	26	»
»	4.	— schwache	»	—	»	24	»

*) Durch ihn wurde in Leipzig die Farbenbereitung eingeführt; nur das Jahr der Einführung ist unbekannt geblieben.

Eisenbahn zu erlangen. — Im Laufe des Sommers 1890 konnte das neue Etablissement bezogen werden. Es waren hier Räume geschaffen, die nicht allein einen wesentlich vergrösserten Betrieb gestatteten, sondern die auch den Aufenthalt für die Arbeiter zu einem angenehmen und gesunden machten. Es war ferner darauf Bedacht genommen, die technischen Einrichtungen in höchster Vollkommenheit zu treffen, um nicht allein einen möglichst rationellen Betrieb gewährleisten, sondern auch vollkommene Fabrikate liefern zu können. — Das Jahr 1890 sollte aber der Firma Berger & Wirth nicht allein dadurch von grosser Bedeutung werden, dass es ihr ein neues Heim brachte, sondern auch dadurch, dass sie in diesem Jahre die Vereinigung mit der 1870 am Leipziger Platz gegründeten Firma Frey & Sening vollzog. Dr. Hennig Frey sah sich Anfangs dieses Jahres aus Gesundheitsrücksichten veranlasst, aus der von ihm mit Otto Sening zusammen vor 20 Jahren gegründeten Firma auszuscheiden. Infolge dessen zeigte sich der letztere geneigt, seine Fabrik an die Inhaber der Firma Berger & Wirth zu verkaufen. Durch die Vereinigung dieser beiden an sich schon bedeutenden Firmen, deren Fabrikate sich auf dem ganzen Erdkreise des besten Rufes erfreuen, ist nunmehr eine Farbenfabrik ersten Ranges entstanden. Sie verfügt über ein Areal von über 22,000 Quadratmeter, wovon circa 7000 Quadratmeter bebaut sind.«

Ich übergehe die Beschreibung der einzelnen Einrichtungen in beiden Fabriken und beschränke mich auf die Bemerkung, dass nicht allein alle Nebenzweige, die zur Farbenbereitung gehören, sondern auch eine Versuchsdruckerei zur Prüfung der Farben, Walzenkocherei, Schlosserei mit mechanischer Werkstätte, Böttcherei, Tischlerei und Klempnerei vorhanden sind. Gegen 100 Arbeiter sind zur Zeit thätig. Vergangenes Jahr wurden 2,200,000 Ko. Material verarbeitet. Das Hauptcontor hat einige 20 Angestellte. Filialen wurden errichtet in Berlin, New-York, London, Moskau und Florenz, die ihren Bedarf zum Teil selbst fabrizieren. Prinzipiell wurden Ausstellungen nicht beschickt, mit Ausnahme der Weltausstellung zu Melbourne 1888, wo die Fabrikate der Firma Berger & Wirth einen ersten Preis sich geholt.

Noch grossartiger erscheint die Leistungsfähigkeit, wenn man erwägt, dass die Firma Berger & Wirth ihre Rotationsdruckfarben zur Zeit für folgende Zeitungen liefert: »Vossische-Zeitung«, »Kreuzzeitung«, »Der Reichsbote«, »Staatsbürgerzeitung«, »Berliner Börsen-Courier«, »Volkszeitung«, »Berliner Volksblatt« (sämtl. in Berlin), »Leipziger-Tageblatt«, »Kölner Tageblatt«, »Kölnische Volkszeitung«, »Kleine Presse« (Frankfurt a. Main), »Münchner Neueste Nachrichten«, »Münchner Tageblatt«, »Allgemeine Zeitung« (München), »Augsburger Abendzeitung«, »Neues Tageblatt« (Stuttgart), »Schwarzwälder Bote« (Oberndorf), »General-Anzeiger« (Elberfeld), »Würzburger General-Anzeiger«, »Breslauer General-Anzeiger«, »Badische Landes-Zeitung«, »Illustriertes Wiener Extrablatt«, »Grazer Tagespost«, »Budapesti Hirlap«, »Pesti Hirlap«, »Budapest«, »Bohemia«, »Narodni Politika« (Prag), »Il Popolo Romano« (Rom), »Amsterdamsche Courant«, »Rotterdamsche Nieuwsblad« etc. etc., ferner für die neuesten Auflagen von Meyers Konversationslexikon, Lahrer Hinkender Bote und die zahllosen bei Julius Klinkhardt gedruckten Prospekte und Kataloge u. s. m.

Aber auch die feinen Illustrationsfarben, deren Herstellung in höchster Vollkommenheit sich die Firma Berger & Wirth besonders angelegen sein lässt, finden einen grossartigen Absatz, wovon wir einen annähernden Begriff bekommen können, wenn bemerkt wird, dass die bekanntesten und verbreitetsten in- und ausländischen illustrierten Zeitschriften mit den Farben der Firma Berger & Wirth gedruckt werden. Noch eine erhöhte Bedeutung erlangt die oft genannte Firma durch Lieferung ihrer Fabrikate an die Berliner Reichsdruckerei und Washingtoner Staatsdruckerei.

Zahlreiche Druckproben, Musterbeilagen, Bildermappen etc., die von der Firma Berger & Wirth jahraus jahrein nach allen Weltgegenden versendet werden, geben vielen Offizinen Arbeit und Verdienst — eine Leistungsfähigkeit, wie solche wohl nur bei den wenigsten existierenden Fabriken möglich ist.

Wenn wir uns all das Gesagte, besonders was die überaus rührig aufstrebende Firma Berger & Wirth in den wenigen Jahrzehnten geleistet, vergegenwärtigen, so können wir nur konstatieren, dass die genannte Firma zu den leistungsfähigsten Fabriken in der Farbenbranche gehört und einer weiteren Entwickelung und Ausbreitung fähig ist.

Schriftprobenschau.

Von der *Schriftgiesserei Ludwig & Mayer* veröffentlichen wir im vorliegenden Heft eine neue *Kursiv-Zierschrift*, welche dem gegenwärtigen Geschmack in der Ausstattung von Accidenzien aller Art jedenfalls entsprechen wird. Die »*Commerciale*« genannte Schrift wird sich zunächst in den kleineren Graden ganz vorzüglich für den Satz von eleganten Circularen und ähnlichen Arbeiten eignen und die grösseren Grade bieten dazu die entsprechenden Titelzeilen. Aber auch für andere Zwecke, wie z. B. schräge

„Commerciale" von der Schriftgiesserei Ludwig & Mayer in Frankfurt a. M.

No. [illegible] Cicero. Min. [illegible] kg

Die Gasmaschine und ihre Entwickelung
Architektur der Neuzeit

No. [illegible] Petit. Min. 4 kg.

Anleitung zum Tabellensatz
Illustriertes Wörterbuch der gebräuchlichsten Kunstausdrücke für das Buchdruckgewerbe

No. [illegible] Korpus. Min. [illegible] kg.

Sammlung deutscher Reichsgesetze
Internationale elektrische Ausstellung 1891
Gallerie berühmter Meister

No. [illegible] Doppelmittel. Min. 11 kg

Blitz und Blitzschutz-Vorrichtungen
Meisterwerke der Tonkunst

No. [illegible] Cicero. Min. [illegible] kg.

Chemisches Feuerlöschwesen
Unter [illegible] Königen und [illegible] Kaisern!

No. [illegible] Mittel. Min. [illegible] kg

Jungfrau von Orleans
Hilfsbuch für den Schriftsetzer

No. [illegible] Cicero. Min. [illegible] kg

Lehre vom Musiknotensatz
Hofer Anzeiger

No. [illegible] Tertia. Min. [illegible] kg.

Geographischer Wegweiser
Theorie und Praxis

No. [illegible] Text. Min. [illegible] kg.

Das rauchlose Pulver
Deutsche Litteratur

No. [illegible] Cicero. Min. [illegible] kg.

National-Denkmal

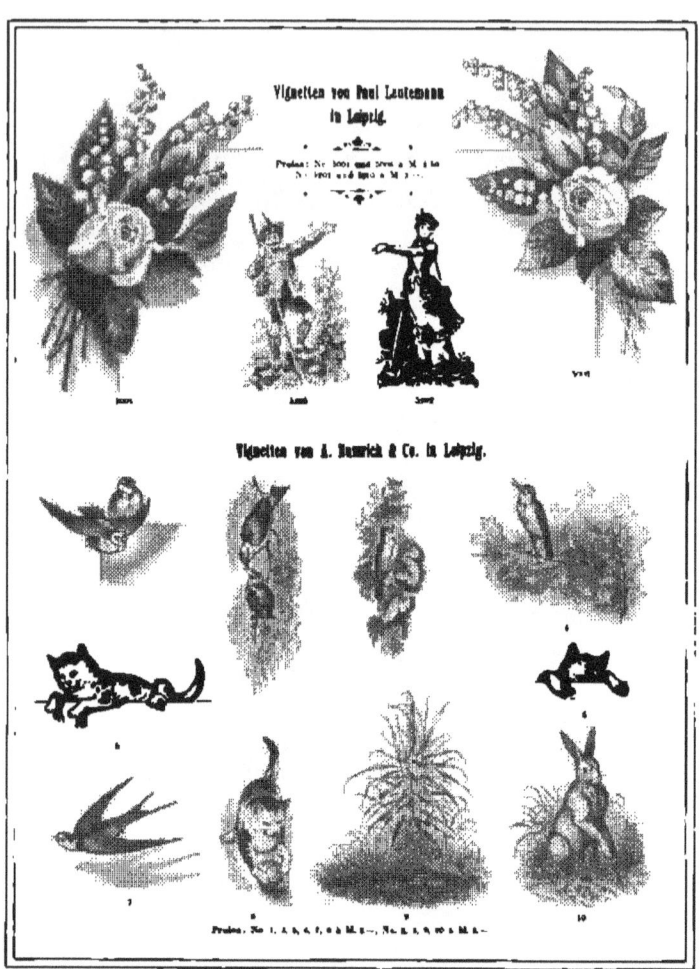

Vignetten von Paul Lautemann in Leipzig.

Preise: Nr. [illegible] und [illegible] à M. [illegible]
Nr. [illegible] und [illegible] à M. [illegible]

Vignetten von A. Numrich & Co. in Leipzig.

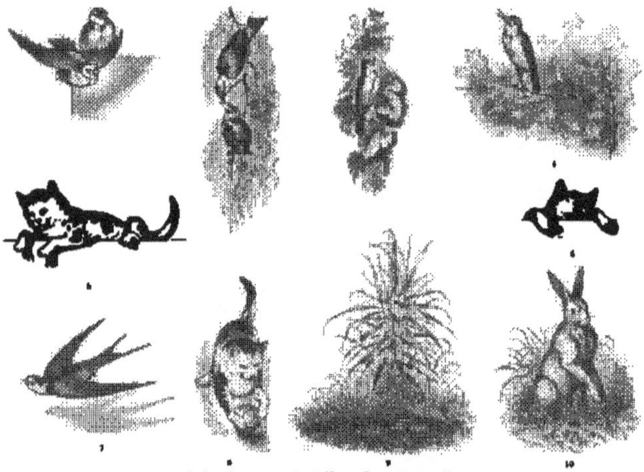

Preise: No 1, [illegible] à M. [illegible], No. [illegible] à M. [illegible]

Firmenzeilen u. dgl., wird diese Schrift oft am Platze sein und so dürfen wir von ihr wohl sagen, dass sie eine schätzenswerte Bereicherung des modernen Accidenzschriftenmaterials ist.

Ein weiteres, durchaus modernes Accidenzmaterial bietet sich uns in den vorgeführten *Vignetten*. Die Firma *Paul Leutemann* ist fortwährend bestrebt, ihre schon sehr reichhaltige Auswahl moderner Vignetten immer noch durch neue, schöne Muster zu bereichern. Die wenigen, heute abgedruckten Vignetten sind Proben aus einer grösseren Kollektion von Neuheiten, deren Verwendbarkeit keines Lobes bedarf.

Auch die Schriftgiesserei *A. Numrich & Co.* kommt dem allgemeinen Streben nach illustrativer Ausstattung der Accidenzien durch Herausgabe von Vignetten entgegen. Die heute von uns abgedruckte Kollektion von Ecken und anderm Zierrat zeichnet sich durch schöne Zeichnung und saubern Schnitt ganz besonders aus, Eigenschaften, welche den hübschen Bildchen viele Liebhaber sichern werden.

Satz und Druck unserer Probeblätter.

Durch die Beilage FI zum heutigen Heft machen wir unsere Leser wieder mit einer höchst originellen Satzleistung des bekannten Accidenzsetzers der *Pierer'schen Hofbuchdruckerei* zu Altenburg, Herrn *Watzulik*, bekannt. Wir danken sowohl der Leitung der genannten Offizin wie auch Herrn Watzulik bestens für die Gefälligkeit, mit welcher sie die Zwecke unsers Archiv abermals unterstützen.

Auf Blatt Aa bringen wir zwei Quart-Rechnungsköpfe, welche unsern Lesern willkommene Muster für derartige Arbeiten sein werden. Beim Entwurf dieser Arbeiten waren wir bestrebt, das Gute der bewährten, jetzt vielfach schon »die ältere« genannten Richtung des Accidenzsatzes mit dem Guten der neuen, »modernen« Richtung zu vereinigen, und wir glauben, dass dies auf dem vorliegenden Blatt einigermassen gelungen ist. Von dem verwendeten Material erwähnen wir zunächst die beiden Vignetten; die Ecke des Schildes des ersten Kopfes erhielten wir von *Hamm & Sermann* in Leipzig, die Schwalben-Vignette des zweiten von *Ludwig & Mayer*. Im übrigen lieferten zum ersten Kopf: *Schelter & Giesecke* die Initiale, Moderne, Dekorationen; *Ludwig & Mayer* die Zeile Versandt-Geschäft etc.; *Berger* (Blumen-Handlung, Blumenarbeiten; *Gronau* Rechnung etc.; *Rust & Co.* Mainz etc.; *Brendler & Marklowsky* die Zeilen aus der Wiener Mediaeval; die Ornamente stammen von *Berger*, *Klinkhardt*, *Krebs* und *Schelter & Giesecke*. Vom Material des zweiten Kopfes lieferten uns ferner: *Weisert* den Initial U; *Ludwig & Mayer* die Initiale B und K; *Genzsch & Heyse* (Buch etc., Photographien; *Schelter & Giesecke* Telegramm-, Schreib-, von Werken; *Flinsch* die Mediaeval-Schreibschrift; *Brendler & Marklowsky* Konrad, Zahlbar; *Krebs* Nürnberger. Die Ornamente sind von *Berger*, *Klinkhardt* und *Schelter & Giesecke*.

Zeitschriften- und Bücherschau.

— * *Essai sur la Mise en train typographique* par *Motteroz*. Paris, Librairies-Imprimeries Réunies, 7, rue Saint-Benoit. Unter diesem Titel hat der Direktor einer der bedeutendsten Pariser Offizinen, welcher zugleich einer der kenntnisreichsten französischen Buchdrucker ist, eine zuerst in dem Fachblatt »L'Imprimerie« erschienene Artikelserie über die *Zurichtung im Buchdruck* in Buchform herausgegeben. Das Werk soll kein eigentliches Handbuch sein, sondern mehr eine Studie, eine Vergleichung der allgemein gebräuchlichen Zurichtemethoden mit den von dem Verfasser in seiner langjährigen Praxis an der Handpresse und der Maschine ausgeübten Verfahren und eine Mitteilung der dabei gesammelten Erfahrungen. Wir glauben, dass das Werk seinen Zweck, auf die französischen Buchdrucker, welche im allgemeinen gerade in bezug auf die Zurichtung noch viel lernen könnten, bildend einzuwirken, bestens erfüllen wird und können dasselbe auch allen unsern des Französischen kundigen deutschen Fachgenossen bestens empfehlen, da es manche recht beherzigenswerte Anregung enthält.

— § Mitte Oktober beginnt *Brockhaus' Konversations-Lexikon* in 14. vollständig neu bearbeiteter Auflage zu erscheinen. Mit Vollendung dieser Auflage sind gerade hundert Jahre verflossen seit der Begründung des Unternehmens und glauben wir, dass es für ein so umfängliches Werk kaum eine bessere Empfehlung geben kann, als die Thatsache, dass es sich das ganze Säculum hindurch bis auf heute die Gunst der Gebildeten aller Stände in höchstem Grade erworben hat. Das uns vorliegende Probeheft der neuen Ausgabe ist in jeder Weise dazu angethan den alten Ruf zu befestigen, nicht allein des von hervorragenden Gelehrten abgefassten textlichen Inhalts halber, sondern in besonderem Masse auch durch die vollendete künstlerische Ausführung der den Text erläuternden Chromo- und Holzschnitttafeln und die tadellose technisch-typographische Druckausführung. Der Inhalt des aus 16 Bänden à M. 10. — oder 256 Heften à 50 Pf. bestehenden Werkes wird ca. 100,000 Artikel, 9000 Abbildungen und Karten auf 900 Tafeln, worunter sich allein 120 Chromotafeln und 300 Karten und Pläne befinden, umfassen und dürfte sicherlich den vollständigsten und zeitgemässesten Wissensschatz der Gegenwart bilden.

Mannigfaltiges.

— * Die Chromo- und Glacépapierfabrik *Bernhorff & Muhle* in Harzburg (Harz) legt dem heutigen Heft eine Probe ihrer *präparierten Illustrations-Druckpapiere* bei, welche die Güte dieser Fabrikate an einigen Druckproben aufs beste darthut. Indem wir unsere Leser auf diese Beilage aufmerksam machen, bemerken wir noch, dass die mit Wasser- und Dampfkraft arbeitende Fabrik auch gestrichene Papiere und Pappen, in weiss und farbig, matt, chromo und hochglanz, sowie Eispapier in garantiert druckfester Qualität bereitstellt.

— * Einen recht originell ausgestatteten Prospekt über billige farbige Umschlagpapiere legt das Fabrik-Papierlager Moritz Rose in Berlin SW. dem heutigen Hefte bei; wir empfehlen denselben der Beachtung unserer Leser.

— * Von der Firma *Andreas Hamm*, Maschinenfabrik in Frankenthal (Rheinpfalz), finden unsere Leser im vorliegenden Heft einen hübsch gedruckten Prospekt über eine neue, der Fabrik patentierte *Tiegeldruckschnellpresse »Reform«*. Die Beilage enthält Abbildung und sehr ausführliche Beschreibung der Maschine, wir können deshalb bezüglich alles Weiteren auf dieselbe verweisen.

Herr Johann Klein senior, Mitbegründer der Firma *Klein, Forst & Bohn Nachf.* in Johannisberg a. Rh., ist nach 48jähriger erfolgreicher Thätigkeit wegen vorgerückten Alters am 1. September aus dem Geschäfte ausgetreten. An seine Stelle sind seine beiden Söhne Herr Johann Klein jr. und Herr Jakob Klein, welche beide seit vielen Jahren als Ingenieure in der Fabrik thätig waren, eingetreten.

— * Die *Schriftgiesserei Bauer & Co.* in Stuttgart hat am 1. September in *Düsseldorf* eine Filialgiesserei errichtet und deren Vertretung und Leitung Herrn *Robert Ferdinand Jonicke* übertragen. Wir wünschen der strebsamen und bewährten Firma besten Erfolg des neuen Unternehmens.

— * Die Apparatenbauanstalt und Stereotypiematerialienfabrik *Carl Kempe* in *Nürnberg* versandte kürzlich eine neue reich ausgestattete Preisliste, welche ausser der Beschreibung der zahlreichen, das ganze Gebiet der Stereotypie umfassenden Fabrikate der Firma auch verschiedene technische Ratschläge, sowie Mitteilungen über die Einrichtung von Stereotypien enthält. Das Heft wird allen Interessenten eine angenehme Gabe sein.

— * *Höhe und Länge des blinden Satzmaterials.* Die Schriftgiesserei *F. Popelka* in Jaromer (Böhmen) unterbreitet der Fachwelt in einem Circular einige Reformvorschläge bezüglich des sog. blinden Satzmaterials. Zunächst wird die Anregung gegeben, den Durchschuss und Ausschluss, die Quadraten und Stege *genau um einen Cicero niedriger als Schrifthöhe* zu giessen, damit dies Material auch als Unterlage von Stereotypplatten benutzt werden kann. Zur Zeit wird das blinde Material wohl von den meisten Giessereien auf eine Höhe von $4^1/_2$ Cicero gegossen, also nur $5^1/_2$ Punkt niedriger als Normalhöhe; wir müssen gestehen, dass diese Höhe für Druckereien, welche viel Stereotypen drucken und die Unterlagen aus Stegen und Facetten bilden, die Unzuträglichkeit hat, dass für die Unterlagen stets besonderes Material angeschafft werden muss. Es ist uns nicht bekannt, welche Gründe Veranlassung zur Bestimmung der Höhe auf $4^1/_2$ Cicero gaben, vielleicht ist sie der Breite der umgelegten Konkordanz zulieb so gewählt. Aus dem angeführten praktischen Grunde wäre eine der Schrifthöhe gegenüber um Cicero niedrigere Ausschlusshöhe, die übrigens durchaus nichts *Neues* und in manchen älteren Druckereien noch vorhanden ist, wohl empfehlenswert. Ein Meinungsaustausch könnte in dieser Angelegenheit vielleicht Klärung bringen, besonders interessant würde es sein, zu erfahren, welche Gründe die Giessereien in neuerer Zeit veranlassten, die Höhe des blinden Materials gegen früher zu steigern. — Mit dem zweiten Reformvorschlage der Popelkaschen Schriftgiesserei können wir uns weniger befreunden. Die genannte Firma meint nämlich, dass die Einteilung der Längen unseres Materials auf Konkordanzen von 4 Cicero der Gegenwart nicht mehr entspricht und empfiehlt eine Einteilung nach Dezimalberechnung, also auf Längen von 5, 10, 15, 20 u. s. w. Cicero. Die bisherige Einteilung hat sich ganz gut bewährt und vor allen Dingen durchaus eingebürgert, wir glauben deshalb, dass eine Änderung, welche während der Übergangszeit doch immer mit Unannehmlichkeiten verbunden wäre, in Fachkreisen kaum besondere Anklang finden wird.

— § Eine recht geringe Wahrnehmung kann man alljährlich bei Durchsicht einer grösseren Kollektion Johannisfest-Druckarbeiten machen, nämlich die ganz ausserordentliche Verschiedenartigkeit des *Konterfeis* unseres *Altmeisters Gutenberg*, das mit Vorliebe zur illustrativen Schmückung derartiger Druckarbeiten verwandt wird. Wenngleich auch der Bestand an Gutenbergköpfen im allgemeinen ein nicht zu geringer genannt werden kann, so wird es doch wohl viel darauf ankommen, ein wirklich mit würdigen Zügen hergestelltes Bildnis anzuschaffen. Das ausdrucksvollste und in neuerer Zeit am häufigsten zur Anwendung gelangende ist das von der Firma *Julius Klinkhardt* in *Leipzig* nach dem Thorwaldsenschen Gutenberg-Denkmal in Mainz geschnittene Gutenberg-Portrait in drei Grössen, das wir im Abdruck zu zeigen Gelegenheit nehmen.

M. 0,50

M. 0,75

M. 1,50

Als ausgezeichnete Gutenbergköpfe können ferner die im Verlage von Alexander Waldow allerdings nur in Holzschnittabdrücken erhältlichen Bildnisse (Schnittgrösse 30 : 65 cm M. 7,50, Quartformat M. 0,60) bezeichnet werden. Sie bilden in jedem Buchdruckerheim einen künstlerischen Wandschmuck.

— § In Paris wurde vor kurzem ein sich ausschliesslich mit dem Wesen der *Schreibmaschinen* befassendes Organ unter dem Titel: »La Télégraphie« ins Leben gerufen. Das »Bulletin de l'Imprimerie« entnimmt demselben folgende, jedenfalls auch für weitere Kreise interessante Punkte: Am meisten Verbreitung haben die Schreibmaschinen in Amerika und England gefunden, während sie in anderen Ländern bis jetzt nur in beschränkterem Masse in Anwendung kommen. Übertriebene Köpfe wollten den Grund einen Ersatz des Typensatzes in derartigen Maschinen gefunden haben, es hat jedoch bis jetzt noch »nicht sollen sein«. Im allgemeinen verrichten diese Schreibmaschinen ihren Zweck dadurch, dass sie zur geschäftsmässigen Korrespondenz mit Erfolg verwendet werden. Bei dem [illegible] Vertrauen mit den Funktionen derselben lässt sich auch unstreitig ein Vorteil gegenüber der Korrespondenz mit der Hand herausfinden. Bereits vor 177 Jahren, am 7. Juni, erhielt ein englischer Ingenieur, Henry Mill, ein Patent auf eine Maschine zum Drucken von einzelnen Typen, behufs Vervielfältigung von Manuskripten, Schriftstücken, Drucksachen etc. Das Prinzip war demnach schon vor langer Zeit gefunden, fand aber wie so manche Erfindung keine Verwendung in der Praxis. 1721 und 1784 tauchten in Frankreich neue Konstruktionen auf, die jedoch, ohne [illegible] Erfolg gehabt zu haben, bald wieder von der Bildfläche verschwanden. Nach einer Ruhepause von ca. 60 Jahren nun 1843 liess sich Carl Thurber aus Worcester die erste Maschine amerikanischen Ursprungs, »machine for printing« patentieren. Nach diesem folgte 1850 Alfred E. Beach mit seiner »Buchstaben-Maschine«, welche, als von allen damaligen am besten funktionierend, in der Praxis häufig zur Verwendung kam. Des weiteren sind erwähnenswert der für die heutigen Konstruktionen Vorbild gewesene Mechanismus des Dr. S. W. Francis aus New-York, sowie die 1858—1868 von Th. Hall in New-York gebauten Maschinen, die sich 1867 auf der Pariser Welt-Ausstellung befanden. Endlich kommt noch die »Sholes and Glidden Writing machine«, nach den Patentinhabern so benannte Schreibmaschine in Betracht, aus welcher die heute am meisten verbreitete »Remington« entstanden ist. Von letzterer sind ca. 8000 Stück im Gebrauch. Im Nachstehenden geben wir eine Übersicht über die Mehrzahl der sich im Handel befindlichen Konstruktionen. Die dauerhafteste, billigste und einfachste ist die unter der Marke »Miniatur« (miniatur pocket type writer) bekannte. Ferner die »Kosmopolite« von Guhl & Harbeck, Hamburg; die auch unter dem Namen »World« bekannte »Boston«; die »Hall« (mit Platte); die »Bar-Lock« (mit Tasten), erfunden 1888; die »Parisienne« (mit Platte), erfunden 1886; »The National« (mit Tasten); die »Columbia« erfunden 1885, zeichnet sich durch gute Raumeinteilung zwischen den Wörtern aus; die »Hammond« (mit Tasten), erfunden 1884; die »Calligraphe« (mit Tasten) erfunden 1879, besteht aus zwei Mustern, wovon eins für Versalienmatz, das andere für den von Gemeinen eingeteilt ist; die »Remington« hat seit 1873 am meisten Verbesserungen erfahren; von dieser sind drei Arten im Gebrauch und zwar für Versalien und Gemeine zugleich. Weitere Arten sind noch »Fitch«, »Yost Crandall«, »Mercury«, »Lau«, »Viktor« und »The English type Writer«. Kann auch vorstehende kurze Andeutung keinen Anspruch auf Vollständigkeit erheben, so ist doch daraus zu ersehen, welch grosse Anstrengungen gemacht werden, den modernen hastigen Geschäftsbetrieb insofern zu vereinfachen, als die Vorteile der Mechanik ihm in weitestem Maasse zugänglich gemacht werden sollen.

— Ein sehr praktisches Verfahren, *Stereotypplatten zum Druck schrifthoch zu befestigen*, hat der Faktor Otto Hampel in Hannover ersonnen: Eine Anzahl 4 Cicero-quadratischer Bleistege wird in einem Rahmen zu einer Form zusammengesetzt, je nach der ungefähren Grösse der zu befestigenden Platten; an den für die Facettenhalter bestimmten Stellen werden die quadratischen Bleistege entfernt und die zwischen Quadraten ebenfalls auf 4 Cicero ausgeschlossenen Facettenhalter eingesetzt. Die Anfertigung und den Verkauf dieser sogenannten Plattenformen hat die Schriftgiesserei Flinsch in Frankfurt a. M. übernommen und versendet dieselbe, wie auch der Faktor Otto Hampel in Hannover, auf Verlangen Beschreibung mit bildlicher Darstellung gratis.

— § *Dass eine feuchte Temperatur nachteilig auf Buchdruckwalzen einwirkt* ist eine bekannte Thatsache, aber in der Regel verschmähen manche Drucker die Anwendung von Vorsichtsmassregeln oder es fehlt ihnen bei der bereits erfolgten Beeinträchtigung der Walzen ein Mittel zur Abhilfe, weshalb das folgende, englischen Ursprungs, Aufnahme finden mag: Haben die Walzen also durch die Einwirkung der Feuchtigkeit gelitten, so empfiehlt sich ein einfaches Abwaschen mit Alkohol (Branntwein) und der Übelstand ist sofort beseitigt. Sind die Walzen dagegen zu trocken, so empfiehlt sich eine tüchtige Einreibung in einer Zeitdauer von 5 bis 6 Minuten oder noch länger mit folgender Mischung: 100 Teile Glyzerin, 10 Teile ammoniakhaltiges Wasser und 10 Teile Sauerbier. Das Ammoniak hat die Eigenschaft die Poren der Gelatine zu öffnen, das Glyzerin zieht in letztere ein und das Sauerbier, auf der Oberfläche trocknend, verleiht den Walzen eine erneute, vorzügliche Zugkraft.

— § In den letzten Nummern der »Pap.-Ztg.« hat sich eine lebhafte Aussprache bezüglich *allzulanger Firmennamen* entwickelt. Der eine der beteiligten Schreibenden lässt einer von ihm aufgestellten Liste lang gedehnter Firmenbezeichnungen folgenden Schlusssatz folgen: »Es wäre sehr wünschenswert, wenn bei der Gründung neuer Geschäfte zeitraubende lange Firmen thunlichst vermieden würden. Einige Firmen, welche zu wissen scheinen, dass ihren Korrespondenten das Schreiben der langen Adressen sehr lästig ist, fügen solchen Briefen, auf welche sie eine Antwort erwarten, einen mit der genauen Adresse bedruckten Briefumschlag zur Antwort bei. In grossen Städten, wo die Strasse genau angegeben werden muss, ist dies besonders angenehm. Nachahmung dieses Brauches wäre allen mit langen Namen behafteten Firmen zu empfehlen«.

— § Unter der Bezeichnung »*Stiftung eines Menschenfreundes*« existiert in Leipzig eine Stiftung, aus welcher alljährlich ein namhafter Betrag zu gemeinnützigen und mildthätigen Zwecken verwandt wird. In erster Linie sind es Angehörige der graphischen Gewerbe, welche diese Wohlthaten geniessen. So wurden beispielsweise im Laufe dieses Jahres mehrere graphische Vereinigungen mit namhaften Geldbeträgen bedacht. Das von dem verstorbenen Buchdruckereibesitzer und Verlagsbuchhändler Karl Christian Tauchnitz der Stadt Leipzig zur Verwaltung übermachte Kapital obiger Stiftung belief sich ursprünglich auf ca. 4 Millionen, von dem bisher ca. 750,000 Mk. Verwendung fanden. Als Zeichen der Dankbarkeit soll dem Stifter in nächster Zeit ein im Entwurf bereits genehmigtes Denkmal gesetzt werden.

— § Die Zahl der in *Paris* beschäftigten *Buchdrucker* incl. Frauen und Kinder, beläuft sich auf ca. 25,000. Die Einnahme der einzelnen Berufe stellt sich ungefähr wie folgt: 400 Schriftgiesser beziehen ca. 4 Millionen Fr., 7000 Buchdrucker ca. 50 Millionen Fr., 5000 Lithographen und Steindrucker ca. 40 Millionen. Das Gesamt-Einkommen der Unternehmer, zu denen auch Buchhändler, Antiquare, Zeitungsherausgeber u. s. w. zählen, beläuft sich auf ca. 280 Millionen Francs jährlich.

— § Vor kurzem wurde in New-York ein *Riesengebäude* fertiggestellt, in dessen Räumlichkeiten die Herstellung eines der grössten amerikanischen Journale, der »New-York World« erfolgen wird. Dieser Bau, welcher wohl der bedeutendste im Privatbesitz befindliche sein dürfte, zählt nicht weniger als 26 Stockwerke. Überhaupt ist der mächtige Unterbau durch einen Turm, dessen Plattform sich 95 Meter über der Erdoberfläche befindet. Derselbe besteht allein aus 6 Stockwerken, während darunter 10 gewöhnliche Etagenräume folgen. Nach unten hin befinden sich dann noch drei Zwischengeschosse und zuletzt das Erdgeschoss. Die Aufstellung der Druckmaschinen erfolgte im Souterrain, welches ausschliesslich zu Druckzwecken bestimmt ist. Die Herstellung des Satzes, der Schriftguss, sowie das Stereotypieren geschieht im zwölften Stockwerke. Die Gesamtfläche der Fussboden beträgt 15100 □m, während die zusammenaddierte Länge der auftretenden Träger 5 Kilometer, die der querliegenden 26 Kilometer betragen würde. Das Mauerwerk wurde aus Ziegelsteinen konstruiert und würde deren Quantität zur Herstellung von 250 gewöhnlichen Häusern ausgereicht haben.

Briefkasten.

Herrn H. S. in Mannheim. Ihre Arbeiten können sich recht wohl sehen lassen und werden, wie vor unseren Augen, auch vor denen anderer Fachgenossen beste Anerkennung finden. — [illegible] in Wiesbaden. Das gesandte Briefkärtchen in japanesischem Stil hat uns sehr gut gefallen; das Kalendarium kann bei einer kleinen Ausführung freilich nur als schmuck gelten [illegible]. — Herrn F. S. in Marburg. Die saubere und geschmackvolle Ausführung der gesandten Drucksachen findet unsere volle Anerkennung.

Inhalt des 11. Heftes.

Zur Einführung in die typographische Ornamentik. — Neue Drehbank zum Arbeiten von Unterlagen, Stereotypen etc. — Die Farbenfabrik Berger & Wirth. — Schriftgiesserschau. — Satz und Druck unserer Probeblätter. — Zeitschriften und Büchertisch. — Mannigfaltiges. — Briefkasten. — Annoncen. — Accidenzmuster im Text: 1 Briefkopf. — Beilagen: 1 Blatt Titel, 1 Blatt Buchdruckschrift. 1 Beilage von der Papierfabrik [illegible] in [illegible], 1 Beilage von der Maschinenfabrik Albert Hamm in Frankenthal, 1 Beilage von Moritz Kaan in Berlin.

Das Heft enthält im Ganzen 5 Beilagen. Für das Beiheften der fremden Beilagen kann jedoch wegen der anwachsenden Anzahl nicht garantiert werden.

Bezugsbedingungen für das Archiv.

Erscheinen: In 12 Monatsheften. [illegible]

Bezugsquelle: Jede Buchhandlung; auch direkt vom Verleger unter Kreuzband. Preis: M. 12, [illegible]

Annoncen: [illegible]

Beilagen: [illegible]

Satzvorlagen: [illegible]

Clichés: [illegible]

Schriften, Einfassungen [illegible] zu Originalpreisen.

Titelblatt von Benj. Krebs Nachf., Frankfurt a. M. [illegible] Gebr. Klinkhardt, Leipzig. [illegible] Berlin. Gedruckt mit Farbe von Frey & Sening, Leipzig, auf einer Schnellpresse von Klein, Forst & Bohn Nachf., Johannisberg a. Rh.

Annoncen.

Tüchtiger Accidenzsetzer

jüngerer, mit dem modernen Material und Geschmack vertrauter, durchaus selbständiger Arbeiter, gegenwärtig in guter Provinzialdruckerei Ostpreussens beschäftigt, wünscht sich zu verändern. Berlin oder andere grössere Stadt bevorzugt. Zahlreiche Probearbeiten (mehrfarbig) zu Diensten. Werte Offerten unter Chiffre C. W. 8 an die Exp. des Archiv für Buchdruckerkunst erbeten.

Neueste Erfindung für Titelschriftkästen. Albert Stelzenwald, Berlin [illegible]

Lehrzeugnisse

In sorgfältiger Ausstattung, einseitig [illegible] Preis [illegible]
[illegible]

Alexander Waldow, Leipzig.

C. F. Rühl

Leipzig-Reudnitz

Schriftgiesserei, Stereotypie, Galvanoplastik, Xylographie, Zinkographie, [illegible] Fabrik

[illegible]

Novität aus dem Verlage von Alexander Waldow, Leipzig.

DIE LEHRE VOM ACCIDENZSATZ.

Herausgegeben von ALEXANDER WALDOW.

Zweite vollständig neu bearbeitete Auflage

von Friedrich Bauer.

Preis pro Lieferung 1 M. 40 Pf.

In ca. 6 monatlich erscheinenden, elegant ausgestatteten Lieferungen von je 3 Bogen gr. Quart wird das Werk komplett sein.

Lieferung 1 und 2 sind erschienen.

Stereotypie! Einzige Spezialfabrik für den gesamten Bedarf: Carl Kempe, Nürnberg.

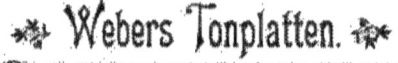

Webers Tonplatten.

Die auf Sp. 261—262 des Archiv, Heft 8, beschriebenen und empfohlenen Tonplatten liefere ich nunmehr in folgenden Grössen zu den beigesetzten Preisen:

13 : 18 cm	M. 1.75	26 : 36 cm	M. 6.—
18 : 26 cm	M. 3.—	36 : 52 cm	M. 12.—
18 : 52 cm	M. 6.—		

Bei Bestellungen über 500 qcm wird jedes beliebige Format angefertigt und der Preis im Verhältnis zu den vorrätigen Formaten reguliert.

Ich liefere unter Garantie des Verfertigers, Herrn Weber, und bemerke, dass der Preis sich nach obigen Ansätzen ganz wesentlich billiger stellt, wie Celluloid.

Alexander Waldow, Leipzig.

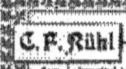

Erste Mannheimer
Holztypen-Fabrik
Sachs & Cie.
Mannheim (Baden)
Holzschriften und Holzutensilien
The White
Buch- und Steindruckereien.

Holzschnitte
Clichés
Carl Abel, Leipzig

Kolumnenschnur
Alexander Waldow, Leipzig.

Sicherheits-Aufzüge

H. Hohmann, Darmstadt.
Musterbuch
Mk. 6.–
H. Hohmann.

Julius Klinkhardt
Schriftgiesserei
Leipzig
und
Wien.

Lehrbuch
für
Schriftsetzer.
Waldow: „Die Buchdruckerkunst"
Alexander Waldow, Leipzig.

Wilhelm Woellmer's
Schriftgiesserei
und
Messing-Linien-Fabrik
BERLIN

Waschbürsten
empfiehlt
Alexander Waldow
in Leipzig.

Konzentrierte
Seifenlauge
in Originalkisten à 10 Dosen
pro Kiste 6 Mark,
einzelne Dosen 70 Pf.
empfiehlt
Alexander Waldow, Leipzig.

Schriftgiesserei
J. G. Schelter & Giesecke, Leipzig.

C. KLÖBERG, LEIPZIG

Weilhaus & Scheldig
Aschaffenburg a. M.
ff. Buch- und Steindruckfarben.
Firniss- und Russbrennerei.

Zur Herstellung eleg. Diplome, Gedenktafeln, ... etc. empfiehlt
Blanco-Vordrucke
in verschiedenen Formaten und auf verschiedenen Papieren
Alexander Waldow, Leipzig.

Die
neueste, beste und wirksamste
Reklameschrift
Lapidar
liefern
Ludwig & Mayer, Schriftgiesserei
in Frankfurt a. M.
Musterblätter gratis und franco.

Edm. Gaillard
in Berlin SW., Lindenstr. 69
empfiehlt sein für den Grossbetrieb eingerichtetes
photolypisches Institut
zur guten, billigen und schnellen Ausführung von Phototypien, Autotypien, Chemigraphien u. Chromotypien. Druckfertige photolithographische Uebertragungen in Strich- und Halbtonmanier. Prospekte, Muster und Kalkulationen franko.

Gebrüder Brehmer,
Maschinenfabrik
Leipzig-Plagwitz.
Spezialität
Draht-Heftmaschinen
zum Heften von Büchern, Blocks, Broschüren, Kartonnagen etc.

HAMPEL'S
Plattenformen und die besten Unterlagen z. Plattendruck.
Zu beziehen von der
Schriftgiesserei Flinsch in Frankfurt a. M.

HOLZ-SCHNITTE

Messinglinien-Fabrik
und
mechanische Werkstätte
für
Buchdruckerei-Utensilien.
Berlin, SW.
H. Berthold.

Messinglinienfabrik
ZIEROW & MEUSCH
LEIPZIG
Galvanoplastik
Zierlinien
Kreise

Ch. Lorilleux & Cie.,
Paris
schwarzen und bunten
Buch- u. Steindruckfarben
Farbenproben und Preislisten stehen auf Verlangen gern zu Diensten.

C. A. Lindgens, Cöln a. Rh.

Fabriken

von

schwarzen und bunten Buch- und Steindruckfarben, Russ, Firnis, Etikettenlack, Seifenlauge, Walzenmasse

„the Excellent" C. A. Lindgens.

Die Messinglinien-Fabrik von

Gebr. Brandt in Quedlinburg

empfiehlt als Spezialität

Bunte Farben

in allen Nuancen und in den besten Qualitäten liefert zu Fabrikpreisen

Alexander Waldow, Leipzig.

Prima engl.

Walzenmasse

und **Zusatzmasse**

50 Kilo zu 120 Mark liefert

Alexander Waldow, Leipzig.

Wer neue Werk- oder Zeitungs-Schriften anschaffen will, versäume nicht, sich franko Proben der

Bismarck-Fraktur

von

Benjamin Krebs Nachfolger in Frankfurt a. M.

C. Rüger, Leipzig

Messinglinien-Fabrik

Soeben erschien:

Zu beziehen durch alle Buchhandlungen.

Preis 1 Mark.

Äusserst praktischer

Walzenkochapparat.

ALEXANDER WALDOW, Leipzig

Gasmotoren-Fabrik Deutz, Köln-Deutz.

Otto's neuer Motor

liegender und stehender Konstruktion

für Steinkohlengas, Ölgas, Generatorgas, Wassergas, Benzin, Petroleum.

37500 Maschinen mit 150000 Pferdekräften im Betrieb.

✝ 125 Medaillen und Diplome. ✝

Prospekte, Zeugnisse, Kostenanschläge gratis

Bei Bedarf von **Maschinen, Apparaten, Utensilien** für Buchdruck und verwandte Branchen, Schriften, Messinglinien, Walzenmasse u. s. w. bitte stets Prospekte zu verlangen.

Gutenberg-Haus Franz Franke, Berlin W. 41.

Maschinenfabrik, Schriftgiesserei, Fachtischlerei.

Cylinder-Überzüge

Englisch Leder Prima, [illegible] Zentimeter breit, pro Meter M. [illegible]

Gummituch, [illegible] Zentimeter breit, pro Meter M. [illegible]

[illegible] Druckfilz, [illegible] Zentimeter breit, pro Meter M. [illegible]

Schmutztuchstoff, [illegible] Zentimeter breit, pro Meter M. [illegible]

Alexander Waldow, Leipzig.

Erhielt den einzigen ersten Preis in Melbourne | **Colt's Armory** | welcher auf Tiegeldruckpressen vergeben wurde.

TIEGELDRUCK-SCHNELLPRESSE

mit Cylinder-Farbewerk und Druckregulirung.

4 Grössen, 20 33 — 35,5 61 cm Tiegelgrösse. | Für Fuss- und für Motoren-Betrieb.

[illegible]

Der Hauptwert der neuen Colt's Armory Tiegeldruck-Schnellpresse liegt in deren unübertroffenen praktischen Konstruktionsprinzip, der [illegible] Bauart und dem [illegible] Material. Die Kombination des Cylinder-Farbewerks, welche die vorzüglichste Farbeverreibung und [illegible] Regulirung der Farbeverteilung gewährt, der genaue parallele Druck, durch welchen die Schrift geschont wird, sichern dieser Presse [illegible] Stellung als ausgezeichnetste Tiegeldruckschnellpresse für den feinsten Accidenzdruck.

[illegible] kommen noch die folgenden Vorzüge: [illegible] Druckregulirung, sofortige Druckabstellung und Abstellbarkeit der Auftragwalzen während des Druckes. — Genügende Ruhelage des Tiegels beim Einlegen resp. Anlegen, [illegible] ruhige Gang der Presse garantiert genaues Register auch ohne [illegible] von Punkturen. — Beseitigung der Tiegelfedern und Ersatz durch eine Führungskurve. — Die Schnelligkeit des Druckes hängt lediglich von der Befähigung des Einlegers ab [illegible] die kräftige, durchaus widerstandsfähig gebaute Presse den schnellsten Gang.

Für die Pressen No. 3 und 4 empfiehlt sich in solchen Fällen, wo [illegible] ausgeschlossen ist, die [illegible] eines [illegible], der so angeordnet wird, dass der Drucker dem Einleger gleichzeitig beim Treten behilflich sein vermag.

Ausführlichere Beschreibungen mit Grössen- und Preisangaben, sowie Verzeichnis der Firmen, welchen wir Pressen lieferten, senden gern zu Diensten.

General-Vertretung für das Deutsche Reich, Österreich-Ungarn, Donaufürstentümer, Holland, Belgien, Dänemark, Norwegen, Schweden, Russland:

J. G. SCHELTER & GIESECKE in LEIPZIG.

Gegründet 1846.

Klein, Forst & Bohn Nachf.

Johannisberg im Rheingau

liefern

Schnellpressen für Buch- und Steindruck

bester Konstruktion und Ausführung.

Preislisten stehen auf Wunsch gratis zur Verfügung.

Waldows Wörterbuch der graph. Künste

und der verwandten Zweige, mit 2798 Artikeln und 581 Abbildungen, wird hiermit als **wertvolles Handbuch** empfohlen. Preis broch. 27 Mk 50 Pf., elegant in Halbfranzband 29 Mk 50 Pf. Auch in Serien und Heften in beliebigen Zeiträumen durch alle Buchhandlungen und vom Verleger. Probehefte gratis. **Alexander Waldow, Leipzig.**

Preislisten und Farbenproben gratis und franko.

Preislisten und Farbenproben gratis und franko.

Redigiert und herausgegeben von Alexander Waldow in Leipzig. — Druck und Verlag von Alexander Waldow in Leipzig.

BERGER & WIRTH
LEIPZIG

Blumen-Handlung Hellmut & Jonatan
Ausführung von Blumenarbeiten jeder Art
Rechnung für Herr
Mainz, den 189

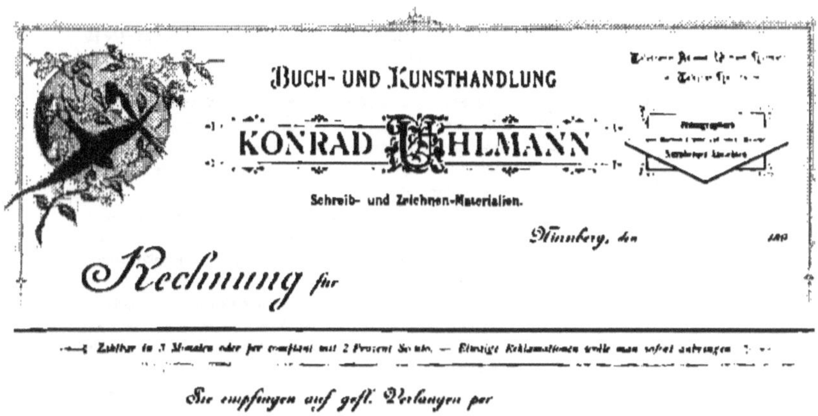
Buch- und Kunsthandlung
Konrad Uhlmann
Schreib- und Zeichnen-Materialien.
Nürnberg, den 189
Rechnung für
Zahlbar in 3 Monaten oder per comptant mit 2 Prozent Sconto. — Etwaige Reklamationen wolle man sofort anbringen.
Sie empfingen auf gefl. Verlangen per

Archiv für Buchdruckerkunst
und verwandte Geschäftszweige

herausgegeben von

Alexander Waldow.

28. Band. — 1891. — Heft 12.

Abonnements-Einladung.

Mit vorliegendem Heft schließt der 28. Band des „Archiv für Buchdruckerkunst" und ersuchen wir deshalb unsere sehr geschätzten Abonnenten, auch ferner, wie nunmehr seit 28 Jahren, auf ihre wohlwollende Unterstützung rechnend, ihre Bestellungen auf den 29. Band **baldigst bei der bekannten Bezugsquelle** oder aber **direkt bei unserer Expedition** aufgeben zu wollen, damit wir die Fortsetzung prompt liefern können. Ein **Verlangzettel** liegt diesem Heft bei.

Das „Archiv" wird auch in Zukunft seinem Prinzip treu bleiben, nur Gediegenes und Interessantes zu bieten; wir enthalten uns daher auf Grund unserer 28jährigen bewährten Praxis aller weiteren Empfehlungen.

Den Offizinen, welche uns durch Lieferung schöner Beilagen für den 28. Band erfreuten, den Gießereien, welche uns mit neuen und gediegenen Schriften und Einfassungen, wie mit wertvollen Schriftproben versahen, und den zahlreichen Mitarbeitern sagen wir verbindlichsten Dank für die Unterstützung unseres Unternehmens, auch ferner um das gleiche Wohlwollen bittend.

Leipzig, November 1891.

Die Redaktion des Archiv für Buchdruckerkunst.

Anleitung zum Linienbiegen.

Von Hermann Hoffmann, Berlin.

(Fortsetzung.)

5. Federzüge.

Bleibt dem Accidenzsetzer das Entwerfen von Drucksachen überlassen, dann muss er stets vor Augen haben, dass seine Stärke in der Fähigkeit beruht, den Drucksachen neben gefälligem Arrangement noch einen pikanten Reiz zu verleihen. Durch eine kleine originelle Wendung, einen Schnörkel oder sonst eine billige Zuthat wird das kritische Auge des Bestellers stets mehr bestochen, als durch die beste technische, aber geistlose Druckausführung.

Der Drucker versucht bisweilen vergeblich, einen nichtssagenden Satz durch viele Farben interessant zu machen. Statt dessen hätte ein Kreis, ein Federzug oder eine andere Kleinigkeit, die im Manuskript nicht vorgesehen war, Wunder gewirkt.

Setzer, welche die Gabe haben, anregend zu arbeiten, ohne zu amerikanisieren, werden überall hoch geachtet, während ihre solide und korrekt arbeitenden Kollegen, die sich auf einen idealen Standpunkt nicht zu erheben vermögen, in Mittelstellen stecken bleiben.

Doch sei vor übertriebener Künstelei eindringlich gewarnt — je einfacher, desto besser und wirksamer. Der Setzer sei verständig, einsichtig und wolle, was er mit geringen Mitteln leisten kann, nicht durch fabelhafte Linienbauten zu erreichen suchen.

Der rationell arbeitende Setzer hat in kurzer Zeit ein Brett voll der verschiedensten Federzüge, Kreise, Schilder u. dgl. gesammelt, aus denen er leicht und schnell, durch andere Zusammenstellungen, immer wieder etwas Neues liefert. Indem er verschiedene Teile versuchsweise gruppiert, das Brauchbare auswählt und nach Bedarf verändert, kommt er zugleich auf andere hübsche Ideen und das Arbeiten wird ihm unendlich leichter, als dem, der, was er an »Effekten« braucht, jedesmal frisch erdenken und von Neuem bauen soll.

Federzüge kommen mehr und mehr in Aufnahme. In Grossstädten ist ein elegantes Schild oder ein grosses Schaufenster ohne schwungvoll darüber geworfene Firma mit starkem Federzug fast nicht mehr zu denken. In öde, regelmässige Typensätze bringt solch ein Zug sofort Leben und Bewegung. Wo anderweiter Zierrat nicht möglich oder nicht erlaubt ist, z. B. auf einer Seite Schreibschrift, da hilft ein energischer Federstrich am Schlusse das Ganze heben.

Der findige Setzer erblickt kein Hindernis darin, dass ihm eine Gelegenheit, auf dieser oder jener Drucksache einen Zug anzubringen, von rechtswegen fehlt. Er improvisiert schnell einige Worte, wie z. B. »Muster stehen zu Diensten« oder »Preislisten frei« u. s. w., die er in Schreib- oder Rundschrift setzen und mit einem flotten Strich beschliessen kann. Der Besteller weiss ihm Dank dafür.

Einfache Federzüge werden aus schrifthohen Messinglinien gebogen mit einer Rundzange, deren Schenkel nicht, wie gewöhnlich, konisch (Fig. 38), sondern cylindrisch (Fig. 39) geformt ist. Man erhält solche Zangen in grösseren Utensilienhandlungen. Messinglinien sind deshalb zu empfehlen, weil die Arbeit des Biegens leicht ist, das Material aber gegenüber der grösseren Haltbarkeit der Züge und der Schärfe des Bildes im Vergleich zu Zinklinien nicht in Betracht kommt. Man hat wohl überall alte, unsystematische oder aus andern Gründen ausrangierte Messinglinien, deren Fuss man zu solchen Arbeiten verwenden kann.

Fig. 38.
Gewöhnliche Rundzange.

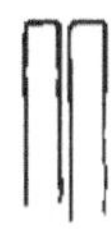

Fig. 39.
Rundzange zum Linienbiegen.

Die ausgesuchte Linien wird im geraden Zustande durch vorsichtiges Bearbeiten mit einer ganz feinen Schlichtfeile und Nachschleifen der gefeilten Stellen auf einem mit Petroleum befeuchteten Ölsteine mit dem Bilde versehen (Fig. a).

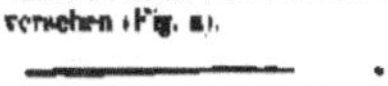

Fig. 40. a. Vorgefeilte Linie.

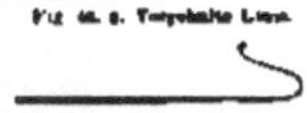

b. Herstellung eines Schriftzuges.

Zum Biegen gebraucht man mit Vorteil den Linienbiegapparat, und zwar den Eckeinsatz. Soll die Biegung nicht so scharf ausfallen, so dreht man nicht ganz zu oder man nimmt den kleinsten Kreiseinsatz. Den entstandenen Halbkreis drückt man dann mit einer Flachzange zusammen.

Der Fehler des Schrägbiegens wird auf diese Weise möglichst vermieden. Wir haben bei der Bearbeitung der Kreise gefunden, welche Übelstände dasselbe mit sich führt. Diese äussern sich bei Zügen der Schärfe der hochstehenden Teile wegen doppelt unlieb.

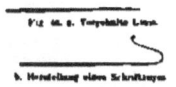

Unter Beachtung der hiermit in Erinnerung zurückgerufenen Vorsichts-Massregeln wird die korrekte Biegung eines selbst mehrfach gebogenen

Federzuges nicht schwer fallen. Ist doch einmal eine auslaufende Spitze beim Biegen in die Höhe gegangen, so kann dieselbe durch vorsichtiges Abschleifen auf allerfeinstem Schmirgelpapier oder auf dem Ölstein wieder in Ordnung gebracht werden.

Die Form der einfachen Schriftzüge wird sowohl durch individuelle Vorliebe für diese oder jene Art als auch durch technische und solche Gründe bestimmt, die eine vielseitige Verwendung des Zuges fordern.

Fig. 41.

Fig. 42

Fig. 43.

In den Figuren 41 — 43 sehen wir die Vertreter dreier Gruppen vor uns. Die erste, zugleich undankbarste Art, will den Anschluss an Schreib- oder Rundschriften ermöglichen. In Anbetracht der grossen Mühe, die man gehabt hat, den Anstrich des Zuges dem Ausläufer einer derartigen Schrift anzupassen, ist der Erfolg ein recht dürftiger. Bei jeder neuen Verwendung entsteht eine unangenehme Flickerei und infolgedessen unnötiger Zeitverlust. Ausserdem wird die Anfangsform des Federzuges durch die Höhe der Abstriche mancher Schreibschriften unschön beeinflusst.

Dankbarer dagegen zeigt sich Fig. 42. Der angefeilte Punkt verlangt zwar, genau in die zutreffende Höhe beim Setzen eingestellt zu werden, derselbe darf sich auch vom Worte nicht weiter entfernen, als ein anderer gewöhnlicher Punkt. Die Punktstärke kann ferner nicht für alle Schriften, gross und klein, fett und mager gleich angenommen werden und hierin liegt eine Beschränkung. Immerhin aber verdient diese Form vor derjenigen der Fig. 41 den Vorzug, denn das jedesmalige lästige Einpassen an die Schriftausläufe fällt doch hierbei fort.

In jeder Weise frei kann man Fig. 43 anwenden. Der Anstrich kann über und zur Not auch unter die Schriftlinie gestellt werden, auch wohl vom Worte etwas abstehen.

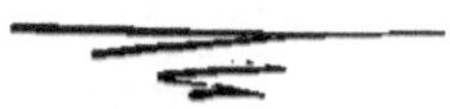

Fig. 44. Freier Zug

Anspruchsloser als alle diese Formen ist Fig. 44. Während die übrigen Arten nur mit Schreibschriften in Ehren verbunden werden können, passt Fig. 44 sich auch einfachen Antiqua-Druckschriften an, ohne dass der damit begangene Stilfehler allzusehr auffiele. Dabei ist dieser Zug unabhängiger von der Wortlänge als irgend ein anderer Federstrich, er hat die besprochenen Freiheiten allerdings mit einer gewissen Steifheit erkauft — ihm fehlt das Flotte.

Wie der Anstrich, so hat auch der Auslauf des Zuges über die Anwendung desselben mit zu entscheiden. Der geforderten Vielseitigkeit wird am besten entsprochen durch die Ausläufe der Figuren 41 und 42, danach 43, an welche sowohl längere wie kürzere Schriftzeilen angeschlossen werden können. Alle Züge hingegen, die sich stark nach aufwärts krümmen

Fig. 45.

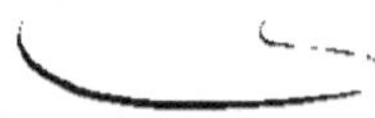

Fig. 46. Stark aufwärts gekrümmte Züge

(Fig. 45 und 46), setzen voraus, dass die eingeschlossene Schrift bis ziemlich an den auslaufenden Schweif herangehe, demzufolge eine bestimmte Länge habe.

So ganz frei sind übrigens in dieser Beziehung die andern Formen auch nicht, denn, von Fig. 45 und 46 abgesehen, soll ein Schriftzug entweder länger oder kürzer sein als die zugehörige Zeile.

Ein «Normal-Federzug» könnte nach alledem gebildet werden aus dem Anlauf Fig. 43 und dem Auslauf Fig. 42. Dabei tritt aber ein, was auch in andern Beziehungen nicht selten ist, dass nämlich mit dem Abschleifen aller Ansätze schliesslich auch Charakter und Entschiedenheit verloren gehen.

Wenn auch, was das mehrfache Verwenden solcher Satzteile betrifft, die Figuren 42, 41 und 44 den übrigen Formen vorzuziehen sind, so wird man doch leicht einig mit der Darstellung nur weniger Arten Federzüge. Da die Anfertigung der einfachen Züge so überaus leicht ist, so wird man sich dem Zwange, den Vorrat gelegentlich durch andere, wenn auch im Gebrauch beschränkte Formen zu bereichern, nicht wohl entziehen können.

Das Einfügen eines Zuges in den Schriftsatz geschieht durch loses Einsetzen an Ort und Stelle. Die zugehörige Zeile wird an beiden Längsseiten mit einer Reglette bedeckt. Lässt man diese Vorsicht ausser Acht, dann fliesst der zur Befestigung verwandte Gyps in die Fugen der lockeren Zeile und verhindert das spätere Zusammenschliessen. Ferner werden dann die Signaturen mit Gyps gefüllt, sodass das Herausnehmen etwa defekter oder falscher Buchstaben schwer oder gar nicht möglich ist.

Nach geschehenem Gebrauch wird der Zug samt anhängendem Gypsblock beiseite gestellt, damit das Ausgiessen nicht immer wieder von Neuem nötig wird.

Zusammengesetzte Züge sind solche, die aus mehreren hin- und hergehenden Windungen bestehen. Dieselben können aus einer einzigen Linie gebildet sein oder aus verschiedenen dafür vorbereiteten Teilen scharfkantig zusammengesetzt werden.

Die aus einem Stück gefertigten Züge können der Dicke und Sprödigkeit des dazu verwandten Materials wegen nicht scharfe, sondern sie müssen gerundete Knicke erhalten (Fig. 47). Letztere werden im Linienbiegapparat vorgebogen. Der Aufzeichnung entsprechend, die man sich von dem Zuge gemacht

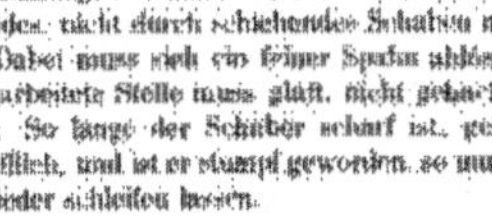

Fig. 47. Zusammengesetzter Zug mit runden Biegungen.

hat, wird das Bild der Linie im geraden Zustande möglichst vollständig mit der Feile bearbeitet. Mit einem kleinen dreikantigen Schaber, den man in Werkzeughandlungen erhält, werden Feinheiten durch ziehendes, nicht durch schiebendes Schaben nachgeholt. Dabei muss sich ein feiner Span ablösen und die bearbeitete Stelle muss glatt, nicht gehackt aussehen. So lange der Schaber scharf ist, geht dies vortrefflich, und ist er stumpf geworden, so muss man ihn wieder schleifen lassen.

Der Punkt im Anstrich von Fig. 12 ist sehr kurz herumgebogen. Man würde schrifthohe Linien nur mit

Fig. 48. Abbiegen des Punktes mittels Verlängerung.

grosser Mühe auf so kurzer Strecke abbiegen können und lässt daher etwas Material über den Punkt hinaus stehen (Fig. 48 bei a), damit man genügenden Angriff für die Flachzange oder für den Eckbiegapparat hat. Dieses überflüssige Material wird schon bei der Vorbearbeitung der rohen Linie etwas niedriger gefeilt. Manchmal ist es noch besser, die Linie nicht länger

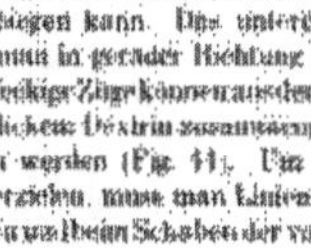

Fig. 49. Abbiegen des Punktes mittels Unterfeilen bzw. Einfeilen.

zu lassen, dagegen einen Lappen (Fig. 49) entweder durch Unterfeilen (a) oder durch Einfeilen (b) herzustellen, den man sehr leicht selbst in ziemlich scharfem Winkel abbiegen kann. Das untere Ende der Linie bei b lässt man in gerader Richtung stehen.

Scharfeckige Züge können aus den entsprechenden Teilen mit dickem Dextrin zusammengesetzt und dann ausgegossen werden (Fig. 11). Um sehr feinen Anschluss zu erzielen, muss man Linien mit vollem Bilde dazu nehmen und beim Schaben der vorgefeilten Stellen

Beispiel C.

schwachen Grat an der Anschlussseite wenigstens einer Linie hervorzurufen suchen. Beim Andrücken verursacht der Grat eine innige Verbindung der beiden Linien.

Sodann kann man eine feine Linie da, wo sie mit einer fetten sich verschmelzen soll (Fig. 50 a), etwas abfallen lassen. Man bearbeitet ganz wie angegeben, lässt sie aber eine Cicero länger, als das Mass ist. Gesetzt, in Fig. 50 sollte die feine Linie bei a anschliessen, so endet sie in Wirklichkeit bei b. Bei a anfangend, nimmt man nach b hin vom Bilde der Linie eine Wenigkeit herunter, etwa so viel wie ein Papierblatt dick ist. Dadurch entsteht ein sehr fein verlaufender Anschluss. Man kann das Ende (b) der feinen Linie nicht mehr sehen, überhaupt kein Ende. Die Linie hört unmerklich auf.

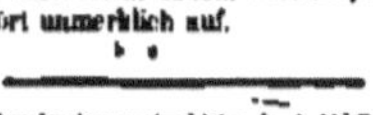

Fig. 50 Verschmelzen zweier Linien durch Abfallenlassen.

Scharfeckige Züge können aber auch aus einem Stück gefertigt werden. Das »Wie« ersehen wir aus Fig. 51. Die Linie wird in bekannter Weise abgemessen. Da, wo eine Biegung bez. ein Knick erfolgen soll, gibt man etwa 2 Cicero Spielraum zu. Dann wird die Linie nach allen Regeln bearbeitet, abgeschabt, mit Grat versehen und die feinen Ansätze (nach Fig. 50) etwas niedriger gehalten. Darauf biegt man die Linie zusammen und es entsteht eine Figur wie 51. Der zugegebene Spielraum zeigt sich von a bez. b nach aussen hin und dient dazu, guten Anschluss bei diesen beiden Punkten herzustellen, den man, wie Figura zeigt, an den natürlichen Enden nie erreichen würde ohne das Material zu zerbrechen. Ist die Arbeit fertig, dann feilt oder schabt man die Enden von a bez. b

Fig. 51

an nach aussen etwas tiefer und man hat einen scharfeckigen, tadellos schliessenden Federzug aus einem Stück.

Beispiel D. (Germania-Gotisch von Flinsch.)

Sollte sich doch einmal infolge fehlerhafter Bearbeitung ein Spalt in den Anschlussstellen zeigen, so kann man denselben schliessen durch Anfeilen von aussen her gegen die Verbindung zu. Der dabei entstehende leichte Grat wird die Lücke sicher füllen.

Fig. 52. Scharfeckige Züge aus einem Stück.

Formen wie Fig. 53 erfordern zu viel Arbeit, um noch Empfehlung zu verdienen. Die angebogene Schleife erscheint zudem gezirkelt und so geht die flotte Unregelmässigkeit des Zuges verloren. Will man dennoch ähnliche Gebilde herstellen, dann versuche man, die gewollte Form mit Bleistift in raschen Zügen mehrfach auf Papier zu zeichnen. Die beste davon wählt man als Vorlage.

Die Anfertigung einfacher Schriftzüge ist durchaus nicht so zeitraubend, wie es auf den ersten Blick erscheinen will. Man ziehe dabei in Betracht, dass solche Formen sehr oft gebraucht werden können und ihren Inventarwert haben so gut wie jeder andere von der Giesserei bezogene Zierrat.

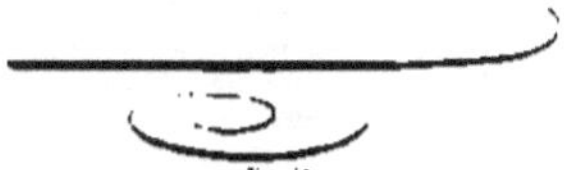

Fig. [illegible]

Wie schon gesagt, wird man alte Messinglinien dazu verwenden, die wegen Alter, Höhendifferenz u. s. w. ausser Dienst gestellt worden sind und in verstaubten Kästen schlummern. Wo solche Linien nicht vorhanden sein sollten, da würde ich, als gewissenhafter Faktor, die Benutzung guter Rahmenlinien zu gedachtem Zwecke ausdrücklich gestatten — vorausgesetzt, dass etwas dabei herauskommt. Denn die einfache Linie, so teuer sie sein mag, ist doch erst das einfache Element, aus dem eine schöpferische Hand ungleich wertvollere Formen zu bilden vermag.

Bleilinien sollte man für Züge nicht benutzen, da sie scharfes Biegen nicht vertragen, zu schnell schadhaft werden — kurz, die darin aufgespeicherte Arbeit sehr schlecht lohnen.

Grössere Züge werden in Messingholzschnitt hergestellt.

Pessimisten behaupten gern, solche Sachen, wie der vorliegende Abschnitt sie lehrte, seien nicht mehr Aufgabe des Setzers, der sich damit wer weiss wie sehr plagen müsse, während ein Lithograph dasselbe im Handumdrehen leiste und so weiter.

Über das Eine lässt sich streiten und das Andere ist richtig, aber beides passt nicht zusammen. Kann auch der Einzelteil, von dem die Rede ist, im Wege des Steindruckes schneller hergestellt werden, wo erhält der Buchdrucker die Form? Man kann doch deshalb nicht zweifachen Druck anwenden! Die ganze Arbeit mittels Umdruck in Steindruck machen zu lassen — eines Federzuges wegen — würde mehr als thöricht sein. Der Vergleich mit der Lithographie wird sehr oft herangezogen und man lässt sich von der scheinbaren Richtigkeit solcher Redensarten leicht gefangen nehmen. Es genügt, dieselben als widersinnig zu kennzeichnen.

Wird eine Drucksache durch die Anwendung eines Federzuges, eines Bandes oder Schildes oder dergl. um so viel an Ansehen erhöht, als dieselbe an Arbeit mehr kostet, und war dieser gute Eindruck auf einfachere, billigere Weise nicht zu erreichen, dann ist der Mehraufwand gerechtfertigt. (Papier-Ztg.)

Die Ligaturen.

In meinem Handbuche*) S. 108 f. habe ich über diesen Gegenstand folgendes geschrieben:

»Die Notwendigkeit der Ligaturen ist schon vielfach angefochten worden. Bereits Lord Stanhope hielt deren Beseitigung für einen Fortschritt; seine Ansicht fand einen eifrigen Vertreter in Benjamin Krebs, und der bekannte Stempelschneider Bauer lieferte eine grosse Zahl geschmackvoller Frakturschriften, in denen der einzige berechtigte Grund für Beibehaltung der Ligaturen, das Überhängen des ſ und f, beseitigt war; diese Buchstaben sind bei ihm nicht unterschnitten und können mit jedem anderen Buchstaben ohne Störung zusammengesetzt werden. Erwähnenswert ist auch die Thatsache, dass man in keinem Lande und zu keiner Zeit eine Ligatur von ſ und t vorgenommen.

Trotzdem von Theorie und Praxis berufener Kunstgenossen ein massgebendes Urteil über Ligaturen gesprochen, erhält man nach wie vor dieselben, und einzelne Giessereien liefern ausser den Æ, Œ, æ, œ, auch noch ff, ſſ, zwar, schrecklich — wie ein launiger Prinzipal einmal äusserte — um das Wort »pfiffig« mit vier Buchstaben zu setzen. Ich halte die Ligaturen für abkömmlich, einmal, weil sie keine Notwendigkeit sind; zweitens, weil sie das Schriftmaterial [illegible], und drittens zur schnelleren Beförderung des Schriftsatzes beitragen. Bauer hat den Beweis geliefert, dass das ſ und f herzustellen ist ohne Überhang, damit sind ff, ſi, ſſ, ſt, fl, ft unnötig geworden; für ch, ck, tz und ß spricht weiter nichts, als sollten sie immer so gewesen, und selbst das ß, welches einen besonderen Laut repräsentiert, muss sich in der Antiqua die Umwandlung in ss gefallen lassen, und es hat dabei das Verständnis noch keinen Schaden erlitten, denn sonst würde man schon längst, bei der grossen Anwendung der Antiqua in Deutschland, ein ß dafür haben herstellen lassen. Der Ersatz der ch, ck, tz u. s. w. durch die einzelnen Buchstaben knüpft auch keine zu grosse Überwindung; es ist in dieser Beziehung nichts geleistet worden. Ich erinnere mich aus meiner Lehrzeit, dass die damals gebräuchliche Pariser [illegible] nicht nur fast aller Ligaturen, sondern sogar des langen ſ entbehrte, und man sich statt seiner des runden s bediente. — Die nachfolgende Schriftgattung

Stammbuch Wallnüsse

stammt aus Amerika und hat keine ch, ck, ff, fi, fl, ſt, ß, tz; dahingegen besitzt sie [illegible]

Es ist dies aber doch ein zutreffender Beweis, dass man in Deutschland Frakturschriften ohne die üblichen Ligaturen gemeint, und dass es ohne diese recht gut geht, künftig wohl am besten vorstehende Schriftart, die fast alle Giessereien besitzen und die meisten Druckereien gekauft haben. Das einzige Beklagenswerte hierbei bleibt, dass ein so naheliegender Vorteil erst von den praktischen Amerikanern vorgeführt werden muss, während wir Deutsche bei einigermassen gutem Willen längst darauf hätten verfallen müssen. Ganz ohne Nachahmung sind die Amerikaner

*) Praktisches Handbuch für Buchdrucker im Verkehr mit Schriftgiessereien. 2. Auflage. Leipzig 1878. Verlag von Alexander Waldow.

in dieser Hinsicht aber doch nicht geblieben. Die Woellmer'sche Giesserei in Berlin hat ihre sogenannten Favorit-Schriften:

Provinzial-Sängerfest Königsberg

fast ohne alle Ligaturen schneiden lassen (ich sah nur ch und ck). Und trotzdem hat nicht nur diese Giesserei, sondern auch die andern, die die Matern erwarben oder galvanisierten, brillante Geschäfte gemacht. Also gehen thuts schon, wenn man nur will. —

Die Beschränkung des Arbeitsmaterials durch die Ligaturen ergiebt sich aus Folgendem: Es kommt oft vor, dass man einzelne Worte vielmal zu setzen hat, z. B. bei Tabellenköpfen, Etiquettes, Coupons etc., und es nicht vermeiden kann, eine Zierschrift anzuwenden. Ich will beispielsweise die Coupons zu Pfandbriefen anführen. Im Minimum sind ca. 12 f, 4 fi, 4 ff und 4 fl vorhanden; man besitzt als nominell 24 f, von denen jedoch nur 12 zur freien Verfügung stehen, während die übrigen 16 blos bedingungsweise verwandt werden können. Um den Couponbogen mit 10 Coupons und dem Talon herzustellen, muss ich das Wort Pfandbrief 11 Mal setzen, brauche also 22 einzelne f, kann es aber nicht, trotzdem ich reichlich diese Zahl in der Schrift habe. Dieses Beispiel genügt für viele. Zu diesem Übelstande kommt nun noch die schnellere Defektierung. In der Regel wird nur einer der ligierten Buchstaben durch einen Abklatsch etc. verletzt; mit ihm muss aber der andere noch brauchbare ins Zeug geworfen werden, blos weil er mit jenem unzertrennlich verbunden ist. —

In den »Typographischen Mitteilungen« der Herren J. G. Schelter & Giesecke, 3. Band, 4. Heft, 1890, wird nun auch eine Lanze für die Beseitigung der Ligaturen eingelegt unter Vorführung ganz ähnlicher Beispiele und Begründungen, wie die meinigen.

»Warum nun sollen wir, heisst es in dem betreffenden Hefte, da eine Notwendigkeit für Beibehaltung der Ligaturen auf keine Weise begründet werden kann, den nur durch die Tradition uns überkommenen unmotivierten Ballast nicht über Bord werfen? . . . Wir sind deshalb in Erkenntnis der dargelegten Vorteile seit einiger Zeit bestrebt, den Hebel da anzusetzen, wo es am nötigsten ist: So haben wir zuförderst bei allen denjenigen Buch-, Titel- und Accidenz-Zierschriften, deren Charakter es erlaubt, das f und zum Teil auch das ſ so geformt, dass der Kopf dieser beiden Charaktere leicht nach rückwärts gebogen ist, so dass ein Überhängen ausgeschlossen bleibt, ein Stossen also nicht mehr stattfinden kann und dieselben als bewegliche Typen beliebig verwendet werden können.«

Diese Verbesserung der f wird wohl von allen Giessereien, welche Original-Erzeugnisse liefern, vorgenommen. Die fette Grotesque z. B., welche ich Mitte siebziger Jahre schneiden liess, hat keine ff, fi, fl. Eine mir neuerer Zeit zu Gesicht gekommene halbfette Egyptienne der Schriftgiesserei Benjamin Krebs Nachfolger hat ebenfalls den Kopf des f in sehr gefälliger Weise zurückgebogen, so dass ff, fi, fl unnötig sind.

Es handelt sich also bei diesen Bestrebungen um einen wirklichen Vorteil für alle Beteiligten, der so schnell wie möglich eingeführt zu werden verdient. Damit dies aber der Fall, ist ein gemeinsames Vorgehen nötig, denn wenn dieselbe Schriftgarnitur von der einen Giesserei mit, von der anderen ohne Ligaturen geliefert wird, hören die Reklamationen nicht auf, weil man naturgemäss die Ligaturen auch für die Grade resp. Garnituren verlangen wird, in denen sie fehlen.

H. Smalian.

Die Zeitungs-Provision der Post.

Die Verleger des »Hamburger Fremdenblatt«, Gustav Diedrich & Co. in Hamburg, richteten die folgende Eingabe betreff Reform der Zeitungs-Provisionen an das Kaiserl. Reichs-Postamt in Berlin:

Nach den Bestimmungen des Reichs-Postgesetzes vom 28. Oktober 1871, § 10, ist festgesetzt:

»Die Provision für Zeitungen beträgt 25 % des Einkaufspreises — mit der Ermässigung von 12½ % bei Zeitungen, die seltener als monatlich viermal erscheinen. Mindestens ist jedoch für jede abonnierte Zeitung jährlich der Betrag von 40 Pf. zu entrichten.«

Wir erachten diese gesetzliche Normierung der Zeitungs-Provision als eine nicht ganz gerechte, nach beiden Seiten hin, — sowohl nach der des finanziellen Interesses der Kaiserl. Postverwaltung, wie auch nach der Seite der Zeitungsverleger.

Es dürfte keinem Zweifel unterliegen, dass der vom Postgesetze als Grundlage erwählte *Einkaufspreis* gerechterweise keine Norm für die Festsetzung der Provision des Zeitungsvertriebes bieten kann. Für die Post kann eine solche Grundlage nur durch die wirkliche Leistung im Beförderungsdienst genommen werden, wie jeder Transportführer seine Tarife nach Massgabe der Mühwaltung feststellt.

Die Post erhebt für eine ganz gleiche Mühwaltung, welche ihr aus dem Vertriebe verschiedener Zeitungen erwächst, ganz verschiedene *Reichsabgaben*, ein Fall, der sich in dieser Weise bei keinem Reichsinstitut wiederholt.

Wir führen aus den uns nächstliegenden Kreisen folgende Beispiele an:

Der *Einkaufspreis* beträgt für

	jährlich	die Postprovision
1) Hamb. Börsenhalle	M. 48.—	M. 12.—
2) Hamb. Correspondent	„ 28.80	„ 7.20
3) Echo	„ 13.44	„ 3.36
4) Hamb. Fremdenblatt	„ 19.20	„ 4.80
5) General-Anzeiger	„ 4.80	„ 1.20
6) Hamb. Nachrichten	„ 28.80	„ 7.20
7) Hamb. Reform	„ 9.60	„ 2.40

Von diesen Hamburger Zeitungen erscheinen »Correspondent« drei Mal, »Börsenhalle« und »Nachrichten« zwei Mal, alle übrigen Blätter ein Mal *täglich*.

Vergleicht man diese verschiedenen Provisionen, so ergiebt sich nach ausgeführter Reduktion, dass für eine einmalige Beförderung täglich, also für dieselbe Mühwaltung, von der Post nach der oben angegebenen Reihenfolge der

Schmale Mediæval-Clarendon von der Schriftgiesserei Flinsch in Frankfurt a. M.

No. 1681 Text.

Die elektrische Minenzündung in der Sprengtechnik
Der Rheinfall bei Schaffhausen

No. 1679 Nonpareille.

Die Fabrikation ätherischer Stoffe und Öle
Vorlagen und Anleitung für die polychrome Flächenornamentik
Fürst Bismarck als Volkswirt.

No. 1676 Petit.

Die Beschreibung der Anilin-Färberei
Wirkungsgesetz der dynamo-elektrischen Maschine
Die Mönche von Johannisberg

No. 1682 Doppelmittel.

Die technische Verwertung des Kohlenteers
Der Ring des Polykrates

No. 1677. Korpus.

Die Festspiele auf der Luisenburg
Chlorkalk und die Ammoniakverbindungen
Richard Wagners Parsifal

No. 1678 Cicero.

Die Schlacht bei Möckern
Die Leim- und Gelatinefabrikation
Webers Tonplatten

No. 1684. Doppeltertia.

Internationale merkantile Arbeiten
Deutsche Renaissanceformen

No. 1679. Mittel.

Alpenlandschaft und Alpensage
Germanisches Museum

No. 1680. Tertia.

Lehrbuch der Navigation
Die hohe Tatra

No. 1681 Doppeltext.

Grundriss der Naturgeschichte

bez. 6 M, 2.40 M, 3.76 M, 4.80 M, 1.20 M, 3.60 M, 2.40 M, d. h. wenn man den geringsten Satz als Einheit = 100 % annimmt, nach derselben Reihenfolge 500, 200, 320, 400, 100, 300, 200 % an Provision erhoben werden, ein ganz verschiedener Betrag also, sei es zu Ungunsten der Zeitungen, sei es zum Nachteil der Postverwaltung.

Vignette von J. G. Schelter & Giesecke.

Dass dieses System — die Provision nach dem Einkaufspreise zu normieren — einer richtigen Grundlage entbehrt, erhellt auch aus dem Tarifsatze für das Zeitungs-*Bestellgeld*. Für die Erhebung des Bestellgeldes im Orte macht die Postverwaltung einen genauen Unterschied, ob die Zeitung täglich ein oder mehrere Mal erscheint und abgetragen wird. Der Preis für die Bestellung ist bekanntlich bei

täglich	1 maligem Erscheinen	pr. Quartal	40 Pf.
	2 „	„ „	60 „
	3 „	„ „	75 „

Eine gleiche Tarifirung müsste naturgemäss auch auf die Zeitungs-Provision Anwendung finden.

Wir gestatten uns, unter Bezugnahme auf die obigen Ausführungen,

Das Kaiserliche Reichs-Postamt ganz ergebenst zu ersuchen, baldmöglichst eine Gesetzesvorlage veranlassen zu wollen, welche betreffs der Festsetzung der Gebühr für die Zeitungsvermittlung durch die Post besser der Gerechtigkeit entspricht, insofern künftighin nicht mehr der Einkaufspreis der Zeitungen massgebend sein möge, sondern vielmehr das tägliche ein- oder mehrmalige Erscheinen der Zeitung resp. Zeitschrift.«

Darauf ist der genannten Firma unter dem 4. September 1891 folgender, ja auch für unsere Leser interessanter und wichtiger Bescheid zugegangen:

»Euer Wohlgeboren wird auf das gefällige, am 19. August hier eingegangene Schreiben ergebenst erwidert, dass die Frage, ob die Sätze, nach welchen auf Grund des Posttaxgesetzes vom 28. Oktober 1871 die Gebühr für Besorgung von Zeitungen durch die Post zur Erhebung gelangt, den bestehenden Verhältnissen noch entsprechen, wiederholt den Gegenstand von Erwägungen beim Reichs-Postamt gebildet hat.

Eine Änderung in diesen Sätzen kann indessen *für die nächste Zeit* nicht in Aussicht gestellt werden.«

Wir glauben, dass diese wichtige Frage wohl verdient, von dem Reichs-Postamt, wenn auch *nicht gerade in nächster Zeit*, so doch kurz über lang in ernste Erwägung gezogen zu werden.

— —

Schriftprobenschau.

Als Novität der *Schriftgiesserei Flinsch* drucken wir im vorliegenden Heft eine *schmale Mediaeval-Clarendon* in zehn Graden ab. Bei der heutigen, dem Mediaeval-Schriftcharakter ganz besonders geneigten Geschmacksrichtung wird diese Schrift für viele Druckereien eine angenehme Ergänzung des Materials sein; der elegante Schnitt lässt sie sowohl für Accidenzien wie für jeden andern Zweck aufs beste geeignet erscheinen.

Für Glückwunschkarten zum Jahreswechsel hat die Firma *J. G. Schelter & Giesecke* wieder wie in vergangenen Jahren eine grosse Anzahl vorzüglich gezeichneter *Vignetten* geschaffen. Wir bringen vorstehend eine derselben als Satzbeispiel zum Abdruck und werden auch in dem noch zeitig vor Neujahr erscheinenden ersten Heft unseres nächsten Bandes noch einige vorführen, um unsere Leser mit diesen neuesten Erzeugnissen der genannten Firma bekannt zu machen.

Eine in jeder Beziehung *moderne* Zierschrift ist die *Circular-Italienne* von *J. G. Schelter & Giesecke*, welche wir auf dieser Seite abdrucken. Wie schon der Name sagt, zunächst für elegante Circulare geeignet, wird diese Schrift auch andern Accidenzien der verschiedensten Art eine ganz besondere Zierde sein. Durch die schwungvoll gezeichneten Initiale unterscheidet sich die Schrift vorteilhaft von manchem ähnlichen Erzeugnis; sie ist jedenfalls eine der schönsten ihrer Art.

Die *Vignette*, welche unsere Abonnements-Einladung auf den Titelseiten des 11. und 12. Heftes schmückt, erhielten wir von *Paul Lehmann*; dieselbe dürfte sich für Drucksachen zum eigenen Gebrauch des Buchdruckers, sowie für solche allgemein kunstgewerblichen Inhalts, ganz vorzüglich eignen.

Die Beilage zum heutigen Heft von *Wilhelm Woellmers Schriftgiesserei* versetzt uns schon ins neue Jahr hinein, nämlich in die Karnevalszeit. Die auf dem Blatt vorgeführte grosse Auswahl wirkungsvoll gezeichneter Vignetten wird für die zu jener Zeit zahlreichen Drucksachen für Maskenfeste u. dergl. ein zweckentsprechender Schmuck sein. Wir empfehlen die Beilage der Beachtung unserer Leser.

Satz und Druck unserer Probeblätter.

Das erste unserer dem heutigen Heft beigegebenen Probeblätter, Blatt Gg, ist eine vorzügliche Leistung der *Spamerschen Buchdruckerei* in Leipzig. Das Arrangement des ganzen Blattes, die Ausführung des Satzes, sowie ganz besonders der Druck, und hier wieder speziell derjenige des hübschen Bildes, verdienen rückhaltlose Anerkennung. Es ist uns ein Vergnügen, unsern Lesern in dem vorliegenden Blatte eine mustergültige Probe farbigen Illustrationsdruckes bieten zu können und danken wir der genannten Offizin, sowie insbesondere Herrn *Faktor Müller*, dem das schöne Gelingen des Blattes hauptsächlich zuzuschreiben, bestens für die Gefälligkeit, mit welcher sie unsere Bestrebungen unterstützen.

Die Sätze zu den auf Blatt Z abgedruckten Satzbeispielen überliess uns auf unser Ersuchen mit dankenswerter Bereitwilligkeit die Buchdruckerei *Fischer & Wittig* in Leipzig. Diese Arbeiten, ein Briefkopf, eine verzierte Titelzeile und eine Geschäftskarte beweisen, dass die genannte Firma nicht nur, wie allgemein bekannt, auf dem Gebiete des Prachtwerkdruckes Hervorragendes leistet, sondern auch mustergültige Accidenzien schaffen kann.

Die Beilage Ee druckte uns die *Pierersche Hofbuchdruckerei* in Altenburg. Es ist wieder eine der originellen Arbeiten unseres geschätzten Mitarbeiters, Herrn Wotzulik, welcher im Erfinden interessanter und auffälliger Arrangements schier unerschöpflich ist. Der vorliegende Umschlag kann sowohl im Ganzen, wie auch in seinen einzelnen Teilen als Vorlage und Muster für andere Arbeiten verwendet werden. Für die gefällige Überlassung dieses Blattes sagen wir der genannten Firma, deren gediegene Erzeugnisse schon so oft die Hefte unseres Archiv schmückten, unsern besten Dank.

Circular-Italienne von J. G. Schelter & Giesecke in Leipzig.

No. [illegible] Cicero. Min. [illegible] kg.

Illustriertes Wörterbuch der Graphischen Künste und verwandten Zweige

No. [illegible] Tertia. Min. [illegible] kg.

Architektonische Details und Ornamente der Kirchlichen Baukunst

No. [illegible] 2 Cicero. Min. [illegible] kg.

Die Entwicklung und der Druck von Landkarten

No. [illegible] 3 Cicero. Min. [illegible] kg.

Uhlands Gedichte Homer

Zeitschriften- und Bücherschau.

— * *Wegweiser durch die Stereotypie und Galvanoplastik.* Von *Carl Kempe* in Nürnberg. Selbstverlag des Verfassers. Das in dritter Auflage vorliegende Werkchen bietet zunächst einen praktischen Lehrgang der Papierstereotypie in erschöpfender Darstellung und bringt ausserdem Belehrungen über die Behandlung der Rotationsmaschine mit besonderer Berücksichtigung der Trichterfalzmaschine. Auch das Verfahren der Rundstereotypie wird ausführlich geschildert. Den Schluss bildet ein Lehrgang durch die Galvanoplastik. Das zum Preise von 1 Mark zu beziehende Werkchen kann Stereotypeuren und Buchdruckern, welche mit Stereotypen- und Rotationsdruck zu thun haben, nur bestens empfohlen werden.

— * *Die Vorzüge der deutschen Sprache.* Ein Wort an Lehrer und Laien von Prof. Dr. med. *Hegewald*. Verlag des Litterarischen Instituts Dr. M. Huttler, Konrad Fischer, München. Die uns unter diesem Titel vorliegende Schrift ist, wie ein beigegebenes, in gotischem Stil ausgeführtes Circular ersehen lässt, von der herausgebenden Firma mit der Bestimmung versendet, als Probe der Leistungsfähigkeit der Huttlerschen Offizin in eigenartig gediegener Buchausstattung zu dienen. Und diese Aufgabe wird das Buch unstreitig aufs beste erfüllen. Aber auch der Inhalt ist ganz interessant zu lesen und so recht geeignet, die Vorzüge unserer deutschen Sprache in ein sehr günstiges Licht zu stellen.

Mannigfaltiges.

— * Zu der Feier ihres 75jährigen Bestehens hat *J. M. Richters Buch- und Kunstdruckerei* in Würzburg eine Festschrift herausgegeben, welche auf 6½ sauber gedruckten Oktavbogen und zahlreichen Illustrations-Beilagen die Geschichte des genannten Hauses vorführt, den technischen Betrieb desselben beschreibt und für Laien berechnete Belehrungen über alle graphischen Reproduktionsverfahren enthält. Das von Stephan Richter im Januar 1816 begründete Geschäft hat sich aus bescheidenen Anfängen zu einem sehr ansehnlichen Umfange entwickelt und seine technischen und baulichen Einrichtungen können in jeder Beziehung hervorragend genannt werden. Die hübsch gebundene Festschrift ist jedenfalls eine wirksame Empfehlung der herausgebenden Firma, welcher wir zu ihrem Jubiläum auch ferneres Gedeihen wünschen.

— *Ein xylographisches Kunstblatt ersten Ranges* veröffentlichte in ihrer zum 1. Oktober erschienenen Nummer die illustrierte Stuttgarter Zeitschrift »Über Land und Meer«. Es ist ein Bild Anton von Werners: Kronprinz Friedrich Wilhelm an der Leiche des in der Schlacht bei Weissenburg gefallenen französischen Generals Abel Douay. Wie Werner, dieser hervorragende Künstler hier ein herrliches lebenswahres und zu Herzen sprechendes Bild aus jener glorreichen Zeit gab, so bemühten sich auch die Holzschneider *Heuer & Kirmse* in Berlin alles Das mit wahrer *Meisterschaft* wiederzugeben, was dieses Bild so ansprechend und wertvoll macht. Der Ausdruck in den Gesichtern der den Kronprinzen begleitenden Generale, der feierliche Ernst in dem Gesicht des Kronprinzen selbst, die Haltung aller Personen, die Schärfe und Feinheit des Schnittes und der satte, dabei doch in allen Teilen reine Druck desselben stellen dieser berühmten Berliner xylographischen Anstalt, wie auch der Druckerei von »Über Land und Meer« ein Ehrenzeugnis aus, wie man es schöner nicht denken und wünschen kann. Wir beglückwünschen die genannte Zeitung zu diesem prächtigen Bilde und sprechen die Überzeugung aus, dass das Blatt gewiss allgemeine Bewunderung unter den Lesern von »Über Land und Meer« finden wird.

— § Im vorigen Jahrgange hatten wir bereits Gelegenheit ein neues Verfahren für den Musiknotensatz zu erwähnen. Abermals begegnen wir einer solchen Neuerung und zwar in einem französischen Fachblatte. Dieses System weicht in der Hauptsache von den bisher üblichen dadurch ab, dass es fast durchgängig aus horizontal geteilten Stücken besteht, entgegen der bisherigen vertikalen Teilung. Der Satz wird infolgedessen ebenfalls in einer vom bisher gewohnten abweichenden Weise hergestellt und zwar dergestalt, dass nach der erfolgten Takteinteilung zunächst das über dem System Befindliche zeilenweise abgesetzt und ausgeschlossen wird. Nachdem folgt abwechselnd das zwischen der Linie und auf der Linie Stehende. Bei letzterem liegt der eigentliche Kernpunkt der ganzen Neuerung, denn die Systemlinien werden nicht mehr geteilt, sondern sie bestehen aus einem

Stück, wie aus beistehendem Beispiel zu ersehen ist. Notenköpfe, Schlüssel, Vorzeichnungen und viele andere Zeichen sind mitten geteilt, so dass die Systemlinien durch dieselben hindurch gehen. Auch diese Neuerung, die sich in der Theorie besser anzunehmen scheint, als in der Praxis, von welcher wir übrigens nur der Kuriosität halber Notiz nehmen, dürfte noch nicht berufen sein, das Endziel des Notensatzes zu bilden.

— § Zur Erneuerung der *Zugkraft bei Buchdruckwalzen* empfiehlt die »Öst. B.-Ztg.« eine nach erfolgter Reinigung vorzunehmende Waschung mit Wasser, dem etwas Honig und Gummi arabicum zugesetzt wurde. Ein mehrstündliches Trocknen hat dann zu folgen. Ist die Abgabe der Farbe durch zu feuchte Walzen eine unvollkommene, so bestreiche man letztere mit etwas Spiritus oder füge dem Wasser etwas Alaun zu. Dieses Verfahren gibt den Walzen erhöhte Widerstandsfähigkeit gegen jedwede Temperatureinwirkung.

— *Zeitungsdruck mit elektrischer Kraftübertragung.* Das in Innsbruck erscheinende »Tiroler Tagblatt« zeigt an, dass seit dem 12. September die Schnellpresse, auf der es gedruckt wird, mit elektrischem Kraftbetriebe in Bewegung gesetzt sei. Es sei dies das erste deutsche Zeitungsunternehmen, dass sich zu solcher technischen Herstellung der elektrischen Kraftübertragung bediene. Diese letztere Angabe trifft nicht zu wie uns die in Berlin erscheinende »Deutsche Warte« mitteilt, die erste deutsche Zeitung, welche unter Verwendung der elektrischen Kraft hergestellt wurde, ist die »Deutsche Warte«. Dieses Blatt wird bereits seit seinem Bestehen (erscheint jetzt im zweiten Jahrgange) auf einer mit allen Verbesserungen der Neuzeit gebauten Rotationsmaschine, die durch elektrische Kraft betrieben wird, gedruckt. In Italien werden bereits drei bis vier Druckereien, in Frankreich erst eine elektrisch betrieben.

— § Häufig macht sich die Fixierung eines Labels, Vignette oder sonstigen Gegenstandes auf eine grössere Papierfläche notwendig, z. B. beim Skizzieren etc. Am häufigsten geschah das bisher durch Aufkleben oder aber es wurde ein Abzug mit provisorischer Anlage gemacht, wobei jedoch selten und was die Hauptsache ist, schnell auf Genauigkeit gerechnet werden konnte. Ein praktisches Fixieren kann dadurch erfolgen, dass man auf das Fundament der Presse eine starke Lage Papier legt, auf diese den betreffenden Bogen, Skizze etc. und dann den abzudruckenden Gegenstand entsprechend einsetzt und mit der Bildfarbe auf das bereits aufliegende Papier bringt. Sodann erfolgt das Zuklappen des Deckels und das Durchziehen des Bogens in üblicher Weise und der Abdruck ist dennoch genau auf der betreffenden Stelle des Bogens erfolgt. —

— § Von allen Blättern kann sich das Pariser »Petit Journal« wohl der höchsten Auflage rühmen. Seine Auflage übersteigt diejenige der verbreitetsten Blätter durchschnittlich um 6—700 000 Exemplare. An den Sonntagen erscheint dasselbe in 8seitigem Umfange sogar in einer Gesamtauflage von 1,100 000 Exemplaren. Da eine achtseitige Nummer ca. 30 Gramm wiegt, erfordert diese Königin aller Zeitungen ca. 31 000 Kilogramm Papier pro Nummer, um in der obigen Auflage erscheinen zu können. Berücksichtigt man, dass diese 1,100 000 Exemplare in wenigen Stunden gesetzt, stereotypiert, gedruckt und in der ganzen Welt verbreitet sind, so hat man alle Ursache über die in den letzten Jahren gemachten Fortschritte in der Technik erstaunt zu sein.

— § Über den bedeutenden Aufschwung der amerikanischen Papierindustrie gibt am besten die gewaltige Zunahme der Holzstofffabrikation derselben Aufschluss: Vor etwa 10 Jahren produzierte man jährlich ca. 100 Tonnen Holzschliff und 100 Tonnen Cellulose; im vorigen Jahr war die Produktion des Holzschliffes bereits auf 1500 Tonnen gestiegen, während sich die Cellulosefabrikation auf ca. 700 Tonnen belaufen mochte. Dies ergibt eine Steigerung von ungefähr 800 p. Ct.; die heurige Produktion wird vorstehende Zahlen sicherlich bei weitem übertreffen. Die hauptsächlichsten Holzarten, welche zur Verarbeitung gelangen, sind die Fichte und die Tanne, ferner das Espen- und Birkenholz, auch Pappel und Lindenstämme eignen sich zu diesem Zwecke durch ihre besondere Weisse sehr gut und werden häufig verwandt.

— *. Als *Rohstoff für die Papierfabrikation* verwendet man seit einiger Zeit in Amerika unter anderem mit Erfolg auch die sehr viel Faserstoffe enthaltenden Stengel der Bananen. Da die Banane zu den sich von selbst fortwährend erneuernden Pflanzen gehört, indem nach der Fruchtreife die Pflanze abstirbt, gleich darauf aber neue Triebe hervorbringt, so haben die Amerikaner einen sehr billigen Rohstoff entdeckt.

— § Der unlängst verstorbene Buchdrucker-Bibliograph *W. Blades* hat eine ausserordentlich umfangreiche Fachbibliothek hinterlassen, deren reeller Wert selbstverständlicherweise ein schwer bestimmbarer ist. Hervorragende Kunstmäcene tragen sich mit dem originellen Gedanken, die Gesamtbibliothek zu erwerben, dieselbe dem kürzlich begründeten Buchdruckerschulheim in London einzuverleiben und so den Schülern Gelegenheit zu geben, Einblick in die gesamte Fachlitteratur thun zu können. Leider ist man über den Wert dieser ca. 20 000 M kostenden Erwerbung geteilter Meinung, so dass eine Zersplitterung der mit ernstlicher Mühe zusammengetragenen Büchersammlung zu befürchten ist. W. Blades war unbestrittene Autorität auf jedem Gebiete der graphischen Künste und ein wahrer Bücherfreund, dessen Leben fast nur dem Studium und der Litteratur gewidmet war.

— § Die »Pap.-Ztg.« berichtet über folgendes gelungene *Reklamemittel*: Amerikanische Löschpapierfabriken unterhalten eine eigene Anzeigen-Sammelstelle, deren Aufgabe es ist, in den verschiedensten Geschäftszweigen Anzeigen zu sammeln. Namentlich sind es Versicherungsgesellschaften, Schreibwarenhandlungen und Bahngesellschaften, deren Anzeigen man allenthalben begegnet. Die Verteilung der Löschblätter übernimmt die Papierfabrik, welche immer noch ein gutes Geschäft dabei macht.

— § *Die Verwendung von Chromokarten als Reklamemittel* nimmt in England ganz gewaltige Dimensionen an. Eine einzige Firma erhielt den Auftrag eine Million von einem bestimmten Motive zu drucken. Ausserdem eine Million Karten mit dem Bildnis der Schauspielerin Mary Anderson und 15 Millionen ebenfalls mehrfarbige Kalenderumschläge. Alle diese Drucksachen haben die Bestimmung den Warenumsatz zu erleichtern.

Briefkasten.

Dr. W. [illegible] Buchdruckerei, Gebr. P. in München. Wir [illegible] [illegible] für Zusendung der in jeder Beziehung gelungenen und [illegible] Arbeiten und werden mit Freuden [illegible] [illegible] im nächsten Hefte [illegible]. — K. D. in Berlin. [illegible] Heft [illegible] Abonnements [illegible] im Laufe des Oktober, das 4. im November. — H. M. in Berlin. Wir [illegible] in dieser Frage [illegible] — V. M. in Köln. Sehr geschmackvollen Kolorit, [illegible] und [illegible] Druck [illegible] Arbeiten aus.

Inhalt des 11. Heftes.

Anleitung zum [illegible]. — Die Ligaturen. — Die Zeitungs-[illegible] der Post. — Schriftproben[illegible]. — Satz und Druck unserer Probeblätter. — Zeitschriften- und Bücherschau. — Mannigfaltiges. — Briefkasten. — Annoncen. — Arabeskenmuster im Text: 2 Abrechnungen, 1 Neujahrskarte. — Beilagen: 1 Blatt Geschäftsempfehlung, 1 Blatt mit Briefkopf, Titel und Karte, 1 Blatt [illegible], 1 Beilage von Wilhelm Woellmers Schriftgiesserei in Berlin.

Das Heft enthält im Ganzen 4 Beilagen. Für das Vorliegen der fremden Beilagen kann jedoch wegen oft unzureichender Anzahl nicht garantiert werden.

Bezugsbedingungen für das Archiv.

[illegible]

Textschrift von Benj. Krebs Nachf., Frankfurt a. M. [illegible] von [illegible] und [illegible] von J. G. Schelter & Giesecke, Leipzig. [illegible] Druck [illegible] Berlin. [illegible] Leipzig. Druck und [illegible] Leipzig, [illegible] Johannisgasse 8, [illegible]

Annoncen.

Ein junger, tüchtiger Buchdrucker (Accidenzsetzer und Drucker) aus guter Familie und mit besten Schulkenntnissen (hat als Freiwilliger gedient) sucht Stelle auf dem Comptoir einer angesehenen Buchdruckerei oder Schriftgiesserei. Gefl. Anerbietungen unter N. N. an die Exped. des Archiv f. Buchdr.

Eine sehr gut eingerichtete Leipziger Buchdruckerei mit dem Verlage ausgezeichneter Fachzeitschriften ist zu verkaufen. Mit genügenden Mitteln versehene Reflektanten wollen ihre Adressen unter B. S. in der Expedition dieses Blattes niederlegen.

Musterbuch Mk. 6.–

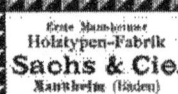

Erste Mannheimer Holztypen-Fabrik
Sachs & Cie.
Mannheim (Baden)
gegründet 1861.
fertigen als Spezialität
Holzschriften und Holzutensilien
The White
Buch- und Steindruckereien.

Novität aus dem Verlage von Alexander Waldow, Leipzig.

DIE LEHRE
VOM
ACCIDENZSATZ.
Herausgegeben von
ALEXANDER WALDOW.

Zweite vollständig neu bearbeitete Auflage
von Friedrich Bauer.

Preis pro Lieferung 1 M. 40 Pf.

In ca. 6 monatlichen, elegantest ausgestatteten Lieferungen von je 3 Bogen gr. Quart wird das Werk komplett sein. Mehrere Lieferungen bereits erschienen.

Stereotypie! Kempe, Nürnberg.

C. F. Rühl
Leipzig-
Schriftgiesserei, Stereotypie

Wilhelm Woellmer's
Schriftgiesserei
und
Messing-Linien-Fabrik
BERLIN
SW., Friedrich-Str. 226.

Waschbürsten
empfiehlt
Alexander Waldow
in Leipzig.

Konzentrierte
Seifenlauge
in Originalkisten à 10 Dosen
pro Kiste 8 Mark.
einzelne Dosen 70 Pf.
empfiehlt
Alexander Waldow, Leipzig.

A. Numrich & Co.
LEIPZIG.
Schriftgiesserei.

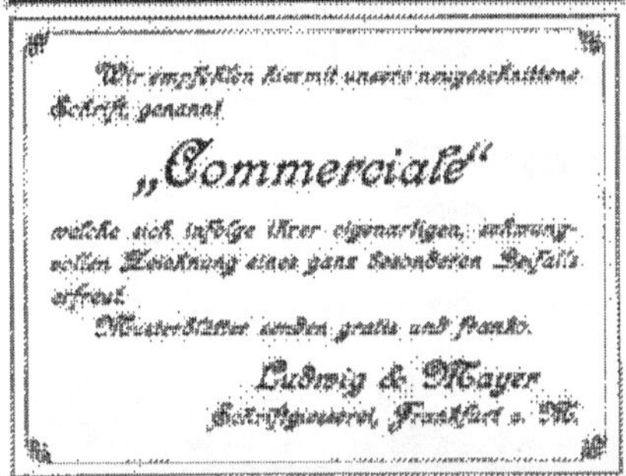

Kolumnenschnur
Alexander Waldow, Leipzig.

Gasmotoren-Fabrik Deutz, Köln-Deutz.

Otto's neuer Motor

liegender und stehender Konstruktion

für Steinkohlengas, Ölgas, Generatorgas, Wassergas, Benzin, Petroleum.

37500 Maschinen mit 150000 Pferdekräften im Betrieb.

125 Medaillen und Diplome.

Prospekte, Zeugnisse, Kostenanschläge gratis.

Linien-Biegapparat.

Sehr praktisch zum Biegen von Messinglinien in Bogen, Kreise, Ovale, Ecken, sowie sonstiger Rundformen.

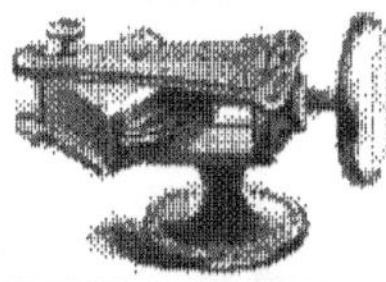

Preis 30 Mark.

Zu beziehen von **Alexander Waldow, Leipzig.**

Erhielt den einzigen ersten Preis in Melbourne **Colt's Armory** welcher auf Tiegeldruckpressen vergeben wurde.

TIEGELDRUCK-SCHNELLPRESSE

mit Cylinder-Farbewerk und Druckregulirung.

4 Grössen, 20 33 — 33,5 61 cm Tiegelgrösse

Für Fuss- und für Motoren-Betrieb

[illegible]

Das Hauptwerk der neuen **Colt's Armory** Tiegeldruck-Schnellpresse liegt in deren vortrefflichen praktischen Konstruktionsprinzip, der **durablen** Bauart und dem vorzüglichen **Material**. Die Konstruktion des Cylinder-Farbwerks, welche die vorzüglichste Farbeverreibung und exakteste Regulirung der Farbverteilung gewährt, der genaue parallele Druck, durch welchen die Schrift geschont wird, sichern dieser Presse ihre hervorragende Stellung als ausgezeichnete Tiegeldruckschnellpresse für den feinsten Accidenzdruck.

Hierzu kommen noch die folgenden Vorzüge: [illegible] schnellste Druckregulirung, [illegible] Druckabstellung und Abstellbarkeit des Auftrags [illegible] während des Druckes. — Genügende Ruhelage des Tiegels beim Einlegen resp. Anlegen, sowie der sichere ruhige Gang der Presse garantiren genaues Register auch ohne Zuhilfenahme von Punkturen. — Beseitigung der Tiegelfedern und Ersatz durch eine Führungskurve. — Die Schnelligkeit des Druckes hängt lediglich von der Befähigung des Einlegers ab und verträgt die kräftige, durchaus widerstandsfähig gebaute Presse den schnellsten Gang.

Für die Pressen No. 3 und 4 empfiehlt sich in solchen Fällen, wo Elementarkraftbetrieb ausgeschlossen ist, die Zuhilfenahme eines Kurbelmechanismus, der so angeordnet wird, dass der Dreher dem Einleger gleichzeitig beim Treten behilflich zu sein vermag.

Ausführlichere Beschreibungen mit Grössen- und Preisangaben, sowie Verzeichnis der Firmen, welchen wir Pressen lieferten, stehen gern zu Diensten.

General-Vertretung für das Deutsche Reich, Österreich-Ungarn, Donaufürstentümer, Holland, Belgien, Dänemark, Norwegen, Schweden, Russland:

J. G. SCHELTER & GIESECKE in LEIPZIG.

C. A. Lindgens, Cöln a. Rh.

Fabriken

von

schwarzen und bunten Buch- und Steindruckfarben,
Russ, Firnis, Etikettenlack, Seifenlauge, Walzenmasse

„the Excellent" C. A. Lindgens.

Die Messinglinien-Fabrik von

Gebr. Brandt in Quedlinburg

Bunte Farben

in allen Nüancen
und in den besten Qualitäten
liefert zu Fabrikpreisen

Alexander Waldow, Leipzig.

Prima engl.

Walzenmasse

und Zusatzmasse

50 Kilo à 130 Mark liefert

Alexander Waldow, Leipzig.

Vereinigte Farbenfabriken

BERGER & WIRTH

UND FREY & SENING

LEIPZIG.

FARBEN

WALZENMASSE

C. Rüger, Leipzig

Messinglinien-Fabrik

Gebr. Jänecke & Fr. Schneemann.

HANNOVER.

Buch- und Steindruck-Farben.

Wer neue Werk- oder Zeitungs-Schriften anschaffen will, versäume nicht, sich franco Proben der

Bismarck-Fraktur

von

Benjamin Krebs Nachfolger in Frankfurt a. M.

kommen zu lassen.

Verlag von Alex. Waldow, Leipzig.

Anleitung zum

Ornamentieren

im Buchdruckgewerbe.

Em. Gaillard

in Berlin SW.

photolithographische

und

Kalkulationen franko

Die

neueste, beste und wirksamste

Reklameschrift

Lapidar

liefern

Ludwig & Mayer, Schriftgießerei

in Frankfurt a. M.

Musterblätter gratis und franco.

Welthaus & Scheldig

Buch- und

Steindruckfarben.

Gebrüder Brehmer,

Leipzig-Plagwitz.

Draht-Heftmaschinen

HAMPEL'S

Plattenformen

Schriftgiesserei Flinsch in Frankfurt a. M.

HOLZ-SCHNITTE

Messinglinien-Fabrik

und

mechanische Werkstätte

H. Berthold.

Messinglinien-Fabrik

ZIEROW & MEUSCH

LEIPZIG

Ch. Lorilleux & Cie.

Paris

schwarzen und bunten

Buch- u. Steindruckfarben

Alexander Waldow, Leipzig

Generalvertretung für

F. M. Weilers Original-Liberty-Tiegeldruckmaschine.

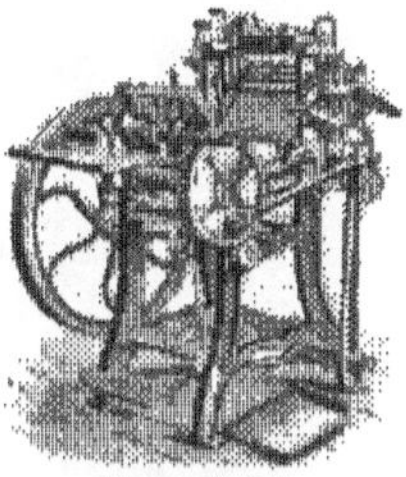

Neues Modell.

Einige besonders Vorzüge der Original-Liberty-Maschine.

Es ist die einfachste aller Tiegeldruckpressen. Abzüge [illegible] per Stunde.
Die Form kann [illegible] werden, ohne dass man dieselbe aus dem [illegible] Fundament herauszunehmen braucht. [illegible] Farbenwechsel.
[illegible]
[illegible] Die Walzen arbeiten ohne jedwede Anwendung von Federn, und wirken auf die Typen durch ihre eigene, stets gleichbleibende Schwere.
[illegible]
Der Gang der Maschine ist leichter und die Leistungsfähigkeit grösser, als die jeder anderen Tiegeldruckpresse.
[illegible] in Bezug auf Stärke der Konstruktion; einzelne Maschinen sind über [illegible] Jahre im Gebrauch und erforderten während dieser Zeit nur ganz unwesentliche Reparaturen.
Das Format des zu bedruckenden Papiers kann bedeutend grösser sein, als das Fundament.

Grössen und Preise:

	Innere Rahmenweite	Preis	Erforderlicher Raum	Gewicht Netto	Gewicht Brutto
No. [illegible]	[illegible] × [illegible] cm	[illegible] M	[illegible] × [illegible] m	[illegible] kg	[illegible] kg
„ [illegible]	[illegible] × [illegible] „	[illegible] „	[illegible] × [illegible] „	[illegible] „	[illegible] „
„ [illegible]	[illegible] × [illegible] „	[illegible] „	[illegible] × [illegible] „	[illegible] „	[illegible] „
„ [illegible]	[illegible] × [illegible] „	[illegible] „	[illegible] × [illegible] „	[illegible] „	[illegible] „
„ [illegible]	[illegible] × [illegible] „	[illegible] „	[illegible] × [illegible] „	[illegible] „	[illegible] „
„ [illegible]	[illegible] × [illegible] „	[illegible] „	[illegible] × [illegible] „	[illegible] „	[illegible] „

Bei Barzahlung hoher Rabatt.

Waldows Wörterbuch der graph. Künste

und der verwandten Zweige, mit [illegible] Artikeln und [illegible] Illustrationen, wird hiermit als **wertvolles Handbuch** empfohlen. Preis brosch. [illegible] Mk. [illegible] Pf., eleg. geb. in Halbfranzband [illegible] Mk. [illegible] Pf. Auch in Serien und Heften in beliebigen Zeiträumen durch alle Buchhandlungen und vom Verleger. Probeheft gratis. **Alexander Waldow, Leipzig.**

Gegründet 1846.

Klein, Forst & Bohn Nachf.

Johannisberg im Rheingau

liefern

Schnellpressen für Buch- und Steindruck

bester Konstruktion und Ausführung.

[illegible]

[illegible] auf Wunsch gratis zur Verfügung.

Redigiert und herausgegeben von Alexander Waldow in Leipzig. — Druck und Verlag von Alexander Waldow in Leipzig.

In neun Farben auf der Buchdruckschnellpresse gedruckt.

Die

Spamersche Buchdruckerei

zu Leipzig

übernimmt unter Zusicherung billiger Preisstellung
und prompter Ausführung
die

Anfertigung von Druckarbeiten

jeder Art und Ausdehnung.

Mit einer reichen Auswahl neuester Schriften, Ornamente, Einfassungen etc. ausgestattet und mit den besten [illegible] Hilfsmitteln ausgerüstet, ist diese typographische Anstalt im Stande, allen Wünschen in Bezug auf elegante, [illegible] und geschmackvolle Ausstattung ihrer Aufträge gerecht zu werden.

Spezialität der Firma:

Illustrations- und Chromodruck

für alle Zwecke.

BUCHDRUCKEREI

FISCHER & WITTIG. LEIPZIG.

Lieder des Lebens.

FARBEN-FABRIK

BERGER & WIRTH

LEIPZIG

Rußland
unter Alexander III.
Briefe
und Schilderungen aus
St. Petersburg.

Woellmer's Schriftgiesserei, Berlin.

No. 938. Mk. 8,—

No. 941. Mk. 6,

No. [illegible] Mk. 4.

Schriftgiesserei, Berlin.

No. [illegible] Mk. [illegible]

No. [illegible] Mk. [illegible]

No. [illegible] Mk. [illegible]

No. [illegible] Mk. 4,[illegible]

www.ingramcontent.com/pod-product-compliance
Lightning Source LLC
Chambersburg PA
CBHW020059030726
47498CB00006B/1858
* 9 7 8 3 7 4 1 1 6 6 1 2 9 *